Hello Beautiful

A NOVEL

Ann Napolitano

安·納波利塔諾

美好是你

康學慧——譯

悅知文化

獻給茱莉和惠特

寫給臺灣的讀者——繁體中文版序

這本書的寫作速度遠超過我一生寫過的任何文章。我之所以知道，是因為我深刻記得開始動筆的時間：二〇二〇年春季，紐約因為新冠疫情封城，我父親剛剛過世。在父親生命的最後一天，我們夫妻與二子只能待在布魯克林的小公寓，無法去到他身邊。他過世後親人也無法前往悼唁；我與手足只能盡可能靠近電腦，放大媽媽的影像，試圖讓她感受到我們都在她身邊。

我一向很慶幸自己擅長寫作，但那一刻我更由衷感謝。我無法抹除哀慟，無法填補父親離開後留下的空洞，無法安慰孩子生活終將回歸正常。於是我坐在電腦前，動筆打造一個新世界。

我與威廉．華特斯並肩走進這個故事——同是天涯淪落人，只是孤獨、破碎的程度不同，我們一起沉溺於帕達瓦諾家喧鬧熱烈的愛。四姊妹意志堅強、形影不離，無論去到什麼地方，她們充沛的能量與無盡的計畫都散發光彩照耀全場，我和威廉都很想身處她們所在之處。他需要四姊妹，雖然他自己無法全然理解其中的緣故，我也一樣。故事剛開始時有一幕四姊妹一起擠在單人床上，四肢交疊，我驚訝地發現這一幕讓我的孤寂減輕了一些。以前寫作時從來沒有發生過。正在創作的故事似乎貼合我的情緒起伏，不只帶給我安慰，也有抒解。

我思念父親。因此，當我寫到四姊妹的父親時心情相當愉快。他名叫查理，是個大好人，他和我父親唯一的共通之處就是愛家人。我父親是幹練的律師，小時候我加入足球隊，他擔任教練；查理則是貪杯的詩迷。不過，當查理猝逝，我像書中的人物一樣震驚，但我搖搖頭，心裡想著：這一點也不奇怪。我在紙上悼念自己的父親，這次我可以走進葬儀社。我可以和許許多多悼客握手，我可以感受他們的愛與哀悽，父親受到這些人敬愛。我可以坐在聖普羅科皮烏斯教堂的長凳上，與查理的女兒希薇和茱莉雅比肩，像她們一樣穿著厚褲襪與端莊黑洋裝忍受不適。書寫這些場景讓我感傷又滿足；哀悼別人的父親有助於緩解我自身的悲痛，於是我跌跌撞撞前進，寫出更多現實中我希望能親身體會的心情。

帕達瓦諾四姊妹之間龐大又獨特的親情彷彿穿透螢幕觸及到我，令我深深感謝。我希望茱莉雅·帕達瓦諾能夠往我這裡看過來，解決我的人生難題，即使我知道她旺盛的控制欲絕對會造成反效果。我欣賞愛茉琳沉靜的體貼，佩服瑟西莉雅一往無前的勇氣。希薇的痛苦令我感同身受，在查理過世之後，她的愛與失落與日俱增，無法像媽媽和姊妹那樣隱藏或切割。有一幕希薇與威廉談起爸爸過世之後的心情，她說：「我沒有想到每分鐘都會感受到。

我不知道原來失去一個人會連帶著失去那麼多。」

即使到了現在，這段對話依然在我心中迴盪。我也沒想到，失去父親的同時我也失去了那麼多。二〇二〇年的那個春季，很多人痛失摯愛，我很想知道他們是否都有這種感覺。隨著疫情進入新階段，大家戴上口罩、接種疫苗，我們一家人終於能夠團聚，但我發現在相處上發生不少意想不到的困難。我們之間的關係曾經輕鬆平坦，現在變得坑坑洞洞、彎彎曲曲，使得應該投入彼此懷抱的家人擦身而過。一開始大家都感到錯愕、感傷，打擊很大，然而反思過後，我發現其實很合理。怎麼可能不變？畢竟，上次全家團聚時，父親還在世，也沒有新出現的病毒；我們想要回去的那個地方早已不復存在。當我觀察朋友與社會整體，領悟到正是因為這樣，生活才會如此辛苦，而且是一種前所未有、心痛無比的辛苦。我們努力想要接受自己走過了帶來重大改變的時刻，再也沒有「回歸正常」可言。

有時會有人問我寫作的過程，但寫作這本書的過程是一種全新的經驗。這個故事讓我一天二十四小時都為之狂熱，無論在寫作或休息都一樣，我知道只有一個辦法能找回內心平靜：好好述說這個故事，充分傳達這份美好。我很愛書中的角色，我希望能忠實呈現。我必須拯救內心傷痕累累的小威廉・華特斯。我必須拯救自己。整整兩年的時間，我深深沉浸在帕達瓦諾家的世界；我住進愛茉琳與瑟西莉雅的超級合體屋，我抬頭欣賞建築外牆上瑟西莉雅的壁畫；我懷中抱著愛茉琳的寄養嬰兒。每個姊妹心中的痛我都感同身受。在這本書中，我和這個家庭朝夕相處，感覺如此真實，因此更加複雜。儘管如此，在書頁中，我們的人生緊密交織，再也無法分離。

可有人認為出生乃幸運之事？
我等不及想告訴那位男士或女士，死亡同樣幸運，
我非常清楚。
我與垂死者一同經歷死亡，與新生兒一同經歷誕生，
我絕非囿於帽子與靴子之間。
細觀錦繡萬物，無二相同，各自美好。
大地美好、星辰美好，
其所附屬之物盡皆美好。

——華特・惠特曼，〈自我之歌〉第七節（Walt Whitman, "Song of Myself" Verse 7）

威廉

一九六〇年二月～一九七八年十二月

威廉．華特斯人生最初的六天，並非家中唯一的孩子。他有一個三歲大的姊姊，名叫卡洛琳的紅髮女孩。家裡有幾卷無聲錄影帶，主角是她；影片裡，威廉的爸爸笑得很開心，而威廉從來沒有在現實中看過他笑。其中一支影片裡，爸爸神情開朗，小小的紅髮女孩掀起裙子蒙住臉，嘻笑著不斷繞圈奔跑，看來這就是他笑的原因。威廉出生後，和媽媽一起住院的那幾天，卡洛琳發燒、咳嗽。他們出院回家時，卡洛琳似乎開始康復了，然而咳嗽還是很嚴重。一天早上，爸媽去她的房間準備抱她出去時，發現她躺在嬰兒床上，已經沒氣了。

威廉小時候，父母從不提起卡洛琳。客廳的邊桌擺著一張她的照片，威廉偶爾會特地去看，為了說服自己真的曾經有過姊姊。他們搬離了原本的住處，換了一棟位在牛頓市另一邊的房子，在那棟波士頓郊區的海軍藍屋瓦房子裡，威廉是唯一的孩子。他的父親是會計師，公司位於波士頓精華地帶，工作時間非常長。失去女兒之後，爸爸也失去了開朗的表情。威廉的媽媽總是在客廳抽菸、喝波旁威士忌，有時候一個人，偶爾有鄰居太太陪伴。她收藏著幾件荷葉邊圍裙，煮飯的時候會穿上，但只要一弄髒或變皺，她就會非常焦慮。

有一次，圍裙沾到深色的醬汁，媽媽急得滿臉通紅，就快哭出來了，威廉說：「不然妳煮飯的時候不要穿圍裙嘛。考內特家的媽媽都只在腰帶塞一條擦碗布，妳也那樣做吧。」

媽媽的表情彷彿他說的是希臘語。威廉繼續說：「隔壁考內特家的媽媽呀？她不是都用擦碗布嗎？」

從五歲開始，威廉幾乎每天下午都帶著籃球去附近的公園，因為棒球或足球不能一個人玩，但籃球可以。

公園裡有個露天籃球場，很少有人去，通常都會有一邊的籃球架沒人用。威廉投球，一連好幾個小時，假裝自己是塞爾提克隊[1]的選手。他最喜歡的球員是比爾．羅素[2]，但是扮演羅素需要有對手可以阻擋。山姆．瓊斯[3]是最厲害的射手，所以威廉通常扮演瓊斯。他努力模仿瓊斯完美的投籃姿勢，假裝球場旁邊的樹木是為他加油的球迷。

十歲那年，一天下午，他去籃球場時發現已經有人在打球了。一群男生，大約五、六個，年齡與威廉相仿，他們在球架之間追逐搶球。威廉正要後退，但其中一個孩子大聲說：「喂，要不要一起玩？」接著，他不等威廉回答就說：「你加入藍隊。」幾秒之後，威廉被

1　Celtics，位在波士頓市的美國NBA職籃隊伍。
2　Bill Russell，美國NBA職業籃球運動員，主要位置為中鋒。一九五六至一九六九年為波士頓塞爾提克效力十三個賽季。他帶領塞爾提克創下NBA史上空前的八連霸，共得到十一次總冠軍。
3　Sam Jones，美國NBA職業籃球運動員，場上位置為得分後衛。

捲進球賽，他的心臟跳得很猛烈。隊友傳球給他，他立刻回傳，他不敢投球，生怕萬一沒中會被罵球技很爛。幾分鐘後，比賽突然結束，因為有人要回家了，那群男生往不同方向離開。威廉走路回家，心跳依然劇烈。在那之後，當威廉帶球去公園，不時會遇到那群孩子。他們出現的時間不一定，但每次都會揮手要他加入，把他當作一份子。這讓威廉感到驚愕。通常人們的視線會直接略過他，無論大人或小孩，彷彿他是透明的；父母也幾乎從不正眼看他。威廉接受這一切，他可以理解，畢竟他無趣又不起眼。他最大的特色就是整個人缺乏色彩：沙色頭髮、淺藍眼睛，英格蘭與愛爾蘭後裔常見的極白膚色。威廉很清楚，他的內在同樣無趣寡淡。他在學校從不說話，也沒有人和他玩。籃球場上的那群男生讓威廉第一次有機會加入團體，而且不必說話。

五年級時，小學體育老師說：「我看到你下午都會去投籃。你爸爸多高？」

威廉茫然地望著老師。「不確定。一般身高？」

「好，那你大概可以打控球後衛的位置。你必須加強控球。你知道比爾．布拉德利[4]吧？尼克隊那個有點笨拙的人？他小時候會把厚紙板黏在眼鏡上，這樣就不能往下看腳。他戴著那副眼鏡運球在街上走來走去。可想而知，看起來很像神經病，但他的控球能力非常厲害。他光憑感覺就知道球會往哪裡跳，不用看也能找到。」

那天放學後威廉衝回家，整個人激動不已。這是第一次有大人正眼看他，注意到他這個人、注意到他做的事，那樣的關注令他渾身不自在。威廉翻找書桌抽屜，打了很多噴嚏之後，終於在很裡面的角落找到一副玩具眼鏡。他去了兩次洗手間，然後才小心翼翼將兩片長方形紙板黏在眼鏡下緣。

每當威廉生病或不舒服，他都覺得一定會死。一個月至少有一次，放學後他會爬進被窩，相信自己得了不治之症。他不會告訴父母，因為這個家裡不允許生病。咳嗽更是大忌，被視為惡劣的忤逆。威廉感冒的時候，只能躲在衣櫥裡關上門咳嗽，臉埋在一整排上學穿的襯衫中。他戴上那副眼鏡、帶著球出門時，肩膀與腦後感覺到熟悉的憂慮。但現在威廉沒有時間生病，沒有時間害怕。他感覺到這是關鍵時刻，他的身分認同終於完整了。球場上的那群男生看出來了，體育老師也看出來了。威廉或許不知道自己是什麼人，但世界告訴他了：他是籃球員。

體育老師教給威廉更多小訣竅，讓他加強技巧。「防守的時候，要用肩膀和屁股推開對手。裁判不會視為犯規。練習衝刺，這樣起步會比對手快，運球的時候才不會被追上。」威廉也努力練習傳球，在公園打球的時候，才能把球交給最強的隊友。他想繼續和他們打球，他知道如果能讓其他人表現更好，他就有價值了。他學會該往哪裡跑才能提供射手切入的空間。他做好掩護，讓射手能以喜歡的方式投球。每次贏了比賽，隊友都會拍拍威廉的背。他

4　Bill Bradley，NBA職業籃球運動員，效力於紐約尼克隊，場上位置為鋒衛搖擺人。

們的接納稍微平息了威廉內在的恐懼。在籃球場上，他知道自己該做什麼。

上高中後，威廉的實力已經足以擔任校隊先發。他身高五呎八吋[5]，打控球後衛。他花了那麼多時間戴眼鏡練習果然沒有白費：他的運球功力全隊第一，中距離跳投也相當出色。他努力練習搶籃板球，挽救隊友的失誤。傳球依然是威廉最強的技能，他一出場，隊友都能表現得更加出色，他們非常感謝威廉。他是校隊裡唯一的一年級生，因此，即使學長的父母願意放任他們在地下室喝酒，他們也不會讓威廉加入。升高二的暑假，威廉突然抽長五吋，隊友非常驚訝——所有人都非常驚訝。他一旦開始抽高就停不下來，高中畢業時，他的身高已經到達六呎七吋[6]。因為抽高太快，吃再多也趕不上成長需求，因此他瘦得嚇人。每天早上他彎腰走進廚房時，媽媽都一臉驚恐，只要他經過身邊，她一定會給他東西吃。她似乎覺得他這麼瘦害她臉上無光，畢竟餵飽他是她的責任。父母偶爾會去看他比賽，但次數非常少，他們客客氣氣坐在看臺上，好像不認識球場上的任何人。

威廉受傷的那場比賽，父母沒有來。他在搶籃板球的時候被人在空中一推。他身體扭動，以很彆扭的姿勢右腿落地。右膝承受了所有衝擊力道加上他的體重。威廉聽見膝蓋發出怪聲，然後眼前籠罩濃霧。教練平常就只有兩種狀態：大吼和嘟囔，此時他在威廉耳邊大吼：「華特斯，你還好吧？」平常無論教練大吼或嘟囔，威廉都以同樣的方式回應：以問題回答問題。他缺乏自信，無法以篤定的語氣回應。此刻他清清嗓子。濃霧瀰漫外界與內在，伸手不見五指，夾雜著從膝蓋輻射而出的劇痛。他說：「不好。」

他的髕骨骨折，如此一來，十一年級剩下的七週他都不能上場。威廉的右腿打了石膏，完全動彈不得，整整兩個月的時間都得用拐杖。這也意味著，從五歲以來，他第一次無法打籃球。威廉坐在房間的書桌前，對著放在另一頭的垃圾桶扔紙團。受傷時瀰漫的雲霧一直沒有消散；他的皮膚感覺潮溼冰冷。醫生說傷勢會完全康復，十二年級可以繼續打球，儘管如此，威廉依然每天每分鐘都感到輕微恐慌。時間也變得很奇怪。他覺得自己將永遠困在房間中、椅子上、石膏裡。他也想到姊姊，想著卡洛琳逝去的經過。他思考她不復存在的事實，他無法理解，然而，隨著時鐘從這分鐘辛勤地爬向下一分鐘，他好希望自己也不存在。離開籃球場，他毫無用處。沒有人會因為少了他而難過。如果他消失，感覺會像是從不曾存在過。沒有人提起卡洛琳，自然也不會有人提起他。直到威廉的右腿終於擺脫石膏，重新可以奔跑投球，濃霧與企圖消失的念頭才逐漸散去。

威廉的學業成績不錯，加上籃球場上表現出色，幾家擁有NCAA一級籃球隊[7]的大學提出獎學金邀請他入學。他很慶幸有獎學金，因為父母從來沒有表示過願意供他上大學，他也

5　大約一七三公分。
6　大約二〇〇公分。
7　美國國家大學體育協會（NCAA）校際體育賽事的最高級別。相較於第二、第三級別學校，第一級別學校在預算、設施、體育獎學金等各方面都更有優勢。

將獎學金視為能夠繼續打籃球的保證。威廉想要離開波士頓——他從來沒有離開市中心超過九十英哩——不過，他擔心南方會太過溼熱，於是接受了芝加哥西北大學的獎學金。一九七八年八月底，威廉在火車站和母親吻別、和父親握手。當威廉握著爸爸的手，心中有種奇怪的感覺，他可能永遠不會再見到父母了——他們只有一個孩子，但不是他。

大學選課的時候，威廉的重心偏向歷史。他一直覺得對世界運作的方式知識不足，有如一個大洞，歷史似乎是解決這個問題的好答案。歷史能夠在迥異的事件中找到模式，他喜歡這種感覺。如果這件事發生了，接下來那件事就會跟著發生。沒有任何一件事毫無來由，因此，奧地利大公遇刺事件可以連結到世界大戰[8]。大學的生活太嶄新，完全無法預期，威廉走在喧鬧的宿舍走廊時，會有興奮的學生舉手和他擊掌。面對這樣的狀況，他奮力想找到一點平衡感。他將一天的時間分成三份：在圖書館讀書、在籃球場訓練、在教室上課。在這三個地方，他很清楚自己該做什麼。他走進教室、坐在位子上、翻開筆記本，當教授開始講課時，他因為安心而全身無力。

威廉很少留意課堂上的其他學生，但一起上歐洲史的茱莉雅．帕達瓦諾讓人不注意也難。因為她的臉上總是燃燒著義憤填膺，也因為她太愛發問，快把教授逼瘋了——他是英國人，年紀很大了，一隻手裡總是捏著一條大手帕。當她說話時，長鬈髮在明豔的臉龐周圍如簾幕般搖曳，她提出的問題類似這些：教授，我很想多瞭解克萊門汀[9]在這起事件中的角色。她不是邱吉爾最重要的顧問嗎？或者：請說明一下戰爭時期的密碼系統？我想知道運作的詳情。希望您能給個範例。

威廉從來不在課堂上發言，也從不去教授辦公室諮詢。他相信學生的角色就是要乖乖閉嘴，盡可能多吸收知識。對於那個鬈髮女同學，他的看法與教授一致：雖然她的問題很有意思，但經常打斷教授講課提問很不禮貌。學生應該認真聽講，教授則像鋪開地毯一樣傳授智慧，這樣才能交織出課堂肅穆的氛圍，就像織布一樣。然而，那個女同學卻在這塊布上戳了一堆洞，就好像她完全不知道有這塊布的存在。

一天下午下課後，那個女同學突然出現在他身邊說：「嗨，我是茱莉雅。」害威廉嚇了一大跳。

「嗨，我是威廉。」他必須清清嗓子，這很可能是他一整天第一次開口說話。女同學看著他，大大的眼睛很嚴肅。他發現，在陽光下，她的棕髮間會出現蜂蜜色調的線條。感覺她整個人在發亮，不只外在，內在也是。

8 一九一四年六月二十八日，奧匈帝國皇太子弗朗．斐迪南大公夫婦在賽拉耶佛乘車遊行時遭到刺殺身亡。這次槍殺事件嚴重攪亂了當時歐洲的政治格局，引發一連串連鎖事件，最終導致第一次世界大戰發生。

9 克萊門汀．奧格威．斯賓塞—邱吉爾，斯賓塞—邱吉爾女男爵（Clementine Ogilvy Spencer-Churchill, Baroness Spencer-Churchill，一八八五～一九七七），英國首相邱吉爾的夫人，是他政治生涯的重要支柱。

「為什麼你這麼高？」

威廉的身高經常引人議論，這不是第一次了。他很清楚，每當走進一個地方，他的體型總會令人訝異，多數人都會忍不住想說點什麼。一個星期總會有好幾個人問他：上面的空氣新鮮嗎？

不過，茱莉雅發問時一臉猜忌的表情，讓他忍不住笑出聲。他在穿過中庭的小徑上停下腳步，於是她也跟著停。威廉很少大笑，他的雙手刺刺麻麻，彷彿剛從缺氧的夢境醒來。整體的感覺就是一種愉悅的酥癢。後來當威廉回想起這一刻，才意識到這就是他愛上她的瞬間。更正確地說，是他的身體愛上她。在中庭中央，來自一個特定女孩的關注，勾出他內在每個角落與縫隙發出的笑聲。威廉裹足不前的心靈早已讓身體感到厭煩透頂，此時，身體不得不在他的神經與肌肉大肆施放煙火，提醒他發生了重大事件。

「你笑什麼？」茱莉雅問。

他勉強壓抑住笑聲。「請不要生氣。」

她不耐煩地點一下頭。「我沒有生氣。」

「我不知道自己為什麼這麼高。」不過其實他暗自認定，是意志力讓他長這麼高的。如果想認真投入籃球運動，身高至少要六呎三吋，威廉實在太在乎籃球，因此違抗了基因。

「我是籃球校隊選手。」

「看來至少你把身高用在對的地方了。」她說。「改天我說不定會去看你比賽。我對運動沒有半點興趣，我來學校只是為了上課。」她停頓一下，然後說：「還有我為了省錢，所以住在家裡。」她說得很快，似乎覺得丟臉。

茱莉雅要他把她的電話號碼抄在歷史筆記本裡，她離開之前，他答應明天晚上會打電話給她。他喜不喜歡她這件事似乎並不重要，在中庭中央，那個女生已經決定了他們要當男女朋友。之後她會告訴他，她已經在課堂上觀察他好幾個星期了，她喜歡他認真嚴肅的態度。「男生都很傻，但你不一樣。」她說。

即使認識了茱莉雅，籃球依然佔據了威廉大部分的時間與思緒。高中時，他是隊上最優秀的球員，但來到西北大學之後，他沮喪地發現自己竟然吊車尾。在這支球隊中，他的身高並不特別，而且其他隊友體格更壯碩。他們多數人已經花了幾年的時間練舉重，威廉竟然不知道應該要練舉重，這件事令他驚慌。球隊訓練時，他很容易被推開或撞倒。他開始在訓練之前去舉重，訓練結束之後，留在球場繼續練習以不同的角度投球。他隨時都很餓，外套口袋裡總是塞著幾個三明治。他明白自己在球隊裡的角色，很可能是幫助隊友發光發熱。儘管他並非天才型運動員，但他的傳球、投球、防守能力都夠好到派上用場。他最重要的能力則是很少在場上犯錯。有一次教練團在談話，不知道他就在旁邊，他聽見一位教練說他「籃球智商很高，可惜跳不高」。

獎學金規定學生必須在校園工作，在職缺清單中，他選了在體育館裡的那個，因為這樣比較方便籃球訓練。他在指定的時間前往位在巨大體育館建築半地下室的洗衣房報到，主管是一位女性，非常瘦，頂著高聳的爆炸頭，戴眼鏡。她搖頭說：「你跑錯地方了。他們叫你來這裡？白人不會被派來洗衣房。你應該要去圖書館或學生育樂中心才對。快走吧。」

威廉往狹長的空間望去。一整排三十臺洗衣機佔據一邊的牆壁，三十臺烘乾機佔據另一邊。確實，一眼看去沒有其他白人。

「有差嗎？」他說。「我想要這份工作，拜託。」

她再次搖頭，眼鏡在鼻頭晃動，但她還來不及開口，有人拍拍威廉的背，低沉嗓音說出他的名字。他轉身看到籃球隊的另一名一年級球員，強壯的大前鋒，名叫肯特。肯特的籃球技巧與威廉恰恰相反：他的體能非常傑出，能夠大秀灌籃，搶籃板球又快又猛，在場上的每分鐘都高速衝刺，但他很不會判斷局勢，導致經常失球，也搞不清楚防守時該站在哪裡。教練每次看到肯特在場上的表現都會抱頭懊惱，想必是因為肯特明明有強大的體能潛力，打球時卻只會高速橫衝直撞，這樣的落差讓教練很頭痛。

「嘿，兄弟，」肯特說，「你也在這裡工作？領班，如果妳不介意，我來帶他就好。」

肯特對嚴肅的領班露出大大的迷人笑容。

她的態度軟化。「好吧，那就這樣。既然我不用帶他，那我可以裝作他不存在。」

從那天開始，威廉與肯特都會特地選同一個值班時段，並肩在洗衣房工作。他們洗了千百條毛巾和各個運動校隊的制服。美式足球的制服最難洗，因為很臭，而且青草污漬深入纖維，必須用特殊漂白劑刷洗。威廉與肯特在洗衣的每個步驟都訓練出一套節奏；這份工作重視時機與效率，感覺很像籃球訓練的延伸。他們利用工作時間分析賽局，思考如何讓球隊表現更好。

一天下午，他們忙著摺疊有如小山的毛巾，威廉一邊說明：「順序是這樣：首先是後衛傳給另一個後衛，前鋒繞過底線掩護，一名後衛出來幫中鋒牽制對手。」威廉停頓一下，確定肯特有聽懂。「如果球傳給中鋒，那麼小前鋒就要去角落，另一個前鋒在那裡繞過掩護，另一個後衛掩護弱邊。」

「掩護再被掩護。」

「就是這樣！假使中鋒傳球給前鋒，那麼也是同樣的順序。」

「太容易被看穿了吧！教練老是要我們重複練同樣的跑位，一次又一次……」

「不過要是做得夠好，即使防守球員知道接下來的步驟，也很少有人能擋住，尤其是如果我們……」

「你們兩個，」站在旁邊那臺烘乾機前面的人說，「你們知道你們說的這些別人根本聽不懂嗎？我常看籃球，但我完全不知道你們在說什麼。」

肯特與威廉對他傻笑。下班之後，他們上樓去體育館練投球，那裡的氣溫比洗衣房低二十度。

肯特來自底特律市，對NBA的每個球員、每支球隊都有很多意見，經常大肆評論，更衣室裡總是低級笑話滿天飛，他常常話講到一半就大笑起來。訓練時，他經常因為炫技而遭到教練吼罵，肯特雖然會道歉，但五分鐘之後又會再犯。「練好基本功！」教練一次又一次怒吼。

肯特自稱是魔術強森[10]的親戚，強森是密西根州立大學的四年級生，各界都看好他將是NBA選秀狀元。肯特交遊廣闊，大家都喜歡他，威廉不懂為什麼肯特會想和他來往。他只看出肯特似乎喜歡威廉沉靜的個性，將此視為經營友誼的機會。多數時候都是肯特在說話，威廉後知後覺地發現，肯特經常分享自己的往事，是為了讓威廉也說出他的往事。肯特告訴他奶奶罹患白血症的事，全家都萬分錯愕——因為她總是說自己會長命百歲，因為她氣勢強大，所有人都相信真的會實現。威廉告訴肯特，他到現在只和父母通信過一次，聖誕假期也會留在學校。

一天晚上，結束漫長辛苦的訓練之後，他們慢慢走過靜謐的中庭，肌肉因為過度操勞而抽筋，肯特說：「有時候我必須提醒自己，即使教練讓我坐冷板凳，或是因為不喜歡我的華麗球風對我大吼，這些都無所謂。我要念醫學院。他無法阻擋我實現未來的計畫。」

威廉很驚訝。「你想當醫生？」

「百分之百。雖然我還不知道要怎麼負擔學費，但我一定會學醫。你大學畢業之後要做什麼？」

威廉察覺手指冰涼。十一月初已經很冷了，他呼吸時，肺裡的空氣感覺很冰。威廉從來沒想過大學畢業之後的人生，他知道自己故意忽視未來。他很想說打籃球，但他的實力不足以加入職業隊。肯特會這麼問，就表示他也認為威廉的實力不夠好。

「我不知道。」威廉說。

「那我們一起想吧。」肯特說。「你有很多天分，而我們也還有很多時間。」

*我有天分嗎？*威廉想。除了籃球之外，他不知道自己還有什麼天分。

十二月初，茱莉雅來看週五晚上的籃球賽，當威廉發現她在看臺上時，眼前突然一片模糊，把球傳給對手。肯特在球場上衝刺，經過威廉時大喊：「喂！你搞屁啊？」防守時威廉成功抄截兩次，讓西北大學野貓隊逆轉局勢。進攻時，威廉在罰球圈外傳地板球給角落無人防守的射手。快到中場休息的時候，肯特喜孜孜地說：「我懂了！有女生來看你打球！她在哪裡？」

比賽結束，西北大學獲勝，威廉有幾分鐘打出了球季初期最佳表現。他爬上看臺去找

10 Magic Johnson，NBA聯盟職業籃球運動員，場上位置為控球後衛，效力於洛杉磯湖人隊。

茱莉雅。接近時他才發現，她和三個女生坐在一起，每個都長得很像她。她們的髮型一模一樣，豐盈的及肩鬈髮。「我的三個妹妹。」茱莉雅說。「我帶她們來當球探偵察你。籃球術語是這麼說的吧？」

威廉點頭，在四個女生的注目下，他忽然非常在意球褲太短、無袖球衣太薄。

「我們看得很開心。」一個感覺年紀較小的女生說。「不過感覺好累喔。你流了好多汗，我這輩子應該還沒有流過這麼多汗。我是瑟西莉雅，她是愛茉琳，我們是雙胞胎，今年十四歲。」

愛茉琳與瑟西莉雅對他露出友善的笑容，他也報以微笑。茱莉雅和坐在另一邊的妹妹很仔細研究他，眼神有如鑑定師正評估寶石。就算其中一個從皮包拿出鐘錶匠用的放大鏡戴上，他也不覺得奇怪。茱莉雅說：「你在球場上的樣子……好有力量。」

威廉臉紅了，茱莉雅的臉頰上方也透出粉紅。他看得出這個漂亮女生想要他，他不敢相信自己竟然這麼好運。從來沒有人想要他。他多希望能將她擁入懷中，在她的三個妹妹面前、在全場所有人面前，但威廉的天性做不出那種放肆的行為。他滿身大汗，茱莉雅又開口了。

「這是我妹妹希薇。」她說。「我最大，但只比她大十個月。」

「很高興認識你。」希薇說。她的髮色比茱莉雅略深，體型更嬌小，身材曲線也沒有那麼明顯。她繼續研究威廉，茱莉雅燦爛微笑，有如完全開屏的孔雀。就在他眼前，茱莉雅的襯衫因為被豐滿胸口撐得太緊，一顆鈕釦蹦開。她急忙重新扣好，但他還是瞥見粉紅胸罩。

「你有幾個兄弟姊妹？」雙胞胎其中一個問，不確定是愛茉琳還是瑟西莉雅。她們不是同卵雙胞胎，但長相非常相似，威廉無法分辨。同樣的橄欖色肌膚、同樣的淺棕色頭髮。

「兄弟姊妹？沒有。」他說，不過他當然還是有想到爸媽家中，邊桌上那張照片裡的紅髮幼童。

茱莉雅已經知道他是獨生子——他們第一次通電話時，她的第一個問題就是這個——但她的三個妹妹全都一臉驚愕，表情非常有喜感。

「太慘了。」雙胞胎其中一個說，他不知道是愛茉琳還是瑟西莉雅。

「一定要請他來家裡吃飯。」希薇說，其他姊妹一起點頭。「他感覺好寂寞。」

於是乎，大學開學四個月後，威廉有了女朋友，也有了新家庭。

茱莉雅

一九七八年十二月～一九八一年七月

茱莉雅在後院菜園，長十八英呎、寬十六英呎的長方形土地，以木柵欄圍起。她看著媽媽挖出這個季節最後一批馬鈴薯，和威廉約定的時間已經到了。她知道他一定會準時到達，有個妹妹會去開門讓他進來。爸爸一定會問他有沒有背過惠特曼[11]的詩，愛茉琳和瑟西莉雅會不停走來走去、絮絮叨叨，這三個人肯定會讓他手足無措。希薇在圖書館上班還沒回家，所以至少他不必受她的眼神拷問。讓威廉單獨和爸爸、妹妹相處幾分鐘，有助於讓他熟悉他們——茱莉雅希望他能看出他們有多和善可親。此外，還有一個附帶的好處，當她現身時，他會比平常更高興見到她。家人都知道茱莉雅很愛盛大登場，其實她只是特別留心時機，而家中其他人則完全不覺得有什麼好在意的。茱莉雅很小的時候，就會一路轉圈進入廚房或客廳，大喊：「鏘鏘！」

他們的家很小，位在十八街，左右鄰居都是一模一樣的低矮磚造房屋，他們家擠在中間，不知道威廉會怎麼看待？帕達瓦諾家住在皮爾森區，這是個藍領社區，很多居民都是移民。建築物側邊有著繽紛塗鴉，社區超市裡除了英文，也能聽見西班牙文或波蘭文。茱莉雅擔心威廉會嫌棄這個社區和他們家太寒酸。印花沙發蓋著塑膠套，牆上掛著木製十字架，餐桌邊則掛著一排裱框的聖女像。茱莉雅的媽媽心情鬱悶時，會大聲一一念誦聖女的名字，眼睛緊盯著她們的臉，彷彿哀求她們救她，她再也受不了這個家了。聖阿德蕾、羅馬的聖依搦斯、錫耶納的聖加大利納、亞西西的聖嘉勒、愛爾蘭的聖布里吉德、瑪利亞瑪達肋納、聖菲洛梅娜、亞維拉的聖德蘭、聖瑪利亞．葛萊蒂。

這幾位聖女的名字，帕達瓦諾家的四個女兒都能倒背如流，比玫瑰經更熟。每天晚餐，最後不是爸爸背詩就是媽媽背聖女的名字。

茱莉雅冷顫。她沒有穿大衣，外面只有華氏四十度，除非到冰點以下，否則芝加哥人絕不會喊冷。「我喜歡他。」她對著媽媽的背說。

「他愛喝酒嗎？」

「不愛。他是籃球員。學業成績也名列前茅。他打算主修歷史。」

「他像妳一樣聰明嗎？」

茱莉雅思索片刻。威廉確實聰明，他的頭腦不是裝飾品，而且提出的問題讓她感受到他想瞭解她。不過，他雖然有智慧，卻沒有強烈的主觀意見。他喜歡問題，但對自己的答案

---

11 華特．惠特曼（Walt Whitman，一八一九～一八九二），美國詩人、散文家，名列美國文壇最偉大的詩人，有自由詩之父的美譽。《草葉集》（*Leaves of Grass*）為其畢生集大成之作品。

沒有信心。他充滿可塑性。威廉和茱莉雅一起去過羅薩諾圖書館讀書，那裡離帕達瓦諾家很近，過幾條馬路就到了。希薇在那裡工作，社區的每個人都把那裡當作約見面的地點，但是離威廉的宿舍很遠，必須坐車一個小時才到得了。每當計畫週末要做什麼的時候，他總是說：「我們去做妳想做的事。妳的想法最棒了。」

茱莉雅從來沒想過身體也可能有智慧，直到她最近一次去看威廉比賽。沒想到看威廉的球隊比賽會讓她感到這麼刺激，她十分驚訝。她看到他與平時截然不同的一面，在球場上的他很有魄力：大聲指示隊友、用高大強壯的身體阻擋對手投籃。茱莉雅對運動興趣缺缺，也不懂籃球規則，但帥氣的男朋友衝刺、跳躍、轉身，展現出如此純粹的體能、專注的心思，她發現自己想著：我願意。

「他的個性很認真，」茱莉雅說，「也認真過生活，像我一樣。」

蘿絲爬起來。外人可能會覺得她的樣子很好笑，但茱莉雅早已習慣了媽媽的打扮。蘿絲整理菜園的時候，會穿一套改良過的棒球捕手制服，頭戴海軍藍墨西哥大草帽。這些東西都是在路上撿來的。他們家這條街的住戶全都是義大利裔，但是社區裡其他街道有很多墨西哥家庭，一年五月五日節[12]慶祝活動過後，蘿絲在某一家的垃圾裡撿到那頂草帽。捕手裝備則是相隔兩戶的鄰居家不要的，那家的兒子法蘭克．賽瓊內原本是高中棒球校隊的捕手，染上毒癮之後退出。蘿絲穿著他的大型護脛，在護胸上縫了很多個口袋放園藝工具。她的模樣彷彿準備上場比賽——但不知道是哪種比賽。

「也就是說，他沒有比妳更聰明。」蘿絲摘下草帽，一手把頭髮往後撥——她像四個女兒一樣天生鬈髮，只是多了一些銀絲。雖然看似蒼老，但她年紀其實不算大，幾年前，蘿絲就禁止家人幫她慶生，這是她個人對歲月的宣戰。她注視菜園一排排土壤，只剩下馬鈴薯和洋蔥還沒收割；現在，蘿絲的工作主要是為菜園進行過冬的準備。整個菜園都種滿了，只留一條窄窄的通道，盡頭擺著一座白色聖母雕像，斜倚在左後方的圍欄上。蘿絲嘆息：「這樣也好。我比妳爸聰明何止千百倍。」

茱莉雅知道「聰明」其實很難定義——要如何量化評比？尤其是她的父母都沒有上過大學——不過，媽媽說得沒錯。茱莉雅看過蘿絲年輕時的照片，整潔漂亮，在這座菜園裡開心微笑，那時她和查理剛新婚。但媽媽最終接受了婚姻令她失望的事實，掛起失望的表情，就像穿上那套荒謬的園藝裝備。她曾經投注很大的心力激勵丈夫獲取財務穩定與事業成就，但全都白費了。現在屋內是查理的天地，蘿絲則躲在菜園裡。

天色漸漸昏暗，且越來越冷。等到氣溫降到冰點，並且不再回升，這個社區就會安靜下來。但今晚依然喧鬧，似乎想利用最後的機會把話說完：遠方傳來兒童的高聲歡笑；賽瓊內

12 Cinco de Mayo，一八六二年五月五日，一支墨西哥軍隊以寡敵眾擊退法國軍隊入侵的紀念日。這個節日在墨西哥僅有小部分地區慶祝，在美國卻是墨西哥移民的重大代表性節日。

老太太走進菜園；一輛機車嗆咳三次之後才發動。「看來我該進去了。」蘿絲說。「老媽穿成這樣，妳覺得丟臉嗎？」

「不會。」茱莉雅說。她知道威廉的注意力會全部集中在她身上。她好喜歡威廉看她時充滿希望的眼神，彷彿他是一艘船，望向理想的港灣。威廉小時候住的房子很高級，爸爸是專業人士，家裡有大草坪，不必和別人共用臥房。他顯然知道成功與安定是什麼樣子，而他在茱莉雅身上看到這兩種可能，這件事讓她感到無比愉悅。

蘿絲曾經努力想建立腳踏實地的人生，但她每次鋪好一塊基石，查理都會遊蕩到不同的方向，不然就是一腳踢開。茱莉雅第一次和威廉交談時，才聊到一半她就知道他是適合自己的人。他具備了她找對象的所有條件，而且就像她剛才告訴媽媽的那樣，她真的喜歡他。一看到他，她就會露出笑容，她好喜歡他用大手握住她的小手。他們是絕佳組合：威廉體驗過茱莉雅嚮往的那種生活，當他們攜手共築未來，她能夠引導他的無窮精力。等到她和威廉結婚，建立屬於他們的家庭之後，她打算幫助娘家。她的堅固地基將會延伸，讓家人都能好好站穩。

她走進客廳，男友鬆了一口氣的表情，害她差點忍不住笑出來。威廉和她爸爸一起坐在老舊長沙發，查理一手放在他的肩上。瑟西莉雅整個人癱在單人沙發裡，愛茱琳則注視著掛在大門旁的鏡子整理頭髮。

瑟西莉雅一本正經地說：「威廉，你的鼻子非常出色。」

「噢。」威廉顯然感到很意外。「謝謝？」

茱莉雅笑嘻嘻地說：「不要理瑟西莉雅。她是學藝術的，所以才那樣說話。」瑟西莉雅在學校有特權，可以隨時使用美術教室，她認為眼前的所有事物都是未來創作的素材。有一次，茱莉雅看到瑟西莉雅表情非常專注，於是問她在想什麼，結果瑟西莉雅說：「紫色。」

「你的鼻子確實很好看。」愛茱琳溫和地說，因為她發現威廉臉紅了，所以想減輕他的尷尬。愛茱琳擅長察言觀色，總是希望所有人都能隨時感到舒適愉快。

「惠特曼的詩他連一個字都沒讀過。」查理對茱莉雅說。「妳能想像嗎？威廉來得正是時候。我背了幾句給他聽，以後他就知道啦。」

「爸，除了你根本沒有人會讀惠特曼的詩。」瑟西莉雅說。

威廉對華特．惠特曼的詩一無所知，在茱莉雅心中反而加分，因為這證明了男朋友和她爸爸不一樣。她從查理的聲音聽得出來他喝酒了，但還沒有醉。他手中捧著一個玻璃杯，裡面的半杯冰塊正在融化。

「如果你有興趣，我可以在圖書館幫你預約《草葉集》。」希薇對威廉說。「那是本值得閱讀的好書。」

茱莉雅這才發現希薇站在廚房門口。她一定是剛從圖書館下班回來，她的唇色深紅，看來她又在書架間和男生親吻了。希薇就快高中畢業了，為了存社區學院[13]的學費，她盡可能多值班。茱莉雅爭取到學術獎學金就讀大學，但希薇不打算仿效，因為她欠缺那樣的決心。希薇喜歡的科目成績都很優秀，但其他科目的成績就只有C或D。茱莉雅的決心有如割草機，讓她一路過關斬將讀完高中，眼光放在人生的下一步。

「謝謝。」威廉說。「可惜我很少讀詩。」

茱莉雅相信威廉沒有發現妹妹的嘴唇很紅，即使他注意到了，也不明白其中的意涵。三個妹妹中，希薇和茱莉雅最親，也只有她能讓茱莉雅陷入困惑、無話可說。希薇讀過不下數百本小說，從小到大，這是她唯一的興趣與嗜好，從那些書中她找到人生的志向：百年難得一見的偉大戀情。這個夢想很幼稚，但希薇說什麼都不肯放棄。生命中的每一天，她都在尋覓真命天子——她的靈魂伴侶。她在圖書館打工的時候會偷偷和男生親熱，這樣當她遇見命中注定的那個人時，就會很熟練了。

她們共用臥房，夜裡關燈之後，她們並肩躺在床上，茱莉雅說：「妳不該這樣練習。更何況，妳追求的那種愛情根本是虛構的。希薇，《咆哮山莊》[14]、《簡愛》[15]、《安娜．卡列妮娜》[16]，這些書認為愛情是強大的力量，會抹殺一個人，而且全都是悲劇。妳仔細想想，這些小說的結局不是絕望就是死亡。」

希薇嘆息。「重點不在於是不是悲劇。」她說。「現代人之所以依舊閱讀這些書，是因為裡面描述的浪漫情懷如此偉大、真實，讓我們的眼睛捨不得離開。我認為愛情不會抹殺一個人，而是會讓人變得更寬廣。若是我有幸體會這樣的愛……」她說不下去了，因為無法以言語形容意義多重大。

看到妹妹深紅的嘴唇，茱莉雅搖頭，因為這個夢想絕對會害慘妹妹。希薇在意的事太多、太常躲進內心世界，以致於不切實際。她會被冠上淫蕩的污名，最後嫁給一個英俊的廢物，只因為他凝視希薇的眼神讓她覺得很有西斯克里夫[17]的味道。

愛茉琳在講學校導師被抓到抽大麻，但獲判緩刑的事。「他真的很誠實。」她說。「他告訴我們被逮捕的所有經過。我很擔心說這些會害他惹上更多麻煩。他好像不懂成人世界的規則，不知道哪些事能說、哪些不能。我一直好想勸他別說了。」

「妳也該勸他別抽了。」瑟西莉雅說。

「該吃飯了吧？」蘿絲從臥房出來，乾乾淨淨，換上一套比較好的家居洋裝。「威廉，

13 美國高等教育系統的一部分，為兩年制，畢業後可取得副學士學位，學費較四年制大學低廉。

14 《Wuthering Heights》，英國作家艾蜜莉・勃朗特（Emily Brontë，一八一八～一八四八）唯一的小說作品，名列英國文學三大悲劇。描述三代人之間的愛恨糾結。

15 《Jane Eyre》，英國作家夏綠蒂・勃朗特（Charlotte Brontë，一八一六～一八五五）的小說作品。描述孤女簡愛的人生。

16 《Anna Karenina》，俄羅斯作家列夫・托爾斯泰（Lev Nikolayevich Tolstoy，一八二八～一九一〇）的小說作品，公認為寫實主義小說的代表作。描寫已婚婦女安娜・卡列妮娜深陷婚外情無法自拔而最終自殺的故事。

17 Heathcliff，《咆哮山莊》男主角。

很高興認識你。要喝紅酒嗎？」

他站起來，高大的身體從沙發上展開。他頷首致意。「伯母您好。」

「聖母瑪利亞啊。」蘿絲仰頭看他。她的身高僅僅五呎[18]。「茱莉雅，妳怎麼沒告訴我們他是巨人？」

「很神奇吧？」查理說。「他讓我們家茱莉雅變溫柔了呢。我還以為永遠不會有這一天。看看她笑得多甜。」

「爸。」茱莉雅說。

「你打什麼位置？」查理問威廉。

「小前鋒。」

「哈！你是小前鋒，那大前鋒不就高得嚇死人？」

「我很想知道怎麼會演化出這樣的身高。」希薇說。「會不會是因為需要有人能從圍牆頂端看到外面，確認是否有敵人？」

客廳裡所有人一起大笑，包括威廉。看著他大笑的模樣，茱莉雅覺得他好像有點想哭的感覺。她走到他身邊，悄悄說：「我家人是不是讓你壓力很大？」

他捏捏她的手，她知道這個動作同時也代表肯定與否定。

晚餐並不美味。儘管蘿絲很會種菜，但她討厭煮飯，所以全家人輪流設法將晚餐端上桌。反正她種的菜也不是自家吃的——附近的富裕社區週末會固定舉辦小農市集，雙胞胎會把菜拿去賣。今天輪到愛茉琳負責晚餐，她每次都準備微波餐盒，這次也不例外。客人有權先選菜色，威廉選了火雞，餐盒裡的小格子裝著薯泥、青豆、蔓越莓醬。他選好之後，家人隨便選了一下，然後就開始用餐。愛茉琳也準備了Pillsbury公司的冷凍牛角麵包，只要從圓筒拿出來放進烤箱就好了。比起餐盒，大家似乎更熱衷於麵包，不到十分鐘就搶光了。

「小時候我媽也會準備這種微波餐盒。」威廉說。「真高興能再回味。謝謝妳。」

「招待不周，請別見怪。」蘿絲說。「我想問一下，你家信天主教嗎？」

「我在波士頓念天主教學校直到高中畢業。」

「你打算跟隨父親的腳步，從事同樣的工作嗎？」查理問。

茱莉雅沒想到爸爸會問這種問題，她看出三個妹妹同樣感到意外。查理從不提工作，也不問別人工作的事。他在造紙廠上班，他討厭那份工作。根據蘿絲的說法，他之所以到現在還沒被開除，完全是因為公司老闆是他的兒時好友。查理經常對四個女兒說，工作無法定義一個人。

幾年前，愛茉琳聽完這句話後反問：「爸爸，那什麼可以定義你？」她的語氣滿是小女孩的天真無邪。大家都認同，她是四姊妹當中最溫柔、認真的一個。「妳的笑容。」查理

18 大約一五二公分。

說。「夜空。賽瓊內家前面那株盛放的山茱萸。」

聽到他這麼說，茱莉雅心裡想著：全都是空話。對媽一點幫助也沒有，每個星期她都得幫陌生人洗衣服才有錢繳帳單。

或許查理只是認為其他爸爸會問女兒的男友這種問題，所以他就問了。問完之後，他喝乾杯中的酒，伸手拿紅酒瓶。

那天夜裡熄燈之後，希薇對茱莉雅說出她的看法。「爸爸感覺很害怕。妳有沒有聽到媽說『見怪』這個詞？她從來不會那樣說話。因為威廉來，他們兩個故意裝模作樣。」

「不，伯父，」威廉說，「家父是會計師。我——」他欲言又止，茱莉雅想著，他很為難，因為他不知道答案。他欠缺答案。愉悅戰慄沿著她的脊椎往上爬。給答案是茱莉雅的專長。從她會說話開始，就對妹妹發號施令，指出她們有問題的地方，並且告訴她們該如何解決。有時妹妹會嫌煩，但她們一致承認家裡有個「疑難雜症專家」真的很方便。每個妹妹都曾經單獨找她，期期艾艾地說：茱莉雅，幫我想想辦法。可能是討厭的男生欺負人，可能是老師太嚴厲，可能是借來的項鍊弄丟了。她們的求助總是讓茱莉雅激動不已，摩拳擦掌設法解決。

威廉說：「如果沒辦法進職業隊，那我大概會……」他停住，神情迷惘，就像剛才查理的表情，懸在時空中，彷彿希望接下來會發生奇蹟，句子自動出現結尾。

茱莉雅說：「他大概會當教授。」

「哇噢。」愛茉琳讚賞。「有一個很帥的教授住在我們家附近，距離兩個路口而已。經常有女人纏著他。他穿的外套非常精緻。」

「他教什麼？」希薇問。

「不知道。」愛茉琳說。「這很重要嗎？」

「當然很重要。」

「教授耶。」查理說，彷彿茱莉雅說的是太空人或美國總統。蘿絲耳提面命要女兒上大學，但她本身只有高中畢業，查理原本是大學生，但茱莉雅出生之後他就休學了。「真了不起。」

威廉看了茱莉雅一眼，眼神除了感謝還有其他心情。餐桌上的閒聊繼續下去。稍晚，他們在附近散步，威廉說：「妳怎麼會說我想當教授？」

茱莉雅感覺自己臉紅了。她說：「我只是想幫你解圍，肯特說你在寫一本籃球歷史的書。」

威廉放開她的手，但他自己似乎沒有察覺。「是嗎？那不是書——目前還只是一些想法而已。我不確定會不會寫成書。我不知道以後會怎麼處理它。」

「我覺得很厲害。」她說。「其他大學生根本不會想到利用課餘時間寫書。非常有雄心壯志。我覺得你以後一定可以當教授。」

他聳肩，但她看得出來他在思考這種可能。

威廉走在她身邊，高大的身型藏在暗影中。雖是成年男性，但還年輕。在今夜的海軍藍夜空下，皮爾森區靜默無聲。她可以看到聖普羅科皮烏斯教堂的尖塔，教堂就在前面相隔幾條街的右方，每逢週日，全家人都會去做彌撒。茱莉雅想到希薇在明亮的圖書館裡，被壓在整排科幻小說上親吻。她伸手拉拉威廉的大衣前襟。*過來這裡。*

他知道這個動作的意思，於是低下頭。他的嘴唇貼上她，柔和、溫暖，熱戀中的兩人在社區中央、街道中央，緊緊相擁。在他之前，她吻過兩個男生，但他們全都將接吻當作鳴槍起跑，可想而知，終點是上床。但那兩個男生都不期待能走到那一步；他們只是想趁茱莉雅喊停之前，盡可能跑遠一點。吻臉頰很快變成吻嘴唇，接著迅速升級成舌吻，接著男生的手會覆上她的胸部，彷彿想知道尺寸。茱莉雅從來不讓他們再進一步，整個過程都讓她很不愉快，接吻經驗只讓她覺得溼答答、很魯莽。但是威廉不一樣。他沒有將接吻當成短跑比賽，他的吻慢條斯理，讓茱莉雅能夠放鬆。為此她感到安心，身體的其他部位開始有了感覺，她將柔軟的身體貼向他。和威廉在一起，她第一次想要更進一步。她想要他。

他們終於分開時，她靠在他胸前說：「我要離開這個地方。」

「哪個地方？妳父母的家？」

「對，也要離開這個社區。大學一畢業，等到——」這次換茱莉雅欲言又止，「——等到我展開真正的人生。這裡毫無展望。你也看到我家人了。住在這裡，人生只會永遠卡關。」她想像蘿絲菜園裡的地，肥沃土壤中摻雜著許多小石頭，一碰就會黏在手上。她一手搓揉威廉的外套，彷彿想抹去手上的土。「芝加哥有更好的社區。和這裡是兩個世界。你畢業後要回波士頓嗎？」

「我喜歡這裡。」他說。「我喜歡妳的家人。」

茱莉雅察覺自己一直屏息等待他的回答。她已經決定威廉就是她的未來，但不知道他是否也有同樣的感覺，雖然她猜應該有。「我也喜歡他們。」她說。「只是不想成為他們。」

送走威廉之後，茱莉雅悄悄回家，走進和希薇共用的臥房，發現三個妹妹全都穿著睡衣在房裡等她。她們對她露出得意的笑容。

「怎樣？」她輕聲說，忍不住也對她們笑。

「妳談戀愛了！」愛茉琳小聲說，三個妹妹拉著茱莉雅到她的床上，慶祝姊妹中第一次有人談戀愛，第一次有人將心託付給男生。雙胞胎與希薇拉著她一起倒在單人床上。這樣的事她們做過無數次，只是長大之後要一起躺有點難度，但她們知道怎麼收起四肢、調整角度才能成功。

茱莉雅小心摀著嘴笑，以免吵醒爸媽。在三個妹妹的懷抱中，她驚訝地發現自己流淚了。「或許喔。」她說。

「我們核准了。」希薇說。「他看妳的眼神好像把妳當作女神，當然啦，妳確實是女神。」

「我喜歡他眼睛的顏色。」瑟西莉雅說。「那種藍色很罕見。我要畫下來。」

「希薇，這不是妳夢想的那種愛情。」茱莉雅希望澄清這一點。「而是理性的愛。」

「當然囉。」希薇說完之後吻一下她的臉頰。「妳是理性的人。我們為妳感到開心。」

大三那年，威廉求婚。他們依照計畫走到這一步，是茱莉雅的計畫。他們打算一畢業就結婚。她選修了組織心理學課程，課程內容非常精彩，之後她將主修科目從文科改為商科，開始學習各種商業體系，瞭解所有事業都是由錯綜複雜的部門、動機、活動所構成。若是一個部門失能或脫節，就可能拖垮整間公司。教授是一位商業顧問，他幫助公司改善工作流程，提升「效率」與「效能」。茱莉雅升大四的暑假去庫柏教授的公司打工，負責記錄工作事項、在建築圖紙上畫公司運作流程圖。她每天穿套裝搭配海軍藍低跟鞋，家人嘲笑她的裝扮，但她喜歡走進空調清涼的辦公大樓，喜歡大家嚴謹的衣著，感覺得出來他們認真對待自己和工作，她甚至喜歡去洗手間途中經過濃濃的二手菸。那裡的男人全都符合她認為男人該有的樣子，威廉生日時，她買了一件筆挺的白襯衫送他，打算聖誕節再幫他添一件燈芯絨休鬧西裝外套。威廉決定接受茱莉雅的建議，邁向成為歷史教授的道路。茱莉雅的計畫非常完美，連她自己都不由得激賞：今年夏季訂婚，明年夏季畢業並且結婚，然後威廉開始讀博士課程[19]。茱莉雅好喜歡這個時刻，未來的人生不再遙不可及，而是近在眼前。她整個童年都在期待長大，就是為了能走到這裡，達成所有成人的目標。

這是威廉最後一個完整的暑假，他參加了籃球訓練營，茱莉雅經常在下班之後去運動中心和他會合，然後一起吃晚餐。她偶爾會在中庭遇到肯特，因為他暑假在學校保健室打工，所以有時會提早離開訓練場地。茱莉雅欣賞肯特，但和他相處時總是感覺有點彆扭。就好像他們總是抓不準對方說話的時機，以致於經常相撞。和威廉在一起的時候，當威廉說了一句話，他們兩個會同時回答，一個人說話時，另一個人也在說。因為肯特打算靠自己讀完醫學院，茱莉雅敬重他，認為他能帶給威廉正面的影響。不過她懷疑他並沒有同樣敬重她。每次遇見肯特，她總是會在腦中思索該說什麼，希望能找到合適的話題，進而讓他們建立穩固的友誼。

那天傍晚她遇到肯特，他說：「妳好啊，大將軍，聽說妳在商業界發光發熱呢。」

「不要那樣叫我。」儘管如此，她依然掛著微笑。不管肯特說什麼都很難惹人不快，因為他的幽默語氣加上開朗笑容讓人無法生氣。「籃球訓練狀況如何？」

19 美國學制可以在取得學士學位後直攻博士。

「很愉快。」他說，那樣的語氣讓茱莉雅想起之前有一次，當她問瑟西莉雅在想什麼，她興奮回答紫色。

「今天訓練的時候，威廉感覺身心狀況絕佳。」肯特說。「今年暑假他很開心。真是太好了。」

茱莉雅覺得這句話暗藏譴責，但她想不出來自己做了什麼會讓肯特譴責的事。難道他以為她不希望威廉開心？

肯特道別之後，她坐在長凳上等威廉。她搖頭，懊惱不該任由威廉的朋友影響心情。她從皮包拿出粉底盒，補好口紅，剛好看到未婚夫和一群高大青年從體育館出來，她站了起來。不久前，她在路上遇到以前大一生物課的同學，那個女生說：聽說妳和那個眼睛很好看的高個子男生訂婚了。他很帥喔。去餐館的路上，茱莉雅緊握著威廉的手。

威廉剛訓練完畢時總是行動緩慢、無法交談，要等到他吃下一千卡熱量的食物，臉色才會恢復紅潤。茱莉雅恰恰相反，她興奮地說個不停，滔滔不絕描述白天在公司的每個時刻。

「庫柏教授說我是解決難題的天才。」她說。

「對極了。」威廉將烤馬鈴薯切成格子狀，然後叉起一塊吃掉。

「我想知道，你的寫作有沒有進展？」她已經知道不能說他在寫書。「你可以當作大四的畢業論文。」

「還是很亂。」他說。「最近我沒什麼時間寫，也還找不到重心。」

「我想看。」

他搖頭。

她很想問，肯特有沒有看過？但她不想聽到威廉說有。她想讀那本書，一方面是因為好奇，另一方面則是想判斷寫得好不好、是否能作為未來職業生涯的基石。

「今年我可以先發了。」他說。「教練說我的球技進步很多。」

「先發？」

「每次比賽時第一批上場。以後我就列入最佳陣容了。」

「真棒。」她說。「我會幫你加油。」

他微笑。「謝謝。」

「我們訂婚的事，你告訴你爸媽了嗎？」

他搖頭。「還沒。我知道應該告訴他們。可是——」他遲疑，「——我覺得他們不會想知道。」

茱莉雅知道自己的笑容太緊繃。已經好幾個星期了，他一直不肯告訴父母。她認為他嫌丟臉，因為未婚妻是義大利裔，娘家很窮。他跟她說過童年的事，所以她知道他爸爸有一份很體面的工作，媽媽不必上班。想必他們對唯一的孩子懷有各種標準與期待，但威廉不肯承認，她也不肯說出內心的憂慮。她說：「別傻了。他們是你父母。」語氣像笑容一樣緊繃。

「那個，」他說，「我知道結婚的時候不邀請他們會很怪，不過我覺得沒必要邀請他們。」他看到她的表情，於是說：「我只是說實話。我知道這樣很不正常。」

「今晚就打電話給他們，」她說，「我和你一起。我很可愛。他們一定會喜歡我。」

威廉沉默片刻，垂下眼瞼的動作表明他的心思已經跑去了很遠的地方。當他抬起視線，眼神彷彿她是需要解決的難題。

「你愛我。」她說。

「嗯。」他說，這個字彷彿讓他下定決心。「好，今晚就打。」

一個小時過後，他們回到他的宿舍，擠進走道上的老式電話亭，一起坐在木凳上。他們打電話去波士頓。威廉的媽媽接聽，威廉打招呼。他媽媽似乎很驚訝他竟然打電話回家，不過她的態度很客氣。接著換茱莉雅說話——她覺得自己的聲音太大，像是用大聲公說話——威廉的母親感覺很疏遠。她說要去檢查烤箱裡的菜，很高興知道他們要結婚，不過她得先掛電話了。

從頭到尾通話不到十分鐘。

茱莉雅掛好話筒之後大口吸氣，她努力想接觸電話另一頭那個疏遠的人，卻怎樣都碰不到，讓她無法喘息。

等到能夠說話時，她說：「你說得沒錯。她不想來。」

「對不起。」他說。「我知道妳有多失望。妳一定希望親友全都來祝福。」

茱莉雅坐在小小的椅子上，身體緊貼著威廉。電話亭裡很熱。高溫、失望，加上對男友的憐惜在茱莉雅心中冉冉升起——他理當擁有會吻他臉頰的父母，就像她父母吻她那樣。他們說好要等婚後再發生關係，不過有一、兩次差點擦槍走火。電話那頭疏遠的母親等於將威廉交給茱莉雅，實質意義不亞於結婚誓詞。她必須照顧他；她必須愛他，用她全部的身心。事實上，現在就要做到。她滿臉通紅，因為坐姿的關係，裙子往上捲。她必須更貼近他，才能讓狀況好起來。

她說：「房間只有你一個人？」

他的室友暑假回家了。威廉點頭，表情疑惑。

她牽起他的手，帶他往他的房間走，進去之後鎖上門。

希薇

一九八一年八月～一九八二年六月

羅薩諾圖書館俯瞰皮爾森區中央的三叉路口。希薇深愛這座圖書館的每一吋，空間寬敞，大片落地窗展示著市區的天氣。她喜歡這裡來者不拒，館員總是盡責回答所有詢問，無論多晦澀、多荒謬。希薇從十三歲就開始在圖書館打工，一開始只負責上架，現在二十歲的她已經是助理館員了。

希薇正在將《你的降落傘是什麼顏色？》[20]放回書架上，這時，爾尼滿臉笑容走向這個走道，他和她同齡，下巴有個小窩。他們是高中同學，他就讀電工培訓學校，有時午休時間會來圖書館。確定附近沒有人之後，希薇會投入他的懷抱。他們接吻九十秒，在走道上緩緩轉了兩圈，他的一隻手按住她的後腰，她拍拍他的肩膀表示時間到，然後他就走了。

希薇告訴茱莉雅她之所以和男生接吻，是為了未來的偉大戀情預備，雖然確實如此，但也是因為好玩。她從小就在等待真愛現身，在課堂上尋覓真命天子的身影，就像《清秀佳人》[21]的男主角吉伯．布萊，屬於她的版本。她還沒找到那個人，但她喜歡被男生擁入懷中的刺激感。希薇天性害羞、喜愛閱讀；爾尼凝視她的雙眼時，她總是會臉紅。有天夜裡，在床上再次談起這件事時，她告訴茱莉雅：「我的吻功越來越高明了，顯然接吻依靠的不是天分，而是學習。」

茱莉雅搖頭。「有人在議論妳和那些男生做的事。萬一媽媽聽到……」她不必講完，因為她們都很清楚蘿絲肯定會大發雷霆。如果希薇說她是為了真命天子而練習，蘿絲一定會困惑不已，甚至將希薇關在房間裡。蘿絲從來不在女兒面前說愛這個字，她們很清楚媽媽愛她們，因為她總是隨時緊迫盯人關注她們。她們也同樣知道她愛查理，同樣不用說。就是因為愛他，蘿絲才會對婚姻如此失望，也是因此才會要求女兒要堅強幹練、受高等教育，這樣她們才能自立自強，不必因為愛情這種棘手又不可靠的東西而淪陷。

以前茱莉雅也對愛情嗤之以鼻，但現在愛上了威廉．華特斯。希薇看著自己最瞭解的人被戀情降服，心中感到無比神奇。茱莉雅整天笑容滿面，以前會惹她發火的事，現在都不放在心上了：比如查理倒第二或第三杯酒；瑟西莉雅晚餐時間遲到，匆匆坐下；愛茉琳和鄰居家的小朋友在外面玩耍——茱莉雅一直覺得她已經長大了，不該繼續這樣。愛情讓茱莉雅變得幸福輕快，但她將愛情視為精心建築人生的一部分，而不是像希薇那樣把愛情視為活下去的

20 《What Color Is Your Parachute》，理察．尼爾森．鮑利斯（Richard N. Bolles）所著的職業指導書。自一九七〇年出版以來，每年都有更新，被譽為求職聖經。

21 《Anne of Green Gables》，加拿大作家露西．M．蒙哥馬利（Lucy Maud Montgomery，一八七四～一九四二）的小說作品，描述愛幻想的孤女安妮被一對兄妹收養之後在艾德華王子島上的生活。

理由。

茱莉雅對於生命中方向穩定的幾個步驟深信不疑：好的教育帶來好的婚姻，接著是數量合理的子女，然後是財務穩定，最後是擁有房地產。希薇在圖書館裡的行為令茱莉雅頭痛不已，因為那是一種迷亂放縱。希薇准許男生——而且不只一個——親吻她，一手隔著外衣覆上她的胸部，儘管依蓮館長——她堅持大家這樣稱呼她——就在只隔著兩條走道的地方。「拜託妳像正常人一樣和他們交往，一次一個。」茱莉雅訓誡希薇。她多希望妹妹的行為能多點理性。

「我不想交男朋友。」希薇說。「交男朋友就得梳妝打扮，假裝自己是滿腦子想著結婚生子的漂亮女生。我從來沒想過那些事，明明不是那樣的人卻硬要假裝，這讓我很難過。噢——」她用手肘撐起上半身，這樣才能在微光中看見姊姊。「今天我在上架時想到一個很厲害的譬喻。如果現在的我是一棟房子，那麼當我找到真愛，就會變成整個世界。我們的愛將會讓我看見很多自己一個人看不見的東西。」

「別傻了。」茱莉雅說，但臉上帶著笑，因為戀情讓她的內心充滿柔情，也因為即使茱莉雅認為希薇的夢想不切實際，依然希望她能幸福。

希薇並非全然只會作夢。她打算取得英美文學學位，不只能讓她更瞭解心愛的小說，深入解讀其中的神秘、美好與對稱性，也能讓她從事教學或出版相關工作。有了正式工作之後，她會盡量省下錢來給媽媽，讓蘿絲的生活輕鬆一點。她和媽媽感情不太好，母女倆一天可以為小事爭執好幾次。蘿絲經常將用過的杯子和盤子隨手亂放，希薇非常不喜歡；雖然雙胞胎也會這樣，但希薇不跟她們計較，因為她們是家裡的小寶寶。蘿絲會埋怨希薇不幫忙照顧菜園，這倒是真的。四姊妹當中只有希薇堅持只做屋內的家事，她只有曬衣服的時候才會去後院，因為多層曬衣繩在那裡。蘿絲看到希薇在閱讀的時候，總會一臉嫌棄地大聲嘆息。希薇實在無法理解——媽媽要求四個女兒都要上大學，卻不喜歡希薇閱讀，未免太矛盾了吧？希薇觀察到媽媽和茱莉雅經常在廚房餐桌邊平靜地坐著不說話。但希薇和媽媽在一起時，氣氛總是一觸即發，彷彿空氣充滿靜電。

蘿絲會摸雙胞胎的頭，對她們發號施令，彷彿她們還是幼兒，但她們不以為意。她們負責菜園大部分的除草工作，也幫忙蘿絲摺衣服。雙胞胎總是好像只需要對方，父母和兩個姊姊的寵愛似乎經常讓她們歡喜又驚訝。尤其是愛茉琳，每當她和瑟西莉雅說話的時候有其他家人加入，她就會一臉錯愕，彷彿忘記了家裡還有別人。雙胞胎有一套自己編造的語言，直到小學快畢業都還在用，即使到現在，她們獨處的時候依然會用上一些詞彙。

希薇閉上眼睛，手中捧著一本書，回味爾尼的吻。有人說她隨便、淫蕩，那些人的思考模式太懶惰，她從不曾和那些男生更進一步，無論是爾尼、麥爾斯，還是那個穿西裝的濃眉男子。他們似乎很樂意吻她，而九十秒的限制讓他們不能做出太逾矩的行為，這完全符合希薇的要求。如果只有交個穩定男友或淫蕩這兩種選擇，現在她找到並開啟了第三道門。對於未來，她最嚮往的就是能夠找到更多的第三道門。她的靈魂伴侶也必須符合第三道門的定義：他不只是男友，也不只是丈夫。他會真正看見希薇，有如透過乾淨的玻璃窗，而且不會想要改變她的任何一部分。希薇每天都看著媽媽企圖改變爸爸，現在她也看到茱莉雅以充滿愛意的方式將威廉塑造成她理想中的丈夫。希薇要以不同的方法去愛。無論她所愛的人生來是什麼模樣，她都會衷心珍惜；她會對他的獨特之處感到好奇，沉浸在全然真誠的愛中。

我的心敞開，她想著，然後又仔細思考這個句子。是詩句嗎？她聽過爸爸在家裡朗誦？她像爸爸一樣喜歡惠特曼。當查理朗誦惠特曼的詩，希薇會想像大鬍子詩人站在大雨中的陽臺上——文字與他在世上看到的美好，令他不禁感動落淚。

希薇推著推車從走道出來時，剛好看到茱莉雅和威廉坐在他們最喜歡的位子上。那裡有根結構支柱，稍微遮蔽前方的視線，讓他們多少可以享有一點隱私，不過希薇頂多只看過他們牽手。他們傾身靠近對方，彼此凝視。希薇明白姊姊一旦鎖定目標就會全心專注。她知道茱莉雅把一切都押在威廉．華特斯身上；他將成為她的丈夫，成為她未來的結構支柱。茱莉雅很頑強，她驚人的能量有如引擎推動她和威廉向前。「我知道為什麼妳這麼喜歡他，」瑟西莉雅調侃大姊，「因為他什麼都聽妳的。」

當然，希薇雖然非常瞭解姊姊，但沒有那麼瞭解威廉。不過，儘管他外在給人的感覺穩定沉著，但她察覺到他懷有恐懼。他死命攀附茱莉雅，彷彿她是救生艇，希薇很想知道為什麼。她不愛八卦，但她喜歡全面瞭解故事的發展，尤其這個故事屬於一個六呎七吋的男人，她親愛的姊姊帶進家中的男人。

她推著車走向他們的座位，他們一起微笑打招呼。

「你們好認真讀書。」希薇看著擺滿教科書的桌面，心中滿是欣羨。她原本就讀社區學院，但因為查理又被減薪，所以她不得不輟學。現在她盡可能在圖書館多值班，設法存錢復學。

「我沒有妳姊姊那麼聰明。」威廉說。「我必須花很多時間讀書，否則成績會變差，那就不能打籃球了。」

茱莉雅對希薇說：「很快妳就可以復學了。」

希薇聳肩，感覺臉頰發熱。她不想在未來姊夫面前談她的財務困難。「婚禮籌備還順利嗎？」她問。「能有機會認識你的家人，真是太好了，威廉。」

他的臉上瞬間浮現奇怪的表情，希薇懷疑自己說錯話了。

「其實，」茱莉雅急忙說，「他的父母不會來參加婚禮。他們不想來。」

希薇歪著頭努力理解。不想運動、不想吃青菜、不想早起，這些都是人之常情。但父母不想參加子女的婚禮，感覺很不對。「我不懂。」她說。

威廉神情疲憊，他心中有個東西褪色了，變得像他的眼眸顏色一樣淺。「妳們姊妹應該不可能理解。」他說。「妳們的家人之間充滿愛。我的父母不愛我。」

說出這句話之後，他似乎感到驚訝，希薇也很驚訝。她在空位坐下。茱莉雅按住威廉的手。她用最斷然的語氣說：「就算沒有他們，我們的婚禮還是會很棒。」

「當然囉！」希薇說。「對不起，我不該問……我不知道。」

「他們不是壞人。」威廉說。「能有蘿絲和查理這樣的父母，妳們真的很幸運。」

「沒錯。」希薇說。陽光從大落地窗照進圖書館。一時間所有人都覺得刺眼，紛紛眨眼或用手遮擋，直到一朵雲飄過來，也可能是太陽稍微西斜了一點，館內亮度恢復正常。

依蓮館長不知在哪裡大聲嘖了一下，希薇急忙站起來。

「妳該不會在走道藏了一個男生吧？」茱莉雅說。

「現在沒有。」希薇說。「只有我和千千萬萬本書。」

一個月後，多虧姊姊幫忙，希薇順利復學。一天下午，茱莉雅坐在羅薩諾圖書館中，仔細觀察訪客。中午有一位年長男士進來，讀報紙上的星座運勢給希薇聽，他剛好在附近的銀行上班。茱莉雅直直朝他走去，說明希薇的處境，他表示很樂意幫忙。當天下午，他安排希薇申請一筆小型就學貸款。他將文件交給希薇時說：「妳很傑出，不該就此埋沒。」

那位先生和姊姊的慷慨義助讓希薇感動落淚，雖然她很少哭。依蓮館長看到她臉龐發紅、滿面淚水的模樣，嘖了一聲之後說：「嗯，看來妳又要配合上課時間調整班表了。」

「對。麻煩您了，館長。」

三個姊妹烤蛋糕為她慶祝，瑟西莉雅畫了一條橫幅，上面寫著：恭喜希薇！不過她擔心查理看到會難過，於是把橫幅掛在希薇與茱莉雅共用的小臥房裡。因為希薇輟學是他的錯，所以他一直假裝不知情，可想而知，他肯定也想假裝不知道她復學了。四姊妹盤坐在臥房地板上吃蛋糕，互相搶著說話。

「我想用這個蛋糕借花獻佛感謝妳。」希薇對姊姊頷首。「多虧有妳幫忙，我才能回去讀書。」

茱莉雅吞下口中的蛋糕，然後說：「妳自己早該想到這個辦法，妳知道吧？圖書館的常客都很喜歡妳。要是早點讓他們知道妳需要幫助，也不用拖這麼久。」

門外傳來說話的聲音，來自客廳方向，四姊妹安靜聆聽。蘿絲的音調拔高，表明她很不高興，查理回應之後，蘿絲的語氣恢復平靜。一開始感覺夫妻要吵架，結果變成平靜交談，四姊妹鬆了一口氣。

「我來預測妳們的未來。」茱莉雅說。

「噢，好耶。」瑟西莉雅說，愛茉琳放下叉子，滿臉期待。雙胞胎剛滿十七歲，升上十二年級。希薇二十歲，茱莉雅二十一歲。她們的年紀已經不太適合玩這個遊戲了，但她們從小玩到大，到現在依然欲罷不能。茱莉雅假扮預言師，編造三個妹妹的未來。她做出拿起水晶球的動作，假裝搖動，就像搖雪花球那樣，搖出三個妹妹的未來，每次換人就重複動作。念小學的時候，有一段時間茱莉雅很喜歡動物，所以那時的預言是她會成為獸醫，希薇則是她的助理。因為茱莉雅不忍心給動物打針，所以需要助理負責這項工作。那時候她預言愛茉琳與瑟西莉雅會在動物園擔任保育員。後來這些年，她編造出各式各樣的職業與丈夫，有如萬花筒般多采多姿。

「希薇會在火車上邂逅深色眼睛的高大陌生人，他的名字叫做巴爾薩札，展開命中注定的偉大戀情。她也會寫出美國小說鉅作，不到三十歲就贏得普立茲獎。」

希薇的嘴裡塞滿糖霜，於是用赤腳推推姊姊的大腿表示感謝。

「明年夏天我會嫁給威廉，我們會生出兩個完美的孩子，擁有優美的小家庭獨棟住宅，有真正的庭院——很可能位在森林格倫區[22]——妳們至少每個星期會來一次，星期天一起吃晚餐。我會成為小孩學校的理事會主席，完美展現教授夫人的風範。」

「萬一他被選進職籃呢？」愛茉琳說。「那才是他真正想做的事，不是嗎？」

茱莉雅撥開落在臉上的鬈髮。「籃球不能打一輩子——在學校玩玩就夠了。」

「一切都在妳的掌握中。」瑟西莉雅說，希望茱莉雅快點換人。

「沒錯。妳呢，小愛，會嫁給一個蘇格蘭醫生，生三對雙胞胎。妳的家是高地沼澤邊的農莊。」

茱莉雅的預言中一定有一段會出現高地沼澤——四姊妹喜愛的英國小說裡幾乎都有這種神秘的地形，她們十分神往。

「哇——噢——」愛茉琳說，開心地倒回床上。她最大的心願就是能夠當媽媽，她從小就一直勤加練習。甚至當她還在蹣跚學步的時候，就會在小包包裡放零食和ＯＫ繃，姊妹隨時肚子餓或受傷，她都可以及時照顧。附近的幼童總是踏著搖搖擺擺的步伐跟隨愛茉琳，有如母鴨帶小鴨，沉浸在她給予的關愛中。她是皮爾森區這一側最熱門的保母，因此她的床墊底下藏了不少錢，數字相當驚人。

茱莉雅不等愛茉琳發問，直接說：「三男三女。」愛茉琳滿足地點頭。

「輪到我了！」瑟西莉雅說。

「妳會讀藝術學院，成為知名畫家。妳和愛茉琳無法分開太久——」

「因為我們會死掉。」愛茉琳說。

「——所以妳在巴黎有一間公寓，在蘇格蘭也有房子，就在愛茉琳家的農場附近，很合理，因為妳喜歡雨。」

---

22 Forest Glen，芝加哥的富裕階級郊區。

「太好了。」瑟西莉雅說。「我想要用梵谷畫星空的手法畫雨。」

愛茉琳點頭。「我會在家裡掛滿妳的畫。」

下一口蛋糕希薇很用力才勉強吞下，因為滋味突然有點苦澀。她差點說出很殘酷的話：根本不可能實現。幸好她即時制止自己。她已經不覺得這個遊戲好玩了，希薇從來沒有告訴任何人她夢想寫小說，甚至不敢對自己承認。但姊姊猜中她的想法，當著所有人的面說了出來，即使希薇知道茱莉雅是好意，但依然有種莫名痛楚，類似失落感。那個夢現在暴露在外，遭受現實摧殘，遠在她抓不住的地方。

茱莉雅的婚禮當天，才剛破曉，蘿絲就叫醒四個女兒。

愛茉琳發現蘿絲神情慌張，於是問：「媽媽，怎麼了？」

四姊妹揉揉眼睛、伸伸懶腰，驚恐沉默，等待媽媽說出最慘的消息。威廉死掉或跑掉，教堂焚毀，查理喝太醉，無法出席婚禮。也可能是菜園出大事了，洪水爆發或殺人蟻大軍入侵等等。

「太多、事、要做。」蘿絲說，光是說出這句話就讓她氣喘吁吁。「快起床！」

茱莉雅已經醒來，正在整理頭髮。她跟著媽媽走進廚房，大聲清點待辦事項。「我們需要幫威廉安排一張椅子——和老人的座位分開。他膝蓋受傷，不能久站。希薇負責去路易斯先生家確認鮮花。餅乾呢？」

「準備好了，只等進烤箱。」

前後左右四戶人家都把廚房借給蘿絲使用，婚宴用的五百片餅乾分別放在他們家中，十點一到，愛茉琳負責跑去每一家大喊：「開始烤！」餅乾就會同時進烤箱。

婚禮預定正午在聖普羅科皮烏斯教堂舉行，然後在教堂側面的庭院舉行婚宴，招待紅白酒與餅乾。茱莉雅的禮服由相隔兩條街的裁縫製作。蘿絲免費幫裁縫清洗禮服和布料好幾個月才換到這套。蘿絲以物易物的功力天下無雙。她在菜園左後方角落種植一種特殊品種的南瓜，因為附近的肉店老闆小時候在希臘常吃，現在非常想念；蘿絲將每年長出的瓜全部給他，換來餐桌上的雞肉或牛肉。婚禮所需的物品全都是她這樣張羅來的，只有酒例外。他們家附近有四間酒鋪，全在步行距離內，這幾家店的老闆都是查理的酒友，蘿絲堅持說既然查理在他們店裡花了那麼多錢，現在他的長女要結婚了，他們至少應該表示一下心意，各捐一箱酒。

「希薇，妳不會丟下我去嫁人吧？」查理身陷客廳的單人沙發，身上穿著老舊白T恤，雙手捧著咖啡。

「噢，爸爸。」希薇走過去吻一下他的頭頂。「無論如何我都不會丟下你。」

「小愛？小瑟？」

「別傻了，爸。」雙胞胎其中一個在臥房裡大聲說。「我們當然會結婚，只是遲早而已。」

查理頹然往椅背一靠。希薇從來沒有看過他如此蒼老的模樣。他轉頭看窗外，第一道日光剛剛升起，他點點頭。「孩子長大了當然要揚帆遠去，留下我和妳們的媽媽在這裡。從古至今都是這樣。」

吃完早餐之後，希薇走路去花店，距離六個路口。花店老闆路易斯先生是個瘦小的厄瓜多人，他站在櫃檯後面對她冷哼一聲，然後說，花一定會準時送到教堂，而她竟然跑來盯他，讓他很不爽。「今天這種大日子，妳應該有更重要的事吧？去弄頭髮、搽口紅。孩子，多少打扮一下吧。」

希薇蹙眉。她的樣子很糟嗎？她可是首席伴娘呢，換言之，典禮當中她必須全程站在教堂前方陪伴姊姊。為了茱莉雅，她希望自己能好看一點，但她的頭髮需要奇蹟才會乖乖聽話。希薇從來沒辦法讓頭髮順她的意。今天早上她沒有照鏡子，但從路易斯先生的話判斷，今天奇蹟沒有發生。希薇道謝之後，離開花店。她數著要走多少步才會聞不到玫瑰香：答案是十三步。

她經過圖書館，快要開門了，她從落地窗外對櫃檯後面的幾個女生揮手。她總覺得應該進去上班才對。應該在清涼的書架間度過一天。婚禮、陽光、強顏歡笑——這一切都讓希薇覺得好累。她知道這樣很矛盾，雖然她嚮往愛情，但婚禮總讓她覺得不舒服。兩人之間深刻的愛應該是不需言語的私密結合，而相愛的兩個人穿上華服站在眾人面前，她總覺得這麼做違背了愛的本質。沒有人能看見愛——至少希薇這麼認為。愛是一種內心的狀態。觀看相愛的兩人共結連理的那一刻，她總覺得不應該，那種感覺近乎褻瀆。

希薇祝福茱莉雅和威廉，也為他們感到喜悅，但婚禮害她得裝模作樣，因為大家認定女生參加婚禮就該雀躍歡欣。社區的所有老太太都會來吻她，每個人都會跟她說下次就輪到妳了，如此一來，她的心情會變得憂傷，因為她的真愛到現在還沒現身。她整天都待在羅薩諾圖書館，他剛好出現在那裡的機率有多高？萬一她永遠找不到他呢？

希薇差點被瑟西莉雅絆倒，妹妹坐在圖書館過去一點的馬路邊上。「妳在這裡做什麼？」她驚訝地問。蘿絲難道安排了放空時段，讓妹妹可以坐在馬路邊發呆？

「噢。」瑟西莉雅說。「我在等愛茉琳。她去藥房了。」

希薇在妹妹身邊坐下，和她並肩坐在水泥地上。既然有放空時段，她也要加入。現在家裡的氣氛一定瘋狂激動，回去之前，她想先安靜一下。

「今天我是貝絲。」瑟西莉雅說。

希薇點頭。這是帕達瓦諾四姊妹從小就常說的話。茱莉雅第一次讀完《小婦人》[23]之後，

23 《Little Women》，美國作家露意莎·梅·奧爾柯特（Louisa May Alcott，一八三二～一八八八）的作品，也是她最著名、最成功的作品，描述南北戰爭期間一個家庭（馬區家）的生活與四位女兒（梅格、喬、貝絲、艾美）的追夢故事。

告訴三個妹妹這本書裡也有四姊妹，並一一介紹，之後她們就開始爭論自己是馬區家的哪個女兒。茱莉雅和希薇都覺得自己應該是活潑的喬，希薇覺得她們兩個都沒錯。她們各自有喬的一部分特質。茱莉雅擁有喬．馬區的活力與熱情，希薇則像喬一樣獨立又愛文學。愛茉琳與瑟西莉雅互相說對方像梅格與艾美，不過，每當帕達瓦諾四姊妹之中有人生病或憂愁的時候，就會說自己是貝絲。四姊妹會輪流對其他人說：我們之中有人會第一個死掉，然後四姊妹一起瑟瑟發抖。

「怎麼了？妳身體不舒服嗎？」

「我有個秘密。」瑟西莉雅說。「妳不能告訴茱莉雅。等她蜜月回來我會自己告訴她。或許吧。」

希薇等她說下去。社區的人在她們四周不斷經過，青少年邊走邊推來推去；一個小朋友拍著籃球等候過馬路；一排哈西迪猶太教[24]打扮的男子在街角轉彎。祖先來自世界各地的人們往四面八方而去。今天星期六，也是晴朗的六月早晨，每個人感覺都比平常要快樂一點、自由一點。

「我懷孕了。」

一口氣卡在希薇的喉嚨裡，她咳嗽。她想著，我連性經驗都沒有。她說：「不可能吧？妳才十七歲。妳搞錯了吧？」

瑟西莉雅聳肩。她和愛茉琳其實已經高中畢業了，但是因為茱莉雅大學畢業又結婚，所以沒有得到太多關注。今天早上查理感覺比平常老，現在瑟西莉雅也是。「對方是班上一個我一直很喜歡的男生。那天在蘿莉．吉諾維斯家的派對上我喝多了。他並不知道。我不確定該怎麼辦。」

希薇的第二個反應是憤怒。她一直非常小心，和男生頂多只有接吻，只允許自己享受沒有風險的短暫歡愉。茱莉雅從小學就開始以軍事化的精準規畫人生並加以執行。她們兩個都沒有留下任何發生意外的空間。希薇現在領悟到，她們兩人一直相信，只要她們以身作則，就能讓愛茉琳與瑟西莉雅平安無事，跟隨姊姊們的腳步走向成年。兩個妹妹應該知道要小心。但希薇如此認定，其實是一種怠惰。她明知有第三道門。假使她和茱莉雅一直從同樣的門出出入入，那麼，愛茉琳與瑟西莉雅當然可能會去找另一個出入口。瑟西莉雅很可愛，嬌小玲瓏、曲線豐滿。也總是笑口常開，朋友生日的時候會幫他們畫肖像。男生簇擁在她身邊，兩個姊姊卻沒有教她怎麼抵擋那些男生，也沒有告訴她為什麼。就像查理早上說的，從古至今都是如此。

希薇感覺像被焊接在路邊。即使她站起來，和兩個妹妹一起回家，被蘿絲催促著換上粉紅色伴娘禮服，努力把亂髮變好看，她依然覺得自己還坐在路邊，看著人生匆匆流逝。圖書

24 猶太教正統派的一支，作風保守，此教派的男性一律戴黑高帽、穿黑大衣，蓄鬍留鬢角；女性則是長袖上衣配長裙、長襪。

館在她身後，瑟西莉雅如同行走的定時炸彈，茱莉雅如此幸福，彷彿噴射出火花，威廉即將加入新家庭，蘿絲和查理還不知道新一代已經在路上了。當太陽升到天空中央，希薇站在祭壇上硬撐起笑容，依然感覺自己還坐在路邊，思考著是否還來得及將所有人拉回來。

威廉

一九八二年三月～一九八二年六月

當威廉跳起來阻擋時，那個動作感覺好熟悉，從其他球員的身體角度到他自己跳起的姿勢，全都好熟悉，他告訴自己要小心。這個念頭還沒消失，一個身材壯碩、留黑人辮、戴護目鏡的中鋒已經猛撞上他的胸口。威廉比以前壯，所以他在半空中推回去，結果自己反而被撞開。他撞上另一個球員，身體一歪。落地時，他的右膝重重著地。

肯特來到威廉身邊彎腰察看，伸出一隻手拉他站起來。「你沒事吧？」肯特問。

威廉幾乎聽不見好友的聲音。他的膝蓋發出警告訊號。他竟然能感覺到膝蓋內部，有如被海浪悄悄推倒的沙堡。他呆望著右膝，裁判吹哨，幾個人扛著擔架進場。那個動作很熟悉，隨之而來的濃霧與劇痛也很熟悉。

因為膝蓋需要復位固定，所以動了兩次手術。每次外科醫生或主治醫生進來病房，威廉總是認真聽他們說明，希望能夠理解。膝蓋傷勢是唯一能讓他專注的話題，其他訊息似乎全都飛去極為遙遠的地方。他捕捉到詞句、片段，但捕捉不到意義。

他運氣不錯，可以獨佔一間病房。一般而言，手術時間相隔兩週的病人，醫院都會要求先出院回家，但因為威廉必須讓傷腿保持靜止並抬高，而他的宿舍房間要爬三層樓梯，於是醫院准許他留院。護理師說隨時可能有其他患者住進來，但一直沒有。肯特有空就會來探望，但他很忙，課業、籃球、洗衣室值班，難得有時間。茱莉雅每天至少會來一次，有時兩次。她每次都會以很誇張的方式進病房，想以這種方式逗威廉笑：模仿芭蕾舞者轉圈上臺或者扮演趾高氣昂的嚴厲護理師。有一次她頭上頂著好幾本書，走到一半書才掉下來。威廉雖然開心，但其實他不需要這種表演。只要有她在，他就很滿足了。

茱莉雅把他的課本帶來，以免課業落後太多。不到兩個月就要期末考了，接著就是畢業典禮。「一九八二年六月將是我們人生中最精彩的一個月。」茱莉雅說。「畢業典禮之後接著舉行婚禮。」她滿心歡喜地說出這兩件大事，品味這兩個里程碑帶來的穩定感。威廉喜歡聽未婚妻這樣說話。他很敬佩茱莉雅，她將人生視為高速公路，而她是技術熟練的駕駛，他非常慶幸能在她的車上。

不過，當她離開病房後，接下來幾個小時通常都只有威廉一人。他把課本放在一邊，病房角落有臺電視，他拿著遙控器不斷轉臺，靜音收看公牛隊[25]比賽。上次肯特來的時候幫他把信件送來，其中一個信封上的細長字跡，威廉一看就知道是爸爸寫的。第一次觸碰那封信的時候，他全身冒冷汗。威廉以為自己早已對父母死心，但這封信再次喚醒他不想要的希望，在他全身奔竄。他把那封信塞在枕頭底下，努力驅趕心中的希望，有如驅趕停在窗外的鳥兒。父母不希望他出現在他們的生活中，威廉從小便接受現實。之前他和茱莉雅一起打電話回波士頓報告要結婚的消息，他的心情相當冷靜，因為他很清楚結果會如何。那時他只擔心茱莉雅，生怕她太過失望。然而，那次通話之後已經過了很長一段時間，父母或許重新思考過，因此特地費心寫信給他。他們不會知道他住院——他們怎麼可能聽說？他的醫療費由學校負責，外科醫生表示，如果威廉的父母想瞭解狀況，他可以安排時間說明，但威廉說沒有必要。威廉猜測父母寫信給他，有可能是出於悔悟。現在，威廉長大成人準備結婚了，說不定他們領悟到錯過太多他的人生大事。他希望——這次的希望依然帶來冷汗——父母寫了一封長信，為他們長久以來的忽視道歉。他們可能在信中求威廉原諒，希望能有機會出席婚禮。

威廉關掉電視，拆開信封。他馬上就看出裡面沒有信，只有一張支票。註記欄上寫著：恭喜結婚／畢業，金額是一萬元。威廉看著那幾個零，心裡想著：現在真的結束了。他立刻明白，他不會兌現這張支票。他不要用他們的錢。威廉的心跳放慢，只剩下胸腔中的低語，他必須以特別的方式呼吸，以免哭出來。他沒想到自己竟然會這麼難過，彷彿內在有什麼東西碎裂了。

兩次手術之間，隊友和教練都來探望。隊友一律穿球隊大學衫，好幾個進門時必須彎

25 Bulls，位於美國芝加哥的NBA職業籃球隊。

腰。當隊友圍在病床邊，威廉心中的一切都往下沉。彷彿他的內在——他的自我——收縮成筆尖般的小點。所有色彩與線條都消失了。

每個來探望的人都掛著小心翼翼的笑容，想要幫助他振作。

「安啦，你不會有事。」肯特離威廉最近，拍了兩下他的肩膀，彷彿想用敲打的動作讓這句話更有真實感。你不會有事。

我認為很難沒事，威廉想。

教練清清嗓子，然後說：「孩子，在這個時間點受傷其實算走運。你打進了錦標賽，賺到了經驗。這個球季大部分的時間你都表現很好。聽說你快結婚了？」

「是，教練。」

「真是好消息。這是真正的人生大事。看吧，狀況只會越來越好。」

這只是空言安慰，威廉想著。你很清楚以後我不能打球了。你很清楚我完蛋了。

球隊的控球後衛加斯送上全體簽名卡片，祝他早日康復，兩個隊友開玩笑說醫院的食物簡直要人命，然後他們魚貫離去，威廉鬆了一口氣。

物理治療師沒有跟著離開，他名叫阿拉什，留著落腮鬍。他走到病床邊，蹙眉問：「你的那隻膝蓋是不是有舊傷？」

威廉點頭謝謝他的關心，沒錯，那隻膝蓋確實有舊傷。他內心收縮的小點放鬆了，他終於可以吸入足夠的空氣順利呼吸。「十一年級的時候骨折過一次。事實上，那時候的狀況和現在很類似。」

「我想也是。可見是因為舊傷留下的弱點，那隻膝蓋才會碎裂成那樣。」

阿拉什拿著X光片，低頭看上面的圖像。X光片中，相較於上下的骨頭，髕骨感覺碎得更小片也更嚴重。那塊白色圓形上佈滿無數裂痕。「簡直像馬賽克拼貼。」

「足以終結籃球生涯。」威廉說。

「確實。那個，我知道你很愛籃球。」阿拉什說。「我之前就看出來了，我也看出來你的膝蓋有弱點。你知道，你還是可以留在籃球界，當教練或防護員，也有其他不同種類的角色。觀察一下球隊的後勤團隊，說不定會有你喜歡的工作。籃球是非常龐大的系統，需要許多零件。」

威廉傾身向前。「你剛才說我的膝蓋有弱點，那是什麼意思？」

阿拉什身材矮壯，手臂感覺很有力。「你有一、兩次做出保護的動作。我也看到你旋轉或跳躍的時候都用另一條腿。很年輕就受傷的人經常會這樣。膝蓋並非獨立作業。髖部和腳踝都會跟著產生變化，你的整體平衡也會歪掉。關節之間會互相連動，沒有人教你比較弱的腿要特別鍛鍊，才能完全恢復力量。我敢說，上次受傷的時候，你一定是一拆掉石膏就立刻回球場，完全沒有任何改變，對吧？」

威廉點頭。

「我想也是。」

阿拉什離開之後沒過幾分鐘，茱莉雅接著來了。她端詳威廉的臉，她看得出來他內心激動。「發生什麼事了嗎？」

「我的膝蓋痛死了。」

「真可憐。轉移心思想想別的事吧。想想我們的婚禮。你有很美好的未來可以期待，不是嗎？」

「教練也這麼說。」

她開心起來。「真棒！」

她遞給他一個文件夾板，上面夾著好幾頁的婚禮計畫：賓客清單，鮮花裝飾那一頁還貼上各種花的照片，一份以分鐘為單位的程序表。日程表詳細列出有哪些事要做、該在哪天完成哪個項目。工作表上清楚列出誰負責哪些事，幾乎每一格旁邊都有茱莉雅或蘿絲的名字。

威廉一一翻閱。距離婚禮還有九週。婚禮是實實在在的事，他能夠理解，就像膝蓋受傷的現實一樣。他需要出席婚禮、小心保護膝蓋。

茱莉雅輕撫威廉的頭髮。輕柔的動作感覺很舒服。

她在說話，於是他努力專注。「我去歷史系辦幫你拿作業的時候，順便打聽了一下有沒有助教的工作。他們說秋季還缺一個人。要不要幫你投履歷？」

威廉九月即將開始在西北大學念研究所。收到入學許可時他很驚訝，但也放下了心中的大石。他自認學業表現中等而已，然而，過去四年與肯特和茱莉雅一同學習改變了他的成績。他的好友與女友是勤學的典範，他們教他如何改善讀書效率。運用他們傳授的技巧，加上威廉一直擔心萬一平均成績太差會被踢出籃球隊，讓他成功登上院長獎名單。

申請博士課程，必須選擇一個歷史時代作為研究主題，他想了很久都想不出來。他喜歡歷史的廣度，事件與人物之間的橫向連結。托爾斯泰啟發甘地[26]，甘地又啟發了金恩博士[27]。威廉很難死心塌地選擇特定的世紀、大陸、戰爭。他和肯特商量這個難題，好友搖頭說：「傻瓜，你不是已經在研究特定年代了嗎？你寫的那本籃球歷史書啊。」威廉大吃一驚——他完全沒想到——然後說：「我不能研究籃球。沒有人會把籃球當成嚴肅學術研究的主題。」不過，最後他還是申請研究一八九〇年到一九六九年的美國史，這個時代讓他的個人喜好與研究工作至少能夠並行存在。

研讀博士的期間，威廉需要擔任助教才能負擔他和茱莉雅的生活。他調整好表情，讓未

26 甘地（Mohandas Karamchand Gandhi，一八六九～一九四八）英屬印度政治人物、印度國父。他帶領印度獨立，脫離英國殖民地統治。他的非暴力哲學思想影響了全世界的民族主義者，和那些爭取和平變革的國際運動。

27 金恩博士（Martin Luther King Jr.，一九二九～一九六八），非裔美國人民權運動領袖，於一九六四年獲頒諾貝爾和平獎。他主張以非暴力的公民抗命方法爭取非裔美國人的基本權利，而成為美國進步主義的象徵。

婚妻相信他在認真聽她說明計畫，但他內心有個聲音不斷低語：婚禮、膝蓋。

「好？」他說。「不過我的履歷還沒整理，不確定能不能送出去。」

「我來幫你修改，這是我的專長。你記得吧？暑假的時候我在庫柏教授那裡打工，看了一大堆履歷。你出院以後該剪頭髮了。」茱莉雅碰碰他的手臂。她停頓一下，然後壓低聲音說：「我好希望能爬上病床和你躺在一起。」

威廉想像她的曲線貼合他的側身，想像如果拉起被單遮住兩人的頭，會發生什麼事。

「吻我的手？」他說。

她彎腰握住他的手。她親吻手掌外側以及虎口的柔軟處。然後她把他的手掌翻轉過來，親吻掌心。溫柔的吻一次次落在他的手上。婚禮、膝蓋。

婚禮前幾天，帕達瓦諾家舉行會議，由蘿絲與茱莉雅主持，最後再確認一次當天的工作職責。查理不在家，但沒有人特別提起這件事，威廉不禁懷疑她們是不是特地選了他會出門的時間。希薇坐在離媽媽最遠的角落，讀著放在腿上的書。只有叫到她的時候才會注意聽。愛茉琳奉命記錄會議上達成的決定，因此她拿著筆和筆記本做好準備。瑟西莉雅靠在愛茉琳的手臂上，好像覺得無聊想睡覺。

威廉花了不少時間才掌握到分辨雙胞胎的訣竅，但現在他已經不會搞混了。瑟西莉雅的雙手和衣服上永遠會沾到顏料，她的心情瞬間就能從好變壞，速度十分驚人。她喜歡故意對人擺出嚴肅的表情，威廉覺得這一點很像茱莉雅。相較之下，愛茉琳比較溫和，對事情的反應也比較慢。愛茉琳是四姊妹當中最安靜的，每當小小房屋裡的電話響起，多半是為了找她當保母。威廉曾經這樣想過：他的未婚妻拿著指揮棒在世上昂首闊步前進，希薇捧著書，瑟西莉雅拿著畫筆，愛茉琳則是空出雙手，隨時準備抱起鄰居家的孩子哄。自從威廉受傷之後，愛茉琳每次見到他，都會問要不要幫他拿東西，有時則是跑去幫他開門。

威廉聽著茱莉雅和她媽媽輪流讀行程、分配工作。當蘿絲說到婚禮當天早上，查理會開車去西北大學接威廉時，他說：「不用麻煩了。我可以自己去教堂。」

「你受傷了。」蘿絲說，語氣暗示膝蓋碎裂是他的錯。「你穿著禮服、拄著拐杖要怎麼去教堂？坐公車嗎？查理會跟鄰居借車去接你。就這樣。」

愛茉琳笑嘻嘻說：「媽媽只是希望你會準時出現在教堂，不出差錯。」

「如果是這樣，那就不該派爸去接他。」瑟西莉雅說。

蘿絲搖頭，灰髮飛舞。「妳們兩個不要吵。威廉和查理會互相管好對方，兩個人都準時到場。」

「噢！」愛茉琳張開手掌拍拍桌子。「有道理耶。妳讓爸爸負責威廉，讓威廉負責爸爸。媽媽，妳真是邪惡天才。」她把手舉到媽媽面前，想來個擊掌，但蘿絲不理會。

蘿絲說：「伴郎那邊你都交代好了？」

「肯特知道要去哪裡、幾點要到。」

「他會喝醉嗎？」

威廉錯愕地看著她。「不會？」

「不要放在心上。」茱莉雅說。「她以為每個男人都喝酒沒節制。」

「要等他們用行動證明我才會相信。」蘿絲說。「瑟西莉雅，我們在開會，為什麼妳要趴在桌上？拜託妳坐好。」

「我覺得已經討論得差不多了。」希薇說。「這場婚禮絕對會順順利利，有如精心調整過的儀器。我等一下就得去上班了，記得嗎？」

蘿絲轉頭看著威廉說：「婚禮結束之後，你要改口叫我媽媽，不准再叫我帕達瓦諾伯母了。」

她說話的時候凶巴巴望著他，但他看出她的眼睛傳達了另一層意涵。她很遺憾他的父母不來參加婚禮，她很遺憾他的父母不愛他。她會愛他，填補他們的空缺。

茱莉雅在桌子底下捏捏他沒受傷的膝蓋。

他好不容易才有辦法開口。「謝謝妳。」他說。

「說什麼傻話。」蘿絲已經回過頭看清單了。

但他再次道謝，按住茱莉雅的手。

後來威廉才想通，蘿絲召集會議就是為了告訴他這件事。她不需要和他們核對計畫。她是三軍統帥，婚禮當天自然會對小兵發號施令。她單純是希望在見證下宣布這件事。

畢業典禮的日期就在婚禮前一週，因為除了典禮本身還有大大小小的慶祝活動，因此，威廉覺得好像無止盡地換穿一套又一套正式服裝。婚禮前一晚，他和肯特去吃墨西哥捲餅，他們不停舉杯慶祝，以致於喝了太多啤酒。星期一肯特就要搬去密爾瓦基[28]就讀醫學院。「開車不用兩小時就到了。」他說。「我知道你一定會很想我，但我們可以去彼此住的地方玩。我們一起洗衣服，就當緬懷舊日時光。」

洗衣間領班莎瑞卡，就是威廉第一天去報到時想趕走他的那個人，她也出席了畢業典禮，司儀叫到威廉和肯特的名字時，她瘋狂大聲歡呼。她的態度從來沒有改過，一直都對威廉充滿猜忌，但非常喜歡肯特。不過到了大三時，威廉看出她只是在假裝。威廉認為，能夠和她培養出感情是他莫大的榮耀。他也邀請莎瑞卡參加婚禮，但她毫不猶豫地拒絕了。「我不想和那麼多白人在一起。」

「你一定會成為很厲害的醫生。」威廉說。

28 Milwaukee，位於威斯康辛州，是該州最大城市。

肯特瞥他一眼。「你期待當教授嗎？」

「我有沒有跟你說過，在我受傷之前，阿拉什就注意到我的右膝比較弱？他在醫院告訴我的。」

「真的假的？有意思。不過我覺得一點也不奇怪，他很有天分。他跟巴特勒說他的腳踝動作有點僵硬，結果幾天後，他就在爭球的時候腳踝骨折。你還記得吧？」

「要是我早點知道，就能強化右膝，避免這次骨折。」

「別這樣。」

「別怎樣？」

肯特搖頭。「不要說這種話。我們快畢業了。好好復健，讓你的膝蓋好起來，以後我們還能認真打一場，不過現在我們該有大人的樣子了。」他舉起啤酒瓶。「敬你和大將軍，也敬我和讀不完的書。」

查理準時出現，威廉已經在路邊等了。那天早上，他花了很長的時間才換好衣服。他洗了兩次冷水澡，因為感覺全身發熱，很擔心會流太多汗而弄髒高級西裝。換上禮服之後，他將膝關節支架拆開又裝上無數次，一再確認褲管平順落下，沒有卡在金屬支架上。

查理借來的藍色轎車停好之後，威廉將拐杖放進後座，然後將前座的椅子退到最後面，才慢慢坐進去。

「大日子呢。」查理穿著西裝，坐在方向盤後面，感覺瘦小又不自在。「平常只有參加葬禮，我才會搬出這套行頭。」他邊說邊將車子開上馬路。

威廉看著窗外的高樓與平房。覺得自己好像在演電影：年輕男子和即將成為岳父的人前往婚禮會場。他想把這個角色演到最好。

「你會好好對待茱莉雅吧。」查理的語氣彷彿這是毋庸置疑的事。

「是，伯父。一定會。」

查理轉彎時非常平順，換車道時也會先看後照鏡。前方出現一輛大卡車，他放慢車速拉開安全距離。他是個好駕駛，威廉感到十分意外。茱莉雅的父親平常總是心不在焉、稍嫌無能，看到他如此幹練的一面真的很有意思，威廉第一次懷疑，查理平時的模樣有多少是裝出來的。

「你知道我和蘿絲是私奔結婚的嗎？我們沒有辦婚禮。她之所以對你們的婚禮如此狂熱，我想這也是部分原因。因為這場婚禮不只是為茱莉雅舉行，也是為了她。」

威廉搖頭。「我不知道這件事。」

「那時候她懷了茱莉雅，我們兩家的媽媽彼此看對方不順眼，以前在義大利老家有過舊怨。所以我們開車去了拉斯維加斯。」

威廉想像蘿絲和查理走在拉斯維加斯大道上，不禁莞爾。茱莉雅知道父母還沒結婚就有她了嗎？

查理彷彿聽見威廉的心思，他說：「茱莉雅知道。這是我們家的傳奇。我們從不隱瞞事實。不過呢，蘿絲討厭拉斯維加斯——她說竟然每年有那麼多人去那裡，真是令人失望。那次去拉斯維加斯嚇壞她了，到現在都印象很差。」

這應該是個笑話，可惜現在查理的情緒太正經，以致於連笑點都不見了。威廉為他感到難過，他即將把長女交出去，而且他今天非常難得完全清醒。酒精讓查理比較輕鬆。

「除了四個女兒，蘿絲要的東西我全都給不起。」他說。「如果你有能力，盡可能讓茱莉雅想要什麼都有。茱莉雅像她媽媽，個性堅強、意志力旺盛——她會成為你人生的脊梁。在很多方面都是蘿絲撐起我，我非常幸運。你也非常幸運。」

威廉感覺確實如此：他非常幸運。茱莉雅已經給了他那麼多。她所要的回報似乎只是他的愛，並且要他熱忱實踐她的計畫。這兩樣他都可以持續供應，毫無困難，他希望這樣就夠了。在外人眼中，查理與蘿絲的婚姻感覺很複雜，有如時鐘裡的零件各自運轉，卻沒有互動。

查理靠向前，從擋風玻璃望出去。「教堂在那裡。找個地方讓我停車。」

接下來六個小時，除了在祭壇上的時刻，威廉一直覺得自己在哪裡都不對。茱莉雅、蘿絲、查理輪流叫他的名字。要他去見見遠房親戚，擁抱四姊妹小學一年級的老師，陪公牛隊的球迷聊籃球，陪一個去過一次波士頓的叔叔聊波士頓。無論他站或坐，膝蓋都很痛。茱莉雅一邊因為他沒有坐下休息而生氣，一邊拉著他走向草坪另一頭，和供應鮮花裝飾的花店老闆握手。肯特擁有神奇的能力，無論在什麼狀況下都非常自在，他在草地上到處和賓客握手，感覺像在競選市長。威廉察覺自己身後總是跟著一群漂亮女生。希薇、愛茉琳與瑟西莉雅，圍著威廉與茱莉雅團團轉，有如粉紅色星群。希薇有一次經過他身邊時對他說：「每個人都在笑。」暮色時分，瑟西莉雅把高跟鞋交給威廉，然後就這樣穿過草坪走掉。查理的頭髮全都豎起來，手裡拿著一杯酒，只要一接近威廉，就會拍他的背。

然而，茱莉雅的光彩讓這一切相形失色。她的雪白禮服上綴滿白色小珠子，走路時裙子發出窸窣聲響。布料緊緊擁抱她的沙漏型身材；長髮盤在頭頂；眼睛炯炯有神。她彷彿接上了其他人都看不見的電源。每次她挽他的手臂或吻他的臉頰時，威廉的心中便再次充滿感謝。「我的老婆。」他低語。

禮車抵達時，蘿絲過來叫他們。「該出發了。你們兩個玩得開心點，我要大睡三天。」

茱莉雅擁抱母親，母女兩人緊緊相擁、久久不放。蘿絲放手之後說：「威廉？」

威廉將整個場面收入眼底：石造教堂、滿臉笑容的微醺賓客，他的隊友鶴立雞群，因為喝太多所以長腿有點不穩。樹梢的白色彩帶。三個小姨子在草坪邊緣忙著送客，和年長賓客一一吻別。

「謝謝妳為我們做的一切，媽。」他說。說出媽這個字讓他的喉嚨很痛；他太少用這個字——他的親生母親似乎希望他完全不要叫她，於是他就不煩她了。那個字在他心中沉睡已久，早已生鏽。

蘿絲滿意地點頭，轉身幫他們開路，送他們上車，前往婚禮、膝蓋之後的未來，以及他們的餘生。

茱莉雅

一九八二年六月～一九八二年十月

他們的蜜月地點選在密西根湖畔的一座度假村。茱莉雅發現自己竟然對蜜月之旅毫無準備，實在太奇怪了。她花了太多精神籌備婚禮，以致於沒有心力思考她和威廉的蜜月旅行。做白日夢的時候，她想像過他們兩個並肩躺在躺椅上日光浴，手牽著手。然而，現實中，他們入住湖濱飯店的五天都颳大風，整個沙灘飛砂走石，而且威廉拄著拐杖，凹凸不平的路面讓他很辛苦。事實上，對他而言走路本身就夠辛苦了。他走個一百英呎左右就會皺起前額、臉色發白。他的步伐非常緩慢，茱莉雅每次都要克制自己配合。她養成習慣，先超前然後再繞回去。畢業加上婚禮讓他們兩個累壞了，因此，一旦茱莉雅不再堅持他們必須做點什麼——探索小鎮、外出用餐，因為這個區域以古董聞名而特地去看——他們終於能夠享受最後一天半的時光，幾乎沒有走出房間。

回到芝加哥，他們直接去新家：西北大學校園裡的小家庭宿舍。因為威廉秋季就要開始念研究所，加上他暑假在招生辦事處工作，協助重整檔案系統，因此符合申請入住的資格。茱莉雅立刻愛上這地方。那是間一房一廳的小公寓，客廳窗戶俯瞰中庭，陽光灑落室內。她從小就和父母、妹妹一起住在十八街的小房子裡，沒有住過其他地方。只有她和威廉兩個人的公寓，感覺寧靜平和。他們有自己的廚房、浴室，而且坐在黃色圓形小餐桌旁一起用餐。

她陪威廉去接受外科醫師檢查。醫師察看膝蓋上方與周圍交織的疤，然後宣布復原狀況良好。「年輕人，現在可以丟掉拐杖了。你要多走路。」醫生說。「肌肉需要運動才能恢復力量。你是籃球員，因此，我建議你每天帶著球長程散步，邊走邊運球。」

「我已經不打球了。」威廉說。

「運球一方面是為了不無聊，另一方面也有助於恢復平衡感。」醫生說。「至少你太太認真在聽。」

「我有認真聽。」威廉的語氣不快。

醫生看著茱莉雅說：「一定要叮嚀妳先生多走路。要是他都不動，那隻膝蓋會一直有問題。不要任由他糟蹋我辛苦的成果。」

接下來的週一，威廉去西北大學招生辦事處報到，茱莉雅則出門買菜。買菜也非常愉快。她可以買香蕉了，以前在家裡的時候，因為蘿絲討厭香蕉的氣味，所以禁止買香蕉。愛茉琳對花生過敏，因此家中從來沒有花生醬，現在茱莉雅也可以拿一罐放進籃子裡。她買了冷肉、麵包、高級黃芥末，準備用來幫威廉做午餐帶去學校。即使已經選好東西了，她依然在超市貨架間繼續逛了很久。回到家時，她發現三個妹妹站在門外。看到她們，她的心就活躍起來。

「好想妳們！」她說。「可是妳們怎麼會來？我們今天晚上就要回家吃晚餐了。」

「我們想看妳的新家。」希薇說。

茱莉雅想要假裝板起臉來，但無法讓笑容消失。她樂意成為三個妹妹關注的焦點。她知道自己笑得有多燦爛，也看得出來妹妹們很高興能讓她開心。「我不是叫妳們下星期再來嗎？我想先裝飾一下，掛上幾幅畫，弄得漂漂亮亮，迎接妳們第一次來訪。」

「蜜月有沒有超級浪漫？」愛茱琳靠在牆上，彷彿激動到快昏倒。

「我們不是來參觀房子的。」瑟西莉雅說。「先讓我們進去。」

茱莉雅將購物袋交給妹妹，拿出鑰匙開門。

三個妹妹同聲愉悅嘆息。

「好棒喔！」希薇說。

早晨的陽光照進來，家裡確實感覺很不錯。擁有自己的空間是件多珍貴的事，三位客人都很能體會。像她們這樣從小住在擁擠狹小的房子裡，長大之後往往會夢想能住進不那麼擁擠的地方。屬於自己的空間，不需要和別人共用。

茱莉雅帶她們簡單參觀一下，然後四姊妹去客廳坐下，長沙發和單人沙發都被佔滿。茱莉雅發現瑟西莉雅腋下挾著一個東西，於是問：「那是什麼？」

「噢。」瑟西莉雅拿出來。「我的不貞標誌，媽媽強迫我不管去哪裡都要帶著，至少一個星期。我答應了。」那是餐廳牆上那排聖女像的其中一幅。茱莉雅呆望著，努力回想那個聖女的名字。只有當聖女排排掛在娘家牆上時，她才清楚記得她們的名字。

「亞西西的聖嘉勒。」瑟西莉雅說。

希薇與愛茉琳低著頭，彷彿在研究自己的腿和腳。媽媽教過她們每個聖女的事蹟，但是她從不曾將畫像從牆上取下，更沒有強迫女兒帶著畫像到處走做為懲罰。

茱莉雅想起這位聖女了。聖嘉勒十五歲時因為不肯結婚而逃家。她剪去長髮，將生命奉獻給上帝。她創立貧窮修女會，後來她的母親和妹妹也加入，一起在她的修道院生活。她是史上第一個撰寫修道守則的女性，貧窮修女會的生活作息都以此為準則。茱莉雅端詳小妹。瑟西莉雅比愛茉琳晚三分鐘出生，因此有時她們會叫她寶貝。查理最喜歡對著她唱法蘭克．辛納屈[29]的那首歌：是，先生，她是我的寶貝。不，先生，不只是或許而已。

「發生什麼事了？」茱莉雅察覺自己雙手冰冷，她很害怕。

「我懷孕了。已經快五個月了。」瑟西莉雅平靜地說出。「媽認定我這輩子完蛋了。但我想留著寶寶。我沒有告訴孩子的爸爸，因為——」她停頓一秒。「因為他知道了也沒用。」

茱莉雅猛搖頭，無法接受。一定搞錯了。「妳懷孕了？」

「對。」

「妳才十七歲就要生小孩？」

「寶寶出生時，我就滿十八了。」

茱莉雅感覺心中有個東西硬化。她觀察另外兩個妹妹，顯然她是最後一個知道這件事的人。她們已經消化過這個消息，也設法接受了。愛茉琳對雙胞胎妹妹徹底死忠，更何況，她喜歡嬰兒。希薇確實對瑟西莉雅感到失望——茱莉雅從二妹的眼神看得出來——但希薇將人生當作故事，在她們共同的敘事中，小妹成功讓自己成為主角，希薇想必感到佩服。

茱莉雅說：「第一個生孩子的人應該是我才對。」

希薇與愛茉琳錯愕地抬起頭。

「對不起。」茱莉雅說。「但這件事實在太荒謬。孩子生下來一定要送養。為什麼要為了一次錯誤而毀掉人生？」

瑟西莉雅站起來，她挺直身體，第一次明顯挺出孕肚。她彎腰駝背多久了？小心用衣物遮掩多久了？她穿著深紫色襯衫，突出的硬硬肚子撐起衣料。「妳和希薇總是把我們當小孩。」她說。「而媽媽認為我們每個都隨時可能發生大災難。我不是小孩，也沒有發生災難。我不會上大學。我會繼續研究藝術，並且創作我自己的作品，和我的寶寶一起。這是我

29 Frank Sinatra，美國男歌手和奧斯卡獎得獎演員。名列二十世紀最優秀的美國流行男歌手。文中提到的歌曲則是他在一九六六年錄製的〈Yes Sir, That's My Baby〉。

的人生、我的選擇。我絕不會拖累任何人。」身高五呎二吋[30]的她抬頭挺胸，怒吼出最後那句話。

愛茉琳說：「賽瓊內太太說瑟西莉雅可以搬去她家，反正法蘭克的房間空出來了，如果我們負責煮飯、打掃，她會幫忙照顧寶寶。當然啦，秋季我就要上大學了，但我也會去工作。我當保母存了不少錢，可以用來買需要的東西。」

茱莉雅愣住。「妳們要搬去隔兩戶的鄰居家？」

「媽媽說得很清楚，我不能繼續住在家裡。茱莉雅，對不起，我知道妳覺得我搶了妳的位子。我知道妳凡事都喜歡第一。」

瑟西莉雅沒有惡意，即使茱莉雅雙手冰冷，眼前的事實令她憤怒——簡直亂七八糟——但她還是點頭表示接受。她告訴自己要站起來擁抱妹妹，但冰冷的身體拒絕配合。

希薇清清嗓子看著茱莉雅。「媽媽要我們告訴妳今晚不要來。她說等哀悼結束再招待妳。」

「我想走了。」瑟西莉雅說。「不過我需要上廁所。可以借用洗手間嗎？」

她離開客廳之後，茱莉雅、希薇、愛茉琳三個人互看。希薇表情擔憂，愛茉琳的眉心浮現憂傷線條。

「爸爸呢？」茱莉雅說。

「他不說話。媽媽說她自己無話可說，但其實一直說個不停。爸爸比平常晚回家。」換言之，也比平常喝更多酒。

「他們感覺很蒼老。」愛茉琳說。「我們不希望瑟西莉雅搬出去，但媽媽說要是她決定生下孩子、不去上大學，就得搬出去。」

小妹從洗手間出來之後，三個妹妹魚貫離開。茱莉雅想著為什麼？為什麼要搞砸一切？為什麼要這樣對我們？茱莉雅從小就非常努力想做好所有事，她也做到了。現在她覺得好熱，於是走去打開窗戶。她眼前浮現剛才瑟西莉雅的樣子，穿著紫色襯衫站在完美的漂亮公寓裡。她多麼希望她們還在其他地方說出這件事。任何什麼地方都好。茱莉雅不想待在家，於是下樓在環繞中庭的小徑上散步。遠處有個長凳，她坐下，等到坐不住的時候又站起來。

那天傍晚威廉回家時，她說：「我們應該生個孩子。」

他原地愣住，往前伸出去的拐杖停住，原本要跨出去的步子也停住。他的模樣有如用木樁撐起的樹。威廉只有在回到家覺得腿又痠又累的時候才會用拐杖。「現在？」他吞嚥一下，發出響亮的聲音。「我以為……我們必須先站穩腳步，茱莉雅。我根本還沒開始念研究所呢。」

「秋天你就要當助教了。你很了不起。」

30　大約一五八公分。

她在腦中構築計畫。能夠解決這團亂的辦法，處理所有難題、讓她的家人恢復正常。茱莉雅打算盡量設法節儉，從威廉微薄的收入中存起一點，將這些錢交給瑟西莉雅或賽瓊內太太，確保小妹能準備好需要的東西，不會出問題。今天下午，瑟西莉雅展現的獨立只是一面插在沙地上的旗幟。只是一個懷孕少女的宣言、願望，並不代表她真能做到。雖然她擺出能獨自承擔的架勢，但她其實沒有那種力量。住在距離蘿絲那麼近的地方，躲不過媽媽傷心與批判的海嘯，瑟西莉雅將被那股巨浪捲起來拋向岩石。因此，多一點錢會很有幫助。茱莉雅打算盡快懷孕，因為她才剛結婚，如果很快就懷孕，那是值得慶祝的好事。大家都會開心接受。茱莉雅會和瑟西莉雅一起挺著孕肚。蘿絲與查理將擁抱兩個外孫，因為這兩個孩子會被視作一組。家人將重新凝聚，兩個孩子都能有充足的愛。茱莉雅想像在陽光普照的房間裡，兩個寶寶一起坐在毯子上；其中一個是她的，但她不確定是哪一個。

「我今天第一天上班，妳都還沒關心呢。」威廉說。「發生什麼事了嗎？」他停頓一下，將拐杖拉回身邊。現在他是直立的樹了。「妳感覺……很焦躁？」

語尾揚起的問句令茱莉雅莞爾。他有好多問題，她好愛他。而她有好多答案。她走過去，身體貼著他。她伸手往上，解開白襯衫最上面的鈕釦，這件襯衫是她送的生日禮物。她接著解開下一個鈕釦，輕撫裡面柔軟的白汗衫。「你餓嗎？」她的音量有如耳語。

他搖頭。

她拉扯他的襯衫，他低頭吻她。一定行得通，她分心想著，他吻上她的唇，她以搖曳生姿的動作緩慢後退，帶他走向沙發。

第二天，茱莉雅坐公車從西北大學回到皮爾森區。她不想去，但既然已經知道那件事了，她不能不去見媽媽。茱莉雅也無法確切說明原因，但她必須親自去到媽媽面前，以這種方式表達孝心。

她看到蘿絲在菜園裡揮汗打理香草。芝加哥夏天非常熱，高溫從土壤滾滾冒出。茱莉雅也照顧過香草，她很清楚這是最難照顧的植物，很耗體力，而且必須非常留意細節。蘿絲堅持輪到整理香草那一塊地的人必須用放大鏡和鑷子，仔細找出小蟲子去除，還要特別注意一種會往上爬的雜草，香草一旦被纏上就會整株死掉，必須盡早拔掉。

「如果妳要找那丫頭，」蘿絲說，「她不在。」

「我是來看妳的。」

這句話似乎令蘿絲感到意外，她正忙著拔掉一叢馬唐草，這時手停住了。她將雙手放在大腿上，茱莉雅這才終於看清媽媽的臉。蘿絲的樣子很慘，感覺像被車撞過。所有熟悉的部位都在，但感覺很不對勁，好像哪裡壞掉了。

「我必須劃清界線。」蘿絲說。

茱莉雅發現自己很難忍受媽媽難過的表情，於是她抬頭看炙熱低矮的天空。她在腦海中尋找正確的話，能讓媽媽好過一點的話。她還沒找到，蘿絲先說：「我對妳們四個只有一個要求。」

「一定要上大學。」

蘿絲怒目看著她。「不。我要求妳們不要重蹈我的覆轍。這個要求很過分嗎？」

茱莉雅搖頭，雖然印象中媽媽從不曾明確說出這個要求。蘿絲總是一次次耳提面命：妳們一定要上大學。卻從來沒有要求她們避免未婚懷孕，而這個從不曾明說的要求，反而是最重要的。

「妳們四個應該要比我有出息。」蘿絲說。「我希望妳們比我好。這就是我人生的意義。」她的聲音非常粗礪，有如腳下的泥土。

「噢，媽媽。」茱莉雅說，那番話全然出乎她的意料。昨天聽到消息之後，她太過心急，以致於沒有想到瑟西莉雅和媽媽當年做了一樣的事。蘿絲十九歲時，還沒結婚就先懷上了茱莉雅，蘿絲的母親從此再也不和她說話，母女徹底決裂。四姊妹從來沒有見過外婆。查理經常說這一點也不可惜，因為她們的外婆非常尖酸刻薄、難相處。然而，每次提起外婆時，蘿絲總是會走開。她從來不參與。現在，蘿絲成為和女兒與外孫決裂的母親。這個家就像一棵大樹，蘿絲狠心砍掉一根樹枝，換言之，她製造痛苦的同時也在感受痛苦。

「我失敗了。」蘿絲說。

「沒有這回事。妳是偉大的母親。」

「我失敗了。」這次她的聲音很輕柔，感覺像是愛茉琳在說話。茱莉雅從來沒有聽過媽媽用這種語氣，她原本以為媽媽無法以這種語氣說話，她不禁思考，說不定四姊妹全都存在媽媽心裡。愛茉琳的誠摯認真、茱莉雅的目標清晰、瑟西莉雅對組成世界各種色彩的熱愛、希薇的浪漫憧憬。或許蘿絲只是用自己粗糙的聲音偽裝，以自己的憤怒與失望掩蓋，但其實她們全都在，深藏在媽媽的內心。

「看看我，」茱莉雅說，「我結婚了，大學畢業。雖然妳還沒結婚就有了我，但現在根本沒有影響。這件事不需要有什麼意義。」茱莉雅知道父母懷她的時候根本還沒結婚，但她從來不曾多想。在這個社區這種事並不稀奇，她甚至引以為榮，這個家是因為有她才開始。如果沒有她，查理和蘿絲說不定不會結婚。希薇、雙胞胎、這棟房子也都不會存在。是茱莉雅促成了這一切。

「至少查理娶了我。」蘿絲說。「妳妹妹假裝孩子的爸爸不存在、不重要。她不肯告訴我那個男的是誰，所以我沒辦法打電話給他父母解決問題。妳知道是誰嗎？」她突然湧起希望，眼眸隨之發亮。

「我不知道。」

「可惡。」蘿絲對著土壤說。

茱莉雅不懂，現在錯誤已經造成了，再多捲進一個人不是只會讓錯誤變得更大嗎？但她沒有說出想法。「瑟西莉雅有我們。」她說。「她有這個家。寶寶所需要的一切都可以由我們給予。」

蘿絲表情變得更難看。「寶寶或許可以過得很好，」她說，「但瑟西莉雅的人生完蛋了。」

這句話等於在說：我因為懷了妳，所以人生完蛋了。茱莉雅沒有感到不高興，因為她知道媽媽的觀點完全錯了。蘿絲心情憂鬱，所以只能看到不好的一面。蘿絲掃視菜園，茱莉雅感覺得出來，媽媽只看到缺點：吃植物的小蟲、有洞的葉子、可能已經腐敗的作物、軟弱的莖。

蘿絲用毫無情緒的語氣問：「威廉還好嗎？」

「很好。現在幾乎不必用拐杖了。」

蘿絲點頭，但茱莉雅知道媽媽其實沒在聽，她聽不見。蘿絲失敗了，現在的她殘破不堪，有如滿是裂痕的雕像，就像菜園角落那尊靠在圍籬上的聖母像。茱莉雅很想說：別擔心，媽媽。我很快就會懷孕。我不會讓這棵大樹少任何一根樹枝。但她不能說。她的計畫目前還只是紙上談兵，還不足以為傷心欲絕的媽媽解決問題。茱莉雅想著瑟西莉雅的寶寶，她必須想辦法處理好這件事，否則那孩子會像她一樣，還沒出生就受到輕蔑、厭惡，導致一對母女從此形同陌路。第一次，她對瑟西莉雅的寶寶產生溫情，一種同病相憐的感觸。

茱莉雅離開時感覺精疲力盡，彷彿剛才拿起鏟子幫媽媽整理菜園了。回家的公車上，她思考自己人生的意義究竟是什麼。以前她從來不會想這些。從小，爸爸總說茱莉雅是他的火箭——他說，我等不及想看妳一飛沖天——她也是解決大小問題的人。現在，她的眼前出現一個大問題，她活到現在遇到過的最大問題。這件事有如毛線球，她的所有家人都被纏在裡面。換言之，她在乎的每個人都可能受到傷害。她的父母、三個妹妹、威廉、還沒出生的嬰兒。茱莉雅感到一波恐懼，擔心自己無法順利解決，但她急忙壓下去。只要是她下定決心要做到的事，從來沒有失敗過，這次也一樣。絕對一樣。

十月底，瑟西莉雅臨盆，這時茱莉雅懷孕已經快四個月了。賽瓊內太太開車送瑟西莉雅去醫院，三個姊姊去醫院會合。只有一個人可以進產房，穿著防護衣、戴著口罩的護理師來等候室，表示產婦要找一個名叫茱莉雅的人。

茱莉雅受寵若驚，匆匆穿上護理師給的防護衣、戴上浴帽。她進入產房，發現瑟西莉雅哭著說：「我要媽媽。我好想要她在這裡，妳最像她了。」

「小寶貝。」茱莉雅說，撫開落在瑟西莉雅脹紅臉龐上的頭髮。當女兒生病或傷心時，蘿絲都會這樣叫她們。

「我真的好想她。」瑟西莉雅睜大眼睛看著大姊。「妳一定不相信。每天我都好想回家，拚了命才能制止自己。感覺就像寶寶想見她。我的身體不願意離開她。」

「要我打電話給她嗎？」茱莉雅說。「她會來。」其實她也沒把握，但是面對瑟西莉雅的痛苦，茱莉雅願意用盡全力改變現實。

瑟西莉雅在被單下扭動身體大喊。她抓住茱莉雅的手用力捏，茱莉雅痛呼一聲。妹妹的力氣怎麼這麼大？接下來二十分鐘，茱莉雅陪著瑟西莉雅經歷一波波陣痛，製造出一個新的人類並帶進世界，這樣的過程有多偉大，她整個身心都感受到了。她拿著布擦去瑟西莉雅前額的汗，任由小妹摧殘她的手。她確信媽媽錯了：她不該在第一個外孫來到人世的時刻背棄自己的小女兒。茱莉雅對自己承諾，她絕不會那麼頑固。

「我覺得好想上大號。」瑟西莉雅用氣音說，但音量不小。

「這代表可以開始把嬰兒推出來了。」站在角落的護理師說，她一臉無聊的樣子，茱莉雅之前一直沒發現她在那裡。「我去請醫師。」

寶寶出生了——大聲哭喊的皺巴巴粉色小東西，憤怒的音量如此驚人，茱莉雅和瑟西莉雅因為安心也跟著哭了。

護理師將寶寶放在瑟西莉雅的胸前，她說：「她來了。」

寶寶把手放在媽媽身上，張開拳頭。茱莉雅看著寶寶急促吸氣然後吁出，這個全新的小生命似乎集中全部心力活著。

茱莉雅說：「看看她。」她多希望她們認識的所有人都在這裡一起看著。事實上，她希望能有好幾千人一起擠在病房裡——所有人類都來吧——因為這一幕實在太神奇。

「伊莎貝拉．蘿絲．帕達瓦諾。」瑟西莉雅說。「小名伊莎。歡迎來到這個世界。」

「媽媽不可能抗拒她。」茱莉雅驚奇地看著小嬰兒。完美的眼睛、完美的鼻子、完美的粉紅小嘴。「沒有人能抗拒她。」

那天晚上，茱莉雅和兩個妹妹離開醫院之後，查理來了。想必是賽瓊內太太告訴他這個消息。

他出現在瑟西莉雅的病房門口，沒有提起過去五個月的分離，也沒有提起蘿絲的憤怒。更沒有提起瑟西莉雅就住在鄰居家，距離才二十四步而已，他卻從來沒有去探望過被逐出家門的女兒。查理只是看著瑟西莉雅與寶寶許久。他的笑容如此溫暖，彷彿太陽在他心中升起。「嗨，美人兒。」他說。聽到這句話，瑟西莉雅知道爸爸原諒她了，她也原諒爸爸。

他吻一下瑟西莉雅的臉頰，抱著寶寶坐在病床邊的椅子上。伊莎抬頭看外公，深色眼眸嚴肅、明亮。查理低頭看她，然後說：「她幾乎還沒有接觸過語言。要不要給她一點魔法、一個神奇的開始？」

「當然好。」瑟西莉雅說。

他把寶寶靠近一點，在她小小的耳朵旁背誦詩句：「因為屬於我的每個原子同樣屬於你。」[31]他親吻寶寶柔嫩的臉頰，似乎沒喝酒。他將所有的愛獻給外孫女，後來瑟西莉雅對三個姊姊這麼說。然後他小心翼翼地站起來，將伊莎交給瑟西莉雅。他再次親吻女兒。「謝謝妳，乖女兒。」他說。

查理離開病房之後，沒走幾步就在醫院走廊上倒地。一位護理師剛好經過，認出人體倒下的聲音。不到一分鐘她就趕到他身邊，但他的心跳已經停止。醫院裡的所有機器、所有專家都無法救回他。

希薇

一九八二年十月～一九八三年三月

葬儀社安排了三個守靈時段，每場外面都大排長龍。靈堂中，希薇和蘿絲、茱莉雅、愛茉琳排成一排，每當有不認識的人過來說她爸爸真是大好人，她就回一句非常感謝。一位女士說，多年來，她每天都和查理一起在盧米斯街的車站等公車，因為他們的通勤路線相同，她一輩子沒有遇到過對她如此和善的人。為茱莉雅婚禮供應鮮花的路易斯先生，這次也為守靈儀式與葬禮供應鮮花，他說剛搬來皮爾森區時，查理幫他和房東協商，降低花店的租金。「多虧有他，否則我不可能開店。」路易斯先生對帕達瓦諾母女說。「那時候連我都不相信自己，但查理明明才認識我沒多久，卻對我非常有信心。」

查理似乎習慣幫助年輕媽媽，好幾位女性說，當她們買不起嬰兒奶粉的時候，查理慷慨解囊。第二個守靈時段，依蓮館長來到希薇面前，用嚴肅的語氣說她父親非常善良，曾經幫過她一個很重要的大忙。館長比希薇的父母年長十五歲，她以為他們從來沒有交集，甚至不會出現在同樣的地方，沒想到爸爸竟然認識館長。幾個邋遢狼狽的男人走進靈堂，看來應該

31 引自惠特曼作品《草葉集》中的〈自我之歌〉。

是查理的酒友，蘿絲的朋友緊張地打量他們。造紙廠的同事集體前來，每個都穿著白襯衫、打深色領帶，感覺像制服一樣。最年輕的那位同事說：「很難想像他真的走了。」

希薇有同感。真的很難想像。

許多悼客斷斷續續哭泣，彷彿不只是為查理而哭，也為他們自己的傷心事。早逝的戀人、流產的胎兒、永遠缺錢的頭痛問題。在這樣的情境下，哭泣一點也不奇怪，所以他們把握機會。賓客遵循同樣的步驟：先在靈堂另一頭的牆邊排隊，然後走到棺木前瞻仰遺容，最後左轉向家屬致意。結束之後，悼客可以選擇離開或去中央的座位區休息。守靈儀式中，帕達瓦諾母女都沒有致詞，但每個時段都會有人站起來哽咽述說往事，他們屬於查理人生中不同的部分。

希薇從頭到尾都沒有走到棺木前。她們第一次來靈堂的時候，她匆匆看過一眼。查理的遺體毫無生氣、慘白如蠟、靈魂逝去，她不想近距離看空空的軀殼。她站在位子上像扎了根似地一動也不動，彷彿關在上鎖的牢房裡。她聽著自己的聲音道謝，或是說出其他合宜的話。她看著雙手被陌生人握住。幾位年長婦女堅持要吻她的臉頰，她也順從配合。儀式半途，威廉為懷孕的妻子搬來椅子，但反而是蘿絲坐下，一整晚大家問她要不要椅子，她都拒絕了。

賽瓊內太太悄悄進來，但沒有去找帕達瓦諾母女。自從瑟西莉雅搬進她家，她便一直躲著蘿絲，顯然她擔心要是不來向亡者致意會下地獄。遠近親戚都來了，其中很多希薇只見過少少幾次，因為他們之間出於各種原因而鬧不合。他們離去時，有的淚流滿面、有的唉聲嘆氣。每個守靈時段都會出現蘿絲討厭的親戚，她會氣憤地低聲對女兒說：「那個女的很壞。」但希薇通常根本不知道她說的人是誰。查理與蘿絲兩人的親戚之間有著錯綜複雜的新仇舊恨，所以他們很少見面。帕達瓦諾四姊妹心中認定的家族，只有同住一個屋簷下的自家六人。所有親戚，不分血親姻親、長輩平輩，全都被視作敵人或潛在敵人。希薇看著大批悼客進進出出，有如潮水起伏，每個都誇張地傷心欲絕，但她最在意的反而是缺席的人：瑟西莉雅和寶寶。

瑟西莉雅與伊莎那天下午就出院了。她們原本以茱莉雅的想法為基礎構築了一套計畫：瑟西莉雅一出院就直奔回家見蘿絲，以寶寶作為求和的獻禮，讓媽媽和她最小的女兒盡釋前嫌。然而，查理驟逝，這個計畫也煙消雲散。瑟西莉雅從醫院打電話回家時，希薇剛好在廚房，因此接聽的人是她，瑟西莉雅哭得很慘，希薇一開始完全聽不懂。蘿絲得知噩耗時彷彿遭受雷擊。她先是全身緊繃，然後脫力倒在客廳地上。希薇跪在她身邊。雖然爸爸死了這句可怕的話還在愛茉琳耳中迴盪，但她立刻跑回醫院去陪瑟西莉雅。茱莉雅尚不知情，她還安然坐在回西北大學的公車上。

蘿絲的聲音變得很奇怪，她說的第一句話是：「最後一個見到他的人是她？他和她在一起？」

希薇一開始還不太懂。「瑟西莉雅？」

「她。」蘿絲用那種奇怪的聲音說。

「他是在走廊上過世的。」希薇說。但她知道瑟西莉雅與漂亮寶寶的求和機會被封死了。爸爸亡故，加上媽媽將這件事視為背叛，徹底毀滅了一家團圓的可能。希薇依然跪在地上，但後退離開媽媽。查理一直負責中和蘿絲的脾氣，經常提醒她要柔軟一點。他肯定也以為寶寶能夠解決這個問題。希薇多麼希望和他討論過；她們四姊妹應該讓他也加入計畫。如果他知道計畫的事，就不會去醫院探望瑟西莉雅。那麼，現在狀況或許就不會那麼糟。

儘管如此，她對媽媽說：「這件事不是瑟西莉雅的錯。爸爸的心臟不行了。」

「和我在一起絕對不會。」蘿絲說。「要是我有看著，絕不會發生這種事。」

查理最喜歡的單人沙發就在她們身後。他會坐在那邊研究詩韻、喝酒，告訴女兒他有多愛她們。希薇從來不在乎他被減薪或喝太多酒。他是她最愛的人，從小父女倆便會分享書籍。她小時候就發現查理從來不去菜園，因此希薇也從來不去。早年她太愛跟著爸爸、模仿爸爸，以致於她和蘿絲之間產生隔閡。

查理過世後五天舉行葬禮。太多人前往聖普羅科皮烏斯教堂弔唁，即使教堂空間很大也擠不下。蘿絲一身黑色連身裙，頭髮上別著一片黑色蕾絲。她坐在最前排，希薇與茱莉雅坐在她的左右兩邊。威廉穿著婚禮那套深色西裝，坐在茱莉雅旁邊。愛茉琳坐在希薇的另一邊，她不斷轉頭確認雙胞胎妹妹有沒有進教堂，因為她相信瑟西莉雅絕不會缺席。希薇對上愛茉琳的視線，用眼神問：有沒有看到她？愛茉琳搖頭。

希薇穿著厚連身裙和絲襪，熱得不停流汗，她想起最後一次和爸爸獨處，時間大約是一個月前。有天晚餐過後，蘿絲派他們兩個去雜貨店拿她預訂的大量貨品。她之前已經選好東西、付過錢了，他們只要去把東西拿回家就好。東西還沒準備好，於是老闆娘迪皮耶卓太太給了查理一小杯啤酒，他們在店後面的臺階上坐著等。臺階下方有個茂盛的小菜園，查理端詳一陣之後說：「和妳媽媽的沒得比。」

「你怎麼知道？」希薇將頭髮拉到頭頂，讓脖子透透氣。太陽雖然快要下山了，但那年九月異常炎熱。「你從來不去後院。」

他淺笑。「我認定她做什麼都很厲害。」

爸爸感覺很累，希薇想起那時候她還擔心爸爸是不是沒睡好。說不定爸爸的心臟已經開始衰竭了。那天當他坐在臺階上、手裡拿著啤酒，其實心臟已經有問題了。或許查理感覺到了，因為他說：「女兒，我知道妳高中的時候經常蹺課。」

希薇愕然地看著他。「你知道？」

「巴其是我的老朋友，所以我拜託他睜一隻眼、閉一隻眼，給妳一點無傷大雅的處罰就好。」

巴其．麥奎爾是希薇的高中校長，那時，她一整年上數學課和化學課的時間寥寥可數，缺席比出席多，校長給的處罰是漆學校後面的牆。瑟西莉雅也去幫忙，因為只要能拿刷子塗顏色她就很開心。愛茉琳則送零食給她們。希薇還以為父母都不知道她蹺課和被處罰的事。

「為什麼？」她問的其實是兩件事：為什麼要幫我說情？為什麼現在告訴我？

「妳蹺課的時候都去做什麼了？」

「看書。」希薇揮揮手。「上那些課只是浪費時間。沒興趣的東西我根本學不來。」她在學校附近的公園閱讀，那裡有一棵老橡樹，她把它當作朋友，還經常把小說藏在樹洞裡。希薇沒有告訴姊妹她蹺課的事，因為茱莉雅會大發雷霆，堅持要她回去上課，至於雙胞胎則是因為不希望她們有樣學樣。這很可能是希薇第一次意識到，她選了與茱莉雅截然不同的道路。茱莉雅在課業上過五關、斬六將，而希薇卻把小說藏在樹洞裡——而且她還會和那棵樹講話，述說她的想法與煩惱。

查理點頭。「妳還太年輕，無法理解人生苦短，但人生真的很短。妳拋下不在意的事去做在意的事，我不會阻止妳。寶貝女兒，妳和我是同一塊料。我們都不會期待從學校或工作上得到滿足。我們望著窗外或凝視內心，希望能找到更重要的東西。」他端詳她。「妳應該知道吧？妳不只是圖書館助理或學生。妳是希薇．帕達瓦諾。」他說出她的名字時語氣洋溢榮耀，彷彿她是知名探險家或戰士。「因為妳知道人生不只這樣而已，妳永遠會覺得遵守愚蠢規則毫無意義，準時去上無聊的課也毫無意義。大部分的人看不出差別在哪裡，所以只會乖乖聽話。當然啦，這樣的人既無趣又討厭，但他們認為做人就該這樣。我和妳非常幸運，能夠看出不一定要那樣。」

查理這番話中的真理令希薇的背脊戰慄。

他笑嘻嘻地看著她。「我在長篇大論，對吧？唉，無所謂了。人雖然有邊際，但我們並不會因此與世界分離。」查理放下啤酒杯，一隻手上下搓著手臂，展示人的邊際。「我們是天空的一部分，是妳媽媽菜園裡的石頭，也是那個在火車站睡覺的老人。我們全都彼此交織，等妳看出這一點，就會知道人生有多美。妳媽媽和姊妹沒有那種意識。至少現在還沒有。她們相信自我只屬於身體之內，只存在於生命的實質生物性之中。」

希薇感覺爸爸帶她看到自己的一部分，以前她不知道有這個部分存在。當希薇回顧那一刻，無論是此刻在葬禮上，或是未來的人生旅程中，她都會感到無上喜悅，因為爸爸對她說這些話，因為她能夠引用他最愛的詩句作為回應，讓他很開心。「我們絕非囿於帽子與靴子之間。」這時老闆娘把他們的東西送來了，父女兩人踏上歸途，手臂觸碰到在彼此之間舞動的分子，夜空中星光亮起，有如一個個小燈泡。

神父正在講述查理生前的事蹟，盡可能讓他的工作感覺很重要，努力營造出查理是一家之主的假象。儘管神父非常清楚，家裡的大小事都由蘿絲作主。希薇感到心痛，神父和所有悼客都以查理的經歷來定義他，但其實他遠不只是工作、家庭而已。他廣闊而美麗，相較於在造紙廠的工作，贈送嬰兒奶粉給年輕媽媽更能彰顯他的人格。那所有善行，對四個女兒的愛，那天傍晚在雜貨店後面和希薇談心的二十分鐘，這才是他。

那次談心讓希薇以全新的方式瞭解自己。她之所以尋找第三道門，正是因為她很像爸爸。茱莉雅以收集標籤為樂：優等生、女朋友、妻子，但希薇遠離標籤。她想要對自己誠實無欺，她說的每句話、做的每件事、心中的每個信念，都必須做到。在圖書館和男生接吻九十秒沒有標籤，這正是希薇感到開心而茱莉雅不舒服的原因。希薇會繼續杯葛無聊的課程，在公園讀書。除非找到真愛，否則她絕不會將就，當她告訴姊妹們爾尼問她要不要正式交往，但她拒絕了，她們三人同聲嘆息，但她不會改變想法。她會等，就算要永遠等下去也無怨無悔，直到那個能夠像爸爸一樣看出她有多廣闊的人出現。希薇在教堂長椅上動了動，思緒在腦中擠成一團。擁擠、懊熱，至今還沒流出的眼淚淤塞在心中。現在她從身體裡、骨頭裡、細胞裡，清楚感受到爸爸不在了。他走了，世上再也沒有人真正瞭解她。茱莉雅、愛茉琳與瑟西莉雅，她們每個人看到的希薇都不盡相同：和愛茉琳在一起的時候，希薇會回應愛茉琳的溫柔；和茱莉雅在一起的時候，她總是興致高昂，因為她們很喜歡挑戰對方；在瑟西莉雅面前，希薇感到好奇，因為藝術家妹妹的言語、思緒都和其他人不一樣。

希薇看看四周低垂的頭，姊姊和妹妹流汗、哭泣，母親則面無表情，她知道麻煩大了。

查理清楚看見她們每一個人的真貌，並且愛她們的真貌。每當見到他的女孩——包括蘿絲——他總是以同樣的方式歡迎，大聲說：嗨，美人兒！這種打招呼的方式總是讓她們很愉快，想要重新出去再進來一次。茱莉雅的雄心壯志令他開懷，他總說她是他的火箭。他星期六早上帶瑟西莉雅去美術館。他和愛茉琳經常一起聊附近的小朋友，因為當女兒說起那些孩子的愛好或他們各自傑出的原因時，她的臉蛋總會綻放光彩，查理好愛她這個模樣。希薇和姊妹在爸爸的關注下，學會瞭解自己。現在那份關注不復存在，將這個家緊緊繫在一起的絲絲縷縷也開始鬆脫。以前輕鬆就能做到的事，現在變得很費力。以前屬於他們所有人的家，現在只是蘿絲的房子。愛茉琳也搬去賽瓊內太太家了，在瑟西莉雅的房間打地鋪，幫忙照顧寶寶。茱莉雅結婚了。在這一刻，希薇意識到她也必須搬出去。

葬禮過後，她和蘿絲一起走路回家；她打算和媽媽商量搬出去的事，但現在不是時候。說不定她們可以討論出一個雙方都能接受的時間，這樣對彼此的衝擊都不會太大——或許一個月以後？但回家的路上，蘿絲不看她也不和她說話，直接回房換上整理菜園的服裝。去後院的路上經過希薇時，蘿絲把頭轉開。

「媽媽，有什麼我可以幫忙的嗎？」希薇說。「妳晚餐想吃什麼？」

蘿絲停下腳步。「妳的姊姊和兩個妹妹都離開我了。」她的聲音單薄。「所有人都走了。」

希薇說：「我還在。」但媽媽沒有反應，似乎沒有聽見。希薇懷疑自己其實不在這裡。她的信心動搖了，自我意識也隨之動搖。希薇有種感覺，她在黑色連身裙和絲襪中漸漸變透明。在查理的關注下，希薇是個完整的人；此刻在媽媽面前，她滿身孔洞，逐漸消失。

「妳搬去和她們其中一個住吧。」蘿絲說。「我想一個人。」她打開後門走出去。希薇在空蕩蕩的房子裡呆站片刻，拚命吸氣，因為她感覺肺整個收縮起來。蘿絲只有二女兒不夠，永遠不夠。等到終於能正常呼吸，希薇回房間打包。

那天晚上，她睡在威廉與茱莉雅家的沙發上。她把衣服裝在幾個雜貨店紙袋裡帶過去。希薇很驚訝自己的東西竟然這麼少。她和茱莉雅共用的臥房非常小，擺了兩張單人床、一個衣櫥之後，就幾乎沒有空間了。希薇在圖書館上班，所以從來不買書。她躺在沙發上，穿著睡衣、蓋著粗毛毯，雜貨店紙袋排排站放在旁邊看得到的地方，她感覺被一片哀傷的網籠罩。爸爸過世了，媽媽趕走她。我的靈魂伴侶會拯救我，她想著，他會看見我，我會感覺更實在。但這個想法帶來新一波悲傷，因為當她找到那個人時，他已經沒有機會認識她爸爸了。希薇幾乎一整夜都在看天花板。她感覺內心深處漲滿淚水，但怎樣也找不到流出來的路。她到現在都還沒有哭。

第二天去圖書館上班時，她在公用大布告欄貼了一則啟事：需要人幫忙顧房子或寵物嗎？出遠門需要人幫忙澆花嗎？只要提供一張床，我就願意做各種雜事。請至前臺聯絡助理管理員希薇。

但是沒有人接近她。就連那些男生也不來了，她真的好想有人吻她、抱她，就算只有一下子也好。其中兩個男生爾尼與麥爾斯去參加守靈，但小心迴避她的視線。她沒有告訴他們爸爸過世的事，但有人在圖書館布告欄張貼葬禮彌撒通知和訃聞。希薇遇到的每個人似乎都感受到她身上帶著死亡，因此刻意閃避。她聞過身上的衣服一、兩次，確認她沒有散發出可怕惡臭。她推著車在走道間工作。不用值班時，她在圖書館溫習課業，晚上回茱莉雅和威廉的家睡沙發。

「妳有沒有告訴媽媽要在我家住一陣子？」茱莉雅問。

希薇搖頭。「我不在，她只會覺得輕鬆。」

「但她很孤單。」茱莉雅說。「她從來沒有一個人生活過。」

「妳不是下午才去探望過她？」

茱莉雅伸手摸摸頭髮，確認沒有亂。「她好像每天都整天待在菜園裡。我去的時候，她幾乎沒有說話。我知道她很傷心，但……」

希薇斷然說：「媽媽不希望我在家。」

隔天下午，希薇在圖書館看到媽媽從落地窗前走過。蘿絲依然全身黑衣，但已經拿掉了頭上的黑蕾絲。她步伐緩慢、背脊筆挺。儘管女兒有很大的機率在裡面，但她沒有往圖書館看。希薇也沒有跑出去和她說話。她站在櫃檯後，一動也不動，看著蘿絲從大片落地窗前走過，然後離開她的視野。

茱莉雅養成習慣，半夜會爬上沙發和希薇躺在一起。因為茱莉雅的身材改變了——雖然外人還看不出孕肚，但她已經要買尺寸更大的新胸罩了——希薇必須側躺在椅墊最邊邊。她用雙手抱住茱莉雅以免跌落。夜色在她們四周脈動，希薇很慶幸能夠和姊姊擠在一起。現在是十一月底，爸爸過世之後已經過了好幾個星期，每天都很模糊。

「我們接下來會怎樣？」茱莉雅低語。

希薇閉著眼睛，假裝她們躺在家裡的單人床上，畢竟從她們有記憶以來，就一直這樣在黑暗中交談。她說：「妳會生下孩子。我很快就會符合調薪資格，到時候我就會去找自己的住處。」

希薇原本在社區學院主修英美文學，但後來改成圖書管理，因為她知道依蓮館長需要新館員，只要她具備職位要求的條件，館長就會雇用她。每天希薇都研究報紙上的分類廣告找套房，確認新工作的薪水能負擔得起小套房的租金。

茱莉雅說：「我覺得很貝絲。」

希薇抱緊姊姊。從小到大，只有希薇、愛茉琳和瑟西莉雅會說這句話。茱莉雅從來沒說過她是貝絲。當茱莉雅受寒或罹患流感，她會喝柳橙汁、含鋅片、吃沙拉，補充能量以便早日康復。疾病與失望只是必須克服的難關。她絕不屈服，甚至不會開玩笑說她投降了。

然而，自從查理過世，茱莉雅的眼神變得恐慌。因為希薇太瞭解大姊，所以知道茱莉雅不只是哀悼爸爸，也因為爸爸驟逝而飽受打擊，無法平復。茱莉雅的計畫再縝密也沒料到他會死，這樣的震撼威脅到她的整個世界觀。畢竟爸爸走了，這件事不可能解決。

「我們會想出來。」希薇說。「妳會想出新計畫。妳永遠都有新計畫。只是現在妳懷孕了，可能比較難。給自己一點時間吧。」

「我想要解決所有問題，難道錯了嗎？」茱莉雅將希薇的手放在孕肚上。最近幾天可以明顯感覺到寶寶的動作了。

希薇沒有回答，因為寶寶動的時候，那種感覺很幽微，必須完全靜止才能捕捉到。她覺得茱莉雅微微突出的肚子很像鼓，只是打鼓的人在裡面。希薇感覺到了，心中非常激動：像氣泡，可能是寶寶揮了揮小手。「沒有。」她說。「妳沒有錯。」

偶爾她們會一起沉默，其中一個可能差點睡著。只有一次她們兩個真的一起熟睡，威廉早上起床時，看到她們蜷起身體抱在一起。通常她們只是時睡時醒。希薇之所以抱著姊姊，部分是因為她在夜裡感到漂泊無依。天空、毛毯、裝著衣物的紙袋，她被這些東西吞噬。在黑暗中，查理不見了，蘿絲怒瞪希薇，她不懂那樣的憤怒，但內疚依然讓她全身緊繃。希薇知道，伊莎成長中的每個重大里程碑，瑟西莉雅都會哭泣，因為她失去了雙親，也失去了伊莎理應要在其中成長的世界。蘿絲距離瑟西莉雅與外孫女僅僅兩棟房子，但她無情地保持沉默，越來越深陷固執的哀傷中。上次茱莉雅去探望，蘿絲甚至趕她走。

希薇快睡著的時候，聽見姊姊說：「葬禮過後，威廉要求暫停助教工作，這學期剩下的時間都停職——他告訴系上的人因為我喪父，所以需要時間陪我。」

「真貼心。」

「可是我們需要錢。我都安排好了，他卻沒有先和我商量，直接去找指導教授。我比較希望威廉繼續教課——他這樣做會給人很不好的印象。教授會覺得他懶惰或軟弱。」茱莉雅說軟弱的語氣，彷彿那是她所能想到最傷人的指責。

希薇略微思考。姊夫在公寓裡踱腳走來走去，每次看到希薇都會微笑，表明不介意她在這裡，不過他想必很介意吧。她自認沒有資格責備他。「妳有沒有跟他說過妳的想法？」希薇說。

「現在說也沒用了。可以幫我一個忙嗎？」

這個問題不需要回答，於是希薇只是等姊姊繼續說。

「可以讀一下他寫的書嗎？他說還很粗略。我纏了好久，他終於願意讓我看，但我實在搞不懂。完全不懂。」茱莉雅睜大眼睛看著希薇。「我一直迴避，不想和他多聊，因為我不知道該說什麼。妳很愛閱讀——一定能看出他的意圖究竟是什麼。有沒有可能給他幫助？讓他畢業之後能順利就業？」

茱莉雅竟然有這麼多疑問，實在很不正常。我們全都像綻了線，希薇想著。這樣下去還能撐多久？

「沒問題。明天我帶去圖書館看。也可能是今天，現在可能已經過午夜了。」

茱莉雅吻了她的臉頰。「真是謝謝妳。不能告訴他妳看過稿子，知道吧？」

希薇想在黑暗中看錶，一個恐慌的氣泡在身體中央升起。現在幾點了？快天亮了嗎？因為沒有睡，所以應該在夜間發生的情緒投射與喧囂失落，全都由白天承受了。

值班時間之前，她坐在圖書館桌前開始讀那份稿子，午休時邊吃三明治邊繼續看，去學校的公車上也拿出來看。茱莉雅交給她的這堆東西亂七八糟：大約兩百頁的打字稿，用橡皮筋束好之後放在紙袋裡。希薇的第一印象是這本書確實很粗略。有些章節開了頭，但一個段落還沒寫完就停了。句子裡不時會出現問號，等候威廉之後解答。註腳滿是威廉對這份稿子走向的建議、想法、質疑。

這本書的主題絕對是籃球史沒錯，從一八九一年麻薩諸塞州開始說起，詹姆斯·奈史密斯博士發明了這項運動，以桃子籃作為球框，主要是為了在嚴冬中讓無法訓練的田徑選手保持狀態。書的內容跳來跳去，威廉似乎想到什麼寫什麼，儘管如此，依然大致照年代排列。內容談到一八九八年的第一次籃球聯賽，奈史密斯博士創立的十三條規則，以及在一九五〇年以前，所有正式球隊的球員與教練都是白人。寫作中斷時，威廉正在解釋一九七〇年代美國籃球協會[32]與國家籃球協會之間的紛爭，當時兩個聯盟爭奪球星，例如J博士[33]與史賓瑟．海伍德[34]。歷史中穿插著特定比賽的故事：一場在費城舉行的賽事中，比爾．羅素對上巨人張伯倫[35]。一九五九年的一場大學球賽，奧斯卡．羅伯森[36]獨得四十五分、搶下二十三顆籃板球、十次助攻。手稿中斷時，正講到一九七六年波士頓塞爾提克隊與鳳凰城太陽隊第五次對決。這場球賽延長加賽三次，是有史以來最長的一場決賽。威廉的文風紮實，乾淨俐落、客觀中立，但希薇發現她對內文本身不感興趣；反倒是註腳與穿插內文的疑問令她覺得很有意思。那些註腳有如威廉與自我的對話。他寫的註腳包括：

為什麼我會如此在意比爾．華頓[37]受傷的事？

我寫的難道只是按照時代記錄的流水帳？這樣足夠嗎？

為什麼爸爸和波士頓的很多男球迷都討厭羅素？我實在不忍心寫下他在波士頓的家發生過什麼事[38]。

這些球員身高驚人，但父母往往偏矮，科學如何解釋？

我寫得毫無章法。

寫得糟透了，我糟透了。

好幾次威廉寫下：我在做什麼？為什麼要這麼做？我是誰？

有次，在一段沒有結尾的敘述末端，一個註腳寫著：應該是我，不該是她。

那些註腳希薇讀了好幾次。註腳雖然附屬於籃球史，但感覺像是打開另一個故事的關鍵，而且那個故事與籃球歷史全然無關。應該是我，不該是她這句話是什麼意思？應該與籃球無關吧？這裡的她是茱莉雅嗎？

暗藏在這些問題中的焦慮令希薇顫抖。公車震動，彷彿也有同感。查理曾經對希薇說

32 American Basketball Association，ABA，曾為美國的一個主要籃球聯賽。於一九六七年成立，一九七六年被NBA聯盟兼併。

33 Dr. J，本名朱利葉斯．溫菲爾德．厄文二世（Julius Winfield Erving II），美國職業籃球運動員，擔任小前鋒。

34 Spencer Haywood，美國NBA聯盟職業籃球運動員。擔任大前鋒／中鋒。

35 Wilt Chamberlain，美國NBA聯盟職業籃球運動員，傳奇中鋒，世人稱之為「籃球皇帝」。身高七呎一吋（二一六公分）。

36 Oscar Robertson，美國NBA聯盟職業籃球運動員，先後為辛辛那提皇家隊和密爾瓦基公鹿隊效力達十四賽季。曾是史上創造最多次大三元的球員。

37 Bill Walton，美國NBA聯盟的職業籃球運動員及電視評論員，普遍認為是聯盟歷史中最偉大的長人中鋒球員之一，但職業生涯期間經常受到傷病困擾（左腳骨骨折），使他在十三年職業生涯中出賽率只有百分之四十四。

38 羅素從小飽受種族歧視欺凌，曾經目睹父母遭受歧視。即使長大成為知名球星依然無法擺脫歧視，甚至有球迷闖進他家，在牆上噴漆寫下種族歧視字眼、砸毀獎盃櫃、在床上便溺。

過：「我們望著窗外或凝視內心，希望能找到更重要的東西。」在這些註腳裡，威廉凝視內心，卻只看到憂慮與迷惘。我是什麼人？威廉似乎不認識內心映出的自己，也可能根本沒有看到人。希薇想起之前站在蘿絲面前，感覺自己逐漸消失。自從爸爸走了之後，希薇幾乎每分鐘都有那種感覺。她開始擔心，說不定是爸爸的關注保護著她，讓她能夠保持希薇這個自我，這使得她非常同情姊夫。她陷入這種狀態才一個月，就已經痛苦無比，而從這份稿子的長度與投入寫作的努力，可以清楚看出威廉困在裡面很久了。

希薇在公車上讀完稿子，夜間課程剛結束，她準備回茱莉雅家。她將稿子收進紙袋，望著車窗上自己模糊的倒影。她看到威廉的臉龐輪廓與自己重合。希薇一向很欣賞姊夫；和他相處很自在，當茱莉雅說話太誇張的時候，他們偶爾會相視微笑。最擅長解讀情緒的愛茉琳總是說威廉很感性。然而，從希薇認識他的那一刻，他就是屬於茱莉雅的人，因此在她眼中，他只是姊姊選上的對象，從不曾以其他方式看待他。現在她第一次懷疑，茱莉雅可能選錯丈夫了。寫這份稿子的人充滿了姊姊討厭的性格：優柔寡斷、自我懷疑、抑鬱憂傷。茱莉雅有如棒球場上的明星選手，站在本壘板上，揮棒打擊所有徬徨。唯一合理的解釋就是茱莉雅不知道丈夫內心的這一面——直到看過這份稿子才能發現。

希薇坐在公車上，感受到高度的肉體意識，全身細胞都在顫動，彷彿剛醒來。她感覺到各種沉重：放在腿上那份手稿，模糊的車窗，茱莉雅可能選錯丈夫，連續幾週睡在別人家的沙發上幾乎難以入眠，爸爸不在了。希薇也感覺內在有東西移動，但還沒摸清楚是什麼時，她已經哭了出來。她盡可能不哭出聲，以免半滿的公車上有人發現，但鹹鹹的淚水滑落臉頰，浸透大衣前襟。

回到茱莉雅家的時候已經很晚了，姊姊和威廉都睡了。希薇刷牙、換睡衣之後倒在沙發上。威廉的問題有如針尖刺痛她的肌膚。那些問題在黑夜中重現，滲透進她的內心，強勢要求回答。

我在做什麼？我躺在姊姊家的沙發上。

為什麼要這麼做？因為爸爸過世了，他是我的家。

我是誰？希薇・帕達瓦諾。

她聽見查理的聲音以無比寵愛的語氣說出她的名字，她微笑。

最後的問題與答案，讓希薇第一次意識到為什麼媽媽總是對她擺臭臉，但不會對姊妹那樣。蘿絲在希薇身上看到丈夫的特質，而且是她最討厭的那些。每當查理朗誦優美的詩句，蘿絲總會厭惡地說：「啊，惠特曼。」不是因為蘿絲不喜歡惠特曼，而是她責怪查理內心的詩害他人生一無所成。查理一直被減薪；鍋爐壞了他也不生氣，反而拉著她出去看滿月；他完全不在乎別人怎麼看他，卻有好幾百人出席他的葬禮悼唁；之所以會發生這些事，都是因為同樣的原因。查理的那些毛病希薇全都有，因此，當蘿絲看著二女兒，她看到的並非希薇，而是失敗的婚姻與失敗的自己，始終無法說服查理成為她想要的樣子。希薇想起茱莉雅，姊姊實在太像媽媽。她很清楚，當姊姊看到威廉內心那些畏縮的字句時，一定也會感到不齒。

希薇閉著眼睛，將自己置身於姊夫遼闊的徬徨中。她們姊妹熱愛的維多利亞時代小說中常出現高地沼澤，濃霧瀰漫、雜草叢生，姊夫的內心就像那樣。在這片崎嶇之境中，她感覺像回到家，大口吸進渾濁的空氣。自從查理過世之後，她總覺得自己從身體邊際不斷滲出去，同時手忙腳亂地想把自己撈回來。姊妹和媽媽很安全，她們有志向與規律作為依靠；希薇卻成為心痛與失落。威廉也不安全，他的問題與希薇相伴。她和姊夫都在苦苦掙扎，努力想活出自己真實的樣子，而這個目標在別人聽來只會感到可笑。

茱莉雅來了，希薇移動、空出位子，然後抱住姊姊，比平常更用力。

「妳沒事吧？」茱莉雅低語。

希薇搖頭，將臉埋在姊姊的頸子上。她能夠感覺到寶寶在姊姊身體裡輕輕移動，小小的震動傳進自己平坦的腹部。她需要這個擁抱，她也想多爭取一點時間，然後再面對姊姊的問題，她會盡可能回答。

「那份稿子好嗎？」

「好也不好。」

「能幫他當上教授嗎？」

「不能。」

「什麼意思……那份稿子究竟是什麼？」

「我也不知道。我從來沒讀過那樣的東西。」

茱莉雅懷孕八個月、伊莎四個月大的時候，一個週六，蘿絲召開家庭會議。

茱莉雅去探望媽媽，在菜園裡問：「家庭會議，包括瑟西莉雅？」（那天夜裡，茱莉雅對希薇說：「她的打扮變得更怪了。現在她在棒球護具下面穿爸爸的睡衣。」）

「當然不包括她。」蘿絲說。「妳、威廉、希薇、愛茉琳。」

被點到名的人，在蘿絲指定日子的下午四點準時出現。三姊妹都在大門前停下腳步，望向賽瓊內太太的房子。她們三個都沒有告訴瑟西莉雅蘿絲召開家庭會議——因為不忍心說出她被排除在外——不過她當然知道。希薇幫瑟西莉雅在圖書館找到兼職工作，她們的值班時間經常重疊。愛茉琳在瑟西莉雅的房間睡摺疊床，茱莉雅每天都會打電話給瑟西莉雅，關心她和寶寶的狀況。她們姊妹聽彼此說話的時候，不只聽說出來的部分，也會聽沒說來的部分，瑟西莉雅也不例外。這次會議隱瞞得太刻意，她們共用的行事曆上特地省略這段時間，在諸多不確定中，瑟西莉雅非常確定這天要開家庭會議。

他們走進屋裡時，蘿絲已經在餐桌旁屬於她的位子坐定。她的臉頰消瘦，身上穿著褪色的居家連身裙。

大家圍著她坐下之後，她說：「我要賣掉這棟房子。我無法負擔繼續住在這裡。」她隨意揮揮手，比著牆壁、臥房，以及這裡發生過的事。「我也不需要這麼大的房子。」

希薇往椅背上靠。她從來沒想過這棟房子會被賣掉。蘿絲和查理新婚時，查理以很優惠的價格買下這棟房子，很可能是喝酒時打賭贏了——雖然他不曾明說——那時剛好芝加哥的種族對立情勢緊張，很多白人紛紛逃離市區。在蘿絲眼中，便宜買到這棟房子應該是查理人生最大的成就。

希薇感到震驚，姊姊和妹妹的表情也同樣震驚：茱莉雅臉色發白，愛茉琳猛眨眼，她害怕或驚訝的時候都會這樣。

「這棟房子不是已經屬於你們的嗎？」茱莉雅問。「爸經常說沒有房貸了。」

蘿絲蹙眉。「大約十年前，為了讓妳們有飯吃、有衣服穿，我不得不用房子抵押貸款。」

這番話沉進心中。牆上的聖女注視這家人。原本掛著亞西西的聖嘉勒那塊牆面只剩空白，他們都知道那幅裱框的聖女像現在放在瑟西莉雅的床底。

「妳不能丟下菜園。」愛茉琳說。茱莉雅、威廉、希薇鬆了一口氣，同時點頭。她說得沒錯。沒有了菜園，蘿絲還是蘿絲嗎？蘿絲總是在菜園裡，彷彿她只存在於那裡，像香草、生菜、茄子一樣生了根。

「太累人了。」蘿絲說。「我受夠了。而且妳們都搬出去了，沒必要留著這棟房子。」她說這話的時候沒有看希薇，但希薇感覺到媽媽射出的冷箭正中她的心。是妳說想要獨處，她想著。我只是照妳的意思做。

「我要搬去佛羅里達。」蘿絲說。「我找到一間在海邊的公寓。幾個以前住附近的太太現在住在那裡，她們會幫我安頓。賣房子的錢足以讓我好好生活。」

他們坐下之後，威廉第一次開口：「佛州？妳不能搬去那裡。」

蘿絲注視他。

「妳的女兒們需要妳。」他深吸一口氣。「媽，我們需要妳。」

「我的寶寶快出生了。」茱莉雅說。「請妳等孩子出生再決定，拜託。」

屋裡的氣氛很怪，沉重但又即將移動，彷彿醞釀著暴風雨。帕達瓦諾四姊妹在座位上不安騷動。她們感覺到不遠處的瑟西莉雅，緊緊抱著她的寶寶，彷彿當作救生索，努力聆聽她聽不見的每句話。

「我想當面告訴你們。」蘿絲說。

妳在哪裡？希薇想著。妳的心已經飄去佛州了嗎？她想起之前匆匆瞥了一眼查理躺在棺木中的模樣——慘白、逝去。現在的狀況幾乎更糟。媽媽就在她們面前，血液在身體裡流動，但她的心已經不在了。她離開了。難道葬禮當天她就不在了？還是當她聽到噩耗倒下，希薇跪在地上守著她的時候？該不會多年來，她一直渴望能去到別的地方，現在終於抓到機會能夠脫身？

愛茉琳說：「我們大家都很想念爸爸。我們應該要在一起。媽媽，我帶來了伊莎的照片。她很美。」

她拿出藏在桌子下面的照片，但蘿絲立刻站起來，她邊走邊說：「走的時候，你們自己去採菜園裡的菜帶走。」

帕達瓦諾四姊妹中的三個留在餐廳，死命抓住餐桌，彷彿人生中的一切都被瞬間抽走。

威廉

一九八二年十一月～一九八三年三月

威廉遵守固定作息。吃早餐，然後出門去幫茱莉雅買菜或處理雜務。他努力取悅妻子，想補回因為他失算而失去的好感。查理過世之後，他向學校提出這學期剩下的時間暫停教課，他以為茱莉雅會感謝他的用心。系上很體諒地答應了，反正研究生很多，隨便都能找到人填補他的空缺。然而，當威廉告訴茱莉雅的時候，她神情恐慌——她不喜歡意料之外的事——他領悟到自己做錯了。茱莉雅需要的不只是愛與關懷；雖然他們結婚時收到的禮金足以支撐這段時間的生活，但她需要他去賺錢。他的妻子並不知道五斗櫃抽屜裡藏著一張沒有兌現的支票；他不打算用，永遠也不想用，但還是收起來以備不時之需。茱莉雅也不需要威廉在家陪她，希薇住進來了，當茱莉雅想起爸爸而傷心時，通常會去找希薇。當然，威廉能夠理解，但他每一步都算錯了，這讓他很沮喪。

威廉吃完早餐洗好盤子之後，問茱莉雅有沒有別的事要做，茱莉雅搖頭，幫他開門送他出去。幸好她道別時還會吻他的臉頰，讓他知道她只是暫時感到失望。他走路去西北大學圖書館，預習晚上的課程。在前往他最喜歡的單人座位途中，威廉通常會遇到年邁的歷史教授，他和茱莉雅就是在他的課堂上認識的。老教授似乎不認識威廉，但威廉不怪他。他猜想，今年應該是老教授任教的最後一年。老教授講課時眼角會滲出淚水，鼻水也流不停。威廉很想知道，老教授對他所教的課程是否還有熱情。對於一九三九年簽訂的德蘇互不侵犯條約[39]或柏林戰役[40]，他是否有新的見解？或者老教授只是照本宣科，像讀臺詞一樣？

午餐時間，威廉放下課業，走路去體育館。他坐在看臺上，望著眼前的籃球場，吃從家裡帶來的午餐。有時剛好遇到上體育課，體型與體能各異的學生在老師哄勸下做體操。有時會有幾個籃球隊的射手來練習。除了一年級新生，威廉認識籃球隊的所有選手，有一、兩次，吃完三明治之後，他會接受勸說下去玩玩，從角落投個幾球。他很清楚膝蓋無法承受旋轉動作，甚至無法奔跑移動，於是他選擇定點投籃，一次又一次遠距離進球，惹得前隊友們開心歡呼。當球穿過籃網發出唰唰聲響，威廉的呼吸便會放慢，恢復正常，可以假裝依然享有熟悉的生活。

只要手中有籃球，他就可以忘記岳父猝逝，忘記小姨子睡在他家沙發，忘記現在每次看到茱莉雅他都會嚇一跳。茱莉雅的肚子還不太明顯，但她已經不是他當初娶的女人了。她的臉部誇張外擴，臉頰經常泛紅。她很美、很動人，渾身洋溢活力，但她走在從受孕到生產的固定路途上，而威廉怎樣也找不到這條路的地圖。妳在哪裡？他好想問她。妳知不知道自己要去哪裡？妳確定是這條路沒錯？

他連對自己都不敢說實話，因為實在太可恥，其實他根本沒有想過要生小孩。他愛茱莉雅，因此結婚非常合理，到現在，他依然在宛如大海的感激中泅泳，因為能夠每天夜裡睡在她身邊、早上在她身邊醒來。然而，製造出一個全新的人並且養育長大，這是截然不同的問題。茱莉雅成功懷孕的時候，他說他很興奮、很開心，因為他知道理應有這種感受，但威廉無法想像自己當爸爸。每當他試著想像自己和寶寶在一起的樣子，畫面總是一片模糊。說不定他應該對茱莉雅的計畫表示質疑，然而，自從妻子提議生孩子之後，接下來一個月，威廉每天一進家門她都裸體在等他。當茱莉雅身上一絲不掛，威廉實在沒能力也沒意願探討生孩子的優缺點。

現在，他的家裡不但有孕妻，還有借住的小姨子，她每天都滿懷內疚地來去匆匆。他不再坐長沙發，因為現在那是希薇的床。他邊吃飯邊研讀課本、翻閱筆記，努力想記住美國歷史特定年代中的各種變化。威廉夜裡醒來時，床上茱莉雅的位子往往是空的，他發現她和妹妹抱在一起睡。看著她們，威廉感到一種莫名的寂寞。她們看起來彼此相屬，他回到房間時，忍不住想著，說不定外人不是希薇而是他。

39 Molotov-Ribbentrop Pact，第二次世界大戰爆發前，蘇聯與德國在莫斯科所簽訂之互不侵犯條約，目標是初步建立蘇德在擴張之間的友誼與共識，並導致波蘭、波羅的海三國以及羅馬尼亞的比薩拉比亞地區被瓜分。

40 發生於一九四五年四月十六日～五月二日，是第二次世界大戰歐洲戰場上最後的大型攻勢之一。蘇聯進攻當時在納粹統治下的柏林，四月三十日希特勒自殺後守城德軍投降而告終。

在體育館吃完午餐之後，威廉回到圖書館，繼續研究一八九三年大恐慌[41]。威廉的研究所導師是一位眼睛炯炯有神的教授，每天都打領結，總是坐不住，好像每件事都能讓他激動不已。研究課程第一個月進行初次面談時，教授問威廉，他選作研究主題的那個年代中，他最最熱愛的是什麼。這個問題讓威廉感覺身體裡所有會動的東西都慢了下來——血液、肺部、心臟——幾乎停止。他感到羞恥；他從來沒想過讀研究所需要熱愛。最後，他好不容易擠出一句，他喜歡一八九〇到一九六九年間國內的各種偉大變化——鍍金時代[42]、兩次世界大戰、民權運動——但已經太遲了。教授的眼神流露疑惑，他似乎在想：真奇怪，從這個學生身上，我感受不到任何對歷史的熱愛。

大部分的日子，威廉吃完午餐之後還會在體育館逗留許久，雖然他知道不應該。他必須為晚間的課預習，但他卻遲遲不想回圖書館。在這樣的一個下午，阿拉什走過球場時看見他，於是過來坐下。

「你的膝蓋狀況如何？」他問。

「很好。」每當有人問起威廉膝蓋的傷勢，他總是這麼回答。他認為這個回答很正確，因為右膝功能正常，讓他能夠步行，在兩地之間移動。雖然一直會痛——夜裡最嚴重——不過，抱怨疼痛感覺很沒有男子氣概。更何況，誰在乎？他已經不需要不會痛的膝蓋了，反正教授可以坐著講課。他的身體現在可說是無關緊要了。

阿拉什端詳他。「聽說你在這裡讀研究所。恭喜。」

威廉很驚訝。「你怎麼會知道？」

阿拉什微笑。「我們會追蹤球員的動向。我也會特別追蹤我照顧過的傷患，所以你在我的關注名單上。不過，我們希望盡可能追蹤所有球員的狀況。你知道，我們不是沒心沒肺的人。要是不持續追蹤，球員有成就的時候，我們就沒辦法寫信祝賀啦。」

威廉思考這件事。他沒預料會聽到如此溫馨的事，這讓他不禁想起查理。岳父的葬禮是威廉人生中的第一場葬禮。他在守靈時聽到太多人頌揚查理的慷慨無私，無論在社區或職場都是個大好人。三個醉醺醺的男子，努力說明查理是如何幫助他們安撫怒氣衝天的房東。威廉有股衝動想站起來告訴所有人，岳父的駕駛技術非常高超，他隱藏了自己的能力，也可能是一直被蘿絲和四個女兒無視。他好想問：還有多少事查理認為必須隱瞞我們？但他只是看著蘿絲隨著時間變得越來越冷硬，任由恐慌與哀戚侵蝕妻子美麗的臉龐。

棺木下葬之後，茱莉雅帶威廉去探望瑟西莉雅母女。小寶寶突然被塞進威廉懷中，毫無

---

41 美國一次嚴重的經濟蕭條，始於一八九三年，於一八九七年結束。這場恐慌導致股價下跌。五百家銀行關閉，一萬五千家企業破產，眾多農場停止營運。

42 Gilded Age，美國歷史中南北戰爭和進步時代之間，時間上大概是從一八七〇年代到一九〇〇年。這個名字取自馬克·吐溫第一部長篇小說。此為美國財富突飛猛進的時期，數百萬的移民從歐洲來到了美國，同時大量的重工業，包括鐵路、工廠、採礦，都飛速發展。

預警。他從來沒有抱過嬰兒，但他太太和伊莎的媽媽很放心地轉過身，似乎相信他知道該怎麼做。寶寶往上看他，臉龐輕輕顫抖；她在考慮要不要哭。她不可思議地嬌小，整個包在毯子裡，所以他看不見她的四肢。她感覺體溫很高。她發燒了嗎？是毯子太熱了嗎？威廉找了張椅子坐下，這樣萬一他失手摔落寶寶，她墜地的距離會比較短，接著他又換成坐在地上。茱莉雅與瑟西莉雅取笑他，但眼神充滿寵溺，然後兩姊妹和他一起坐在地上，彷彿想讚許他做得很好。

「結束得漂亮！」阿拉什看著球場說。「那個一年級的大前鋒，他表現很出色，完美接替了肯特。起步很棒。」

「是誰接替我？」

阿拉什掃視球場。「有個新人，他搶籃板的功力很不錯。不過他太愛用手肘推人，不像你會動腦。」阿拉什點頭，彷彿贊同自己的評價。「你有沒有讀過《籃球解析》[43]？」

「什麼？」

「那是一本書，介紹像你這樣聰明的球員，分析他們思考球賽的方式。在腦中播放影片，充分理解如何應用空間。最偉大的球員往往也愛下棋。你應該讀讀看。」

威廉盡可能吸收阿拉什的話，他知道自己之後一定會在獨處的時候重複回想。他好像一直在期待有人能說出這些話、這些句子。威廉目前的人生好像時時刻刻都在造成微小的失敗與失望；他好希望自己還是以前那個能夠以智慧判斷空間的球員，依然屬於球隊。他腦中閃現回憶：十歲時，他站在公園的籃球場上，看著不久前才歡迎他加入的小朋友，頭也不回地跑回家吃晚餐。小威廉心裡想著：快回來。

阿拉什拍拍他的肩膀。「我還有事，得先走了。以後還會在這裡見到你嗎？」

「我幾乎每天都會來。」威廉說，目送阿拉什離開時，胸中的感受令他不解——難道是渴望？

＊＊＊

那年十二月，連續幾週，每當希薇不在家，威廉與茱莉雅就會為同樣的問題爭執。

「我們應該趁我肚子太大之前搬家。」茱莉雅說。因為有孩子了，因此威廉與茱莉雅符合資格，可以申請兩房家庭宿舍。「我希望先整理好。」她說。「至少要先準備好嬰兒床和尿布臺。下個月你就要重新開始教課了，我們應該利用這段時間，趁你有一點空閒先搬家。」她停頓。「為什麼你一直那樣看我？」

43 《The Break of the Game》，一九八一年出版的籃球書籍，作者是曾榮獲普立茲獎的新聞記者David Halberstam。記錄NBA職籃球隊波特蘭拓荒者隊一九七九～一九八〇球技的表現，以及球員的狀況。並且解說籃球歷史，將籃球置於社會脈絡中分析。

威廉盡可能收斂表情。「哪樣？」

「好像我說的話讓你很震驚。你應該知道寶寶四月就要出生了吧？」

「當然。我只是覺得住在這裡很舒服。妳不是常說喜歡這間公寓？我們住到學年結束再說吧。等暑假再搬。」

茱莉雅惱怒地瞪大眼睛看他。「現在希薇也住進來，房子太小了。要是現在就搬，她可以先睡嬰兒房。我不懂為什麼你要跟我吵。」

威廉不知道該怎麼說，更不知道該如何解釋他只是想盡量拖延。妻子不可能理解他心中的感受。他傻傻地想著：只要不搬走，寶寶就不會出生，因為沒有寶寶的房間。比較大的公寓其實就在附近，同樣是校園裡的建築，所以其實改變不大。然而，現在查理過世了、茱莉雅的肚子越來越大、希薇睡在沙發上，威廉感覺所有事他都毫無把握。他需要在目前的這個臥房的床上醒來，吃兩片吐司配草莓果醬，然後走路去圖書館。他需要坐在最喜歡的座位上，把書以他喜歡的方式精準放好。他需要中午放下課業去體育館吃午餐——有時候阿拉什會來找他——回憶帶著球在眼前這片球場奔跑的感覺。每天下課之後，威廉回家，回到幾年前愛上的那個女人身邊。這樣規律的日常節奏構築出威廉的生活，想到要改變，他便不由自主地茫然呆望著妻子，儘管他知道她有道理，而他沒有。

一週有幾天，阿拉什會帶著他的湯和全麥小餐包——他的午餐永遠一樣——過來和威廉一起坐在看臺上。阿拉什和威廉聊天，彷彿將他當成同事，這樣的善意讓威廉很感激。

「我有點擔心彼德森。」阿拉什朝場上一撇頭，那位二年級的得分後衛在球場上下跳，等候投籃的機會。

「他的投籃動作不錯。」威廉說。「你不覺得嗎？」

「他的投籃技術確實不錯。不過，仔細觀察他落地的姿勢。」

威廉看著高大的學弟運球繞過三個三角錐，然後投籃。「我覺得沒問題啊。」

「看的時候試著放慢速度。用慢動作觀察他接下來三圈的動作。」

威廉不懂阿拉什的意思，但接下來二十分鐘他仔細觀察。他將彼德森的動作拆解成幾個部分：奔跑時身體的角度、轉身時膝蓋的扭動、跳向籃框時的發力。看到第四圈時，威廉察覺彼德森投籃時上身會轉動，導致他落地時失去平衡。他說給阿拉什聽，後者點頭。

「沒錯。我認為他需要強化腳踝——那裡的韌帶可能受過傷。你知道，你的遭遇讓我重新思考我的工作。我希望瞭解球員的舊傷。要是能掌握這些資訊，我就能透過鍛鍊來幫助他們解決。不過，我擔心要是我直接去問，他們不會說實話。」他的神情流露為難。

「他們不希望你以為他們有問題。他們擔心萬一你知道他們有舊傷，上場時間會縮短。」

「沒錯。」阿拉什說。「一群傻蛋。」

威廉點頭，一手按住受傷的膝蓋。「這個學期我不用教課——呃，至少接下來一個月——我有空。」他說。「方便讓我參觀你的工作嗎？你做事的時候我在旁邊跟著？」

阿拉什轉身看威廉。威廉這才察覺，他對這個人的瞭解非常少。他在西北大學擔任物理治療師超過十年，他有老婆嗎？小孩呢？他是不是住在校園裡？他是哪裡人？研究歷史的重點在於視野，必須充分理解關鍵事件的周邊整體。沒有任何事物、任何人處在真空中。坐在家中單人沙發上的查理，只是他這個人整體中的片段。守靈儀式上出現了其他部分：公車站的女性、酒友、愛詩同好、卑微工作的善良同事。以及刻薄親戚、不知所措的四個女兒。

「你不是全職研究生嗎？」

「我可以兼顧。」威廉說。

阿拉什回頭看球場。

「我不會妨礙你。」威廉瑟縮一下，因為他的語氣實在太迫切，但也是因為他察覺到自己確實很迫切。當他在體育館觀察球員，內心有個東西敞開了。他希望能在這裡待久一點。如果他希望能有機會好起來，就必須待在這裡。

「沒問題。」阿拉什說。「多個人幫忙也不錯。」

將稿子交給茱莉雅之後，威廉立刻後悔了。假使查理還在，茱莉雅要求再多次，他也絕不會讓步，但妻子已經夠傷心了，他不忍心讓她更難過。此外，因為她勉強同意繼續住在現在的公寓裡，等學年結束再搬家，因此威廉感到應該報答她。他說：「稿子還沒有到可以讀的程度。妳一定會看不懂。現在只是草稿而已，很亂的草稿。」

「我知道。你願意讓我看，我真的很高興。謝謝你。」

第二天早上，威廉看到她坐在廚房的黃色餐桌旁讀那份稿子，但後來他再也沒看過她讀。幾天後，他看到那份稿子裝在紙袋裡、放在沙發上。看到稿子出現在一眼就能看見的地方，他內心像被刺了一下。他覺得交給妻子的不只是稿子，也是他腦中紛亂的思緒，甚至是他的靈魂。他用了將近五年的時間寫這本書，但一直斷斷續續。在他心中並不認為這是一本書──只有茱莉雅說它是。對於威廉而言，他只是想找點事做，因為內在的死寂有時會讓他害怕。籃球很吵鬧──比賽充滿節奏，時時刻刻都有十個人在場上跳躍、投籃、防守、抄截──書寫籃球讓威廉的內心平靜。無論是在球場或紙上，只要能聽見球碰撞地板的聲音，他就可以想像那是他的心跳。

以前辛苦訓練之後回到宿舍，他會以文字呈現知名賽事。當他描寫偉大球星的招牌動作──奧斯卡．羅伯森的頭部假動作、賈霸[44]的天勾──他會覺得那些動作在身體裡產生漣漪。只有那樣的漣漪能打破他內心深處的死水，讓他能稍微喘息。然而，因為威廉寫作的方式，使得那本書中的敘事非常隨興，他想到什麼就寫什麼。他知道妻子無法理解，將手稿交出去讓他覺得喪失了一部分的自己。好幾天過去，茱莉雅沒有提起那本書，而且似乎想盡辦法迴避他的視線。威廉受傷時籠罩的迷霧再次出現在他的視野邊緣，有如環繞山巒的雲。那本書糟透了。他糟透了。

終於，一天晚上睡覺時，茱莉雅將稿子還給他，並且說：「很不錯！」

他閉上雙眼，因為不想看到她硬擠出來的開朗笑容。「妳不必說好話。我知道不是真的。這些東西只是為我自己寫的。對不起，研究所畢業之後我可能無法憑這份稿子爭取到工作。」

「你不需要寫書也能教書。」她說。「我們會設法幫你找到工作。」

濃霧侵蝕他的邊際，他感覺對不起妻子。她被迫假裝他比實際上好。她被迫假裝不擔心自己嫁錯郎。這並非威廉第一次在茱莉雅臉上看到這種勉強的笑容，她會陷入這種困境都是他害的。他討厭自己。幽暗迷霧滲透他。

她說：「註腳非常有意思。真的很特別。」

「我要去喝水。」他說完之後下床。他走進客廳又急忙後退，看到希薇躺在沙發上，他的心跳加速。他忘記她在這裡，他什麼都忘記了。

「對不起。」她說。他也嚇到她了。

「是我不好。」他說。「我不該突然出來。」

「你沒事吧？」她問。

希薇的語氣有種奇特的感覺，一種心知肚明，威廉不禁遲疑。他想像妻子與希薇一起躺在沙發上。兩姊妹細心溫柔地呵護彼此，他一直很羨慕她們之間的感情。他之所以愛上茱莉雅，部分是因為她對待家人的方式。事實上，四姊妹如此親密，他的妻子從來不需要單打獨鬥。帕達瓦諾四姊妹共享人生，她們很清楚彼此的優缺點，並且以彼之長補己之短。茱莉雅擅長規畫與領導，希薇擅長閱讀與謹慎，愛茉琳擅長照顧，瑟西莉雅擅長藝術。

威廉的妻子現在已經很少閱讀了。他領悟到，可想而知，她會請希薇幫忙讀他的稿子。這種做法絕非背叛他的信任，因為三個妹妹等於她自己，她只是將這份任務交給最適合的那個自己。茱莉雅的愛與雄心，加上希薇的批判性閱讀能力。

威廉一動也不動地站在客廳與房間中央，在昏暗的燈光中，這個想法在心中展開。他感覺到身後的茱莉雅有多焦慮。威廉一直很清楚，他娶的不只是茱莉雅一個人，而是她的全家人。剛開始交往的時候，茱莉雅便帶著三個妹妹去看籃球校隊比賽，清楚展示出她是整體的

44 Kareem Abdul-Jabbar，退休美國NBA籃球運動員，原名小斐迪南・路易斯・阿爾辛多（Ferdinand Lewis Alcindor, Jr.），之後改信伊斯蘭教並使用阿拉伯語姓名。從高中開始直到NBA都是一名中鋒球員。生涯二十年效力過密爾瓦基公鹿及洛杉磯湖人。他以身高與臂展優勢所進行的勾射動作稱為天勾（Skyhook）。

一部分，而他接受了。茱莉雅雖然在法律上改用他的姓，但在所有真正重要的方面，其實是他加入了帕達瓦諾家。這間公寓裡的三個人，感情最深的其實是相擁而眠的兩姊妹。

希薇在沙發上坐起來，彷彿她是客人，而不是穿著睡衣、披散頭髮睡在那裡的人。她憂心地看著威廉，身後臥房裡的妻子也用同樣的眼神注視他的背。

威廉從兩姊妹中間走開，進入廚房。他需要獨處一下。他需要強迫呼吸恢復正常。他靠在冰箱上，雙手按住大腿。他很喘，感覺像在場上奔跑了一個小時，而他的隊伍兵敗如山倒。無論比賽還剩下多少時間，他都毫無機會獲勝。

一月，新學期開始，除了上課之外，威廉重新開始教學。茱莉雅明顯放下心中的大石，他又開始有收入了，他第一次拿著薪水支票回家時，她還小小慶祝了一下。威廉很高興能讓她開心，但現在他的生活又忙又累，他必須妥善分配能量才有力氣撐到回家。歷史系認為研究生除了專攻的時代，也該利用教學時間多接觸其他時代，這樣對他們有好處。於是威廉現在擔任大學部古埃及史課程的助教。每次上課，他都必須做大量準備，即使威廉整夜熟睡，依然一直覺得很累。他養成了一個新習慣：走進研究生課堂前，都會先用力甩一下頭，啟動內在的馬達，讓他能夠在教授上課時點頭、微笑、寫筆記。當威廉以助教的身分站在課堂上時，則需要更強大的馬達。他的心跳瘋狂加速，時間彷彿以焦慮為羽翼，從敞開的窗戶飛出去。他必須時時看錶以確認沒有講太快。他總覺得時間拿捏得不夠好：厲害的教授可以控制速度，在下課的同時講完課程內容，他們像是內建了時鐘，因此可以精準掌握每一分鐘，但威廉沒有。

他很晚才能回到家，但他盡力對茱莉雅好，他感覺得出來她也盡力對他好。然而，威廉知道，那份手稿毀壞了茱莉雅對他的觀感，且再也無法挽回。對她而言，他的「書」一直在他們的關係裡佔有重大地位：一開始她因為這本書而感到振奮，因為她認為寫書代表威廉成熟又上進。接下來幾年，即使她發現威廉毫無人生計畫與目標，但這本書的存在安撫了她的憂慮。茱莉雅期望這本書能證明她沒有看走眼。在真正讀過之後，她明白他根本不是她心目中的那個人。威廉一直很怕會發生這樣的事：感覺有如墜落懸崖，他不知道落地時他會變成什麼模樣。每天他都問自己，是不是該告訴她，即使她選擇離開，他也能理解。但茱莉雅懷孕了——現在肚子很大——所以她被困住了。他們兩個都被困住了。每一天，他都變得越來越不像她當初嫁的那個人，而家裡的人口卻一直在增加。

茱莉雅告訴他下午去產檢的事，問他要不要把手放在她隆起的肚子上。威廉把手放在她指的地方，但他知道自己的表情不對——他的恐懼肯定露餡了。茱莉雅嘆息轉身離開，說她要去睡覺了。有些日子，威廉回家時茱莉雅會放棄努力，這樣反而讓他鬆一口氣。她只是和妹妹一起坐在沙發上，對他揮揮手，沒有站起來為他準備晚餐，或關心他今天是否順利。

「有寶寶之後你一點也不興奮。」茱莉雅有一次對他說，語氣斬釘截鐵，毫無疑問。

威廉想了一下才記起興奮是什麼感受，然後他說：「我當然有。」但他知道自己的語氣很不具說服力。「對不起。」

「拜託不要道歉。威廉，有時候我覺得這個孩子是我和希薇的，你只是剛好住在這裡。」

茱莉雅用眼神挑釁。她想要他回應，她想要他反擊，想要他惱火，但他卻只能再次擺出懊喪的表情。

一天晚上，時間很晚了，威廉下課回到家，發現黑暗中有個女人坐在長凳上。他朝著她的方向呆望許久，不明白為什麼會注意到她，然後才恍然大悟：她是希薇。威廉的心臟在胸口快速敲擊。他應該要趁小姨子沒發現他的時候快點過馬路或轉彎，但已經來不及。她也看到他了。

幾個星期以來，他一直迴避希薇。每次和她共處一室，他就會想到：妳讀過我寫的那些可笑註腳。這件事讓他好希望地板有個洞能讓他掉下去，他知道那些註腳一定把希薇嚇壞了。自從茱莉雅將稿子還給他之後，他再也沒有從紙袋拿出來過；他第一次這麼久沒有增添內容。

「我把家裡的鑰匙放在圖書館，忘記帶回來。」希薇坐在長凳上說。

威廉發現她感覺很累，這才想起她也上夜間課程。他看看錶，已經快十點了。「妳原本打算怎麼辦？」

她聳肩。「我正在想。現在太晚了，不能打電話，因為茱莉雅需要睡眠。我不確定你在不在家。今天不太冷，我大概會繼續坐一下，然後搭公車去賽瓊內太太家過夜。」

威廉在長凳邊緣坐下，和她一起。「現在問題解決了，我有鑰匙。」

她微笑。「我也在欣賞星星。」

「星星？」一開始他不明白她在說什麼，但是當他抬起頭，就看到了。

「你不喜歡星星嗎？」

這個話題太奇怪了，威廉想著。但他已經打破了每天的規律，而且比起在家的時候，坐在黑暗陰影中的希薇比較不讓他緊張。「大概吧？」他說。「呃，也不討厭就是了。」

他們安靜片刻，一起仰望星空。

「我時時刻刻都在想念爸爸。」希薇說。「我一直告訴自己，時間久了就不會這麼難過。」

威廉轉頭看她，她的臉頰上有淚痕。他看到淚水掛在她的睫毛上，他忘記呼吸。他看出悲傷的線條覆蓋她全身，在手臂、雙腿與鵝蛋臉上層層交疊。他大為震撼；他從來無法如此清楚看出別人的感受。

查理的死讓希薇很受傷；茱莉雅也受到嚴重打擊。查理．帕達瓦諾對四個女兒而言不可或缺，彷彿是她們結構中的一部分。威廉也很想念岳父；他記得查理要他解釋籃球。威廉不知不覺間拿了一張紙畫出球場，說明球隊五名成員的行動，岳父坐在他身邊專心聆聽，不時點頭。

威廉說：「那樣的失去……想必很痛苦。」

「我沒有想過──」她停頓一下，「──每分鐘都會感受到。我不知道原來失去一個人會連帶著失去那麼多。」

威廉略微思索。「就好像萬事萬物都有關聯。」

他身邊的希薇發出細微聲響，不是肯定也不是否定。

他在木板座位上移動重心。他的身體感覺很奇怪，好像血液流動的速度比平常快。他看著一位警察從街道另一頭沿著人行道巡邏。

希薇說：「你好像很累。」

威廉轉頭，發現視線直直望進希薇的雙眼。他有種奇怪的感覺，好像她看到了他的內在，看到他的真面目。他不知道原來有這種可能。當茱莉雅凝視威廉，她想看見她盼望中的那個人。她看不見真實的他，也可能不想看見。

威廉再次想到查理：岳父似乎真心想要瞭解他這個人。接著，他又短暫想起他的父母。他的母親或父親有沒有正眼看過他？應該沒有。說不定他還是嬰兒的時候，媽媽抱他都會轉過頭。或許正是因為如此，所以他難以想像自己當爸爸，因為他的父母根本不想和他共處一室，一看到他就想逃離。

威廉艱難地做個深呼吸。為什麼他會有這些念頭？希薇的關注似乎讓他看清自己。還有天上那些閃亮的星星。亮得刺眼。

「最近我一直很累。」他聽見自己說。

「我也是。」

「妳失去了爸爸又失去了家。」之前他完全沒有思考過這件事，但他知道這是真正的原因，彷彿他們之間的空氣堆滿了答案。

「對。」她說，聲音哽咽。

威廉心中有個東西隨之動搖，一瞬間，他很擔心自己會哭出來。但他不能在小姨子面前哭；他們之間已經發生了過多的交流。他站起來，唐突地說：「我們進去吧。」

幾天後，茱莉雅很難過地告訴他，希薇找到了自己的房子，她要搬出去了。威廉感覺胸口像被尖銳的東西刺中，他心裡想著，這也是我害的。那天夜晚在長凳上不知發生了什麼事，從那之後，他更難找到力氣維持每天的規律。他從來不哭，卻差點在小姨子面前哭出來。長大之後他沒有哭過，但即使是小時候，印象中次數也很少。他竟然差點崩潰，希薇一定覺得很厭惡。可想而知，她讀過稿子中那些丟人的註腳，加上長凳上那可恥的瞬間，希薇一定覺得很受不了——至於受不了什麼，他也不清楚。

一個月後，蘿絲宣布要搬去佛州，隔天晚上，四姊妹聚集在威廉與茱莉雅的家裡。威廉想幫忙，但不知道該怎麼做。他坐在單人沙發上，看著四姊妹在客廳裡忙來忙去。她們四個同樣眉頭深鎖，同樣坐不住。她們輪流抱伊莎，雖然孩子好像不想被抱，在她們懷中一直亂踢亂扭。

「她開始學爬了。」瑟西莉雅滿懷歉意說。

「當然囉。」茱莉雅的聲音好像快喘不過氣了。現在她的肚子非常大，很難吸飽空氣。「伊莎最棒了。」

四姊妹都沒有笑，因為茱莉雅不是在開玩笑，而且她們全都認同她說的話。

「我們能怎麼辦？」愛茉琳說。「媽媽想走，我們沒辦法阻止。」

「說不定她不喜歡佛州，這樣就會回來了。」希薇說。

希薇到的時候，威廉和她短暫目光交會。他們互相頷首，感覺是在暗示：那天晚上我看見了真實的你、你也看見了真實的我，但沒有關係。自從希薇搬出去之後，威廉很小心避免與她獨處。他終於找回了一點動力，足以支撐他過完每一天，他不想再次失去。此外，那晚希薇的情緒彷彿畫在她的身體上，目睹那樣的她感覺太過私密，就像看到她沒穿衣服的樣子。那天夜晚在長凳上，他和小姨子之間發生了什麼，威廉無法理解，但感覺很危險，有如閃爍銳利光芒的匕首，隨便都能割裂他的生活，就像割紙一樣容易。

他一一看著另外三個姊妹。她們都沒有去過佛州，甚至沒有搭過飛機。蘿絲已經買好機票。那天早上，威廉看過報紙上的房屋買賣廣告，發現蘿絲的房子已經掛上去了，價格遠超出他的想像。

「真不敢相信她竟然選在這時候搬走。」茱莉雅說。「她很可能看不到寶寶出生。」希薇將伊莎交給茱莉雅。茱莉雅親吻小寶寶的臉頰，然後把臉埋在她的頸子上。

三個妹妹心煩意亂，她們看著大姊，茱莉雅是她們的領袖，但她也沒有計畫。威廉突然覺得她們很過分，竟然期待茱莉雅解決這件事。他的妻子晚上睡不好，而且持續腰痠背痛。那天吃早餐的時候，她才對威廉抱怨過：「我覺得寶寶快要把我擠出去了。」她整天的每一分鐘都感覺很不舒服、全身浮腫。

「老人退休之後搬家，這種事很常見。」他說，察覺自己低沉的男性聲音在這個場合有多麼格格不入。「不見得是壞事……只是妳們沒有預料到。」

所有人瞬間沉默。沒有人看他的眼睛。他自問是否有資格就這個問題發表意見，畢竟他的原生家庭早早就萎縮。還是說，他的意見之所以無足輕重，只因為他是坐在單人沙發上的男人，就像查理一樣？

威廉低頭看受過傷的膝蓋。

「有沒有人想吃東西？」茱莉雅說。「家裡有義大利麵。還是要吃雞蛋？」

「今年很不容易。」愛茱琳像是在發表演說，但講稿不是她寫的，她自己也不太相信那些內容。「不過，就算只剩下我們，也不會有問題。我們會互相照顧。我會把大學的課程都改到夜間，這樣白天我就能全職工作，而且托兒所給我加薪了，我和瑟西莉雅很快就能有自己的家。」

「我正在幫托兒所畫壁畫。」瑟西莉雅說。「如果順利，其他托兒所也會委託我，甚至小學也會找我作畫。」

「你們兩個——」愛茱琳比比茱莉雅和威廉，「——一切都很順利。希薇很快就能成為正職館員，全芝加哥最厲害的圖書館員。」

「我們的運氣還是很不錯。」希薇小心翼翼地說，彷彿在測試雙胞胎的假設。

「我們一定能撐過去。」茱莉雅說。

威廉走進廚房燒水煮義大利麵，因為他不想被看出心裡的感受，就在他眼前，四姊妹彼此緊密交織，找回一家人的感覺。他站在洗碗槽前，感覺好孤單，膝蓋不穩、心跳紊亂。他煮好麵，從冰箱拿出茱莉雅前兩天煮好的番茄麵醬加進去，一大碗端上桌。愛茉琳急忙站起來幫忙拿盤子和餐具。

「謝謝。」茱莉雅說，他看到她眼眸中的感謝。

「我出去散散步。」他說。「很快就回來。」

四姊妹注視他，這時寶寶突然發出開心叫喊，於是她們朝他的方向笑了笑，然後去看伊莎。威廉離開燈火通明的公寓，在紫色的向晚天空下閉起眼睛，鬆了一口氣。他想起他的書，但書在身後的家裡，他想等到三個小姨子離開，只剩下茱莉雅的時候再回去。

他看看錶，體育館應該有人在打籃球，可能是打好玩的比賽，也可能球隊還在訓練。他大步穿過校園，大口吸進晚間的空氣。他可以像平常一樣坐在看臺上，研究年輕球員的步伐、跳躍、落地，尋找未來可能導致受傷的問題。他在球場上看到的弱點，全都可以解決。

茱莉雅

一九八三年四月～一九八三年七月

前往機場的車程，茱莉雅與蘿絲一路無言。威廉很不願意讓茱莉雅駕駛借來的車，她的肚子很大了，即使將座位推到最後面，依然會碰到方向盤。他提議由他開車送她們去歐海爾機場，但茱莉雅知道只能由她和媽媽兩個人去。倘若蘿絲有話想跟茱莉雅說——例如，解釋搬家的原因或她後悔了——在威廉面前她絕對說不出口。然而，她們停好車、寄行李、走到登機門前，整段過程蘿絲始終面無表情。

茱莉雅說：「等我兒子出生，我會寄照片給妳。」

蘿絲點頭。「不要認定一定會是兒子。」

「大家都說我的肚子一看就懷兒子。」

茱莉雅與蘿絲愕然停下腳步。瑟西莉雅抱著伊莎站在登機門旁。她穿著作畫用服裝：牛仔褲、滿是顏料的長袖上衣。她用查理的黃色頭巾包住頭髮，像媽媽一樣面無表情。

瑟西莉雅說：「妳還沒見過第一個外孫，我不能就這樣讓妳走。」

蘿絲的眼神變得黯淡。她臉色蒼白、表情生硬。茱莉雅看得出來，她腦中浮現丈夫倒在醫院地板上的畫面。

「我的第一個外孫在這裡。」蘿絲指著茱莉雅的肚子。

「不。」瑟西莉雅和茱莉雅異口同聲說。

蘿絲後退一步。

伊莎錯過了上午小睡的時間，用小手背揉眼睛，皺著眉頭看大家。

「佛州一定很熱。」茱莉雅試圖改變對話的方向，想找個合理又和平的話題。然而，一說出口，她立刻知道這麼做毫無意義。「媽媽，妳最怕熱了。」

「妳可以不要這麼頑固。」瑟西莉雅說。

茱莉雅感覺一陣輕顫傳過全身。她知道送媽媽來機場絕對會談到很重要的事——她的內心深處感覺得到——但她沒想到瑟西莉雅也會加入。她感到一陣嫉妒，小妹再次搶在她前面。瑟西莉雅快滿十九歲了，成為母親的她感覺比以前更剛強、更有自信。她很漂亮，衣服也很合身。茱莉雅覺得自己的體型像海一樣大，思緒像魚一樣在腦中游來游去。

「妳連我也想害死？」蘿絲對瑟西莉雅說。「我苦了一輩子，終於要上飛機去享福，妳卻要在這時候害死我？」

噢，糟了，茱莉雅想著。

「妳該不會真的以為爸是我害死的吧？」瑟西莉雅注視蘿絲，眼神指控：如果真要說是誰害的，那也是妳。

四周有很多人——吃零食、喝咖啡、確認該帶的東西都帶了——但茱莉雅無法判斷航站裡究竟有十個陌生人還是一百個。媽媽和妹妹對彼此的心捅刀，那些陌生人全都看到、聽到了嗎？

「爸說過，妳的媽媽把妳趕出家門之後，就再也沒有和妳說過話。」瑟西莉雅搖頭，於是伊莎也跟著搖。「我想來送行，也想告訴妳，我會永遠愛妳。伊莎長大之後，我也只會跟她說妳的好事。妳知道為什麼嗎？不是為了妳，媽。是為了我自己。我不希望變得像妳一樣尖酸又憤怒。我想要思念妳，因為我愛妳。」

「妳不該說這種話。」蘿絲說。「我想坐下。」她在等候區找了位子坐下。竄過茱莉雅身體的輕顫似乎也掠過媽媽的臉，但蘿絲什麼都沒有說，就這樣沉默到登機廣播響起。

「飛機上要用的東西都帶了嗎？」茱莉雅問，然後想。為什麼我只會說蠢話？她想要和媽媽與小妹一起感受這一刻，但是不可能。她好比槍林彈雨中一顆來回彈跳的廉價小球。

蘿絲看著瑟西莉雅：「我想說什麼由我自己決定，妳休想左右我，丫頭。亂說話不是好事。」蘿絲點點頭，彷彿贊同自己，然後緩緩走向登機口，她向空服員出示機票，然後從她們眼前消失。

伊莎發出輕柔聲響，在媽媽懷裡上下動。

兩姊妹對望。「早上起床的時候我也沒想到要來。」瑟西莉雅說。「可是不知不覺就上了火車。」

機場很熱鬧，各種廣播、放下行李的聲音、人們交談。茱莉雅說：「妳可以把車開回市區嗎？寶寶好像要出來了。」

「現在？」瑟西莉雅瞪大眼睛，然後吻一下姊姊的臉頰。伊莎在媽媽懷中拉長身體，也做了一樣的動作。一個吻堅定，一個吻如蝴蝶般輕盈。

「他當然會現在出來。」瑟西莉雅說。「走吧。」

瑟西莉雅帶著姊姊往外走，茱莉雅說：「妳真的好勇敢。」她聽不清楚自己的聲音，接下來很長一段時間，她都無法再說話。她感覺巨大的力量在體內拉扯。

她們沒有嬰兒座椅，於是茱莉雅半坐半躺在後座，雙手抱著伊莎。

「忍耐。」瑟西莉雅說。「到醫院之前，千萬要忍住。以前爸教我們開車的時候我覺得好傻，因為我們住在市區，而且沒有車。他告訴我，這是重要的生活技能，以後要是我們四個去搶銀行，我可以負責開車。」

茱莉雅知道妹妹說話是為了讓她分散心思，不要一直想著有多痛，但那種感覺很難以痛形容——比較像是悶悶的壓迫感。每隔幾分鐘，她就覺得好像有隻隱形大象坐在身上——她快被壓扁了——當大象站起來，她又恢復原狀。茱莉雅專心抱好伊莎，她在她身邊睡著了。伊莎睡著的模樣如此完美、如此美好，茱莉雅哭了出來。再也不會有這麼可愛的寶寶了，她想著。也就是說，我的寶寶不會這麼可愛。

駕駛座上的瑟西莉雅說：「我看見河了，再五分鐘就到。我要畫伊莎和妳的寶寶在一起的樣子。我要畫我們每個人。」

大象站起來，茱莉雅想著：媽媽在天空中。她甚至不在地球上。現在她真的遠在天邊了。

瑟西莉雅彷彿聽見她的想法。「這是媽的損失，不是妳的。」她說。「她會錯過所有精彩時刻，但妳不會。我也不會。到了醫院，我就打電話通知威廉和其他人。我們大家都會在。」

她們到了醫院，茱莉雅死命抓住伊莎的兔裝不放，瑟西莉雅得用力把她的手掰開，幾個人扶她坐上輪椅——面目不清的陌生人，她聽不懂他們說的話。茱莉雅很想知道，他們是不是在機場的那些人。瑟西莉雅說話時，茱莉雅能從語調判斷出是她，但內容全都糊成一團。茱莉雅不斷移動重心，在輪椅上動來動去，想要躲開大象，現在大象不肯站起來了。

後來醫生告訴她，以第一胎而言，她分娩的速度快得驚人，到院的時候已經來不及打無痛了。瑟西莉雅打電話去西北大學歷史系辦，但沒有人能立刻找到威廉。過了三十分鐘才終於在體育館找到他，他不顧膝蓋疼痛，狂奔穿過校園，去到唯一能招計程車的地方。希薇丟下圖書館的工作。愛茉琳獨自坐在她們從小住到大的家裡，這棟房子明天就不屬於這個家了，她希望在裡面度過剩餘的每分鐘。然而，一接到瑟西莉雅的電話，她立刻衝了出去。

因為狀況發生得太快，威廉又還沒到醫院，於是瑟西莉雅進產房陪產，就像茱莉雅為她做的那樣。茱莉雅最先失去的能力是聽見並理解語言。很快地，她腦中的話語就失去了介係詞與形容詞。不要了、不要了，停，寶寶來了。感覺就好像內在有一堵牆倒塌，揭露出其實她只是一隻獸。即使在這種時候，茱莉雅依然感到意外。她的身體不斷擠壓自己，她跟著發出吶喊、低哼、吼叫。那些聲音彷彿同時來自她的身體內外，她毫不感到羞恥。她感覺到力量。她感覺自己有如母獅，全身是汗，在硬硬的產床上挺起身體，旁邊的人說「推」的同時，她的整副身心靈以密集的步驟引導寶寶離開她的身體。

「是女生！」瑟西莉雅大喊。

大象消失了，擠壓停止了，茱莉雅變回她自己。至少大部分還是原來的自己。她意識到她確實是哺乳動物，當她釋放力量，就能夠撼動世界、創造人類。她是媽媽。這個身分令她全身震撼，她萬分歡迎，有如乾枯河床迎來水源。這種感覺如此根本、如此真實，茱莉雅相信自己一直都是媽媽，只是在等著孩子來加入。她第一次有這種感覺。她的大腦是一臺閃亮的機器，她有無窮無盡的智謀。她完全透徹明晰。

茱莉雅抱著寶寶，感覺只過了幾秒，護理師就把寶寶帶去洗澡、裹上毯子。瑟西莉雅去外面報告好消息。茱莉雅搖頭，難以置信、滿心歡喜。她不敢相信頭腦轉動的速度竟然那麼快，但這些事實很可能一直藏在她心中，現在她生了孩子，終於能夠取得。一切她都看得好清楚。她這輩子一直努力解決別人的問題——父母、三個妹妹、威廉——但那只是徒勞無功，現在她看清了。她無法讓爸爸留在人世，無法讓媽媽留在芝加哥，無法讓瑟西莉雅守身如玉，也無法讓威廉胸懷大志。其實她只是在鍛鍊技巧，等候這一刻來臨，為了真正重要的這件事：成為母親。她要保護這個孩子，歡慶她的到來，至於其他人，他們愛怎樣就怎樣。有了女兒之後，茱莉雅完整了。她詫異地領悟到：我愛自己。以前她從不曾真正愛過自己。

威廉走進產房，臉上掛著緊張的笑容。這幾個星期，威廉一直讓茱莉雅很沮喪，但此刻在嶄新的溫暖中，她只感覺到對他的愛。她就是愛。她對威廉燦爛微笑，心中想著：我從來都不需要你。你知道嗎？我以為我需要丈夫，但其實我不需要任何人。我可以一人搞定所有事。威廉彎下長長的身體擁抱她，茱莉雅雙手摟住他的頸子。她述說她有多興奮，等不及想讓他看看她製造的小寶寶。

當茱莉雅與寶寶愛麗絲回到西北大學的公寓時，陽光從客廳窗戶灑落，母女倆在單人沙發上窩著。醫院的護理師教了茱莉雅如何哺乳，愛麗絲也很快就抓到竅門，她們每天都窩在單人沙發，哺乳、休息就是她們唯一的活動。親餵讓她和愛麗絲都昏昏欲睡。每次茱莉雅醒來都很驚訝，她竟然坐著睡著了，而且還是大白天。時間移動的方式有如水床起伏，小時與分鐘湧上，然後安穩停留在她變重的身體下面。她不知道今日是何日，以致於每次威廉說他要出門去上班的時候，她總會大吃一驚。老公在家的時候會為她送上食物和水，負責洗碗洗衣，門鈴響的時候去開門讓她的妹妹進來。寶寶在懷裡，這樣渾渾噩噩的幸福讓茱莉雅上癮。

她新得到的力量有如強大的秘密。一想到，她就會對自己微笑。她准許自己這段時間好好休息、恢復。有時白天寶寶睡覺時，茱莉雅會躺在她身邊做白日夢，想像未來。她將真正獨立自主。等寶寶稍微大一點，她就會打電話問庫柏教授有沒有工作機會。她要善加利用閃亮的頭腦，威廉念研究所的這幾年，她去賺錢。有她加入賺錢的行列，以後不會再有財務困難。嶄新人生在她眼前如此清晰。愛茱琳在托兒所上班，茱莉雅可以將愛麗絲交給慈愛的阿姨，自己去工作。有兩份收入之後，她和威廉很快就可以買房。他們可以送愛麗絲去讀私立學校。這樣的想像比茱莉雅以前想過的任何計畫都簡單、實在，因為她不再仰賴丈夫，而是靠自己的能力，現在她知道自己什麼都做得到。

然而，寶寶時時刻刻吸引著茱莉雅的心思，彷彿她是磁鐵。茱莉雅原本以為孩子會是男生，而且無論是男是女都會長得像伊莎。伊莎剛出生時有著一雙深色眼眸，神情嚴肅；但愛麗絲的眼睛是海藍色，表情友善。她似乎對四周的環境很感興趣，而且莫名樂觀。希薇用查理的舊相機，拍了一張茱莉雅抱著愛麗絲坐在單人沙發上的照片寄給蘿絲。拍照之前，茱莉雅原本以為她笑不出來，她的表情一定只有失落與憤怒，沒想到她竟然笑得無比燦爛。媽媽離去留下的傷痛幾乎完全消失了，只剩下一點淡淡的淤痕。最合理的解釋是愛麗絲出生之後，她在家中的地位改變了。現在她是媽媽，愛麗絲是女兒。茱莉雅猜想，說不定蘿絲是察覺自己將走下主角神壇淪為配角，因此才選擇逃離那樣的命運。

深夜時分，茱莉雅坐在單人沙發上，不知不覺說起話來，不是對媽媽，而是對爸爸。在那樣的時刻，她最想念的人是他。在黑暗中，很容易想像查理坐在長沙發上，每當愛麗絲揮舞小手或噘起小嘴，他的眼神便洋溢歡樂。「爸爸，她無與倫比，對吧？你一定會愛死她。她的中間名是帕達瓦諾。愛麗絲・帕達瓦諾・華特斯。」

愛茉琳每天從托兒所下班後，到去社區學院夜間部上課之前有一點空檔，都會來探望寶寶。她常開玩笑說畢業遙遙無期，因為她主修幼教，但每次只能上一、兩門課。然而，她迷上了新寶寶，說什麼都要來看她。「我可以和愛麗絲貼貼。」她對著新生兒的臉頰說。「上完課回家還有伊莎。我實在太幸福了。」

茱莉雅微笑看著妹妹開心的模樣。「看來得幫妳找個一起生寶寶的對象了。」她說。「妳絕對會是最棒的媽媽。」

「我知道——真希望能跳過中間的步驟。」愛茉琳很害羞，和男人相處容易緊張。在社交場合中，總是躲在姊妹身後，從小每次參加派對她都這樣。每當愛茉琳需要向新認識的人介紹自己，她總會說：「我喜歡待在家。」自從伊莎出生之後，她比以前更戀家。只有去看愛麗絲時，愛茉琳才會願意離開伊莎。

愛麗絲三週大的時候，一天下午，公寓裡只有愛茉琳和茱莉雅母女，她說：「我發現威廉好像，呃，不太常抱寶寶。他是不是害怕？」

愛麗絲在睡覺，美好的結實重量靠在茱莉雅胸前，所以她壓低音量。「沒錯，我也發現了。」只有當茱莉雅請他幫忙抱寶寶時，威廉才會抱——例如，她去上廁所或洗澡的時候。而且，他總是直接把寶寶抱去放在嬰兒床或尿布臺上。他從來不會和愛麗絲貼貼，也不會低頭吻她嬌嫩的臉頰。

「我不知道他是不是害怕。」茱莉雅說。「我根本不知道他在想什麼，因為他從來不跟我說。」

「我猜，可能是因為他的父母不太……正常。」愛茉琳說。「說不定他不知道該怎麼和寶寶相處？」

茱莉雅從來沒這麼想過，但她搖頭。「我覺得應該不是。他總是說很好、一切都很好。」她移動椅子，小心不吵醒寶寶。終於有機會和妹妹訴說她沮喪的心情，她等不及想抒發。「威廉願意洗碗、洗衣服確實很貼心，基本上是這樣沒錯，但我知道他是故意去做這些事，作為逃避愛麗絲的手段。小愛，他甚至不看她。」

「呃，他可能只是需要時間。男人不像我們天生愛寶寶。不過，他一定會愛上她。怎麼可能不愛？愛麗絲這麼棒。」她在寶寶的腳上印上不只一個吻。

一週當中，威廉完全不需要工作或上課的日子只有星期日，他在家會打亂茱莉雅和寶寶的日常習慣。茱莉雅總會設法找藉口讓丈夫出門去辦事，這樣她下午才能睡個好覺，但她總覺得，每次一抬起頭，威廉就在她面前，問一些很蠢的事。他該穿哪件上衣？要不要聯絡搬家公司，通知他們當天會到的時間？要不要去問管理員電梯按鈕的事？這些葡萄還能吃嗎？

茱莉雅終於說：「我沒辦法什麼事都告訴你答案！我忙著照顧寶寶，沒時間多照顧一個巨嬰。」

威廉一臉受傷的表情向她道歉。但這樣反而讓她更煩。茱莉雅抱著寶寶換個坐姿，好希望星期一早上快點來。她感覺得到，威廉的那些雞毛蒜皮小問題下，暗藏著他們婚姻真正的問題。她想問的是：你真的想要這樣的人生？想要我和愛麗絲？你是不是不想和我們在一起？

在那之後威廉便減少發問，但如此一來他更少說話了。這也讓茱莉雅覺得很煩，他迴避寶寶的毛病讓她越來越傷心。之前他們的婚姻有如算式：威廉的問題加上茱莉雅的答案等於計畫，現在這個模式打破了，他們相處的感覺很彆扭。一天夜裡熄燈之後，他問：「我做錯什麼了嗎？」她在黑暗中說：「噢，威廉，你很好。」然後就睡著了。

瑟西莉雅來訪時，茱莉雅說明分娩當下的頓悟，現在她和以前完全不一樣了。她說：「妳也覺得自己像動物嗎？」

瑟西莉雅略微思索。「呃，我是沒有像妳那樣發出野蠻的叫聲啦。」她笑嘻嘻看著大姊。「不過我應該懂妳的意思。要是有人想傷害伊莎，我會撕爛他們的臉。」

「有了伊莎之後，妳比以前更強大了。」

「是嗎？」瑟西莉雅的語氣充滿質疑。伊莎坐在她腿上。這孩子現在可以自己站一下了，雖然還是很不穩，但她太喜歡拍愛麗絲，有時會熱情過頭，所以瑟西莉雅不敢放她下去。

「是我說服威廉去讀研究所的。」茱莉雅說。「但其實我應該自己去讀才對。我可以讀組織心理學的博士班，或者去念商學院。我有能力經營事業，妳不覺得嗎？」

瑟西莉雅吻一下伊莎柔嫩的臉頰。「我覺得現在妳身體裡的荷爾蒙很旺盛，趁現在多享受吧。」

那天夜裡，在黑暗中，茱莉雅說：「爸爸，我好想你。真希望你能看到我當媽媽的樣子。你一定會欣慰微笑。」

七月，愛麗絲十一週了，茱莉雅與威廉搬進比較大的公寓。新公寓有兩間臥房和全新的廚房，但從客廳窗戶只看得見另一棟大樓，不像以前可以看見天空與靜謐中庭。現在愛麗絲夜裡比較少醒來，因此茱莉雅可以回床上睡覺了，嬰兒床就擺在旁邊。雖然茱莉雅原本很想在愛麗絲出生前搬家，但她領悟到現在這個時機也不錯。這將是展開新人生的地方。她沒有和威廉商量，便自行決定等愛麗絲六個月大，她就要去上班。茱莉雅觀察衣櫥，決定空出一半的位置給以後要買的套裝。她在公寓裡從一個房間走向另一個房間，心裡想著：等我賺錢以後，就要買個新沙發放在那裡，還要買很軟的地毯讓愛麗絲爬。

威廉很少在家，去圖書館讀書、上研究所的課、教暑期班的學生。暑假時一邊教書、一邊上課，他可以更快取得學位，但他在家的時候總是很累、雙眼無神。現在寶寶比較大了，茱莉雅的三個妹妹不像之前那麼常來。瑟西莉雅和愛茉琳現在有了自己的住處——雖然在地下室，但有個小小後院可以讓伊莎玩耍。希薇也租了套房，在羅薩諾圖書館附近的小樓房最頂層。三個妹妹很忙，茱莉雅不再是她們關注的焦點。

茱莉雅一週打一次電話給蘿絲。電話那頭的聲音很有長途的感覺：有時會有靜電雜音，蘿絲坐在陽臺上，從那裡可以看見一小片海，所以也會有佛州的噪音。有風聲，偶爾有汽車按喇叭，或許也有大海的聲音。

「這裡的空氣不一樣。」蘿絲說。「比較柔和。有股鹹味。」

「愛麗絲快要能翻身了。」茱莉雅說。「上次寄的照片妳收到了嗎？在公園拍的那些？」

「有。」蘿絲說。「她感覺很健康。我有沒有跟妳說過，我和那幾個朋友輪流煮晚餐。」

茱莉雅低頭看愛麗絲，寶寶躺在她的腿上，抓著自己的一隻腳研究。真精緻，愛麗絲似乎想著，看啊，工藝多傑出。茱莉雅微笑。

她聽見媽媽說，妳該放手讓我走了。

「妳剛才說什麼？」茱莉雅問。

「我第一次做墨西哥肉醬捲餅。原來不難吃耶。」

茱莉雅搖搖頭醒腦。她說：「媽媽，生完我之後，妳有沒有覺得不一樣？當媽媽有沒有改變妳？」

「什麼怪問題！茱莉雅，那時候的事我幾乎沒印象。妳像愛麗絲這麼大的時候，我已經懷上希薇了，不是嗎？我忙得沒空去想自己的感覺。」

茱莉雅點頭。看來那樣的變化只發生在她身上。「媽媽，我要掛電話了。長途很貴。」

掛斷電話之後，茱莉雅抱愛麗絲去睡覺。寶寶很好睡，只要把她放進嬰兒床，她就像是下定決心要完成睡覺的任務。愛麗絲會閉上眼睛，嘴角揚起淺笑，一心一意入睡。

茱莉雅拉起窗簾，也跟著躺在床上。愛麗絲出生之後，她一直很懷念爸爸，她終於想通為什麼了。她想向查理說明現在她觀看世界的方式，因為只有他能理解。爸爸看見她的力量，理解她有多大的潛力，即使當時她自己都還沒能看見。當茱莉雅告訴爸爸她要和威廉結婚時，查理瞬間露出失望的表情。那時候，茱莉雅不懂為什麼他會有那種反應，因為她知道爸爸很欣賞威廉。不過，大約從那時候開始，查理不再說她是他的火箭。現在茱莉雅明白了，爸爸對她有更大的期望。他看見她的潛力，希望能看到她一飛沖天，而不是嫁人成為主婦。「爸爸，我能兼顧。」此刻她說，寶寶打呼的聲音讓房間的氣氛變得很柔和。「我會想出辦法兼顧。」

希薇

一九八三年二月～一九八三年八月

希薇搬出茱莉雅與威廉的公寓之後，過了三個月才真的找到住所。她搬出去時告訴茱莉雅已經找到公寓了，但其實不然，她根本還沒找到住的地方。忘記帶鑰匙那天和威廉在長凳上聊過之後，她很清楚不能繼續住在他家了。那是爸爸過世之後希薇第二次哭泣，第一次是讀威廉的手稿時。

她沒想到自己會說出很想念查理，也沒想到會聊起星星，更沒想到自己會哭。但她最沒想到的是，竟然感受到身邊的威廉也散發出悲傷，彷彿回應她的悲傷。感覺像是她不小心觸動了開關，進入一個奇特的空間，在那裡，她看見姊夫的真實狀態，而他也看見了她。威廉看出她藏在內心的失落，並且說了出來。在希薇的生活中，沒有別人能看出那種獨特的痛苦漩渦。自從爸爸過世之後，再也沒有人理解她。終於有人看出來，感覺有如憋氣很久之後，終於能深吸一大口氣。

那天夜裡，當希薇躺在沙發上，姊姊和威廉睡在不遠處的臥房裡，希薇判定繼續住在這裡太危險。和威廉在一起，她感覺毫無防備，連自己的本質都可能失去。這不是他的錯，也不是她的錯。只是因為失去查理的悲痛，加上閱讀威廉的註腳，而且坐在長凳上的那幾分鐘，使得她因為太累而鬆懈了界線，這一切融合之後所造成的結果，導致希薇和姊夫相處時無法表現得像個正常人。她也意識到，那晚當威廉說該回家時，她差點抓住他的手臂說不要。在長凳上的那幾分鐘，她感覺自己被看見，她想和威廉繼續待在那裡。希薇知道不該盼望能有多一點時間和姊夫相處。她明知道不應該。

搬出去之後，她到處設法過夜：同事家打地鋪、好幾次和愛茉琳擠一張單人床。依蓮館長去度假時，將圖書館交給希薇負責，那幾天，希薇睡在圖書館的員工休息室。那裡有一張柔軟的黃色沙發可以充當床鋪，白天開館之前，她在洗手臺用小毛巾清洗身體。晚上上課時，她經常帶著行李一起去，因為又要換地方過夜了。那年春季從湖面吹來的風格外無情，她必須步步為營。

這樣的流浪使得希薇感覺神經緊張、難以專注——因為沒有家，所以她的行動變得太隨機。從小到大，她一直和家人住在一起，以前她並不知道，每天早上被父母或茱莉雅叫醒這件事原來這麼重要，能讓她覺得依然是自己。家人是鏡子，映出她所認識的自己。當她在同事家的沙發上醒來，一時間不確定自己身在何處，也不知道自己是誰。這時腦中會浮現威廉的問題：我在做什麼？為什麼要這麼做？我是誰？

於是希薇開始培養出一些招數來維持一致感，並且確認自己的狀態。無論在哪裡過夜，早上起床第一件事就是先進浴室，對著鏡子研究自己。以前她從來不會這麼做。她並不虛榮，也不太在意外表，但她需要提醒站在鏡子前面的那個人，大致上還是和昨天一樣的人。她觀察頭髮的狀態，從來不會順她的意，她接受睡眠造成的各種瘋狂角度和亂飛，覺察眼睛裡的綠色斑點，然後說：「早安，希薇。」接著刷牙。

她開始重讀爸爸遺留的那本《草葉集》。查理在一些詩句下面畫了線，隨手寫在邊緣的感觸更是多不勝數：太美了！她已經很多年沒有從頭到尾好好讀過這本詩集，這次希薇驚訝地發現，裡面竟然有那麼多關於死亡的內容。〈自我之歌〉中，惠特曼列出了草的幾種定義，但希薇最喜歡的是這個：墳頭未剪美麗秀髮。希薇去爸爸墳前時想起這句詩，根據那首詩，死亡並非終結，因為生命糾纏其中。因為有她們共同下葬的那個人，四姊妹才得以在世間行走。相較於公車上鄰座女子的客氣閒聊、皮包裡錢總是不夠用的煩惱，希薇更能體會這些思想，更能理解惠特曼的字句。

這個階段當中，蘿絲搬去佛州。才剛親吻母親的臉頰道別，幾個小時後就趕去醫院看愛麗絲寶寶，希薇覺得這樣很合理——符合她內心的劇烈起伏。爸爸走了，媽媽遷居，從小住的家也賣掉了。希薇曾經看過一張照片，記錄劇烈地震造成的損壞，她一直忘不掉那個畫面。道路直向裂成兩半，露出深處的土壤。人類真傻，竟然在這樣的地方建造房屋與學校，讓車子在上面跑，還以為會很安全。每天，希薇都覺得自己拎著過夜行李和一本書，躍過那道深淵。蘿絲離開的那天，早上希薇站在鏡子前說：「再見，媽媽。早安，希薇。」

希薇還有幾週才能修滿學分，取得圖書管理學位，但是依蓮館長先幫她升職、調薪。現在希薇存到足夠的錢付押金，於是她當天就租了圖書館附近的小套房。房仲將鑰匙交給她時，希薇說：「對不起，我實在太激動了。」

那位房仲在皮爾森區打滾了數十年，不以為意地聳肩說：「妳絕對想不到有多少人哭出來。有自己的家是件大事。」

希薇沒有家具，所以搬家很輕鬆。蘿絲離開之前，茱莉雅和雙胞胎都從兒時舊家拿了一些東西走，但當時希薇居無定所，因此什麼都沒有拿。她買了一張床墊放在地上，在街上發現別人丟棄的餐桌時，花了兩塊錢雇用附近的小朋友幫忙搬上樓。因為蘿絲總是趁收垃圾的晚上在社區尋寶，撿拾別人丟棄的好東西，所以希薇很清楚去哪裡能找到她所需要的。書架、一箱盤子、湯鍋和平底鍋。漂亮的繡花枕頭與窗簾，看起來像全新的。她很好奇，狀態還這麼好的東西，為什麼會被丟掉？

之前幾個月，她一直寄人籬下，努力縮小自己，現在希薇睡覺時都大字形躺在床墊上。她總是打開窗戶讓風吹進來。她邀請姊妹和兩個外甥女來家裡玩，她煮蛋招待，用的鍋也是撿來的。她聆聽家裡與四周街道的聲響——兒童在遊樂場歡笑，市公車停下時發出的嘶嘶聲響，樓下酒舖的老闆坐在店門前的臺階上，一杯接一杯喝著咖啡，用西班牙語聊天。希薇重拾小說，進入嶄新的虛構世界帶來巨大喜悅，讓她有些暈眩。她很慶幸自己的腳步夠穩，能夠做到這件事。

她裝了電話，想聽姊妹的聲音時就打電話給她們。不過，打給茱莉雅的時候，她會特別選在威廉上班的時間。萬一是他接電話，她擔心自己會語無倫次。夜裡躺在床上時，她依然會想起在長凳上的那半個小時。他們短短的對話她每個字都記得，在心中不斷重溫當時的場景。她告訴自己這沒什麼。她一團亂，從爸爸過世後就一直如此，所以她想要的東西、想抓住的東西，難免不合理。但希薇無法想像在電話上和威廉寒暄，客套言詞會卡在她的口中。她想問：身為威廉．華特斯是什麼感覺？那晚在長凳上你體會到什麼？

希薇偷偷認定，她和姊夫之間之所以會陷入這種窘境，全都是茱莉雅的錯。姊姊明知道有那些註腳，明知道那份手稿包含著威廉的內心思緒與質問，竟然還是給希薇看。假使希薇沒看過那份手稿，這一切都不會發生。那晚坐在長椅上在威廉身邊哭過之後，隔天她第一次對姊姊撒謊。她謊稱找到了住處，但新家沒有裝電話，而且也不方便讓茱莉雅去作客，因為實在太小太亂。那三個月期間，希薇一次又一次對茱莉雅說「我很好」，儘管她知道姊姊能聽出她在撒謊。每次希薇說出這句謊言，雙方都會因此受一點傷。

希薇的畢業典禮在社區學院悶熱的禮堂舉行，時間是六月裡的一個星期二上午。她叫妹妹們不要去，因為又熱又無聊。而且反高潮，她想著，在回家的路上將方帽子扔進垃圾桶。

希薇現在大學畢業了，完成媽媽一直以來的要求，但媽媽已經不在乎了。希薇甚至沒有告訴蘿絲她正式畢業了。她不想聽媽媽因為這個消息嘆氣。雖然蘿絲在女兒小時候為她們設定這個終點，但希薇知道現在她已經失去信念，甚至失去了興趣。

希薇搬進小套房之後過了三個月，八月的一天下午，她在青年文學區上架，爾尼走進圖書館，過來找她。

希薇愣住，查理的守靈儀式之後，她就沒有見過他了。另外幾個男生也一樣。這段時間，她獨自在圖書館的走道間來來去去。她擠出一句：「哎呀，真是稀客。」

「我一直好想妳。」他說。「可惜太忙了。我畢業了，現在是合格的電工。」

「恭喜。我也畢業了。」

他們相視微笑，她看著他的波浪鬈髮與下巴的小窩。他們從小學就認識了，她看著他從瘦巴巴小男生長成強壯青年。希薇整理內心的感受：曾經她想要擁抱這個男孩，但現在已經不確定了。她不是以前那個女孩了；那個女孩有爸爸、媽媽，也有對未來的夢想。現在的希薇是圖書館員，奮力維持自己的家。自從爸爸過世，她將夢想束之高閣，第三道門關上，再也無法開啟。現在她心中只有一個男人，但他已經娶了她姊姊。

希薇搖頭，想要甩開這些思緒，她說：「你到底要不要吻我？」

爾尼笑得更開懷，兩人各自向前一步，直到身體觸碰。她雙手勾著他的頸背，他環抱她的腰。希薇感覺身體發出如釋重負的嘆息。感覺真好，像以前一樣。感謝老天。爾尼出現的時機實在太剛好，她急需分散心思，而且新家的鑰匙就在後口袋裡。說不定希薇可以把握這次的機會從頭來過。說不定這個版本的她會和爾尼交往，就像姊妹一直以來希望的那樣。

他們分開，各自左右張望確定沒有其他人或依蓮館長的身影，希薇說：「你知道嗎？我租了套房一個人住。」

他搖頭。「哇塞。太神奇了。」

她自己租房子住確實很神奇。他們的同學大多還住在父母家，或是像茱莉雅一樣，直接從父母家搬進婚後的家。希薇喜歡自己這麼獨特。當然啦，瑟西莉雅更獨特，不但和愛茉琳一起租房子，而且還是單親媽媽。只有茱莉雅遵循傳統。看著爾尼，想著口袋裡的鑰匙，希薇感到充滿希望。她找回自己的人生，由自己做主。

「你想看看我的新家嗎？」

爾尼歪著頭說：「當然想。」

他們約好時間。他離開圖書館之後，她走向後面角落沒有人的辦公桌，拿起電話。她知道這個時間威廉說不定會在家，於是她打給雙胞胎。

愛茉琳接聽。「帕達瓦諾姊妹宅邸。」

希薇大笑。「為什麼要這樣接電話？」

「伊莎覺得這樣很好玩，我也不懂為什麼。妳在圖書館嗎？」

「我只是想找個人說一下，爾尼出現了。今天他來圖書館找我。」

「噢，感謝老天！」三個姊妹都知道，查理過世之後，希薇的男孩全都人間蒸發了。她們討論過很多次，想知道究竟為什麼。「他有沒有說為什麼這麼久沒去找妳？」

「小愛，我邀請他今晚來我家。」

愛茉琳沉默片刻，然後說：「哇——噢——」

希薇聽得出來妹妹在微笑，伊莎在電話附近說著嬰兒語。

「以後就只有我一個人還是處女了。」愛茉琳說。「一定要打電話告訴我所有經過喔。」

「說不定他有性格很好的朋友，要我請他幫妳介紹嗎？」

「老天，不要。」愛茉琳開朗地說。「我又要上課、又要上班，都快忙死了。這件事真是太令人興奮了，希薇！千萬要記得刮腿毛。試著用陌生人的眼光看妳自己的身體。」

「他又不是陌生人。我從小就認識他。」

「妳懂我的意思。」

希薇低頭看看身上的牛仔褲和運動鞋。她努力回想今天早上穿的是哪條內褲。

愛茉琳說：「妳已經告訴茱莉雅這件事了吧？」希薇沒有立刻回答，愛茉琳說：「希薇，妳一定要打電話給她。要是妳不跟她說，她會很難過的。」

希薇嘆息。四姊妹之間有一套複雜的運算程式，愛茉琳的計算很正確。雖然她們是四姊妹，但其實內部又分成兩組：希薇與茱莉雅、愛茉琳與瑟西莉雅。

「現在妳有自己的家了。」愛茉琳說。意思是：之前妳沒有地方住，晚上只能和我擠，那時候妳對茱莉雅怪怪的還情有可原，但現在妳必須改善。

「見鬼了，愛茉琳。」希薇說。她知道愛茉琳不喜歡她說粗話。「為什麼妳這麼睿智？」

「因為現在只剩下我沒有自己的人生，所以有很多時間觀察妳們。」

「我要回去做事了。」希薇說完之後掛斷電話。她提醒自己等圖書館人比較少的時候，要打電話給茱莉雅，但她一直沒有打，不知不覺已經到了閉館時間。

＊＊＊

爾尼八點整準時到達，希薇懷疑他可能在附近走來走去，等到約定的時間再按門鈴。他平常都穿白T恤配深色工作褲，上面有很多口袋可以放工具，但今天不一樣。他穿襯衫，而且頭髮刻意打理過。他拿著一瓶紅酒。

「妳喜歡紅酒嗎？」他問。

希薇點頭，雖然她覺得可能沒辦法喝。她實在太緊張，難以吞嚥。她環顧小套房，想知道他有什麼看法。他會不會覺得在燈光下顯得老舊淒涼？

爾尼輕觸她的臉頰說：「如果妳覺得不自在，我可以走。雖然還不確定要做什麼，但不一定要完成。」

「要。」她說。這是她的新人生，她的人生，無論她是否準備就緒。「吻我，這樣我會放鬆一點。」

親吻確實讓她放鬆了。他們沒有打開那瓶紅酒。他們不必在九十秒後分開，也不必擔心其他民眾和依蓮館長。希薇的手指探入爾尼的髮絲間。他解開她的襯衫鈕釦，溫柔地撥開她的內衣，親吻她的胸部，那樣的快感讓希薇覺得快要死了。

他抬頭察看她的表情，然後問：「妳喜歡嗎？」

她說，「噢，嗯。」

更多親吻，然後他們扯掉對方的衣服。希薇不敢相信她的身體竟然能有這麼多感覺。她閉著眼睛，看見溫暖的顏色：深淺不一的紅色、橘色。他們雖然有說話，但希薇完全沒留意自己說了什麼。她的身體回應他的身體，她的嘴回應他的嘴。

然而，結束之後，當他們躺在彼此懷中，希薇的後頸感受到恐慌騷亂。她聽見自己說：

「先講好喔，我沒有要找男朋友。」她覺得自己的音量太大。
「好喔。」爾尼的鬍碴磨蹭她的肩膀。「那妳要找什麼？」
希薇腦中浮現威廉坐在長凳上的模樣，急忙緊閉眼睛趕走那個畫面。「我也不確定。」
「那麼，我們可以一起開心就好。」爾尼說完之後帶著她翻身。
真的可以嗎？希薇想著。她確實很開心。她從來沒有如此貼近男人的胸膛。和她自己的很不一樣。毛毛的。她的手指往下移動到腹部中央的毛旋。他的手指也移動到她的胸部中央。他必須稍微扭動手指才能進入她的雙峰之間。
吻我的胸部，希薇想著，他似乎感應到她想要什麼，真的吻了。
最後爾尼說：「妳像女妖一樣誘惑我去吻妳，想也知道妳不會要普通的關係。」
他的手暫時離開她的身體，希薇差點怒吼要他放回去。她拱起身體貼近他。「我誘惑你？」
她身體的積極反應令他不禁莞爾，臉頰貼上她的一邊胸側。「兩年前，」他貼著她的肌膚說，「我去圖書館寫布魯斯特老師規定的報告。妳從一排書中間出現，看了我一眼。從來沒有人那樣看我。我看回去。然後推開椅子跟著妳走。」
「然後我們接吻。」希薇喜歡這個故事；她喜歡他對她的身體所做的事；她喜歡以前的自己。

「嗯嗯。即使在我過得很糟的時候，」爾尼說，「我也知道可以去圖書館吻妳。」他稍微後退，凝視著她。「不過呢，有一次我去的時候，妳在吻別人。」

希薇臉紅了。「我沒有看見你。」

爾尼結實的身體重新躺下。她抱住他的上臂。「一開始我很生氣，」他說，「但我沒有資格生氣，妳懂吧？我們不是男女朋友。不過，妳邀我來這裡的時候，我不由自主想到另外那個男的。我想知道——我想知道——他是不是先來過。」

「你是第一個。」希薇突然一陣悲傷——聲音也變得悲傷——難道說，人體有什麼神奇的機制，會讓人在裸體時無法控制語調？就好像連聲音也赤裸？她盡可能保持語氣平穩。「從來沒有別人。」

不過，當爾尼說他明天一大早有工作，必須回家的時候，她鬆了一口氣。「明天晚上可以再見面嗎？」他問，她發出一個聲音，但就連她也無法確定是代表好或不好。

他自己開門離開，希薇彆扭地揮揮手。她獨自躺在床上，雙手摀著臉。同時有太多情緒湧上心頭：尷尬、因為性愛無比美好而開心、對爾尼感到抱歉。他說可以在一起開心就好，她發現自己腦中不斷重複著開心這個詞，她雖然喜歡他但並不愛他，也不認為和這樣的人上床有什麼道德缺失，但內心深處卻多了一種之前沒有的寂寞。她很清楚，若是媽媽得知自己剛才做了什麼，一定會拽著她去聖普羅科皮烏斯教堂要她跪下反省。但蘿絲搬去佛州海灘了，這感覺也是一種懲罰。希薇在被單下面蜷成一團，強迫自己入睡。

第二天一早，放在床墊旁邊的電話響了，她翻身接聽。她瞇眼看窗外的天空：淺藍天空點綴一條條粉紅雲彩。才剛破曉。

「希望現在不會太早。」茱莉雅說。「愛麗絲醒了，而且我知道妳習慣早起。」

希薇打個呵欠。「妳沒事吧？」

「應該吧。」茱莉雅停頓一下。「但發生了很奇怪的事。」

姊姊的語氣讓希薇坐起來，這才發現自己依然一絲不掛。以前她從來沒有裸睡過。她想著，等一下換我說話的時候，我會告訴茱莉雅我自己身上發生的怪事。她說：「怎麼了？」

「昨天我打電話去歷史系辦找威廉，想問他一件事。我不記得是什麼事了。系辦的秘書得知我是他太太之後，告訴我他已經超過一個星期沒去了，而且有三次沒去教課。她告訴我，她聽到教授說要是他再不出現就會被開除。我覺得她是可憐我才告訴我的。」

希薇拉起被單，姊姊說的話讓她冒出雞皮疙瘩。

「我掛斷電話的時候很生氣，因為我相信一定是她搞錯了。絕對是她認錯人了，對別人的太太這樣亂說話實在很不負責任。」

「我也覺得不可能。」希薇說。

「對。」茱莉雅沉吟。「但那個秘書沒有弄錯，原來是我的問題，我曾經自以為非常瞭解威廉，但其實根本沒有。」

希薇的大腦有一部分留意到姊姊說了「曾經」。她想起威廉書中的註腳：寫得糟透了。我糟透了。她彎下腰，努力理解茱莉雅的意思。

「昨晚我問威廉他白天做了什麼，他告訴我教課的事，學生說了什麼話，他在學院的餐廳吃午餐等等。我告訴他，我打過電話去系辦，和系上的秘書說過話。我把秘書說的話轉述給他聽，他的臉色變得慘白。」茱莉雅猶豫一下。「然後他離開我。」

「什麼意思？他離開妳？」

「他給我一張字條和一張支票，然後就出去了。」

一定出大事了。這個想法打在希薇身上，有如浪濤拍岸。「我換個衣服馬上過去。」她說。

「茱莉雅，我們一定能解決這件事。別擔心。」

「沒什麼好解決的。」姊姊的語氣很鎮定。「威廉欺騙我，至少一個星期了。他不想繼續做我的丈夫了。」

威廉

一九八三年八月

威廉第一次沒有去教課，單純是意外。夏末依然燠熱。阿拉什請他幫忙訪談球員，他剛剛完成最後一批，然後留下來看練習，在體育館停留的時間比平常久。他知道上課加上教課已經讓自己忙不過來，更別說家裡還有個寶寶，他不應該在體育館浪費那麼多的時間，但他無法制止自己。現在正在進行暑期訓練營，目前隊上的球員他只認識一半；大三和大四的球員與威廉一起打過球，但大一球員他全都不認識，大二球員他只認識幾個。

訓練營開始的時候，阿拉什請威廉幫忙訪談新球員，瞭解他們過去受傷的紀錄。「你最適合做這件事。」他說。「那些小朋友還搞不清楚哪些員工很重要、哪些沒影響。他們一看到我就想到可能會被禁止上場，所以不會跟我說實話。」

「所以我的工作是讓他們敞開心房。」威廉說。

「分享你的故事，他們就會願意說。」

於是威廉坐在體育館後面的小辦公室裡，拿著文件夾板，上面夾著所有球員的資料。學生一個接一個進去接受訪談。威廉一次次描述膝蓋受傷的經過。高中時第一次受傷的細節，然後說明他最後一個球季在籃網下跳起時發生的事。

他講完之後，幾乎每個球員都會說：「現在你的膝蓋還好嗎？」

剛開始威廉一律回答「很好」。

但重複幾次之後，他想著：這不是實話，我在這裡的目的就是說實話，這樣他們才會也跟我說實話。之後他用幾種不同的方式回答：還是會痛，因為我當初沒有好好復健。我還是感覺得到骨折的地方。每個球員的反應都一樣，身體往後縮，好像擔心損傷會傳染。

不過，說實話確實有用。那些孩子──在威廉眼中，大一新生實在太年輕──他們告訴他從小到大身體出過什麼事，只有一、兩個人完全沒有受過傷──至少他們這麼說。沒有喔，一點傷也沒有。沒發生過意外。大概是我運氣好。其他人全都有故事。兩個球員出過車禍，被酒駕的人撞上，導致一個肩膀骨折、另一個則是椎間盤突出。一個滿臉雀斑的小朋友念的高中是奧克拉荷馬州的籃球名校，他有跟骨骨骺炎，而且一直反覆發生，這種疾病是因為短時間長高太多，加上經常打籃球所造成，會導致腳跟劇烈疼痛。有個學生同時也打美式足球，發生過幾次腦震盪。一個很自大的一年級球員自我介紹時說他「從第一天就是第一名」，他的大腿後肌撕裂過。一個身高六呎六吋[45]、前額突出的壯碩球員告訴威廉，他的肩膀經常脫臼，但他從來沒有跟教練或防護員說過，因為他自己會裝回去。一個從洛杉磯來的球員說：「被刀刺傷算嗎？因為兩年前我的後腰被捅了一刀。」

「算。」威廉說，盡可能掩飾震驚。「絕對算。」

訪談結束的那天下午，威廉蹣跚走出那個悶熱的小辦公室。他的身體感受著所有聽到的創傷。那些年輕球員在場上奔跑的時候感覺不像大學生，他們超越自然的運動能力，讓他們看起來像超人。單打球員為高大的中鋒掩護，然後中鋒在位置上發動進攻，將球傳給無人看守的隊友。爭球時不時會傳出高聲歡呼，因為能打這種級別的比賽非常痛快。訪談之前，威廉絕對想不到這些傑出的年輕球員體內有多少疼痛。他想起那次看見希薇的悲痛。他想起自己的幾次痛苦經歷，從膝蓋骨折到拆開爸爸寄來的信封。現在威廉可以看出來了，疼痛有如烏雲，追逐著場上每個球員。目前他們還能跑贏，就如同以前威廉也跑贏過一段時間。

威廉告訴阿拉什：「他們把從小到大身體遭遇過的壞事全都跟我說了。不只是在球場上而已。」

阿拉什點頭。「太好了。」

「太好了？」

「他們需要有個訴說的對象。我們幾乎從來不會問別人受過什麼傷。威廉，你的表現超乎預期。非常傑出。」

威廉很驚訝。阿拉什很少給稱讚。不過，當讚美在心中沉澱之後，他領悟到如果換做別

45　大約一九八公分。

人進行訪談，那些球員不會說出那麼多事。威廉不確定原因。他的膝蓋舊傷是部分原因，但並非全部。

離開體育館後，威廉走在校園的小徑上，太陽曬得暖烘烘，他看著路過的陌生人，知道他們一定受過傷，很想知道他們受傷的經過，以及恢復的狀況。當他留意觀察，幾乎可以看到他們沒有說出口的故事，有如船駛過留下的尾波。家暴父親、冷漠男友、錯誤選擇、債臺高築，以及擔心永遠無法達成的各種夢想。快到大學圖書館的時候，威廉看到歷史系的老教授坐在長凳上。他感覺精神不太好，威廉忍不住過去關心。

「教授，您沒事吧？需要幫忙嗎？」

老人家抬頭看他，威廉腦中閃過一個畫面：查理坐在單人沙發上抬頭看他。「你是那個很高的學生。」

「是，教授。威廉．華特斯。外面很熱。」

「沒錯，就是你。威廉．華特斯。沒錯。」

威廉站在老教授前面幫他擋太陽。「你需要幫忙嗎？」

「噢，唉，誰不需要呢？威廉．華特斯，過來陪我坐一下吧？曬曬太陽沒有壞處。」

威廉在老教授身邊坐下，他看著學生無精打采地走過中庭——人數比平常少一半，因為現在只有修暑期課的學生。他聽著老教授不順暢的呼吸聲。教授身上有股檸檬香，也可能是檸檬水的味道。威廉閉起眼睛一下。昨晚寶寶醒來幾次要吃奶，餵完奶之後，茱莉雅和愛麗絲很快就睡著了，但威廉被吵醒之後往往很難再入睡。他聽著茱莉雅的呼吸，吸氣變得比以前深，彷彿現在需要更多空氣。要確定寶寶有沒有呼吸，就必須在嬰兒床前彎腰，將耳朵貼在她的嘴邊。她吸氣與呼氣時都幾乎沒有聲音，因此每天夜裡威廉都會醒來好幾次，確認她有呼吸。

威廉再次睜開眼睛時，天色變成淡紫，老教授已經離開了。薄暮時分，視線前方的樹木在黑暗中只能看見輪廓。威廉眨了幾下眼睛，想要理解自己看見的東西。他的身體僵硬，膝蓋抽痛。他看看錶，猛地倒抽一口氣，甚至被嗆到咳嗽。科學革命的課程四十五分鐘前就結束了。他是那堂課的助教。那堂課沒有其他人教課，所以實質上他就是教授。威廉望著校園，思考解決的辦法。這種誇張的困境需要同樣不可思議的方式才能解決，例如可以讓時間倒流的魔法樹，讓威廉回到剛在長凳坐下的時刻。

從小到大，威廉只遇到過一次老師缺課的狀況，後來才知道老師在大暴雨中被鎖在家門外，沒有鑰匙也沒辦法打電話。除此之外，所有老師都會準時走進教室，甚至提早。在生病或家中發生急事的狀況下，也會提早通知學校找人代課。大學課堂的老師竟然神秘失蹤，這簡直讓人笑掉大牙。威廉想像學生先是覺得無聊，然後感到奇怪。他們離開教學大樓時，會順路去系辦告訴秘書，老師沒去上課。

威廉坐在長凳上一動也不動。白天的燠熱已經散去。太陽下山。他想著球員的各種傷：韌帶裂傷、腦震盪、腳跟劇痛、關節脫臼，他覺得自己動不了。他犯了嚴重的大錯，無法抹除。黑暗籠罩，到了必須把手放在面前才能看清手指的時候，他走路回家。茱莉雅像平常一樣迎接，他鬆了一口氣，由此可見系辦沒有打電話來家裡找他。他想著，或許應該告訴她今天發生的事。茱莉雅非常善於解決問題，在她眼中很可能只是小事。他可以想像她會說什麼：明天一大早打電話去系辦道歉就沒事了。不過，他想著，妻子已經不想回答他的問題了。她也不會想知道他待在體育館的理由——茱莉雅不知道他黏上了籃球隊。下午坐在長凳上睡著，這種事實在太丟人，他無法告訴她——哪有人會做出這種事？老教授看著身邊熟睡的他，不知道心裡有何想法。

快要睡覺的時候，茱莉雅問：「你沒事吧？」

「當然沒事。」他說。

那天晚上他睡得比平常更差。愛麗絲哭鬧，他的心臟在胸口猛烈敲打。我該怎麼辦？他想了太多次，以致於忘記了在黑暗中想逃避的問題是什麼。他只記得那個問題，以及內心的恐慌。第二天威廉早早醒來，開門拿起放在門墊上的兩份報紙——一份地方報、一份全國報。又是新的一天，他想著。他決定要告訴茱莉雅沒去教課的事。他非常累，想不出其他辦法。他回想妻子還沒對他失望的樣子、寶寶出生前的樣子。那個版本的茱莉雅會環抱他的腰，給予清晰的指示。他的頭很痛，心裡想著，說不定只要他誠心召喚，以前的茱莉雅就會出現，那個她會在幽暗的過往中感應到威廉沒有其他辦法了。

他彎腰拿起埃文司頓[46]地方報，瀏覽頭版。正要進廚房的時候，他看到左下角有張老教授的照片，照片下方的文字說明教授昨天晚餐時間發生嚴重中風，在家中過世。老教授年輕時曾經獲得歷史研究的最高榮譽獎項，因為一本二戰主題的暢銷作品而廣而人知。他死了？威廉想著，死這個字直直墜落心底，有如沉重船錨。

這則新聞加上那個字的重量，使得威廉心中的死寂迅速擴張，徹底塞滿了他整個人。很長一段時間他持續奮鬥，努力正常生活，努力理解他的人生，現在他無法繼續下去了。手中拿著那份報紙，他很清楚已經無以為繼了。

威廉出門時把報紙一起帶走。接下來五天，他在平常出門的時間出門，帶著午餐、課本、文件。他沒有去圖書館，只是走進體育館又走出來。他坐在後方暗處看球隊訓練，不讓任何人發現他。他避開中庭裡曾經和老教授並肩坐在一起的地方。他經過陌生人時會將他們的痛一一歸類。他遠離歷史大樓，但他注意到第二次、第三次沒去教課的時間，彷彿記錄了自己的消失。他之前約好要見指導教授，他也沒去，他想像到了約定的時間，教授等了又等，眼神漸漸流露困惑。那位打領結的教授深刻熱愛歷史，威廉毫不投入的態度只會令他不

46 Evanston，美國伊利諾州的一座城市，西北大學主校區位於此處。

解。

威廉心中懂歷史的那個部分已經變得無法觸及，日期、宣言、未來危在旦夕的關鍵時刻，這些都已遠去。他無法想像自己站在一整班的學生面前講課一整個小時。他在餐車買三明治時因為聲音太小，必須重複三次，對方才聽清楚。威廉閉上眼睛，看見記錄球員舊傷的筆記。簡略畫出的手肘或膝蓋。那個娃娃臉的大一球員說出曾經被刀刺傷時，他實在太過驚訝，因此畫了一把刀。

每天傍晚他都在正常時間回家。茱莉雅看他的眼神微帶好奇，但沒有多問。直覺告訴威廉，她不會想知道過去這幾天他的經歷。新婚時，茱莉雅打算將他塑造成理想丈夫，但他做不到。他有股衝動想道歉，可是他知道道歉只會讓她更生氣。他用一包冷凍豌豆冰敷膝蓋。走了一整天，他的膝蓋很痛。系辦還沒有打電話給妻子，他隱隱鬆了一口氣。他知道婚姻很快就會結束，可能只剩幾天了——他無法繼續這樣下去，也無法繼續維持婚姻。茱莉雅送上臉頰，他照常親吻；他努力想記住她躺在身邊時的感覺。威廉一直在假扮丈夫，但現在他已經快要消失了，到時一切自然就會結束。果不其然，第七天晚上，他撒謊編造今天做了什麼事，然後叉起一塊雞胸肉，茱莉雅說出她知道實情。至少一部分。

「我不懂。」妻子注視著他。「為什麼你沒有去教課？你去了哪裡？」

威廉辜負了所有人：妻子、指導教授、學生。威廉還記得年輕時之所以喜歡這個科目，是因為歷史教導因果。如果有人做了這件事，就會發生那件事。但威廉內在的因果平衡故障了。他是有缺陷的機器。

「我多希望能為妳變好。」他說。

「我真的完全無法理解。」茱莉雅說，現在困惑之中又多了憤怒。她討厭出乎意料的事，討厭這種措手不及的狀況。

「我知道。」他無法解釋，也找不出合理的說法。威廉是贗品、騙子、冒牌貨。他推開椅子，離開餐桌，走進臥房，從衣櫥架子上拿出肩背包。他考慮要不要把手稿放進去，但最後沒有拿。他拿了一件運動上衣，想著：說不定會冷。他打開五斗櫃抽屜，拿出藏在很後面的舊皮夾。他拿出裡面的支票，在空白處寫上轉讓茱莉雅・華特斯。他從茱莉雅放在床邊的一疊便條紙上拿了一張。他刻意不去想要寫什麼，寫完之後，也刻意不重看一次。

他回到客廳，將支票交給妻子。

「這是什麼？」她注視著丈夫的臉。「怎麼回事？」威廉沒有回答，於是茱莉雅低頭看支票。「一萬元。你爸爸給的？你爸爸給你這筆錢？」

「拿去存吧。」他說。「給妳了。」他遞給她一張紙，然後走出家門。後來他才想到，他沒有去看搖籃裡的愛麗絲，離開之前完全沒有想到她。茱莉雅在他身後喊，但他走下樓梯，腳步沒有停。

那天晚上時間的流逝很奇怪。他邁步往前走，最後發現自己來到密西根湖岸。這座湖一直近在眼前——從校園的樹木與建築之間可以看見——但威廉從不曾特地來過。這座湖讓他想起波士頓，想起故鄉那座城市旁洶湧的大海。這片遼闊的水體完全看不到邊際，但竟然只是湖，怎麼想都不對。這片一望無際的水面稱之為湖實在太委屈，湖應該是三十分鐘就能跑一圈的那種大小。

不過，今晚湖濱小徑很適合威廉。他可以直線往前走，累的時候旁邊有很多長凳。他可以看著漆黑水面讓眼睛休息。有幾次他坐著睡著了，輕柔的夏季微風哄他入眠。有些長椅上躺著酒醉或流浪的人，威廉看見幾棵樹下也躺著人。在這個屬於夜晚的世界中，他或走或坐。太陽慢慢爬上天空時，他坐在最後一個長凳上，想著如果踏進湖中一直走，不知道要走多久湖水才能完全將他覆蓋。

新的一天到來，威廉的腦子重新開機，彷彿從夜晚得到燃料，但引擎是用廢料做的。他不知道該怎麼辦。他不可能回去那個以前稱之為家的地方。茱莉雅與愛麗絲值得最好的丈夫、最好的父親，沒有他，她們會過得更好。他不能回西北大學——他一直在假扮研究生，學校的人一定發現了。一開始他就不該獲准入學。他想像系辦已經將他的助教工作給別人了。他虛假的教學生涯、與茱莉雅共築的婚姻生活，兩者隨著老教授一起逝去，感覺特別有意義。威廉是在老教授的課堂上認識茱莉雅的，那時教授的皮膚還沒有變得太過單薄，眼睛也還沒有不停流淚。真正的教師過世了，宛如掃過海灘的大浪，捲走威廉活下去的微弱努力。他難以將注意力依附在大學體育館上。想到阿拉什，想到球穿過籃網的動作，感覺就像把手放在熱熱的火爐上。不算痛，但依然燙，足以讓威廉與他的思緒不敢接近。

他有種感覺，好像將自己從人生中切割出來，就像小朋友用白紙剪出人形。萬里無雲的天空中，驕陽耀眼，威廉在芝加哥不熟悉的地帶遊蕩。他的腦中有一部分持續思考同一個問題：清涼的湖水淹過皮膚會是什麼感覺？威廉經過河流、運河，走過熱鬧的工廠，他走過以前會害怕的社區，那些地方的居民全都很窮，即使夏天很熱還是在屋外走動。那一天沒有人跟他說話，甚至沒有人對他的身高感到好奇。他可能是消失了，也可能感覺會造成危險，因此沒有人跟他搭話。後來他才想通：*沒有人願意接近將死之人*。

在夜晚黑暗的中心，他看見查理站在一道門口。岳父對上威廉的視線，露出最溫暖的笑容。威廉能夠看出查理的痛，就像看出大學球員的痛，就像那晚在長凳上看到希薇的痛。他過度勞累的肝臟，沒有成就感的工作，傷透了的心，威廉全都看見了。他說：「真高興見到你。」因為他真的很高興。這句話說出口時查理已經不見了。剛才岳父站著的地方現在只剩空無，威廉注視片刻之後，繼續走。

茱莉雅

一九八三年八月

威廉離開公寓時，將近八點。晚餐的盤子依然放在餐桌上。茱莉雅看著他給的那張支票。她端詳上面的簽名，這是她第一次看到公公的字跡。他的名字差點刮破紙，似乎等不及想寫完。這個字跡代表著一萬元，實在很不可思議。公公顯然是在十六個月前將這張鈔票寄給她丈夫，但威廉卻不曾告訴她。

茱莉雅很難理解這個事實。去年秋天，當她懷著寶寶，威廉請求暫停教學，若是知道有這筆錢，她也不會為了財務那麼焦慮。因為他沒說，害她每天想破頭，計算著可以給瑟西莉雅多少錢、要花多少錢買食物，加上爸爸過世，一堆問題在心中擰成死結，害她一直頭痛。

茱莉雅將晚餐的盤子洗好，擦拭廚房流理臺。洗臉之後換上睡衣。愛麗絲在嬰兒床上酣睡，表情祥和。茱莉雅站在那裡幾分鐘，看著她完美的臉蛋——小小鼻子、粉嫩雙頰、纖長睫毛——然後在沙發坐下。她完成平常的晚間規律，彷彿這只是一個平常的夜晚。茱莉雅這才想到威廉交給她的那張紙。他走出家門時，她將那張摺起來的紙放在茶几上，沒有打開。她感覺到胸口有種刺刺的感覺，她害怕打開這張紙。別傻了，她想著，以強裝出的自信撫平放在腿上的紙。威廉的字跡和他父親不一樣，他的字跡圓潤，很好懂。茱莉雅很熟悉他的字跡，就像自己的一樣。

我對妳和愛麗絲沒有好處。要是我留下來，會毀掉妳的人生。茱莉雅，妳理應獲得自由。我們的婚姻結束了。所有事我都很抱歉。

她讀了一遍又一遍，如同一本書剛讀完便立刻翻回第一頁。不久之後她停止，躺在沙發上。茱莉雅好希望希薇和她一起躺在椅墊上，抱著她。她還沒準備好說出這件事，但一個人在家，感覺很危險。於是她站起來，走到門前兩度確認門有鎖好。然後從廚房洗碗槽下面找出舊工具箱，拿出生鏽的榔頭。剛搬來的時候，他們用這支榔頭釘釘子掛照片。她將榔頭放在邊桌上，就在支票與紙條旁邊，以防萬一需要自保，然後她重新躺下。她告訴自己該睡覺了，但她無法閉上眼睛。一點風吹草動就會立刻坐起來，猜想是不是威廉用鑰匙開門的聲音。他曾經超過十點還沒回家嗎？沒有。現在已經午夜了。午夜過後，酒吧就會打烊，校園建築也關門上鎖。愛麗絲醒來，茱莉雅餵奶之後重新哄睡。凌晨三點，她依然躺在沙發上。她想著：這件事真的發生了嗎？

愛麗絲出生時，茱莉雅獲得的通透明智現在依然存在。只要她集中精神就能看清一切。

但自從愛麗絲出生之後，她就很少注意威廉。會刻意轉開視線，部分是因為茱莉雅漸漸明白了一件事，顯然她丈夫也看出來了：他們兩個行不通。或許以前行得通，那時的茱莉雅一心一意想要解決世界與身邊所有人的問題。她推動威廉走上教學之路，推動他去念研究所，甚至推動他娶她。但愛麗絲出生之後，茱莉雅停止推動他。當她不推了，他們的婚姻中有個部分漸漸停止運作。她持續扮演妻子的角色，他繼續扮演丈夫的角色，但他們只是虛應故事，而且已經有一段時間了。

「可是我會繼續和你在一起。」她對著空蕩蕩的客廳說。「我給了承諾。」

威廉沒有相同的想法，這讓她很受傷。儘管如此，她想著，他有勇氣離開也很不容易。他總是優柔寡斷，這應該是他一生中做過最果決的事。愛麗絲出生時，茱莉雅體認到自己可以獨立自主，她以為自己掩飾得很好，沒想到威廉看出來了。他看出她不需要他。他發現她收回了原本一直在背後推動他的手，之前他一直被推著往她選的路上走，現在沒有了。

太陽出來時，茱莉雅打電話給希薇，然後洗澡、打點外表。她要為新人生準備好舞臺，第一步就是要讓鏡中的自己有模有樣。她一直相信，想要扮演好一個角色，就必須先打扮成那個樣子，她不想看起來一副棄婦的可憐樣。茱莉雅想起小時候很喜歡華麗登場，她會旋轉進入房間，高喊，鏘鏘！她在鏡子前慢慢打扮，搽上口紅和一點眼線，把頭髮整齊盤好。打扮妥當之後，茱莉雅在庫柏教授的答錄機中以最專業的語氣留言，說明她即將回歸職場，她有自信一定能為他的公司創造價值。我能做到，掛斷電話時她想著，我什麼都能做到。

但這樣的自信突然像橡皮筋般彈開，變成了疑慮。她真的瞭解自己的能力嗎？茱莉雅很清楚，即使威廉讓她失望又心煩，她依然不會離開他。她已經嫁給他了，無論如何都會堅持不離不棄。但她也很清楚，如果這段婚姻要結束，也會是她的決定，而不是他。威廉需要她，而她不需要他。現在怎麼會變成這樣？竟然是她被拋棄？

茱莉雅揉揉前額，強迫思緒轉移。有如在學校寫申論題那樣，她努力思考少了她的推動之後，威廉會變成怎樣的人。他八成會去當高中籃球教練，她想著。她對自己很滿意，這個男人欺騙她、拋妻棄子，而她的反應卻如此成熟、如此大方。她也同樣很清楚，她絕不會嫁給高中籃球教練。那種人住在皮爾森區的小房子裡，就像她小時候的家一樣，他們上班日整天穿運動服，賺的錢只勉強夠付房租。

茱莉雅想嫁的是大學教授。她對威廉一直偷偷懷有更大的期望：在更遙遠的未來，他將成為大學校長，甚至競選公職。不過，讀過他寫的書之後，這些期望便灰飛煙滅了。她領悟到他內心深處不對勁——畢竟，會在書稿中寫我糟透了的人，肯定有毛病——換言之，他絕不可能成功。不過，成為大學教授應該還有希望，甚至可說是他注定的未來。春季時，茱莉雅去威廉的課堂上旁聽，後來他打趣說，因為她在教室後面露出有如柴郡貓[47]的笑容，害他無法

47 Cheshire Cat，《愛麗絲夢遊仙境》中的角色，是一隻會露出大大笑容的貓，即使身體消失，笑容也會繼續飄盪在空中。

專心。不過威廉很會教，會開些小玩笑調劑，讓授課不至於枯燥，雖然是講授型的課程，但也准許學生討論戰爭的道德問題。他似乎第一次在球場外找到善加利用體型的方法。他的身高讓他整個人不容忽視。他本來就與眾不同，因此獨自站在教室前方非常合理。他的身體要求：看我，學生乖乖服從。

茱莉雅願意繼續做教室前方那個人的妻子。然而，昨晚走出家門的那個人，偷藏一萬元的那個人——天曉得他還藏了什麼東西。他是陌生人。很長一段時間，她早已不知道威廉是什麼人，她不想知道。丈夫外出一天回家時，她從不過問他去了哪裡，更沒想過要問他在外面是什麼人。

茱莉雅需要見希薇，因為生命中沒有與妹妹分享的事物感覺非常不真實。然而，希薇來的時候臉色蒼白、神情驚恐，彷彿大樓失火了。從打開門的那一刻，妹妹緊張的態度就讓她很不安。她覺得妹妹來這裡好像不是為了幫她解決問題，而是帶來了自己的問題。

希薇研究放在茶几上的證物：只有五句話的紙條、那張支票。她說：「威廉走之前，有沒有解釋為什麼沒去教課？他有說什麼嗎？」

「他什麼都沒說。」

「什麼都沒說？」

「希薇，那張紙條就是全部了。自從寶寶出生之後，我們的關係就出問題了。其實從我懷孕的時候就開始了。」她和威廉走不下去的原因有如一條條死巷，茱莉雅快步走到盡頭，然後折返去試下一條。「我們就像失準的時鐘。」她說。「他毫無上進心。他從來不知道該怎麼辦，所以不分大小事都希望我告訴他怎麼處理。我是急驚風、他是慢郎中。我曾經以為需要丈夫，因為從小大家都這麼說，對吧？就算沒有明講也表現得很清楚。我從來沒想過自己一個人會更好。希薇，是我在背負他。」

希薇專心聽，上身稍微往前彎，彷彿這個動作有助於理解。

妹妹就在眼前，茱莉雅反而沒有一個人的時候那麼透徹。她感覺到整夜沒睡的影響，眼睛乾癢，雙手微微顫抖。她把手放在腿上以免希薇發現。她說：「我和愛麗絲沒問題。我不需要丈夫。威廉——」她遲疑了一下。「——威廉離開是正確的選擇。」

「妳覺得他還好嗎？」

茱莉雅迷惑地呆望著她。「我覺得他還好嗎？」

「對。」希薇看著那張紙條，以及茶几上的榔頭。「我認為他會這樣——不去教課、寫那張字條——一定是出了很嚴重的問題。」

茱莉雅的視線也停在那張紙條上，她和希薇注視著同一件東西。「結束一段婚姻沒有人會覺得好過。」茱莉雅說。「妳為什麼要擔心威廉？」她聽出自己的聲音在發抖。「妳應該擔心我才對。」

「我當然擔心妳！」希薇說。「我為妳感到很難過。不過，茱莉雅——」她略微遲疑。

「——萬一有什麼緊急狀況，我們不能不管。」

「他拋棄了我。」茱莉雅說。「我不認為這算是緊急狀況。」雖然妹妹就坐在同一張沙發上，但茱莉雅感覺和她的距離好遙遠。茱莉雅突然冒出一個奇怪的念頭。希薇該不會早就知道，他是會欺騙茱莉雅，給她一張支票之後離家的那種人？難道妹妹看到的威廉，是那個連妻子都不認識的陌生人？她搖頭。不合理。茱莉雅太累了，所以思緒不清晰。

「不過，昨晚發生的事只有我們知道。」希薇說。「我認為或許該打電話告訴肯特，讓他也知道。」

茱莉雅考慮了一下。「說不定威廉已經去找肯特了。妳想打就打吧。電話旁邊的筆記本裡有他的號碼。」

希薇抿著嘴點頭。「妳要打嗎？」

「不要。」茱莉雅說。「是妳想打的。」

希薇站起來走向單人沙發，旁邊的小桌子上放著電話和地址簿。她看著電話按下號碼。

茱莉雅看得出來妹妹很不自在，心裡想著：很好。妳活該不自在。妳應該坐在我旁邊擁抱我。為什麼要擔心威廉？

「喂，肯特？我是希薇，威廉的小姨子。這裡出了點狀況，我認為應該讓你知道。」她安靜片刻，然後說：「威廉昨晚離家出走了。他寫了一張紙條給茱莉雅。」希薇清清嗓子。「說他要結束婚姻。他也沒有去教課……沒有，他沒有聯絡任何人。他沒有說要去哪裡。他有沒有聯絡你？」停頓。「嗯，當然，謝謝。」然後希薇掛斷電話。

「他要開車過來。」她對茱莉雅說。「他很擔心。」

茱莉雅心中閃過熱辣憤怒。「他休想進來我家。」她說。「如果妳要和肯特見面，就去外面。希薇，不好意思，但是我一點也不擔心那個拋下我離家的人。妳也不該擔心他，真是的！」她站起來。「我要去睡一下。我整夜沒睡。」

希薇好像想說話，但又改變主意，只是點點頭。

茱莉雅走進臥房，躺在床上看著搖籃裡的愛麗絲。現在肯特知道威廉拋棄她了，她很不高興。他會認為茱莉雅很可憐，雖然她並不可憐。他不會知道她穿上了漂亮的連身裙。他不會知道她精心整理髮型，搽上口紅，打電話給庫柏教授。他很可能會認定她是不及格的妻子。她想著這些事，想到一半就睡著了。

茱莉雅醒來時，窗簾間透進一片金黃陽光，表示已經下午了。她驚覺這一覺竟睡了幾個小時。愛麗絲醒了，在搖籃裡玩自己的腳。茱莉雅抱起她，吻一下柔嫩的面頰。「妳絕對是全天下最棒的寶寶。」她說。

她打開房門，家裡很安靜。「希薇？」

沒有回應，於是茱莉雅抱著寶寶進客廳。她發現茶几上有一張紙條，於是拿起來看。

茱——肯特組織了搜救隊。我從義大利麵罐裡拿了妳家的備鑰，等我回來會自己開門進去。我保證很快就會回來。

搜救隊？這個詞感覺太誇張，毫無必要。茱莉雅搖頭，心裡很煩，也因為剛睡醒而有點迷糊。為什麼希薇要跟肯特一起去？茱莉雅不懂妹妹在想什麼，她以前不會這樣。希薇高中時經常蹺課，還會躲在圖書館裡和不同的男生接吻，茱莉雅即使不贊同，但都能理解她的想法。但茱莉雅今天早上才將被丈夫拋棄的事告訴妹妹，現在卻連希薇也拋下她。

「妳為什麼要這樣？」她在寂靜的客廳說。

茱莉雅餵飽愛麗絲之後，將她放在客廳中央的毯子上。茱莉雅察覺自己肚子餓了，於是走進廚房，用冰箱裡的東西做了三明治——鮪魚沙拉、生菜、番茄——放在盤子上。她從昨晚就沒吃東西，狼吞虎嚥吃光三明治，最後還舔舔手指。吃完之後茱莉雅還是覺得餓，於是她把整顆蘋果吃到只剩核。冰箱裡有威廉的啤酒，她拿一罐出來喝。終於飽了之後，她幫愛麗絲換尿布，然後讀繪本《月亮，晚安》[48]給她聽，「真是乖寶寶。」她用娃娃音對愛麗絲說。愛麗絲抬起視線看茱莉雅。她的表情溫和、樂觀。現在她四個月大了，開始會對媽媽放射愛的光輝，就像太陽一樣。每當茱莉雅走進愛麗絲所在的房間，寶寶就會興奮到全身顫抖。現在她伸手拍拍媽媽的下巴，這是她吃奶時尋求安撫的動作。

六點有人敲門。茱莉雅從鑰匙孔往外看過之後，才開門讓瑟西莉雅與愛茉琳進來，伊莎坐在娃娃車裡。雙胞胎一進門先停頓了一下，觀察茱莉雅的狀況。「好可憐。」愛茉琳說。「妳一定很難過吧？」

「今天非常詭異。」茱莉雅說。

「希薇在電話上沒有解釋太多。」瑟西莉雅說。「她很匆忙。根據我的瞭解，她好像非常擔心，我不懂她為什麼要擔心成那樣。威廉一定沒事的。我和小愛比較擔心妳。」

淚水湧上茱莉雅的眼眶。「謝謝妳們。」她說。

「我不知道原來你們夫妻之間的狀況那麼差。是因為他對寶寶很冷淡嗎？」這件事彷彿逆轉了愛茉琳的時光，她睜大眼睛的模樣很像小孩。「威廉怎麼可以離開妳？」

剛才茱莉雅將威廉的字條交給瑟西莉雅，她正在研究。「我完全無法理解。他離開妳。希薇和肯特到處在找人，好像他失蹤了一樣。這一切都毫無道理。」

「對吧？」茱莉雅說。「雖然整件事出乎意料，但不至於……」她搖頭。「我一定沒問題。我還年輕，對吧？多虧媽的督促，我有大學學歷，而且現在是八〇年代不是五〇年代。

---

48 《Goodnight Moon》，美國作家馬格麗特．懷茲．布朗（Margaret Wise Brown）於一九四七年出版的童書。

我和愛麗絲可以重新開始。」

「哇。」嬰兒車裡十個月大的伊莎說，對大阿姨揮揮手。茱莉雅蹲下和伊莎碰鼻子，逗得寶寶開心大笑。客廳另一頭，愛麗絲猛踢毯子，因為表妹來了而興奮不已。

有雙胞胎在，茱莉雅心情好了一些。希薇讓她覺得除了丈夫離家出走之外還有其他問題，搞得她很亂。不過，現在茱莉雅重新站穩腳步。昨日剛天黑的時候，她得知威廉結束了他們的婚姻，現在經過幾乎二十四小時，茱莉雅接受事實。他們雙方都結束了。她相信即使沒有丈夫她也能過得很好，不過為了說服自己，她想像可能的未來中可能的一天。未來的茱莉雅穿著漂亮的套裝，坐在現代風的黑色辦公桌後。頭髮以高超的手藝梳成髻。幹練一覽無遺。我會比好還要好，她想著，感覺表情亮起來。我會活得無比精彩。

她發現瑟西莉雅與愛茉琳一臉關切。她們不相信她此刻的樂觀，認為這是危險的警訊，大姊隨時可能崩潰。茱莉雅將注意力轉向客廳中央毯子上的寶寶。瑟西莉雅將伊莎放在愛麗絲旁邊，伊莎忙著拿玩具給表妹。茱莉雅記得以前的自己，懷孕是為了能夠讓兩個寶寶一起躺在毯子上曬太陽。兩個寶寶應該要像磁鐵一樣將所有大人凝聚在一起，但現實卻恰恰相反。寶寶出生了，大人卻各分東西。當年因為茱莉雅出生而展開了新劇情，現在伊莎也是，但她帶來了怎樣的改變？查理過世，蘿絲遷居，現在威廉拋妻棄子。當然，茱莉雅知道不是伊莎的錯，她注視深色頭髮、深色眼睛的寶寶，心中感到強烈的愛。

「妳打電話給媽媽了嗎？」瑟西莉雅問。

茱莉雅看著小妹，她的右手上有一條黃色顏料，她知道因為蘿絲拋棄了瑟西莉雅，因此她永遠會第一個想到媽媽。「還沒有。」茱莉雅說。「她也幫不上忙，只會害她操心。真希望希薇在這裡。她的行為好怪。」

「有什麼我們可以做的事嗎？」愛茉琳站在窗邊。她在尋找希薇或威廉，就像小時候一樣，那時每天放學時間一到，她就會站在朝向街道的窗前，等兩個姊姊回家。「我們可以幫忙準備晚餐？要不要我們晚上留下來陪妳？」

茱莉雅搖頭。她很感謝愛茉琳與瑟西莉雅過來關心她，就像媽媽傷心欲絕時她去關心那樣。但妹妹們無法陪茱莉雅邁出下一步，以前她要振作起來，就必須將三個妹妹全部拉來身邊。然而，對現在的她而言，堅強意味著獨自站穩腳步，懷裡抱著她的寶寶。即使她相信這是正確的做法，但這條路很孤單。她是大人了，是媽媽。

「要是媽媽還在這裡，」瑟西莉雅說，「一定會把我們全拖去聖普羅科皮烏斯教堂祈禱。」

一點也沒錯。四姊妹從小上教堂念玫瑰經都是為了蘿絲，而非上帝。以前還住在十八街的時候根本不可能察覺，因為媽媽和教堂密不可分。天主教之所以成功，是因為讓信徒有罪惡感，因此大家每週日都會上教堂。然而，自從媽媽搬走之後，帕達瓦諾四姊妹全都再也沒有去過教堂。從小到大，四姊妹真正的信仰，其實是書中的虛構人物、她們的遊戲，以及彼此。

茱莉雅念國中時，一個女同學說她們四姊妹是巫集[49]，茱莉雅當時不懂這是什麼意思，還去查了字典。查出來的定義讓她非常開心，她好希望那個同學說的是真的。那年萬聖節帕達瓦諾四姊妹打扮成女巫，查理樂呵呵地對她們朗誦《馬克白》[50]裡的句子。當時茱莉雅正值青春期，頭上戴著黑色尖帽，很清楚她們在某種程度上確實是巫集。她、希薇、瑟西莉雅、愛茉琳，四姊妹共享一份力量、一份強悍。

「妳們回去吧。」茱莉雅說。「我沒事，兩個寶寶也該上床了。」

雙胞胎離開時輪流親吻茱莉雅的臉頰。她們的身體短暫與她相貼，然後才走出門外。

茱莉雅回到沙發上。今天真的好怪，她的感覺也好怪。威廉莫名其妙就離開了，但就像暴風雨時打雷一樣，雖然突然但也很自然。在閃電的亮光中，茱莉雅第一次看清丈夫和爸爸有多像。她想要一個與查理截然相反的丈夫。她之所以選擇威廉，是因為她以為他具備那些特質：嚴肅、成熟、清醒、體貼。查理愛作夢——蘿絲常說他整天在雲裡飄。他經常遭到降職，還會把蘿絲準備付帳單的錢拿去附近的酒吧喝酒。

威廉不會在雲裡飄，但就像她爸爸一樣，他不上進、不可靠。查理是慈父，但身為丈夫的他只會拖累妻子。他從來沒有給蘿絲任何足以仰仗的東西。或許查理在威廉身上看出他自己的缺點。茱莉雅想起她說要結婚時，爸爸臉上閃過的失望。爸爸什麼都看透了。他在世時茱莉雅太小看他，不過她夠瞭解爸爸，知道如果他還在，一定會對她眨眨一隻眼睛，然後說：來看看我的火箭有多厲害吧。

49 Coven，古人相信女巫會在夜晚時群聚作惡，一般認定一個巫集是十三人。

50 英國劇作家莎士比亞於一六二三年出版的悲劇。蘇格蘭將軍馬克白從三女巫處得到預言，稱他某日會成為蘇格蘭國王。野心加上妻子的慫恿，馬克白暗殺了國王鄧肯，自立為王。在自責與幻想的折磨下，他很快墮落成為一名暴君。大屠殺與內戰使得馬克白與他的夫人變得自大、瘋狂，直至二人最後的滅亡。

希薇

一九八三年八月

希薇跟著肯特和其他籃球隊員在市區步行尋人，儘管她普通的腿長和普通的體力拖慢了速度。他們每個人的身高都超過六呎，大部分還超過六呎五吋[51]。走在她前面，他們看起來威風凜凜，路人自動閃避。不只一次，希薇看到有人停下來看他們。引人注目的不只是身高，還有他們步伐中的使命感。他們像大學時一樣團隊行動——同樣的腳步，彼此指示方向。好幾個人稱呼肯特隊長，一開始希薇覺得很妙，因為肯特兩年前就卸下隊長的身分，他們已經不是同一支球隊的成員了。但他們也依然將威廉視為隊友，希薇不禁思考，屬於一支隊伍的忠誠度可能遠超過她之前的理解。她們四姊妹都沒有參加過運動團隊——皮爾森區的女孩子不能做這種事——所以她無法得知。她羨慕這些球員之間無言的默契：肯特下決定，其他人以最有效率的方式達成。當這群人過馬路的時候，會有一個人伸出長長的手臂揮舞，彷彿對等候的車輛打招呼，同時繼續以只有他們才能辦到的速度前進。

希薇一直想著等一下就脫離隊伍，轉彎回去找茱莉雅。她本來不打算和肯特一起走。

她在茱莉雅家樓下和他說話，灼人的陽光照在他們身上。她原本計畫傳達這個消息之後便回去，就像將一碗爛蘋果交給他處理。但她辦不到。她跟隨他去和老隊友會合，這些人全都是他和威廉的朋友，她有種強烈的感覺，要是她不跟去，就永遠無法找到威廉。當然，這種想法毫無道理，從接到茱莉雅來電的那一刻，希薇一直很害怕——彷彿頭腦沒有察覺這個狀況的嚴重性，但身體知道。

她想起那晚在長凳上感受到威廉的情緒，他好像非常累。她想起他內在的光有多黯淡。她想起手稿中的那些問題。希薇對威廉傾訴思念父親的心情，之後才想起來，他的父母對他毫無感情。她給肯特看那張字條和支票，因為她希望有助於讓他釐清狀況。說不定希薇錯了。假使肯特的想法與茱莉雅相同，認為其實一切簡單明瞭，單純只是一個男人離開妻子，那麼希薇會強迫自己冷靜。她會上床和茱莉雅一起躺著，等姊姊醒來，然後煮一頓暖心的晚餐，她會陪伴姊姊直到她重新站穩腳步。如果需要，幾週、幾個月都沒問題。直到姊姊失去丈夫之後繼續住在那間公寓裡，也不會心痛。

肯特研究過紙條和支票之後說：「威廉想結束婚姻可能已經有一段時間了。他沒有告訴我也不奇怪。但紙條的語氣讓我很不安，威廉不會隨便不去教課。一定出事了。我們得找到他。」

51　六呎大約是一八三公分，六呎五吋大約是一九六公分。

希薇知道茱莉雅無法理解為何她如此擔心威廉。她知道不該丟下姊姊，讓她獨自待在公寓裡。然而，聽完肯特的想法，希薇的恐懼變得如此喧囂，她知道一定要想辦法先平息，否則她無法幫助任何人。跟肯特離開之前，希薇回到公寓，將紙條和支票放回原位，然後打電話給愛茉琳與瑟西莉雅，請她們過來陪茱莉雅，不等雙胞胎發問就掛斷電話。

希薇之前只見過肯特一次，在茱莉雅的婚禮上——當時的他開朗又迷人，好幾個鄰居家的女生都說他非常夢幻。現在他感覺很疲憊，好像壓力很大，變成了沒有時間可浪費的那種人。天已經黑了，希薇在芝加哥街頭小跑步，希望能趕上他們。籃球隊的人回頭看一眼，然後為她放慢腳步。他們已經找遍了西北大學廣闊的校區，跟歷史系大樓的警衛打聽過，也去體育館看過。他們一一探訪教職員和學生經常光顧的酒吧與餐廳，由最高的那個人探頭進去確定威廉在不在裡面，其他人在人行道上等。他們在校園四周的社區穿梭，搜尋一條又一條街道。這樣做很花時間，應該已經過了好幾個小時，但希薇無法確定，因為她沒有戴錶。現在，他們要去見一個名叫阿拉什的人，似乎所有球員都認識他。

希薇發現肯特的臉色越來越難看。雖然狀況嚴峻，但大家很高興有機會能重聚，偶爾也說說笑笑，肯特卻從不加入。大部分的球員都認定，威廉一定是因為婚姻失敗跑去喝個爛醉。希薇不只一次聽到有人說他一定喝醉了啦。希薇覺得不太可能，因為威廉很少喝酒，但她希望他們的想法沒錯。這段時間，肯特似乎每分鐘都在變老，彷彿他和失蹤的好友度過了漫長人生，但被壓縮成一夜的時間。他經常交談的人只有一位名叫加斯的球員，他似乎有用不完的體力。他會跑在最前面，然後折返和肯特說悄悄話。

一位名叫華盛頓的球員對希薇說：「妳氣色很差。沒事吧？」

希薇在黑暗中抬頭看他。她跟著這些人東奔西跑，已經快要哭出來了。腳上的球鞋平常感覺很舒服，但現在腳跟還是磨出了水泡。她很擔心威廉。她很擔心姊姊。她也以一種好像與自身分離的感覺在擔心自己。這群球員投入這麼多時間來幫助姊夫，令她非常感動，看到他們的付出，她才領悟到自己也同樣投入。無論這場搜索的結果是什麼，她都必須親眼看到。

「我沒事。」她說，不再留意身體上的不適。她只是盡力繼續往前走。跟在籃球員後面，她察覺她的肉體人生與他們多麼不同。他們充滿力量、無法撼動。希薇平常天黑之後會避開人太少的路，如果察覺有男性做出粗暴或怪異的舉動，她便立刻過馬路。她不理會路人的調戲騷擾，低著頭，一有機會就轉彎。即使在圖書館裡，她也很清楚何時該彎腰駝背，走路時減少臀部搖晃，用雙手護住胸口。她和所有女性都是獵物。然而，和籃球隊走在一起，希薇拋開平時的謹慎，不必擔心會有人對她不懷好意。有他們在，陌生人不敢騷擾她。

他們走過的每條街道感覺都有如拼圖，希薇左右張望尋找遺失的那一片：威廉。他們走到西北大學校園遠處的角落和阿拉什會合——他身高普通，眉毛很濃，眼神專注。他回報說已經在學校裡到處問過了，好幾天都沒有人看到威廉。「阿拉什是我們的物理治療師。」華盛頓告訴希薇，她點頭。華盛頓還是用「我們的」這個說法，希薇已經習慣了。在這些人心中，他們依然屬於籃球隊，他們有物理治療師，很可能還有一、兩個教練。她的姊妹就是她的隊伍，而她和她們分離了。她知道茱莉雅現在應該醒了，而且在生她的氣。希薇感覺自己的一部分確實在那間公寓裡，坐在沙發上陪姊姊。

阿拉什身後站著一群年輕人，他們是目前西北大學籃球隊的四年級球員。也是威廉的隊友，肯特是他們的隊長，所以他們來了。希薇的眼睛刺痛，她伸手去摸臉，這才發現自己哭了。她很慶幸沒有人看到，悄悄躲到更陰暗的地方。

「我們分頭行動。」肯特說。「威廉失蹤超過二十四小時了。必須擴大搜索範圍。」他將人分成兩組，指示阿拉什率領年輕球員去一個方向，包括希薇在內的其他人繼續和他一起去市區找。

現役球員加上退役球員，現在已經有超過二十個人在芝加哥小跑步找人，前往幾個以籃球場出名的公園，確認躺在長凳上睡覺的人是不是威廉。不知不覺間，太陽升起——橘色圓球填滿兩棟大樓間的空隙。希薇努力回想上次看到日出是什麼時候。她努力回想今天星期幾、她幾點要去圖書館上班。華盛頓有戴錶，於是她問他時間，但她實在太累了，無法理解他說出的數字。她知道她不會去上班。也知道依蓮館長一定會很不高興，她經常嘮叨的事情當中，就有準時上班這一項。

肯特放慢腳步走在希薇身邊，他說話的感覺像是在節省體力，她必須靠近才能聽見。「之前威廉也有過黑暗期。他的內心一直有這一面。有次他以為茱莉雅在生他的氣，同時教練又罰他坐冷板凳，他整整一個星期沒有說話，也沒有吃東西。後來他很快就恢復正常了，但他好像只讓我一個人看到他的那個模樣。」

希薇一下子放下心中大石，整張臉痛了起來。她很高興得知自己沒有發瘋。她差點告訴肯特她看過威廉那份手稿中的註腳，但她改口說：「我們已經找了一整夜。」希薇揉揉眼睛，因為這句話很蠢。她還記得爾尼雙手握住她的腰，她還記得裸體躺在他身邊的感覺，當時她無憂無慮，完全沒想到世界即將傾斜崩塌。那一夜感覺像是另一段人生的記憶了。希薇突然想起來，她很可能讓爾尼失望了，就像她今天即將讓依蓮館長失望一樣。昨晚他很可能在她家門外等了很久，不懂為什麼她一直沒回家。我不在應該在的地方，她想著，也不知道自己在哪裡。

他們連續去了三家中城區的圖書館，察看每個單人座位。上午過了一半，希薇、華盛頓、加斯、肯特去熟食店幫大家買汽水。在店裡的燈光下，希薇發現他們三個因為太累，臉上都出現了細紋。她只能想像自己的樣子有多慘，盡可能不看會倒映的表面。已經好幾個小時沒有人再說喝醉或酒吧了。現在感覺起來，要是找到威廉，情況一定會很可怕，要是找不到，也一樣可怕。

他們離開熟食店，在人行道上停下腳步，冰涼的汽水在他們手中冒汗。其他球員站在前面等。希薇察覺肯特猶疑了一下，似乎不知道接下來該往哪裡走。空氣多了一種沉重感。太陽爬上天空，帶來熾烈高溫。響亮的聲音從另一頭逐漸接近——救護車的警笛。希薇轉頭看，但聲音立刻分裂，或者該說變成兩種聲音。救護車高速從他們眼前駛過，車輛紛紛讓路，接著兩輛警車從轉角處出現，同樣警笛大作，跟上救護車。巨大聲響擾動空氣。肯特、希薇、華盛頓、加斯幾個人面面相覷，臉上有著相同的恐懼。希薇知道他們都有同樣的想法：威廉？

「加斯，」肯特說，「快跑！」

加斯立刻出發，希薇還沒搞懂發生了什麼事，他已經消失在路的盡頭。後來希薇才知道，他原本是球隊的控球後衛，四分之三場衝刺[52]成績三秒整。他跟在救護車和警車後面跑，其他人也趕緊追上去。汽水罐扔在地上，像陀螺一樣打轉。肯特速度同樣很快，其他人也差不多。他們在路上衝刺，高舉雙手阻擋車輛。華盛頓似乎是跑最慢的球員，他跟在隊友後面。他身高七呎[53]，跑起來像是從森林中被連根拔起的大樹。希薇追不上華盛頓，但即使隔著擁擠行人，也能看見他搖晃的背影，讓她不至於完全脫隊。

湖突然出現在眼前，波光讓希薇忍不住瞇起眼睛。她氣喘吁吁，心跳聲敲打耳膜。水面有如閃亮的盤子，延伸向遙遠的天水交接處。她們小時候，查理有時會在週日午後帶四個女兒來湖邊。他在沙灘上喝啤酒、和陌生人聊天，四姊妹蓋沙堡，比賽誰在水底翻跟斗的次數最多。想起爸爸，希薇瞬間感到強烈哀傷，然後那份哀傷逐漸蔓延。家中只有兩個男人，她已經永遠失去了其中之一。萬一連威廉也沒了，該怎麼辦？她努力感受姊夫的心情——奮力從自身的邊際往外探——但她什麼都感受不到。

她踏上湖濱小徑，依然在奔跑。救護車與警車停在前方，但依然閃燈。希薇頭暈，還有一點反胃。她眼前冒出灰色小點，她知道並非真實存在。她全速衝刺，但依然落後，離前面的人有一段距離。隨著腳步的節奏，她想著：千萬不要是威廉，千萬不要是威廉。終於到了救護車旁邊，她停下腳步。她站在小徑邊緣，因為疲勞與緊張而顫抖。因為天氣很熱，來遊玩的家庭和做日光浴的人已經佔據了半個湖岸。沙灘上，玩耍的小朋友停止動作，穿著泳裝的男男女女站在大毛巾上，用手遮著眼睛，想看清湖裡發生了什麼事。湖裡會發生什麼事？希薇想著。肯特和其他球員已經跳下沙灘，急救人員與幾位警察站在快碰到水的地方。他們全都看著同一個方向，她也跟著轉過去，看到一艘船以非常慢的速度接近。一位急救人員和幾位球員踏進水中。另外兩位急救人員帶著擔架在水邊等。距離夠近了，希薇看到甲板上躺

52 籃球常見的體能測試項目，測球員的速度與爆發力，一般四秒以下就算快，即使NBA球員也很難跑出三秒整的成績。

53 大約二一三公分。

著一個人。她看不清楚，無法分辨是誰。肯特與加斯走到水深及腰處。他們與那位急救人員一起高舉雙手過頭，然後舉起那個人。他的臉轉向側邊。是他。

「威廉。」希薇低語，彷彿呼喚他，彷彿以他現在的狀況，只能聽見低語。

威廉雙眼緊閉，全身癱軟被朋友抬著。他穿著襯衫和長褲，下襬沒有塞進褲腰。他沒有穿鞋。他的一隻手垂落觸碰水面，另一隻手放在胸口。更多朋友過去幫忙肯特與加斯，更多雙手撐起威廉，奮力帶他離開湖水。肯特腳步踉蹌了一下，華盛頓立刻趕過去，一手摟住肯特的肩膀。他們將威廉放在擔架上，動作十分溫柔。

站在希薇附近的一個青少年自言自語：「那個人好像死了。」

「希薇！」肯特大喊，她這才終於脫離呆滯。她跑過去，不知道能做什麼、能幫什麼忙，於是她握住威廉冰冷的手，就這樣一路跟著他們離開沙灘、走過小徑。到了救護車前面時，急救人員說：「只有一個人可以上車。」他看著希薇。「妳是他太太？」

希薇呆望著急救人員。她感覺無法放開威廉的手。他的手指很冰，她的皮膚彷彿和他黏在一起，如果她是他的妻子，陪他上車的人一定會是她。於是，她沒有看肯特或其他人，點點頭表示沒錯，然後從救護車後方上車。

救護車出發之後，希薇才發現威廉在呼吸——很淺——她一下子放鬆，差點嘔吐。他躺在小床上，身上綁著帶子固定，而她擠在床和車身中間。急救人員彎腰察看威廉，掀起他的眼臉，手指按住他的頸側，然後幫他蓋上毯子。威廉的臉感覺腫腫的，膚色泛灰。他的顴骨附近有塊瘀血。他安靜不動。太安靜了，希薇想著。

救護車開往的，剛好是茱莉雅與瑟西莉雅生產的醫院，也是查理過世的地方。時間不斷放慢又加快。穿著手術服的醫療人員將威廉搬下救護車。肯特已經到了，他一定是坐計程車來的。他和急救人員討論威廉的血壓，她這才想起他在讀醫學院。「我去打電話給茱莉雅。」希薇說完之後走進醫院，不確定有沒有人聽見。

希薇去急診室等候區旁邊的電話亭打電話，等候接聽時，希薇眨眨眼睛、摸摸臉。她的頭髮結塊，大概是被乾掉的汗水黏住了。能夠坐在電話亭的小座位上感覺好舒服。她的身體到處痠疼刺痛。過去幾個小時的磨難，讓那些連她自己都不知道存在的肌肉困惑氣憤。

「喂？」茱莉雅說。

「是我。」希薇發現很難開口。她察覺自己不想將這件事化做言語。一旦告訴姊姊就會變得太真實。真的發生了，接下來還有一連串後果。至於那些後果會是什麼，她毫無頭緒。她太累了，想像力被現實徹底壓垮。

「妳去哪裡了？」茱莉雅問。「現在在哪裡？」

「我在醫院。妳快過來。我們找到威廉了。」她略微遲疑。「他在密西根湖裡，自殺未遂。」

電話那頭停住一下，然後茱莉雅說：「一定弄錯了。外面很熱，他一定只是想去游泳，他不太會游泳，小時候沒學過。」

「他失去意識了，茱莉雅……」

「不、不，他不可能做那種事。」但現在茱莉雅似乎也沒把握了。

「之前歷史系辦說他沒去教課的時候，妳也以為是弄錯了。茱莉雅，是真的。真的發生了。」

電話另一頭的茱莉雅再次沉默。希薇感覺全身上下都很難過。她為姊姊難過、為威廉難過。「拜託，」她說，「去叫輛計程車過來。我也會打給愛茉琳，請她來這裡和我們會合，幫忙照顧愛麗絲。」

「他拋棄我。」茱莉雅說話的速度很慢。「他表現得夠清楚了。他不會希望我去。」

希薇望著電話亭霧霧的塑膠牆。她面向座位區，不遠處有位老人家坐在椅子上，雙手抱頭。一個戴墨鏡的女人站在他身邊，雙手抱胸。就算不知道這裡是醫院的人，也能從肢體語言看出他們在等壞消息。

她說：「妳不來？」

「他有肯特。肯特會照顧他。」茱莉雅清清嗓子，然後說：「希薇，我需要妳。拜託快回來。」

希薇張嘴想說話。她感覺下顎與全身關節都變成生鏽的鉸鏈。她說：「我先處理好這裡的事。」她將話筒掛回去，然後呆站在電話亭裡，直到有人敲玻璃表示需要打電話。

她走進等候區，一眼就找到肯特。他和那群朋友坐在遠處角落的位子上。一看就知道他們是什麼人：涉水進湖裡的籃球隊。等候區的其他人選座位時，都刻意盡可能遠離他們。

「醫生不肯告訴我們狀況。」肯特說。「妳去櫃檯問問，請他們先讓妳進去陪威廉，等茱莉雅來了再換人。我不希望他一個人在裡面。」

「她不肯來。」

肯特神情錯愕。「一次都不肯？」

「現在不肯。我不知道。」

肯特閉起眼睛一下，然後說：「好吧。救護車駕駛以為妳是他太太——去跟櫃檯小姐說同樣的話，他們就會讓妳進去。等一下醫生會去跟妳說明，記得提醒他除了治療身體之外，也需要幫威廉做精神評估。」

她想著：告訴肯特妳該走了。告訴他妳姊姊需要妳。她說：「你是學醫的，你去比較好吧？」

肯特搖頭。「只有家屬能進去。我不可能假裝是他的親戚。」

淚水湧上希薇的眼眶，但她搞不清楚究竟是哪種情緒，因為好像所有情緒一下子全上來了。她對肯特點頭，然後走向櫃檯。

她說：「我是威廉．華特斯的太太。」護理師帶她穿過一扇門、經過兩條走道，幾間病房門開著，可以看到處於各種緊急狀態的人，有男有女、有老有少，哭泣、流血、失去意識。希薇自己也越來越不舒服。她的衣服磨痛皮膚。每走一步，腳跟的水泡都很痛。

護理師停下腳步指著一間病房。希薇獨自進去。威廉躺在床上，他閉著眼睛，腳上蓋著毯子，但床太短，所以腳還是掛在外面。現在威廉躺在眼前，希薇看出他的皮膚很不對勁。格外慘白，而且好像被撐開了。就好像充氣膨脹之後又恢復正常尺寸。護理師脫掉了他身上的溼衣服。現在，他穿著醫院的住院服，手臂上插著點滴。自從上次在長凳談話之後，這是希薇第一次和他獨處，而且已過了半年的時間。

「我以為你死了。」她低語。

這間病房有一扇窗，可以看到一棵蒼翠茂盛的樹。醫院建築非常大，產房在另一側的樓上。之前希薇只去過那裡，兩個外甥女在那裡出生，爸爸在那裡過世。床邊有張硬椅子，於是她坐下。

希薇閉上痠痛的雙眼。她察覺到內心的一種感受——點點滴滴，有如細雨——她慢慢察覺那是安心。她安心了。因為威廉活著，就在她眼前，所以她安心。因為坐在這間病房、這張椅子上的是她，所以她安心。打電話給茱莉雅的時候，希薇一心專注在理應要做的事上——

病患的妻子理應來醫院照顧——然而，其實由她陪伴威廉會比較好。希薇能夠串連所有點，理解他躺在這間病房的來龍去脈；雖然不知為何，但她很清楚這件事絕非不可能。閉上眼睛，希薇能想像威廉走進湖中，感覺有如湯匙中的水無法繼續待在湯匙中。再也沒有重力阻止他潰散，因此他想溶解在遼闊大湖中。希薇坐在他的床邊，在自己的身體裡放鬆，這樣才能趁他熟睡時，將力量分給他。

威廉

一九八三年八月～一九八三年十一月

他在市區幾乎走了一整夜，然後回到湖邊。天依然很黑。當他走進水中，附近沒有人，就連空氣也凝滯了。沒有鳥鳴，他的身後也沒有交通噪音，沒有人聲。感覺就好像世界暫停了。威廉走了很久才終於沒頂。他沒想到要帶重物；幾個鐘頭前他就停止思考了。威廉的內心只剩下渴望，渴望水、渴望黑暗、渴望寧靜。他想沉下去，但巨大的身體不停浮起來。即使在水裡待了很久的時間，幾乎快失去意識，他的腳依然會往旁邊浮起來，變成仰躺在水面上，像船一樣漂浮，眼睛注視太陽。他已經不是擁有姓名與過往的人了。在那一刻，他只是在液體中載浮載沉的軟木塞。他只能注意到雙手那種軟軟皺皺的感覺，太陽灼燙他的臉，水跑進眼睛和耳朵裡。他可能睡著了，也可能是失去意識，突然有很吵的聲音，有人說話，好幾雙手拉扯他。他無法睜開眼睛確認發生了什麼事。他聽，只因為別無選擇。不久之後，他聽見肯特喊他的名字。然後他在醫院醒來，全身乾燥，看到希薇坐在床邊的椅子上，他的第一個念頭是他失敗了。失敗意味著他必須扛著人生的歷史——他的各種錯誤——繼續往前走，彷彿背著沉重的背包。這樣的現實令他疲憊，但他實在太累了，沒有力氣抵抗。

威廉轉院了，這裡已經不是他第一次醒來時的那家醫院。經過一週的評估之後，他被轉去芝加哥市中心的住宿式精神科醫院。湖在三個路口外，從醫院看不見。不過，即使隔著一段距離，威廉依然能感受到那片水體。在時睡時醒之中，他依然覺得全身溼透，雖然實際上他遠離湖岸，無法沉到水底。

剛轉入新醫院的那幾天，每當他在夢鄉飄進飄出，都會看到病房裡有人陪著，有時是希薇，有時是肯特。他看到他們，但沒有力氣說話。肯特跟他講話，說他會好起來，說這裡的醫師很厲害，最後說他得回去上課了，但過幾天會再來。希薇很少說話，她只是坐在病房裡唯一的椅子上讀書。

當他的精神逐漸振作起來，她的存在感覺越來越複雜。他相信，他企圖做的那件事，除了肯特之外，應該只有她不感到太過意外。她看過他內在的荒蕪，不只那晚在長凳上，也透過手稿的註腳。他的妻子當然也看過那些註腳，但他知道茱莉雅主要的反應是失望。威廉心中竟然有那種想法：茱莉雅不會察覺不對勁，只會覺得他不足以託付終身。

威廉發現自己很高興希薇在這裡，儘管感覺有點奇怪——帕達瓦諾家的人應該不會想和他有所牽扯。每次希薇來病房，他都覺得等一下茱莉雅就會開門進來。這種可能性令他輾轉反側，希望能在白天盡可能多睡。「睡眠是很好的治療。」丹比亞醫師說。她是他在這裡的主治醫師。「威廉，這麼長一段時間你一直很辛苦。好好休息吧。」

一天下午，威廉從不安的睡眠中醒來，希薇說：「可以問你一件事嗎？」

他聽出她的語氣充滿苦惱。他必須先清清嗓子才能回答，「好。」然後他感到無奈，因為無論她問什麼，他都不會知道答案。他再也無法撒謊。如同精細瓷器無法承受任何重量，他再也做不到了。

「你希望茱莉雅來探望嗎？我們不知道該怎麼辦。」

這個問題的力道太強，空氣一下子從他的身體跑光。不過他知道答案。離家之前，他已經寫在紙條裡了。「不要。」他說，聲音有點喘。「茱莉雅和愛麗絲離我越遠越好。直到永遠。」

他不知道希薇如何看待這句話，因為他沒有看她。他知道說這種話很可惡，但他是認真的，他從來沒有這麼認真過。「告訴她，我放棄愛麗絲。」他說，臉轉向牆壁。他保持這個姿勢，閉上眼睛，直到希薇離開。

他說的話如此絕情，徹底拒絕了希薇的姊姊和外甥女，毫無轉圜的餘地，威廉知道希薇不會再來了。那個夜晚很漫長。威廉想起在湖裡的感覺。他試著接受現實，清點人生還剩下什麼：肯特，籃球隊的其他朋友，丹比亞醫師開的藥。只有這些了，他很清楚，還能擁有任何東西都算他走運。過往的人生留在湖底。他剛剛推開了屬於過去的最後一個人，希薇，失去她令他心痛。那晚在長凳上和她坐在一起時，威廉體會到莫名的平靜——就好像他可以放下偽裝，單純存在——每當她走進病房，他都感到安心。但威廉揭露了自己的真面目，他是狠心拋妻棄子的禽獸，他只能面對後果。

威廉的病房門一直開著，即使在夜裡也一樣，方便巡邏的護理師隨時能從外面看到他。病房沒有門鎖，就連浴室也沒有。整個樓層以一扇厚重的金屬門與外界隔絕，那扇門隨時都用門閂鎖上。訪客必須先讓員工檢查包包，然後才會打開金屬大門讓他們進去，接著又立刻鎖上。

丹比亞醫師每天下午都會來見威廉，一次半小時。她留著灰色短髮，但臉龐很年輕。威廉不知道她究竟是老還是年輕，或許灰髮代表她比臉龐的模樣老，也可能她其實很年輕，只是少年白。受她照顧一週之後，她說：「我終於聯絡上你的父母了。我打電話去你父親的辦公室。」

深埋在威廉內心的一條弦顫動了。他多麼希望他沒有做出那麼極端的選擇，現在連父母都被扯進來。為了讓醫師填寫資料，他告訴她父母的名字。「我猜他應該說無能為力吧？」威廉說。

「他說你是成年人了，凡事要靠自己。他甚至掛我電話。威廉，我希望你知道，那並非正常父母會有的反應。說這種話非常狠心、非常不應該。不管是以前或現在，你都值得父母更好的對待。你的父母都很有問題，這也是你之所以會在這裡的部分原因。」

「妳覺得他很爛。」

她微笑。「呃，身為專業醫師，我不會用那種說法。我會說，我懷疑你父親也受憂鬱症所苦。」

威廉發現自己很難想起父母的臉。他看見他們在車站揮手送別，但他們的身影很模糊。爸爸可能有憂鬱症，這個假設一出現就立刻溜走，無法停留在威廉腦中。和丹比亞醫師會面非常累人，她會專心觀察他——眼睛像魚鉤一樣深深刺進他的靈魂。另外還有兩個醫師也會來看他，他們很不專心，威廉只能得到他們的一點點注意。這樣他反而比較自在。

「他和我母親不屬於我的人生。」他說。「至少已經很長一段時間了。」

醫師歪頭，威廉看出她在判斷這番話的真實性。他第一次領悟到，即使你從來不會想到一個人，但並不代表你的內心沒有他。

一天早上，威廉醒來時，感覺噁心反胃、滿身大汗。他知道這是藥物造成的反應。透過不斷嘗試錯誤，才能找出抗憂鬱藥物與抗焦慮藥物最有效的組合。他沒有睜開眼睛，就這樣多躺幾分鐘，因為他知道今天會很難受，他不想太早開始。當他睜開眼睛時，看到希薇坐在床邊。威廉怔怔看著她。她的坐姿非常筆直，彷彿在考美姿美儀。

「我以為妳不會再來了。」他不確定她是真的來了，或可能只是他的幻覺。

她點點頭。「我還有另一個問題。」她說。「你說不想見茱莉雅和愛麗絲。那麼，我可以來嗎？還是說，你希望我也離開？」

離開？威廉想著。之前和丹比亞醫生談過父母的事之後，他一直作怪夢。夢裡，威廉游泳離開父母，同時他們也游泳離開他。他已經要求妻女離開他了。這麼多人彼此離開。夢境有種幽閉恐懼症的感覺，氣氛很不祥，彷彿到了最後，他們會發現其實自己身在金魚缸中。他們拚了命想遠離彼此，但注定會失敗。

威廉看著椅子上的年輕女子。他知道她是真的，不是幻覺。他知道他希望她在這裡。他不知道為什麼，但現在原因不重要。威廉正在努力重新學習想要的感覺。

「不要離開。」他的聲音感覺很疲憊，因為藥物和睡眠而含糊。「對不起，我傷害了妳姊姊。」

希薇說。「你也傷害了你自己。」

他搖頭，拒絕接受安慰。「茱莉雅還好嗎？」

希薇的姿勢變得更加直挺。她似乎整個人拉長了，好像企圖同時身在兩個地方。「可想而知，茱莉雅很難過。」她說。「不過她不會有事。她不知道我來這裡。我只是覺得——」她欲言又止。「——應該要有人來探望你才對。我知道肯特會來，但他太忙了，沒辦法常來。你不該孤單一個人。」

這句話讓威廉大受震撼，感覺有如被人用力推胸口。不該孤單一個人？他本身並不這麼認為，但他相信希薇是真心的。

「謝謝妳。」他說。

希薇點頭，他們一起安靜下來，就這樣過了幾分鐘。這樣的安靜太喧鬧，有如白噪音機器的環境流水聲。威廉很想知道他是不是應該多說點什麼。希薇的表情也很不自在。感覺像是臺詞已經講完了，現在必須隨興發揮，不然就得下臺。威廉盼望地想著不如繼續睡。說不定只要睡著失去意識，他就能從這一刻消失。

希薇靠向前說：「那個，我想瞭解一下比爾．華頓，你可以跟我說說他的事嗎？」

「比爾．華頓？那個籃球員？」

她點頭。

威廉感到很意外，但他知道答案，於是便回答了。「他是製造得分機會的中鋒。之前效力於波特蘭的時候，得過賽季與決賽最佳球員。不過他的受傷紀錄太多。手腕骨折兩次、腳踝扭傷。手指和腳趾都曾經脫臼。」

「老天。」希薇似乎放鬆了一些，因為終於找到可以談的話題而安心。

「華頓的腳骨折，所以他們特製了像斜背包的護具以減輕疼痛。他們給他打止痛針，讓他能繼續比賽，但導致腳的傷勢變得更嚴重。」威廉不敢相信他竟然一口氣說了這麼多話，但一旦開始講，他就希望能給希薇充分的資訊，讓她能真正理解。「華頓的球技非常傑出，傳球功力可能是史上第一，在中鋒當中絕對是最厲害的。他很愛籃球，但他的身體實在不行。他的膝蓋……慘透了，腳受傷的次數更是數不清。今年他成為洛杉磯快艇隊的候補球員。」

希薇說：「那樣的身體狀況還能打球實在太神奇了，更別說還得過最佳球員。」

「沒錯。」威廉說。「非常了不起。」但說這麼多話讓他累壞了，他不知不覺睡著了。再次睜開眼睛時，希薇已經走了。

丹比亞醫師說要給他作業。「寫下你的所有秘密，你藏起來，不讓親近的人知道的那些事。」

威廉低頭看著醫師給的樸素筆記本。他點點頭，將筆記本放在一邊。從有記憶以來，他一直努力推開讓他不舒服的事，盡可能保持距離。但他推開的東西太多，以致於什麼都不剩了。他知道如果想要恢復健康，就必須回想妻子、童年。他必須思考自己的失敗，為何會將別人眼中美滿的人生搞得一團糟。然而，他還沒有準備好。不過他很清楚，時機就快到了，他再也無法隱瞞，或許這樣就夠了。威廉睡著時會夢見水，清醒時則在醫院的走廊來回踱步。

肯特來訪時，總是把椅子拉到病房角落坐下，長腿伸到中央。他感覺很睏，有時會閉上眼睛。「不要自責。」他說。「如果我出事，你也會這樣做。」

「我沒有讀醫學院又打兩份工。你不該在這裡。昨晚你睡了幾個小時？等一下你還得開車回密爾瓦基。」

「我一週只來一次。今天我的死黨幫我值班。你休想趕我走。」

肯特對威廉的感情太透明、太單純，有如陽光照耀。從來沒有人這樣無條件愛他，現在是他人生中最沒資格得到愛的時候，那樣的愛讓威廉覺得全身發熱。他在病房裡來回踱步，想藉著走動降低體溫。

「你似乎覺得我會再做傻事。但我真的不會了。我保證，絕對不會再做那種事。」

肯特垂著眼瞼端詳他。「你知道，我想要的不只是那種保證。我希望你能好起來。能夠愛自己。」

威廉大笑，短暫的一聲乾笑。他多久沒大笑過了？

「不好笑。」肯特說。

威廉感覺很不好意思。「對不起。」他說。「我覺得很好笑。」他略微沉吟。「你愛自己的人生嗎？」

「靠，當然啊。」肯特非常用力地說。

威廉看著好友。肯特的體重還像在打球時一樣，整個人散發出青春與健康。他們同齡，二十三歲。威廉感覺自己好像四十歲——非常老邁。他一手按住受傷的膝蓋。

「我來給你活下去的理由吧。」肯特說。「我很看好一個年輕人，麥可．喬丹[54]，你知道，北卡州來的孩子，去年投了個驚天三分球的那個？他感覺很不錯。等他參加選秀的時候，說不定公牛隊會選他。」

威廉點頭。他想起之前和希薇聊比爾．華頓，卻很難思考麥可．喬丹這個球員的事。肯特對喬丹充滿期待，因為他感覺像是籃球的未來，但威廉就連明天或接下來幾個星期的事都無法思考。

「那個，」肯特端詳他，「你真的確定要結束婚姻？如果你願意，我可以去和她談。幫你亡羊補牢，任何你需要的事都可以。」

「我確定結束了。」

「好吧。」肯特第一次在椅子上坐直。「今年我們要一起看公牛隊比賽轉播。每場都不錯過。你去密爾瓦基，或是我來找你。」

來找我，威廉想著。哪裡？我會在哪裡？

54 Michael Jordan，NBA歷史上最具影響力的籃球員，同時也是極具市場價值的籃球選手，效力芝加哥公牛隊十三年。

威廉八月入院，現在已經是九月底了。病房窗外的樹葉已然變色，洗去夏季的深綠。威廉很感謝這段顏色褪去的時期，有如視覺上的深呼吸，喘息之後再迎接新季節。

丹比亞醫師問：「你的作業寫好了沒？」

她已經很久沒有問起那本筆記本了，他知道這是催促的意思。他搖頭。「還沒。」

希薇來到病房門口，威廉知道自己很慶幸能見到她。他整體的感知都變敏銳了。以前內在那些有如無味爛泥的情緒，現在質感變得豐富。希薇最近帶來愛茉琳為他織的襪子，以及瑟西莉雅送的美術書籍。雖然雙胞胎從不來醫院，但能清楚感受到她們對威廉的關懷。帕達瓦諾姊妹持續關心他，只是方法改變了，彷彿她們的人數加上與茱莉雅的關係，便足以補上他在自己人生中挖的洞。她們的關注告訴他：你並不孤單，那樣的仁慈令他感動。

威廉知道，希薇經常來看他，茱莉雅一定很生氣。他留下的那張字條，加上當著希薇的面無情拒絕妻女探望，茱莉雅應該會認為他們的婚姻走到盡頭，一點也沒錯。希薇決定和威廉保持來往實在太過輕率，即使只是住院這段時間，絕對依然會被視為背叛姊姊。他知道，帕達瓦諾四姊妹從小團結一心。他看過希薇與茱莉雅在他家沙發上相擁而眠。他很難相信希薇會為了他跨過那條界線。

希薇將包包放在角落的椅子上。她說：「我想多瞭解一下賈霸——為什麼他職業生涯才剛起步就改了名字？」

威廉微笑，他的思緒還在想著離異的妻子，茱莉雅再過一百萬年也不會問他這個問題。茱莉雅對籃球毫無興趣，總是想辦法讓威廉和他的心思遠離最愛的運動。她的眼光放在威廉的未來，他得到下一份工作之後會成為怎樣的人、得到博士學位之後會成為怎樣的人。妻子對他的接納是有條件的，但他不怪她。畢竟他的父母從不接納他。

「威廉？」希薇歪頭說。「沒事吧？你感覺像是飄去了很遠的地方。」

「我在這裡。」他說。

嶄新的感知力讓他明白，應該要叫希薇回去陪姊姊，永遠不要再來。他應該告訴她，即使她不來探望，他也會平安無事。在走道上巡邏的護理師才剛剛探頭看過，四分鐘後又會再來一次。威廉感覺自己牢牢固定在身體裡。週六肯特會來。妳該走了，他想著。但他無法強迫自己說出口。

＊＊＊

希薇坐在椅子上，威廉從病房一頭踱步到另一頭。他住院超過兩個月了。時間接近萬聖節，護理師在交誼廳牆上貼了南瓜燈圖案的海報。威廉不能開窗，但他能看見外面的行人穿上了外套或背心。

看著他緩緩從一面牆走向另一面牆幾分鐘之後，希薇問：「比爾・羅素究竟贏過多少個總冠軍戒指？」

「十二年裡贏了十一個。」他說，停下腳步。那樣的溫暖在他心中燃燒——就像肯特一臉坦誠看著他時，在他心中引起的不自在，希薇也以溫情照耀他。雖然很不容易，但他努力接受。肯特上次來的時候，威廉笑了一下，好友開心地猛拍他的背。丹比亞醫師對他說：「威廉，不自在只是一種感覺。讓自己感受那些感覺，沒問題的。」

他說：「希薇，我知道妳聊籃球只是為了讓我覺得自在。妳真的很好心。」

希薇揚起眉毛，感到很驚訝。

「我知道妳讀過我的書。」威廉沒有停下來思考，直接拿起放在床頭櫃上的空白筆記本。「醫師給了作業。妳願意幫我完成嗎？我很感謝妳來探望。我早就該說了。」

「我願意幫忙。」希薇的語氣很慎重。

「把我說的話寫下來，做成清單，好嗎？醫師要我寫下所有……呃，瞞著茱莉雅的秘密。」

希薇伸手接過筆記本。他從小上教堂告解，她也一樣。走進幽暗的告解室，跪在墊子上，對著隔板，和另一邊的神父承認自己的罪孽。現在想想，威廉覺得那些小朋友真是可憐，被迫將日常生活分成有罪、無罪，這樣才有東西能告訴那個穿著法衣的陌生人。

「第一個就是我知道妳讀過我的書。」他說。「我從來沒有告訴茱莉雅我猜到了。」他的手稿依然放在公寓衣櫃的頂層，但也可能已經被妻子丟掉了。

希薇低頭寫進筆記本。

他坐在床邊，準備讓身體靜止。「我根本不想當教授。」他停頓確認希薇的反應，然後接著說下去。「我從來沒有告訴茱莉雅，每天我都去西北大學體育館吃午餐，也沒有說出我幫阿拉什訪談球員。她不知道我在體育館花了多少時間。我沒有告訴她，讓她讀我的手稿，其實我很不高興。對我而言，那不只是一本書，更像日記。」他的頭垂得更低了。「我不想要小孩。」他閉上雙眼，沉入自我更深的部分。「我沒有告訴她我有姊姊。」

一聲驚呼。「你有姊姊？」希薇低語，彷彿這句話很神聖、很重要，不能大聲說。

「我剛出生她就死了。好像是感冒，也可能是肺炎。這件事讓我父母徹底崩潰。他們每次看到我，大概都會想到她。」

「噢，威廉。」

他和希薇在驚愕沉默中相對無言。他們坐在那裡，沉浸於那難以思忖——威廉從來沒有想過——的失去，遠早於其他的失去。他從不曾告訴任何人關於姊姊的事，坦承之後，好像有個東西開始綻放。當威廉閉上眼睛，那個小女孩坐在他身邊。因為他說出她的故事，賦予她實體。他相信父母是因為難以承受傷心，所以才從不提起她。她的故事那麼短，而且只有三個人知道，要是這三個人都不說出來，那麼，她等於從歷史上被抹除。威廉在這家醫院，努力回到自己的身體裡、找回自己的歷史。姊姊是其中的一部分，但她也是單獨存在的一個人。

「她叫什麼名字？」

「卡洛琳。」這是他第一次說出她的名字。

威廉感覺小女孩燦爛微笑，因為她得到那麼多關注。他也感覺到窗外豔紅與金黃的樹葉，以及坐在他對面的希薇情緒激動。他從來沒有過這種層次的細膩感知，從來沒有在單一瞬間感受到這麼多。每當有人朝他拋來尖銳的情緒長矛，他總是設法閃過，心中不舒服的感受也都會被他迅速捻熄。倘若大家的感受總是如此強烈，他很難想像他們如何能承受活著這件事。

「我從來沒有告訴過別人。」威廉說。「我不知道為什麼，但我一定要告訴妳。」

希薇看著他，他知道她想起了那一晚，在星空下坐在長凳上的交流，他也一樣。她說：「可以問你一件事嗎？」

他點頭。

「在你的手稿裡，有一個類似應該是我、不該是她的註腳。你所說的她，是你姊姊？」

威廉呆住。「我不記得寫過。」他怎麼會依然被內心的秘密嚇到？不過那句話是真的，他一直很清楚父母希望死的是他。「我想，應該是我姊姊沒錯。」

他看著希薇包容的表情，知道什麼都可以告訴她，她不會批判他。心中那些可怕的事，全都可以告訴她，她握著筆，做好準備，願意寫下更多。

「應該就這樣了。」他說。「這些事也該讓愛茉琳與瑟西莉雅知道，不該繼續保密。」威廉停下來，做個深呼吸。「應該沒有其他可以增加的項目了。我對不起茱莉雅，我不是好丈夫。她值得更好的人。」

眼前的希薇變得模糊，他這才驚覺自己哭了。

希薇離開時感覺像威廉一樣累，彷彿他們一起跑了馬拉松。她在門口停下腳步。「你剛才說不想當教授。你想當職業籃球員嗎？」

「對，但即使還沒受傷的時候，我的技術也不夠好。」

「你一定非常失望吧？」希薇說，他點頭。

＊＊＊

威廉知道他必須再說出一件事，丹比亞醫師才會准許他出院。她每次都說：「再觀察幾天看看。」他知道這表示他還沒有把秘密全部說出來。他不明白為何一定要全部說出來，但是遵守規定才能好起來，所以他必須說。醫師很滿意藥物的效果，威廉不再覺得自己像掛在車子的保險桿上，先是飆速穿過城鎮，然後又猛然停止。手汗的問題消失了，晚上他睡得很好，有些時候相當平靜。他正在學習分辨平靜與身心斷聯的區別，希望能讓每一天都多一點平靜、少一點斷聯。

阿拉什來訪，一臉嚴肅看著威廉。「我之前說過，我們會持續追蹤球員，你記得嗎？」

威廉點頭。

「追蹤的過程中，並非每個球員都順順利利，能幫忙的時候，我們都會盡力幫忙。你以為你是第一個有麻煩的人？教練團特地開會討論你的事。」

「噢，老天。」威廉感到非常不好意思。

「暑假時你幫忙訪談球員，對我們的計畫貢獻良多。可想而知，你來到這裡——」阿拉什蹙眉。「——是一個必須克服的難關。不過大學一直都很需要駐校輔導員，醫師說你能扛起那樣的責任，所以我們會幫你安排一間宿舍。這樣你的生活就有著落了。之後再看狀況。」

威廉說不出話來。他一直很擔心出院之後要睡哪裡。他的存款非常微薄，而且也沒有出路。他唯一想到的辦法就是去密爾瓦基，在肯特的房間打地鋪，但這個方法也不可行，因為肯特剛交了女朋友，是他在醫學院的同學。可想而知，要是男友得憂鬱症的老隊友跑去佔她的位子，她一定會很不高興。

「你們可憐我。」威廉終於說了，這句話在口中發酸。

阿拉什用力搖頭。「你是得了憂鬱症，不是瘋子。在這個世界上很難不憂鬱，所以並不瘋狂。相較之下，一直快樂還比較像瘋子。有些人莫名開朗，不管發生什麼事都笑容滿面，我從來不信任那種人。我覺得那種人才是真的頭腦不正常。此外，我給你的不是工作，只是一間宿舍。」

在醫院住了好幾個星期之後，威廉的大腦死命抓住新戒律：沒有虛假、沒有秘密。現在他能夠辨認出兩者了，當他思考阿拉什說的話，他知道絕非虛假。教練團確實在追蹤球員，他也確實曾經為球隊做出貢獻。他花了很多時間聆聽那些孩子述說受傷的經過，這件事對威廉和球員都很有意義，對於阿拉什更是如此，他一心想要完成任務，讓所有球員強壯健全。那個時期，威廉腦中很多事都泡水或磨損，但在那個悶熱小房間裡訪談的記憶卻很完整，威廉不介意回顧那段過去。當他進一步思考，他發現那可能是唯一不會造成懊悔、沮喪的回憶。他派上了用場。

「謝謝。」威廉說。

那天在走道上散步時，他領悟到皮膚已經感覺不到水了。那種清涼的液體不再搔癢他的脊椎。他有可以睡覺的地方了，因此，他第一次能夠相信會有下一步。

那天下午，當丹比亞醫師說：「你從來沒有提起愛麗絲。」威廉一點也不意外。

他站著，轉身望向窗外。這就是他必須說出來的事。想要出院，就必須說出這件事。想要重新來過，就必須面對這件事。這是最後一個秘密，他不能繼續隱匿。

他說：「她出生之前我就開始越來越黑暗——所有東西都變得越來越黑暗。這不是她造成的，因為她出生時，一切已經毫無道理了，我必須持續熄滅頭腦裡的光才能過完每一天。問題是——」他停住，思考正確的說法。

「什麼？」醫師問。

「愛麗絲是一盞燈。非常明亮的燈。從她出生就是如此。她好像會發光。看著她會刺痛我的眼睛，我不敢碰她。」

「你怕她的光？」

「不是。我擔心會害她的光熄滅。我怕我的黑暗會吞掉她的光。」

「所以你必須遠離她，才能保護她。」

「沒錯，我必須遠離她。」

茱莉雅

一九八三年八月～一九八三年十月

那個炎熱的八月上午，電話鈴響時，威廉已經離家一天半了。茱莉雅抱著愛麗絲坐在沙發上。她搔著愛麗絲的肚子，逗得她咯咯大笑，這是茱莉雅聽過最悅耳的聲音。每次茱莉雅都忍不住跟著笑。地板上鋪著繽紛的毯子，茱莉雅將愛麗絲抱過去放下。當她走向單人沙發旁的電話拿起話筒，一切都改變了。

聽著希薇說話，茱莉雅心中有個東西結冰了。威廉自殺未遂。這個消息太巨大，她無法消化。她的手很冰，掛斷電話後，她對著雙手呼氣，彷彿現在是嚴冬。即使寶寶沒有討抱，她還是抱著愛麗絲從一個房間走向下一個房間。她走向公寓裡的四扇窗前，似乎想從窗外看出什麼，但她看不出外面的天氣，也看不出時間。

瑟西莉雅與愛茉琳來了，茱莉雅說她需要時間獨自思考。她們點頭，表情沉重。威廉竟然想要離開她們，離開這個世界，這件事令她們大為震撼。他的選擇令她們感到無助；她們想到的死亡永遠都是自然因素，現在他指出了另一種可能。差點發生慘劇之後，世界變得更可怕。

她們三個站在茱莉雅的家門前幾分鐘。

「他怎麼會做那種事？」瑟西莉雅的語氣很嚴厲。

愛茉琳搓搓妹妹的手臂。「對他生氣好像不太有道理。」

「可是，」瑟西莉雅說，「我真的不懂，他怎麼可以拋棄這一切？他要拋棄愛麗絲？這絕對是全宇宙最大的錯誤。」

茱莉雅聽雙胞胎交談，一如她在電話上聽希薇說話。現在她感覺一切都是新的，她對世界的認知被徹底抹除。她仔細思考每個句子，就好像第一次聽到語言。

她說：「我竟然不知道威廉這麼不快樂，怎麼會這樣？」丈夫欠缺雄心壯志、不夠可靠，這些缺點原來只是幽暗汪洋中的小小症狀。茱莉雅依然因為恐懼而發冷。她嚇到自己——她竟然毫無知覺——威廉的黑暗更是令她害怕。每天夜裡，她都躺在這個想死的人身邊。現在當她回顧過去，記憶全都蒙上陰影，即使不久前才發生的事也一樣。她經歷過的一切全都是謊言。

「他生病了。」愛茉琳神情憂傷。「希薇說他很可能需要住院很長一段時間。」

「就算這樣，」瑟西莉雅說，「沒有人應該放棄。這樣做很自私、很不對。」

茱莉雅不由自主點頭贊同。

雙胞胎離開之後，茱莉雅察覺到自己的憤怒。她好像被瑟西莉雅傳染了，彷彿情緒像感冒一樣。她再次從一扇窗走向另一扇窗，心跳敲打著一個個問題：

威廉竟然企圖在密西根湖自殺，他怎麼可以做這麼丟人的事？

和我一起過日子真的那麼痛苦，他不但離開我，還要自殺？

為什麼他沒有對我說出內心的感受？

雖然茱莉雅發誓不再替身邊的人解決問題，但那些技巧依然在，隨時可以運用。至少她可以阻止他做出這種行為，如此誇張、如此絕望、如此恥辱。

那天晚上希薇來公寓，茱莉雅開門，但同樣沒有讓她進去。她無法忍受長時間拜訪。她希望家裡只有她和女兒。

希薇道歉。「我不知道為什麼我會跟著肯特去。」她說。「對不起。我應該留下來陪妳。」

她抱住茱莉雅，茱莉雅也抱住她，兩姊妹相擁許久，互相依靠，彷彿需要支撐的建築。

「我該做什麼？我需要做什麼嗎？」茱莉雅對著妹妹的頭髮說。

希薇在醫院打電話的時候說過，因為威廉精神崩潰，所以紙條和轉讓支票全都不算數。真的嗎？在最糟的可能中，即使茱莉雅已經不認識這個人了，卻依然得做他的妻子？

「我不知道。」希薇說。「我們會想出來。」

第二天早上，茱莉雅決定要大掃除。她需要動一動。她將茶几推到一邊，捲起客廳的地毯。她用揹帶將愛麗絲綁在身上，拖著地毯去地下室，那裡有臺巨大的洗衣機，她費盡九牛二虎之力將地毯塞進去。地毯洗好之後，茱莉雅從走廊儲藏室拿出小梯子，拆下客廳的窗簾。之前住在西北大學比較小的公寓時，他們也是用這組窗簾。紫紅色，布料厚實，買窗簾時茱莉雅才剛新婚，她認為這種布料感覺很成熟。當時的我真白癡，她想著。年輕小白癡。她抱著愛麗絲與窗簾去地下室，設定洗衣機，選擇特長浸泡時間。

她睡不好。每當想要休息的時候，就會開始煩惱。她小時候曾經在那座湖裡游泳，威廉竟然企圖在那裡自殺，現在她覺得什麼都可能發生。她滿腦子各種萬一的假設，萬一威廉入院導致那張字條失去效力，那麼，茱莉雅最終恐怕必須去醫院，繼續這段婚姻。萬一她和威廉離婚——這是最理想的狀況，即使如此，他依然是愛麗絲的父親。他依然會想在孩子的人生中擁有一席之地。茱莉雅必須設法保護愛麗絲，不讓導致威廉投湖的那種黑暗危害到她。萬一威廉想要和愛麗絲相處，那麼女兒可能會感染到他的憂鬱症。茱莉雅不停想著，愛麗絲和這種認為生命可以隨便拋棄的人相處，對她的身心安樂肯定沒好處。生命是機會，就像有很多抽屜的櫃子，等待一個個開啟，但威廉企圖將整個櫃子扔出窗外。

凌晨三點，茱莉雅踩著梯子清空廚房每個櫥櫃的最上層。結婚時收到的禮物全塞在這裡，這些東西太不實用了，所以很少拿下來。一個重得要命的水晶碗。一組瓷器茶具，因為太細緻，家裡有小孩不能拿出來用。迷你酒杯，好像是用來喝老派餐後酒的，茱莉雅記不得是白蘭地還是雪莉酒。她在洗碗槽裡裝滿肥皂水，小心翼翼清洗每件易碎物品，直到太陽升起、愛麗絲睡醒。

茱莉雅感覺遭到層層圍困：這間公寓、詭異的婚姻、自己的身體。她好像在等威廉打電話回家，說想要挽回她，現在很需要她。也可能會是希薇過來傳達同樣的需求。她等待能夠清楚判斷的時機，她想知道自己還需不需要扮演妻子這個角色。威廉自殺未遂之後過了一週多，希薇再次來到公寓。她感覺很累，樣子像老了五歲。頭髮紮成馬尾，黑眼圈很嚴重。

「快坐下。」茱莉雅擔憂地說。「妳好像快昏倒了。」

希薇搖頭。「威廉要我告訴妳，他不要妳去醫院。」

茱莉雅感覺如釋重負，軟軟坐在單人沙發上。

「他還說——」希薇的聲音毫無起伏，有如特派記者在報新聞。「——他要放棄愛麗絲。」

「放棄她？」茱莉雅無法理解，以為自己聽錯了。「什麼意思？」

「應該是他不想繼續當她的父親了。以後妳就是她唯一的監護人。」

茱莉雅緩緩轉頭看著躺在嬰兒毯上的愛麗絲。她穿著粉紅色兔裝，光裸的小腳在空中踢，感覺像反過來騎腳踏車。因為太用力，她的圓潤臉頰泛紅。茱莉雅將那句話含在口中：放棄她。

「他好像是認真的。」希薇說。「他用了『永遠』這個詞。」

茱莉雅口中含著的詞又多了一個：永遠。她想著：噢，感謝上帝，雖然自從爸爸過世之後，她再也沒有祈禱過。儘管如此，安心感鋪天蓋地而來，她忍不住再次想著：感謝上帝。

希薇伸手扶著牆壁，好像站不穩。茱莉雅幾乎沒睡，她似乎也一樣。

「妳去嬰兒房的沙發躺一下吧。」茱莉雅發現自己不介意妹妹待在屬於她的空間了。她不再需要抱著愛麗絲躲起來。威廉離開之後，茱莉雅感到自由，但得知他企圖自殺之後又覺得被困住，現在她又自由了。自由的感覺好比往後倒在無比柔軟的床上，簡直是邪惡的享受。「拜託妳多少休息一下。」她說，很高興終於可以擔心別人而不是自己。「妳的樣子活像鬼。」

希薇無力地笑笑。「我沒事。我得去圖書館上班。我只是想先來告訴妳。」

「謝謝妳告訴我。」

「我希望能讓妳盡量清楚狀況。」希薇說。「現在實在太混亂、太無解，我知道妳最討厭這樣。我想知道他是否真的希望結束這段婚姻。」

茱莉雅打量眼前的妹妹，自己的婚姻即將潰散、威廉差點失去生命，而此刻站在茱莉雅面前的希薇似乎也跟著一起受苦，彷彿威廉的憂鬱症具有強大重力，抓住希薇，讓她無法徹底逃脫。茱莉雅覺得希薇在代替自己受難，希薇拚命釐清狀況，再將這份澄明送給姊姊。茱莉雅非常感激，也因此更愛希薇。不過，她希望這樣的苦難終結，否則妹妹恐怕將永遠無法恢復原本的模樣，從此變得憂傷、疲憊。「我需要為妳做點什麼。」她說。「妳先別走，我去煮蛋，妳喜歡的那種。」她牽著希薇的手，帶著妹妹走進廚房。

希薇氣色稍微恢復一些，離開公寓去圖書館上班。茱莉雅將愛麗絲放進嬰兒車，出門去辦兩件事。她走在路上，發現自己笑容滿面，臉部拉扯的感覺很奇怪，因為她已經很久沒有這樣開懷笑過了。威廉不想繼續和她有任何牽扯，這讓她大大鬆了一口氣。他的傷不是她造成的，也沒有人要求她幫他療傷。此外，最重要的是，他不想再和女兒有任何關係。茱莉雅無法理解——她甚至無法忍受看不到寶寶——但如此一來，她最大的擔憂就消失了。威廉選擇放棄愛麗絲。

茱莉雅決定要盡快找律師諮詢，將威廉說的這些話變成法律文件，以免他改變心意。她去銀行存威廉給的那張支票。然後她買了一臺答錄機，準備裝在公寓裡，讓她能多少掌控人生。她再也不想傻傻接起電話，不知道對方即將說出可怕的消息。

茱莉雅花了好幾天的時間，將公寓裡的東西裝箱。搬進這間公寓時她規畫好了未來，但現在不會實現了，她必須搬家。茱莉雅原本想像在這裡打造美滿的家庭：成就斐然的教授、商業女強人、完美的女兒。但是在茱莉雅沒發現的時候，那個未來早已破滅。現在她一邊清空櫥櫃，一邊因為自己的傻而感到可恥。她們一定要搬家，這樣她和愛麗絲才能從頭來過。

十月初的一天上午，電話響了，茱莉雅正在套上厚外衣。一夜之間氣溫驟降。氣溫降低讓她感到莫名愉快，因為這代表新的季節開始了，她的未來往前邁進一小步，離開不堪回首的過去。答錄機啟動，對方掛斷。但鈴聲立刻再次響起，嗶聲後傳來蘿絲的聲音：「茱莉雅·瑟蕾絲特·帕達瓦諾，快點給我接電話。妳竟敢要妳媽對機器說話——」

茱莉雅全速衝刺，踢到一個箱子絆倒之後又急忙站起來，爬過一張放在兩個箱子之間的椅子。愛麗絲躺在毯子上看，先是瞪大眼睛，然後大笑起來，顯然以為媽媽在逗她笑。

茱莉雅氣喘吁吁拿起話筒。「喂，媽媽。我來了！」

「茱莉雅？」蘿絲的語氣充滿質疑，似乎以為是機器在模仿女兒的聲音。

「是我。」

茱莉雅幾乎可以聽出媽媽在點頭，然後重新在狹窄陽臺上的椅子坐好。「真的是妳？如果真的是我的女兒，老公投湖自殺，她一定會打電話給我。」

茱莉雅要求三個妹妹不要告訴蘿絲這件事，她們答應了。威廉離家之後，茱莉雅打過一次電話給媽媽，但她刻意不講太久，不斷詢問蘿絲在佛州的生活，讓媽媽無法發問。茱莉雅盡量爭取時間，等混亂的狀況沉澱下來，等她想清楚該如何粉飾這件事，等她有精神接受媽媽的反應。但這件實在太戲劇化，不可能隱瞞太久，茱莉雅一直擔心會有人傳八卦，看來真的發生了，而且一路從皮爾森區沿燒到佛州。「媽媽，妳應該可以想像，我真的很難過，而且很忙——」

「臭丫頭，休想騙我，妳才不忙呢。愛茉琳把事情全部告訴葛瑞絲．賽瓊內了，葛瑞絲告訴我，妳幾乎都不出門，根本沒去醫院。而且還要希薇——」蘿絲說出希薇的名字時流露滿滿的難以置信，彷彿在說聖誕老人——「負責和威廉的醫生溝通。我真是不敢相信自己的耳朵。」

「我沒有要希薇負責。妳不懂——」

蘿絲打斷她的話。「妳不肯去醫院。她還能怎麼辦？把半死不活的人扔在醫院？妳也很清楚，威廉是孤兒。他沒有其他家人。」

蘿絲低頭看愛麗絲，她躺在地上的毯子上。現在寶寶好像快睡著了，茱莉雅很滿意。這表示寶寶不受媽媽的腎上腺素影響，否則現在她該大哭才對。因為茱莉雅很想哭。

「媽媽，威廉進醫院之前已經拋棄我了。我們要離婚。這段時間我真的很辛苦。」

「不准用那個無比、無比醜惡的詞。我聽說威廉留了一張字條給妳。」蘿絲說字條的語氣很輕蔑，彷彿可以不用當一回事。「茱莉雅，妳丈夫生病了，所以才會住院。妳有沒有和他說過話？」

「沒有。」茱莉雅說。「他說不希望我去醫院。還不只這樣，媽媽，妳一定不會相信，他不要愛麗絲這個女兒了。他要放棄親權。」

她以為這句話說出來，媽媽肯定會大為震驚，但媽媽只是嘆息，那個聲音和茱莉雅的三個妹妹嘆息時一模一樣。如此相似的聲音，媽媽和妹妹加在一起，茱莉雅不由得揉揉前額。在她的心與頭腦裡，媽媽和三個妹妹全部綁在一起，然而，沒有人比蘿絲更能讓茱莉雅絆到綁住大家的繩索而摔跤。

「威廉狀況不好。」蘿絲說。「正常的人都不會說要放棄孩子。這是瀆神。」

茱莉雅很想說，妳也放棄了一個孩子。妳放棄了瑟西莉雅。但她不想惹媽媽傷心，而且她知道蘿絲會說情況完全不一樣，因為瑟西莉雅已經長大了。當茱莉雅在腦中重溫這次爭論才明白，到最後她們母女都輸了。她嘆息，然後說：「威廉是認真的。」

「他心情不好，妳也一樣心情不好。聽我說。妳老公是個好男人。不喝酒、不拈花惹草。或許研究所不適合他，但他還是可以找別的工作。真是的，你們有孩子。妳得想清楚。離婚的女人很苦。男人婚姻失敗還可以重來，但女人不行。妳真的想毀掉自己的人生嗎？妳才二十三歲。」

茱莉雅搖頭。「媽媽，比起妳的時代，現在離婚的人多了很多，這已經不是什麼大事了。」

蘿絲對著話筒嗤之以鼻。「不是什麼大事！我告訴妳，在教會這依然是大事。我們會變成鄰里八卦的話題。」她說。「大家都愛慘劇。妳的受洗典禮和結婚典禮都是柯爾神父主持——要是妳真的離婚，他會多傷心。妳還記得吧？卡拉翰太太的老公跑了，也沒有別人要她，最後她連頭髮都不梳了。」

「我絕不會變成那樣。」茱莉雅氣呼呼地說。

「威廉正在經歷一段很不好的時期，大家都會有這種時候。雖然我們不至於做出跑去密西根湖自殺這種誇張的事，老天保佑，但每個人遲早都會有全力奔跑卻撞上牆的時候。妻子的角色，就是在發生這種事的時候成為丈夫身邊的支柱。二十年後，當你們一起回顧這段時光，就會發現這不過是婚姻裡的小疙瘩。你們會慶幸一起撐過去了。」

茱莉雅看一眼身邊的許多紙箱。她想起瑟西莉雅宣布懷孕之後，蘿絲在菜園裡的表情。當時的蘿絲撞上了牆。當然，威廉也是。但茱莉雅沒有。她身體健康、精神健全，並且能力出眾。她從小看著母親在婚姻中咬牙苦撐，茱莉雅拒絕走上那條路。她是爸爸的火箭。只要她和愛麗絲在一起，她們會過得更好。「我要搬家。」她說。「我問過庫柏教授有沒有工作機會，目前在等他回覆。我不能繼續住這間公寓，因為威廉已經不是西北大學的學生了。」

「妳現在就得搬嗎？發生了這種事，那裡的人連一個月的寬限都不給？」

「對，沒有寬限。」她撒謊，至少根據茱莉雅所知，其實不是這樣的。她不知道什麼時候必須搬走。她累積了很多郵件沒處理，說不定其中就有西北大學的遷出通知，但她已經將所有沒開過的郵件放進一個註明茱莉雅的箱子裡。幾乎所有箱子上的名字都是茱莉雅或愛麗絲。丈夫似乎只有衣服、幾顆籃球，加上還放在紙袋裡的那份手稿。

「太誇張。」蘿絲說，茱莉雅聽得出來她不相信。「要我幫妳在皮爾森區找房子嗎？我在這裡交到的那些朋友到處都有房地產人脈。先解決這件事。我可以打電話給鄰居打聽一下。先讓妳搬好家，等妳頭腦清醒之後，自然會重新考慮威廉的事。」

「妳在那麼遠的地方，根本沒辦法幫忙。」茱莉雅說。「不過還是謝了。」

「不要做愚蠢的選擇。還有，茱莉雅，自己的行為自己負責，休想拿我當藉口。我可不是這樣教妳的。我的寶貝外孫女還好嗎？」

茱莉雅的視線轉向寶寶，忍不住微笑，因為愛麗絲已經在毯子上睡著了。寶寶躺在一堆箱子中間，在穿著牛仔褲和舊運動上衣的媽媽面前。即使外婆隔著電話線大聲抱怨，直刺茱莉雅的靈魂，寶寶也不受影響。

「她很完美。」茱莉雅說。「我一定會讓她一直完美下去。」

庫柏教授告訴她，目前他在等一個特定工作企畫敲定，到時才會知道有哪些職位要請人。一天下午他打電話來，在答錄機上簡短留言。茱莉雅知道，教授這麼聰明，一定猜到她拒接所有來電，因為每次都是在他留言之後她才回電。不過，即使他懷疑她的人生出了什麼問題，茱莉雅也不在意。只是懷疑並沒關係。茱莉雅對庫柏教授的私生活同樣一無所知。兩人之間一直只有單純的專業往來，她希望能保持下去。

她回電，庫柏教授說：「茱莉雅，很抱歉，現在我無法雇用妳。老實說，很可能到明年五月之前都沒辦法。對不起，我知道這不是妳想聽到的消息。」

「可是現在才——」茱莉雅在腦中搜尋日期。「——十月十二日。」

「我知道。紐約有個大型企畫找上我，為期六個月，所以要等那邊結束我才會回來。等到春末，我這邊的工作就會重新開始，到時候我很樂意請妳來幫忙。」

茱莉雅努力消化這個消息。一整個冬季加春季，這段時間她要做什麼？除了當保母和學生時期打工，她唯一的雇主就是庫柏教授。他給的薪水夠高，足以負擔優質托兒所的費用。她原本打算開始上班之後，要將寶寶送去愛茉琳工作的托兒所，這樣寶寶不但有阿姨寵，伊莎也幾乎每天都在那裡，可以陪愛麗絲玩。

茱莉雅認為自己相當幸運，當初選了庫柏教授的課。她單純只是出於好奇而選修組織心理學，對這個科目的性質毫無瞭解。庫柏教授很含蓄，大學時她第一次去找他，詢問是否能在暑假時幫他工作，他似乎不知所措。她表明願意跑腿、買咖啡，想要她做什麼都行。她確實做了一些打雜的事，後來教授似乎察覺到，當他帶她一起去見客戶時，客戶都很高興。茱莉雅非常聰明，很有獨到的見解。「新鮮人的想法很珍貴。」庫柏教授說，然後說明他難以解決的複雜工作程序難題。有時候她無法完全理解，也就幫不上忙，但很多次她給的建議或想法，都為他開啟了嶄新的方向。

「我和你一起去。」茱莉雅聽見自己說。「我可以幫忙那個大企畫。」

「跟我去紐約？」教授的語氣很震驚。

茱莉雅也沒想到自己會做出這個提議。

「不好意思——」庫柏教授語帶遲疑，「——不過，妳不是有老公小孩嗎？」

「我會帶孩子一起去。」茱莉雅說。「紐約一定也有很好的托兒所。反正才短短半年而已。」

計畫在茱莉雅腦中成形。去紐約可以解決很多問題，就算解決不了，也可以延遲。她可以將家具和其他物品先存放在倉庫，等到從紐約回來再找房子。處理離婚與放棄親權的過程中，她可以遠離威廉，她認為這樣有助於避免感情用事。萬一威廉改變心意，而茱莉雅還在芝加哥，他可以當面爭論。但假使她在紐約，他只能打電話或寫信。半年的時間足以讓塵埃落定、喧囂平息。等茱莉雅回來，說不定可以搬回皮爾森區，離三個妹妹近一點。到時蘿絲的朋友也不會在街上追著她問為什麼離婚、是不是她做錯了什麼。現在她的家庭水深火熱，但半年後情勢將大為改觀。

「這個提議很有意思。」庫柏教授說。「理論上，我當然會幫妳出機票錢，至於其他……我原本打算在當地找人。」

「搬家的錢我自己出。」她說。「我能負擔。」她差點脫口說出：我從來沒有去過紐約，我好期待能去看看，但她生怕說這種話，會顯得她不夠認真看待工作。雇用她不如在當地找人，因為當地人絕對知道哪裡有美食，對地鐵更是瞭如指掌。

「我有個原則，不在電話上做決定。」庫柏教授說。

「當然。」茱莉雅說。庫柏教授有很多原則，大多是為了做出更完善的決策並且增進效率。像是他每年固定買一套新西裝，然後就不買了，如此一來，他可以兼顧時尚與衣物的使用率。為了保持身材，他每週吃六次大份沙拉。吃的時機並不重要，其他還吃了什麼也無所謂，原則就是必須吃六次大份沙拉。

「不過呢，茱莉雅，要是妳認為能負擔搬家的費用，那麼我接受妳的提議。妳是我雇用過最出色的助理。我會盡快整理好細節再回覆妳。」

茱莉雅掛斷電話，全身充滿刺刺麻麻的能量，讓她忍不住在一堆紙箱之間瘋狂舞動。做出如此瘋狂的決定，她知道應該害怕才對，但她完全不怕，而且非常興奮。想到要告訴媽媽這件事，她露出大大的笑容，這個消息絕對會讓媽媽大為震驚。蘿絲遠走高飛，這樣的行為當然會造成各種後果，其中包括這個：茱莉雅也有權可以遠走高飛，雖然她很快就會回來。事實上，舞跳到一半，茱莉雅突然想到，說不定媽媽可以幫她找紐約的住處。蘿絲說過，她在邁阿密認識的朋友到處都有房地產人脈，其中一定有人知道紐約哪裡有空房。說不定哪位朋友剛好有閒置的房子，可以直接讓茱莉雅和愛麗絲借住。

茱莉雅從威廉的箱子裡找出地圖集，這是他除了衣物之外的少數物品之一。她找到紐約州，下一頁是放大的紐約市。她用指尖描著曼哈頓。她從小生長在都市裡，一樣是大都市，差別能有多大？她看看四周一堆堆的箱子，再看看熟睡的寶寶。她已經想好下一步要怎麼走了，媽媽和三個妹妹都無法阻止。

＊＊＊

茱莉雅遲遲沒有告訴三個妹妹這件事，直到庫柏教授安排好所有細節，茱莉雅與愛麗絲拿到機票，兩週後即將出發前往紐約。幾乎每天晚上，都會有至少一個妹妹來陪她吃晚餐，但茱莉雅不想當面告訴她們。她擔心萬一妹妹在她面前表現出難過的樣子，她可能會失去勇氣，改變主意不走了。畢竟，她們四姊妹從來沒有這樣分開過，她們距離彼此的家頂多車程二十分鐘，每個星期至少會見一次面，甚至經常天天見面。茱莉雅決定，最好的做法是打電話告訴其中一個，然後由她告訴另外兩個。希望她們還來不及將集體情緒朝她丟過來，她就已經上飛機了。

思考該告訴哪個妹妹時，她第一個想到希薇，但這個選擇會比較複雜。希薇經常來探望茱莉雅，次數與雙胞胎不相上下，但她在公寓裡比較安靜。她和茱莉雅擁抱的次數比以前多，晚餐後經常一起坐在長沙發上看電視，其中一個人會把頭靠在另一個人肩上。她們也偶爾會牽手，伸出手去捏捏對方的手。她們的身體像磁鐵一樣互相吸引，這段時間，帕達瓦諾家的長女和次女似乎都不確定該說什麼，於是身體自行交流。茱莉雅從來沒有要求妹妹說出搜尋威廉的經過。自從威廉表明希望徹底與茱莉雅母女切割之後，她以為希薇不會再去醫院，然而，威廉的醫生打過電話來，她說的話讓茱莉雅懷疑希薇還是去了。

丹比亞醫師在答錄機上留言，詢問茱莉雅是否能撥冗十分鐘。醫師希望茱莉雅能讓她更加瞭解威廉的病況——她稱之為「大發作」。但茱莉雅根本不知道他有憂鬱症；她完全沒想到會發生這種事，她也嚇了一大跳。醫師請她提供資訊時，她才驚覺對威廉的童年一無所知。他絕口不提。

茱莉雅說：「我認為，無論如何我們的婚姻都會破局。」

醫師停頓一下之後說：「即使你們的婚姻已經出現問題，但我相信這件事依然讓妳很難過。」

一時間，茱莉雅說不出話來。她的喉嚨梗住，感覺好像快哭出來了。她以為醫師會斥責她竟然這麼不瞭解自己的丈夫。她以為醫師會批判她從不去醫院，即使威廉明確表示不希望她去。她沒料到醫師會如此和善。醫師的診斷非常正確：這件事確實讓茱莉雅很難過。她覺得自己像小朋友用積木搭起的高塔，被人一下子推倒，即使她有機會能重新站起來，依然永遠失去了一部分的心。

等到確認不會哽咽時，她說：「對不起，我幫不上忙。」

「謝謝妳願意撥冗，希薇。」

茱莉雅愣住。「希薇？」

「噢，對不起。我說錯了。茱莉雅。非常感謝妳願意和我談。」

掛斷電話之後，茱莉雅納悶為何醫生會想到希薇的名字。丹比亞醫師最近見過希薇嗎？難道醫師打電話時，妹妹就站在她面前？醫師不小心說溜嘴或許沒什麼，但現在茱莉雅心中有了猜疑。而這些猜疑推開了希薇，她決定打給愛茉琳，把她即將去紐約的消息告訴三妹。愛茉琳的聲音很溫和，幾乎隨時都抱著嬰兒，因此她絕不會大吼大叫。瑟西莉雅如果突然聽到她認為是壞消息的事，會立刻火冒三丈。於是，在十月的最後一個星期三，茱莉雅打電話去托兒所。

「現在是一天之中最忙的時候。」愛茉琳說。「寶寶全都發狂了。可以等我回家再打給妳嗎？」

「我想告訴妳，庫柏教授雇用我了。」

「噢，恭喜！太好了。」

「前半年我得去紐約，然後再回來這裡上班。」

一陣沉默之後，茱莉雅聽見愛茉琳對別人說話。「喬希，可以幫忙顧一下我這邊嗎？我要去廚房講一下電話。」停頓一下，應該是喬希幫忙拿著聽筒，等愛茉琳在廚房接分機。

「謝謝，喬希。」愛茉琳說完之後，另一支電話掛斷。

「紐約？」愛茉琳說。

「半年而已。這是很好的機會，我需要這份工作。」

「妳不可以這樣。」愛茉琳的語氣變得強硬，很像瑟西莉雅。愛茉琳是奶油刀，而瑟西莉雅是牛排刀。「妳不能在這個時候離開，現在發生了那麼多事。這樣不對，茱莉雅。妳不能逃避。」

「只是短時間而已。我沒有逃避。」茱莉雅很氣惱，雖然她知道愛茉琳的意思是逃離婚姻，但是對茱莉雅而言，她想逃都不可能。威廉表明得很清楚。他們的婚姻結束了。根本沒有逃避可言。

「妳需要我們陪伴。」愛茉琳說。「妳自己可能沒有意識到，但妳真的需要。現在是我們最需要姊妹的時候。」

「小愛，妳可以來紐約找我。一定會很好玩吧？」

「我很失望。」愛茉琳說，茱莉雅察覺自己完全算錯了。她選錯妹妹了。愛茉琳是她們的良心。茱莉雅應該打給瑟西莉雅，她們可以互相吼罵。她甚至可以打給希薇，聽她沉默反彈這個消息。愛茉琳立足於是非對錯。吵架的時候她不會想贏，而瑟西莉雅和希薇會想贏。爭輸贏的狀況下，茱莉雅比較容易找到施力點。

「愛麗絲在哭了。」茱莉雅說。「我愛妳。我要掛電話了。」

掛斷之後，她知道連結束對話的方式都不對。啼哭的嬰兒是愛茉琳的生活。現在很可能有五、六個嬰兒在她面前哭鬧，等到睡著才會罷休。茱莉雅可以想像妹妹回去工作，抱起寶寶、讓他們靠在身上、塞奶嘴。她會溫柔哄慰那些和她沒有血緣關係的寶寶，只因為那是對的事。

希薇

一九八三年八月～一九八三年十一月

威廉入院的頭幾天，醫生和護理師都相信希薇是威廉的妻子。畢竟，在威廉自殺未遂那天，希薇宣稱她是。雖然之後她再也沒有說過，但她和肯特都沒有向醫院澄清。身為配偶，希薇可以得知威廉醫療照顧的所有資訊。醫生及護理師都對她彬彬有禮，給她看威廉的病例，然後希薇再將他們說的所有內容轉告肯特。

不過，威廉轉進第二家醫院之後沒幾天，希薇對丹比亞醫師說出實情。威廉住進這家醫院是為了治療重度憂鬱症，當希薇聽見丹比亞醫師告訴威廉：「我需要你誠實，毫無保留。」希薇的內心立刻被罪惡感淹沒，感覺就像在聖普羅科皮烏斯教堂告解時被抓到撒謊。希薇跟著醫師走出病房，努力解釋狀況怎麼會變成這樣。她很慶幸丹比亞醫師是女性，希薇坦白時，在心中假裝一頭灰色短髮的嚴肅醫師是她的姊妹。

「威廉投湖之前告訴我姊姊茱莉雅，他們的婚姻結束了。所以出事之後茱莉雅不願意來醫院，威廉的父母……我不知道他們之間是怎麼回事，不過他們和他完全沒有往來。肯特不能假扮威廉的兄弟，原因很明顯。那時候威廉失去意識，必須有人維護他的權益，救護車駕駛以為我是他的妻子，我沒有糾正。所以就變成現在這樣了。」希薇聳肩，因為說出口那段話的內容而有些頭暈。

丹比亞醫師揚起眉毛。「我覺得妳做得很對。」她說。「我會將訪客名單上妳的身分改為姻親。謝謝妳讓我知道。」

要是希薇的姊妹聽到這件事，一定會非常驚訝。希薇本身也很驚訝。她覺得自己好陌生。和威廉的朋友一起在市區奔跑一夜又一日之後，她變得不一樣了。希薇人生中沒有經歷過像那樣的一段時間——操勞、陪伴、恐懼、無眠。她永遠不會忘記。那次的經驗在她身上留下印記，就像刺青一樣。

希薇告訴自己，她之所以繼續來探望威廉只有兩個原因：第一，因為威廉尚未恢復健康，無法管理自己的醫療照顧，因此需要有人幫忙和醫師溝通；但肯特沒辦法，因為他得回去醫學院上課。第二，因為茱莉雅要希薇幫忙弄清楚她需不需要去醫院、需不需要繼續扮演妻子的角色。希薇去探望茱莉雅時，她問：「我需要做什麼嗎？」那天希薇丟下姊姊去尋找威廉，已經讓茱莉雅很失望了，她不想再讓姊姊失望。希薇在威廉的病床邊等他足夠清醒、能夠交談。

因為在湖裡泡了好幾個小時，他的視力、電解質、甲狀腺都受到暫時性影響。他很難保持清醒，他睡覺時，希薇閱讀最愛的詩集。她選擇讀詩，一方面是因為現在難以長時間集中精神，另一方面則是為了能感覺更親近爸爸。當希薇坐在熟睡的病人床邊，心中幾乎一直想著查理。爸爸很瞭解她，她知道他一定也能辨識出威廉的崩壞。希薇全心相信，倘若查理還在人世，一定也會在這間病房裡，像他的二女兒一樣，渴望瞭解床上那個人內心的旅程。

一天下午，威廉眨眨眼醒來，撐著身體坐起，希薇放下手中的書。她的身體變得焦躁不安，她知道時間到了。她幾乎能感受到茱莉雅在城市另一頭的家中焦躁不安。威廉在字條上寫的那些話是認真的嗎？他真的不想繼續和茱莉雅做夫妻？當威廉以毫無抑揚頓挫的清晰聲音說：不，他不要茱莉雅來醫院，他也不要愛麗絲，他徹徹底底摒棄了她們母女，決絕的程度遠超出希薇、茱莉雅與雙胞胎所能想像的程度。希薇看著他轉開的臉，長長的身體躺在床上，窗外天空蒼白，她感覺身體先是緊繃，然後放鬆發出無聲啜泣。

事實證明，她也需要知道那個答案。希薇有太多問題，卻不知道該怎麼辦，就好像雙手全都是東西，褲子卻沒有口袋。在醫院病房裡，希薇自己也經歷了變化。她想念姊姊，但倘若茱莉雅來醫院，希薇就沒有資格守在威廉的病床邊。要是茱莉雅與威廉破鏡重圓，希薇知道將再也沒有她的容身之地，無論是他們的公寓或這間病房，都不再有屬於她的空間。希薇覺得自己好像和威廉一起住進醫院，她需要更多時間。她沒有生病，但狀況也不好。

問清楚這件事之後，希薇打算不再去醫院。她的兩個目標都達成了：威廉的身體狀況已經可以自行和醫師溝通，茱莉雅也得到了她想要的答案。但希薇發現自己無法不去。每天早上她都告訴自己，今天不去醫院了，但最後還是坐上公車。她感覺受到各方拉扯，好像每個地方都有磁力：圖書館、醫院、姊姊家。她在借書卡上蓋章、寄出過期通知、坐在威廉床邊、陪姊姊吃外賣。

我到底在做什麼？她反覆自問，但從來都沒有好答案。在醫院裡，她花好幾個小時陪伴一個想死的人。他的樣子確實半死不活。有時候，他看著希薇時的眼神如此迷茫，她知道他一定在努力回想她的名字。她靜靜坐著，翻開的書放在腿上，心中默默鼓勵病床上的人重新將自己縫回生命這塊布上。丹比亞醫師和她談過憂鬱症，醫師說要找出正確的處方與藥量，既是科學也是藝術。「他後半輩子都得吃藥。」丹比亞醫師說。「沒有藥物，他無法控制憂鬱症。他能撐到現在已經很神奇了。」

威廉的神智漸漸恢復，希薇很苦惱不知道該和他聊什麼才安全。她受不了毫無重點的閒聊。她沒辦法和他談天氣，或抱怨醫院餐有多難吃。想到要和威廉說那些言不及義的話，她就覺得口乾舌燥、難以言語。有一次，因為實在山窮水盡了，她提出一個籃球相關的問題。這招很有用，成為最好的解答，這樣她就不會一個人說不停，也不會感覺彆扭。希薇回想特定球員的名字，或是他手稿中的歷史片段，然後提出來問他。看到威廉回答時如釋重負的表情，她也鬆了一口氣。聊籃球的時候，他的眼睛後面彷彿有光亮起，希薇覺得很像瓦斯爐的母火。她在圖書館找到籃球大百科，寫下可以問的問題。她想重新點燃那小小的母火。她很想知道，是不是問了夠多的籃球問題，那火就不會再熄滅。

一天晚上，去茱莉雅家吃過晚餐，希薇、瑟西莉雅與愛茉琳離開她家。自從確認威廉不要她也不要愛麗絲之後，茱莉雅感覺輕鬆多了。她找回笑容，和妹妹們說笑打趣，評論外賣的餐點，聊著愛麗絲與伊莎。希薇看著姊姊，好羨慕她的輕快。希薇感覺被那許多秘密困在身體裡，彷彿大雪天困在屋裡。晚餐時每當她想開口，心中就會感到迷惑，搞不清楚哪些事可以說、哪些不可以。

有個雕塑家在追求瑟西莉雅，這天她借了他的車，於是她們三個一起坐上那輛綠色小轎車。愛茉琳坐後座，旁邊是伊莎的安全座椅，固定在椅子上的寶寶昏昏欲睡。

「不要開太快。」愛茉琳告誡。瑟西莉雅習慣開快車。

「我不喜歡水牛城雞翅。」瑟西莉雅說。「哪有雞的翅膀那麼小？感覺很可疑。」

「寶寶關機囉。」愛茉琳說，伊莎睡著了。寶寶的表情很嚴肅，彷彿熟睡的頭腦在思考很重大的問題，可能是如何在現代經濟環境中盡可能擴大政府預算餘額，也可能是自由意志是否與決定論[55]相容。

55 一種哲學觀點，即所有事件都完全由先前存在的原因決定。決定論的反面是某種非決定論或隨機性。決定論通常與自由意志形成對比，儘管一些哲學家聲稱兩者是兼容的。

希薇的肌肉如此緊繃，連扣上安全帶都很困難。車子轉彎之後加速，她知道一定要說出來，否則會永遠被大雪困在屋內，再也無法言語。她咳嗽一下，匆匆說出：「我想告訴妳們兩個一件事。我一直有去探望威廉。偶爾去。我已經去過幾次了。我不想告訴茱莉雅，但我不能瞞著妳們。」

瑟西莉雅在駕駛座上看她。希薇看得出來，小妹正在衡量她剛才說的話。

「噢，太好了。」愛茉琳顯然鬆了一口氣。

希薇轉頭看妹妹。

「我一直很擔心威廉。」愛茉琳說。「他沒有家人。我知道我們應該站在茱莉雅那邊，當然啦，我絕對挺她——」愛茉琳的眼睛睜得很大。「——可是威廉不是爛人。他一定痛苦到受不了才會做出那種事。說真的，這個狀況糟透了。我無法承受。妳有去探望他，真是太好了。」

「噢，小愛。」希薇感覺肩膀放鬆。藏著這個秘密讓她壓力很大。「我也這麼想。」

瑟西莉雅彎腰靠在方向盤上。她感覺到兩個姊姊在看她，於是說：「怎樣？」

「妳在生我的氣嗎？」希薇說。

「我很高興妳願意告訴我們。」瑟西莉雅說。「但我不會去看他。」

希薇知道，威廉企圖自殺讓瑟西莉雅很生氣。發生那件事之後，她說過好幾次：「只要他開口，我們任何一個都願意幫忙。」希薇猜想，小妹無法忍受她們關懷的人竟然企圖偷偷結束生命。瑟西莉雅的作風是誠實、率直。她相信不快樂就該說出來。如果需要幫助，就該開口求助。威廉什麼都不說這件事讓瑟西莉雅十分惱怒，程度不亞於他選擇投湖自殺。

「我覺得妳們不該去看他。」希薇說。「茱莉雅要是知道我去探望，絕對會很生氣。我們不該全都對她有所隱瞞。」

瑟西莉雅似乎沒有在聽。她說：「小愛一直跟我嘮叨說威廉一定很痛苦。雖然我覺得一點道理也沒有，但她希望我理解。」

愛茉琳在後座點頭。

希薇說：「妳沒有生氣真是太好了，不然我會難過死。」

「根本沒有這個選項。」瑟西莉雅說，希薇莞爾，因為她知道小妹不是隨便說說而已。瑟西莉雅有幾個不能妥協的原則，當現在家中如此紛亂，她願意為了扶持三個姊姊而往任何方向彎。

瑟西莉雅把希薇送回家，爾尼在公寓樓下的門前等。自從發生關係之後，她一直沒有見到他，老實說，她完全沒有想到他，但爾尼現在會出現其實很合理。希薇開始說實話——至少部分的實話，只告訴特定的人——換言之，她無法繼續躲避以前的自己。

現在我想成為誰？希薇想著。我有選擇嗎？

「好久不見。」爾尼說，她同意。他們兩個顯然都很緊張，不知道這次見面會有什麼發展。爾尼說樓下的大門壞了，應該要通知管理員。希薇說那扇門壞了好一陣子。爾尼穿著牛仔褲配保齡球上衣，她覺得他很帥——彷彿為了替他這邊加分。希薇微笑，他也報以微笑。她允許他將她擁入懷中，允許他吻她的頸子。

接著她後退，手臂垂在兩側。她的身體有種躁動，一種警訊。她告訴爾尼上次見面之後發生的事，沒想到爾尼已經在收音機上聽到有人投湖獲救的新聞了。他說：「真不敢相信那是妳姊夫。」

「是啊。」希薇說。「現在我要幫他和我姊姊，真的很忙，沒有空閒時間。」她停頓一下。我想要的不是你，她想著。多希望我想要你。多希望我是個正常的女生，想和眼前這個帥氣男子上床。

「噢……好吧。」他說，表情充滿理解。他們依然站在門口。

「不然……以後圖書館見？」

「沒問題。」爾尼說完之後就離開了。

希薇靠在牆上。因為她很清楚自己不想要什麼，所以現在落得孤孤單單。她已經不是以前的自己了，但也尚未成為即將變成的那個人。她很慶幸爸爸為她做好準備，能夠承受這種艱苦寂寞的處境。因為爸爸，希薇知道她可以掙脫界線，存在於過去與未來的自己之外，至少短時間沒問題。即使會很痛。現在她懂了，為什麼爸爸要以酒精來緩和人生殘酷的美、無情的誠實，她也明白為什麼她總是覺得比起在外面與人相處，在圖書館裡比較舒服。

她依然站在門口。她想進去舒適的小套房。一樓門口斑駁的牆壁與日光燈照明，更加深她內心的絕望傷口，但這樣的難受感覺有其必要。她必須問自己一個問題——包裹在尖銳荊棘中的問題。

妳想要什麼？

之前希薇不會問這個問題，因為她不敢面對答案，但她想要深刻、真實地成為自己，並且以最深刻、最真實的方式體會世界。她將自己切割成好幾塊，已經有一段時間了，自從爸爸過世之後一直如此。在茱莉雅面前她是一種版本，面對雙胞胎時則是稍微誠實一點的另一種版本。她小心控制思緒與情感，奮力想將自己拉去那條她認為理應要走的路。只有和一個人在一起時，希薇感覺自己是完整的：威廉。和他在一起時的她擁有所有自我，甚至覺得還有空間更加成長。當他的視線落在她身上，既沒有批判也沒有期待，在那樣的空間裡，希薇感受到自己的潛力：她能夠勇敢、傑出、善良、喜樂。這些帆全都放在她這艘船的甲板上，全都屬於她，只是之前她沒有看見。之前她沒有意識到這些潛力的存在，直到她在病房裡陪伴威廉許許多多個小時。爸爸的愛告訴她：做妳想做的所有事、成為妳想要的每個角色。在威廉身邊，她知道她有能力揚起這些巨大美麗的帆乘風出發。

她想著，我想要和他在一起，這個欲望如此龐大，她必須調整呼吸。感覺就好像從前的她拿著傘卻否認在下雨，現在傘沒了，她站在暴風雨中。任由驚訝、羞恥、悲傷沖刷而過，因為，她當然不能和他在一起。他出院之後她不能和他在一起，更不能以任何有意義的方式和他在一起。

一天下午，丹比亞醫師在醫院走道叫住希薇。「我想拼湊出一個答案，或許妳能幫忙。威廉說妳最近常問他籃球的事。」

希薇點頭，很高興醫生找她幫忙。「他喜歡聊籃球。他聊籃球的時候感覺比較……快樂。」

「是。」醫師說。「妳認為他為什麼這麼重視籃球？」

「呃，他從小就打球。大學時也是校隊選手。」希薇略微思索。「妳有沒有和肯特談過？」

「他說籃球是威廉的母語。他小時候運球的時間比說話多。」

「他的母語。」希薇重複。有道理。她誤打誤撞用威廉的母語和他溝通，而那很可能是他唯一能流利使用的語言，因此碰巧點燃了他的母火。

「我相信那是一部分的原因。」醫師對路過的患者點頭，但視線依然專注在希薇身上。

「有一次他告訴我，他父母不愛他。」希薇說。「他小的時候，他們好像很少和他說話。」聽到自己說出這句話，希薇受到一點震撼。四姊妹還小的時候，蘿絲和查理從來不會不和她們說話。希薇試著想像在沒有愛也沒有歡笑的家長大是什麼感覺，她眼前浮現一個迴盪寂靜的冰冷空間。她看到一個小男孩不停運球，因為重複的的聲響能帶來安慰。希薇感覺情節在心中拼湊出全貌，同時也多了一種全新的理解，她在看優質小說時經常有這種感覺。

她說：「籃球是威廉人生中第一個以愛回報他的東西。很長一段時間，只有籃球愛他。」

「沒錯。」丹比亞醫師的眼睛發光。她是科學家，希薇給了她有助於破解算式的關鍵。「就是這個。沒錯。」

威廉請希薇寫下秘密的那天，她離開病房時發現雙手在發抖。剛才在病房裡的經歷，完全符合她想像中教堂應該有的氛圍。空氣彷彿敞開，他們之間的交流感覺十分神聖。

希薇通常會在醫院前面坐公車，但那天下午她走路去圖書館。她想感受微風吹拂肌膚。有幾次她甚至跑起來，因為身體渴望動作，她喜歡跑步時兩腳同時離地的瞬間。那天晚上，在茱莉雅家裡，她低聲告訴愛茉琳與瑟西莉雅她有話跟她們說。她們明白她的意思：不能讓茱莉雅知道。於是吃完咖哩和金三角[56]之後，她們坐上雕塑家的車，瑟西莉雅開出幾條街外，把車停在路邊。今天賽瓊內太太幫忙照顧伊莎，車上只有她們三姊妹。希薇與瑟西莉雅轉身面向後座的愛茉琳。

「什麼事？」愛茉琳說。「威廉沒事吧？」

希薇將威廉告訴她的事全部告訴她們。她唯一保留的只有他說的那句，只能對她說出秘密，其他人都不行。那句話讓希薇從心裡暖起來，只屬於她一個人。

希薇說完之後，愛茉琳說：「噢，我的老天。」接著她沉默一分鐘。「他真的好勇敢。」

「真不敢相信他竟然有姊姊。」瑟西莉雅說。

三姊妹彼此對看，同樣感到不可思議。隱藏的姊姊、死去的姊姊，這是非常重大的事。希薇說：「我非常欣賞那位醫師。她告訴威廉，如果想要好起來，就不能繼續把這些事藏在心裡。她給了他一個戒律：沒有虛假、沒有秘密。」

「我想告訴妳們一件事。」這句話從愛茉琳口中爆出，彷彿阻塞的水龍頭突然通了。「我之所以為威廉的事感到這麼難過，」她說，「是因為我有時候也會憂鬱。過去幾年發生過幾次。我甚至有過那種念頭。」

車窗關著。十月裡的這個夜晚風很大，吹得頭頂的樹枝啪啪作響，彷彿在拍手。「才沒有咧。」瑟西莉雅的語氣很強硬。「不要亂說話。根本沒有這回事。」

「我絕不會真的做傻事。」愛茉琳說。「我保證。」

「為什麼要瞞著我們？」希薇說。「如果妳很難過，為什麼不告訴我們？」

愛茉琳轉頭看車窗外。「我一直不敢告訴妳們。但威廉的醫師說得對。我們不該藏著秘密。」

瑟西莉雅端詳雙胞胎姊姊的側臉。她顯然感到很驚訝，她們兩人之間竟然有秘密。「小愛，妳什麼都可以告訴我們。」

「我喜歡上了一個人。真的非常喜歡。」

希薇與瑟西莉雅同時伸手按住胸口，蘿絲聽到重大消息時都會做這個動作。茱莉雅也會這樣。

愛茉琳閉上眼睛。依然面對車窗，彷彿怕挨揍。「但對方不是男人。是喬希，我在托兒所的同事。」

「喬希？」瑟西莉雅說。

「我原本以為是自己弄錯了，我會有那種感覺，只是因為我非常欣賞她，這是真的。我們很有默契，她總是能逗我笑。小朋友整天跟著她。但只要接近她，我的心跳就會加速，我真的好想吻她。」

56 Samosa，一種印度料理，麵皮包裹馬鈴薯或肉類油炸而成。

希薇因為驚訝而身體僵硬。她努力思考該說什麼。

「我知道。」愛茉琳憂傷地說。

希薇從來不認識女同性戀。以前社區裡有位女士會戴著棒球帽、騎自行車跑來跑去，大家謠傳她和女人同居，但她從來沒去過圖書館，所以希薇沒機會仔細觀察她。她原本以為女同志全都很陽剛、很像男人，但愛茉琳完全相反。她是四姊妹中最貼心、溫柔的一個。

「噢，小愛。」瑟西莉雅說。「妳確定？」

愛茉琳熱淚盈眶。希薇伸手到後面摸摸三妹的膝蓋。「我們愛妳。」她說。「這件事只是有點……出乎意料，只是這樣而已。」

「我不知道喬希是不是也對我有那種感覺。」愛茉琳說。「很可能沒有。」

「媽一定會嚇死。」瑟西莉雅說。不用懷疑，她一定會。蘿絲是虔誠的天主教徒，信仰深入骨髓，她常會當著女兒的面說詆毀或污辱同性戀的話，她們從小到大聽多了。最近出現了一種新疾病，似乎只有男同性戀會得，這個新聞讓蘿絲感到既厭惡又神奇。

「我知道。這是我第一次慶幸她搬走了。」

愛茉琳如釋重負的眼神，讓兩姊妹都笑了。

「我以為說出來之後妳們會討厭我。但威廉跟妳說了那麼多糟糕的事，我只覺得同情他。」她略微遲疑。「可惜我不會有孩子了。」她低語。「我無法當媽媽。」

希薇與瑟西莉雅迅速交換眼神，這個大新聞讓她們同感驚訝，愛茉琳剛才說的最後一句話讓她們同樣悲傷。威廉不想當爸爸，愛茉琳無法完成最大的夢想：當媽媽。「說不定可以領養？」希薇說。她感覺到內心又多了一條裂痕，人生再次讓四姊妹遠離小時候的夢想，無論是自己的，或是為其他姊妹編織的。

愛茉琳搖頭。「我很好奇威廉有什麼感受。我現在覺得好多了。」她的表情變得比較明朗，姿態也比較挺拔。「現在輪到妳們了，老實說出妳們生活中的問題。」她說。「換妳們說。效法威廉的精神。」

這讓希薇想起小時候常玩的預言遊戲。雖然剛剛才離開茱莉雅家，但希薇已經開始想念姊姊了，那種感覺有如內心被刺了一刀，非常痛。她看得出來兩個妹妹也想起了那個遊戲。愛茉琳的眉間皺起，表明她很後悔剛才不該那樣說。她們最近才得知茱莉雅即將離開半年。她們三個都覺得這樣分離很不對。「她離開的時機很差。」瑟西莉雅說。「她在逃避。」愛茉琳說。但希薇猜姊姊不是逃避，而是奔向某個東西。全新的人生。茱莉雅想要重新想像自己，但如果身邊全都是從小就認識她的人，恐怕很難做到。不過，希薇擔心說不定茱莉雅察覺到自己藏著秘密而不告訴她，因此開啟了讓茱莉雅可以離開的空間。倘若希薇與茱莉雅的關係像以前一樣緊密，姊姊也不會想到要離開。希薇的內心深處相信，都是她不好，茱莉雅才會想走。

「我先說，」瑟西莉雅說，「我好想做愛。我只做過一次。」

愛茉琳肯定早就知道了，但希薇非常驚訝。她以為瑟西莉雅在畫室鋪地板的防污布上和很多情人胡天胡地。她總覺得比起三個姊姊，瑟西莉雅在成人生活中更遊刃有餘。她的行動充滿自信，似乎也不會因為別人的期待而動搖，希薇自嘆弗如。瑟西莉雅和伊莎在一起時，母女倆都笑口常開，看得出來因為對方而感到快樂。希薇以為小妹和男人的關係也是那樣，輕鬆就能找到給她肉體歡愉的對象。

看到希薇的表情，瑟西莉雅說：「我知道，我表現得好像什麼問題都沒有。這輛車的主人很樂意和我上床，但他應該有幾百萬歲了，而且有點噁。我得付帳單，和我年紀差不多的男生都好幼稚，我受不了。」

「希薇？」愛茉琳說。

「噢。」希薇說，口中冒出的這個音節有如哀嘆。現在車上很暖，車窗全都蒙上一層霧。希薇變成了秘密。她經歷太多改變，連自己都搞不清楚了，更無法說明。她要告訴她們什麼？她時時刻刻想著威廉，一離開他的病房就開始想念？有時候看著他在病床上睡覺，她好想爬上去躺在他身邊，希望他會誤以為是妻子而抱住她？這些她都沒說，而是說出：「我在寫東西。」

妹妹的表情變得好開心。當然啦。希薇看出她們的想法。

「不是，」她說，「不是妳們想的那樣。不是書。最近我睡不好，所以晚上回到家的時候，會寫一些小時候的事。只有零碎的場景。昨晚我寫到有一次在生日派對上，一個男生挑戰茱莉雅能憋氣多久，結果她憋得太久而昏倒了。」

「我們的九歲生日。」瑟西莉雅說。「蛋糕很醜的那次。」

「亮黃色糖霜。」愛茉琳說。「希薇！太棒了。妳把那些事寫下來，我真的好高興。」

「寫得不好。」希薇努力用眼神讓妹妹明白。她需要妹妹理解。「重點不在於要寫得好。」可想而知，她是讀過威廉的手稿之後才得到這個想法、這種可能。也是因為惠特曼。以前希薇一直相信，如果真有一天要寫作，一定要非常完美。精心打造的小說，奉獻給整個世界。但威廉讓她看見，她可以為自己寫，只寫給自己。惠特曼一生中無數次改寫作品，加長、縮短、重新想像。他創造出的並非一本完美的書，而是隨著年齡增長，經歷過愛恨之後，重新思考每件事，繼而一次次嘗試追求超凡與美好。

希薇覺得活在當下很辛苦：自從威廉獲救之後，她一直覺得皮膚非常緊繃，十分不舒服。她很清楚，之所以寫下童年往事，是為了打開第三道門。她需要用破壞槌敲破牆壁，讓她能夠脫離此時此地。當希薇好不容易入睡，也會夢見眾人從湖裡抬出的威廉已經失去生命。她感到全身痛楚，因為茱莉雅即將離開芝加哥，而她還不知道希薇藏在內心的疼痛與希冀。每天夜裡，希薇坐在窗邊的小書桌前，眺望皮爾森區，回憶家庭完整的時光，試著在紙上重建往事。那時候查理還在人世，蘿絲在菜園忙碌，雙胞胎在房間嘻嘻哈哈，茱莉雅在家裡大步走來走去，像發禮物一樣分配計畫。希薇以紙筆捕捉的每一刻都不會消逝。

希薇非常想坦承一切，這樣的渴望令她疲累，但彷彿磁鐵不斷吸引她。愛茉琳告訴希薇和瑟西莉雅她一直隱瞞的真實內心之後，現在希薇能夠看到更完整的愛茉琳，她好喜歡這樣。一天下午，希薇特地去了一趟托兒所，因為她想見見喬希。那位棕紅頭髮的年輕女子擁有妹妹的心，希薇想對她微笑。愛茉琳在工作時生氣勃勃、放射快樂火花，因為身邊有這麼多寶寶。因為身邊有喬希。看到愛茉琳擴展自我，令希薇感到興奮，儘管妹妹還沒有向喬希告白，也不知道對方是否也有同樣的感情。

威廉的治療讓大家都願意說出心裡的秘密，希薇非常感激。丹比亞醫師說過，她希望威廉能夠毫無保留地誠實。問題是，現在的她感知力變得無比敏銳，她在威廉的行為中看出非常明顯的欺瞞，這讓她很不舒服。她沒有說出來，因為她不該干涉，負責照顧威廉的人是丹比亞醫師，不是她。希薇看出來的，醫師肯定也看見了，她應該會解決吧？然而一切都沒有改變，希薇覺得威廉將新人生建立在不穩的地基上。

一天下午，威廉說：「妳好像心情不好。怎麼了嗎？」

「我沒有心情不好。」希薇說，雖然她感覺到自己在皺眉。

「妳說沒有就沒有吧。」他說。

「呃。」她說。「有件事讓我覺得不太舒服。威廉，你想怎麼做當然都可以，我沒有批判的意思。真的。」她遲疑一下。「但我知道你的戒律，我認為，有一件很重要的事，你一直在自我欺騙。」

他看著她，她知道他能看出她的恐懼。他能看出她擔心會不會說錯話，導致他的狀況退步。「別擔心。」威廉說。「我沒事。說吧。」

「是愛麗絲的事。」

他瑟縮一下，但幾乎難以察覺。這是他們兩人第一次談起愛麗絲。

希薇說：「你擔心可能會傷害她，所以選擇放棄她，但這樣不對。你不可能傷害愛麗絲。我知道你不會。」

威廉沉默片刻。「丹比亞醫師也認為放棄親權是虛假的決定。」他神情疲憊，彷彿已經活了無盡時光，看盡各種悲苦。「但我不這麼認為，我不能冒險。愛麗絲和茱莉雅在一起會比較好。」

希薇感覺肩膀放鬆，原來威廉已經和丹比亞醫師談過了，他仔細思考過這件事，並且做出慎重的決定。她依然認為他錯了，但她沒有資格介入這個決定。希薇突然領悟到，或許因為威廉過去的遭遇，他真實的感受更為複雜。現在她知道他曾經失去姊姊——一個女寶寶死去

——希薇可以理解他會更加擔心女兒。或許他將兩個嬰兒放在心中同樣的地方，對他而言，正確的做法就是遠離。她看出這種可能，也看出哀傷與憂鬱在他心中糾結。希薇發現，即使她無法完全理解他的決定，但她能夠接受。

威廉傾身說：「茱莉雅絕對在各方面都能把孩子照顧得非常好，難道妳擔心她做不到？」

希薇甚至不用思考。「不。」

他點頭。「我才是風險因素。」他說。「所以我要消除自己。」

茱莉雅不希望大家一起來送行，說那樣會太感傷。搭機前往紐約的當天早上，她將希薇叫來家中。整個客廳堆滿紙箱，只有中央還留著一點空間，希薇到的時候，姊姊和愛麗絲就坐在那裡。

「我辦不到。」茱莉雅沒有看希薇。「我無法道別。」

「我也是。」希薇將注意力放在愛麗絲身上，地上鋪著小毯子，寶寶坐在上面。茱莉雅為寶寶稀疏的金髮戴上蝴蝶結髮夾，愛麗絲似乎感到極為滿意。希薇有點呼吸困難。自從威廉入院之後，她一直很想念姊姊，而現在茱莉雅即將離去。感覺有如各種失落聚合。眼前這個對媽媽和阿姨笑的可愛寶寶同樣會消失。希薇非常愛愛麗絲，在嬰兒的人生中，半年太長。下次希薇見到她時，愛麗絲已經一歲了。說不定會走路了。很可能已經忘記了三個寵愛她的阿姨長什麼樣子。

「哇。」愛麗絲開心地說，希薇彎腰吻她的臉頰。

茱莉雅穿著牛仔褲和舊T恤。她感覺像是攝取了過量咖啡因，整個人焦躁不安。「我從沒想過會離開芝加哥。但我也從沒想過爸爸會突然過世。我從沒想過媽媽會搬走。」她停頓一下，接著說：「我從沒想過妳會每天去醫院探望我丈夫。」

希薇雅萬分震驚，這句話讓她感覺像腹部挨了一拳。她原本為了逗寶寶而跪著，此時站起來。「沒有每天。」她勉強辯解。

茱莉雅點頭。「我原本還不確定妳真的有去看他。」

希薇第一次直視姊姊。她感覺到過去幾個月，兩人之間的隔閡越來越深。「妳不必挖坑讓我跳。只要直接問就好。」

「我擔心妳不會說實話。」

希薇吞下這句話。「他沒有親人。」她說。「我只是同情他。」

茱莉雅離開紙箱間的空地，回來時拿著一個資料夾。「裡面是離婚協議書和放棄親權同意書。」她說。「妳下次見到威廉時，請轉交給他。」

希薇感到絕望。她感覺姊姊在斬斷她們之間的牽絆。是希薇害的嗎？還是說茱莉雅故意發難，否則她會不忍心離去？「我愛妳。」希薇說。

茱莉雅撥開落在臉上的頭髮，同時搖頭，似乎感到厭煩，彷彿這不是重點。但她說：「我也愛妳。」

十一月裡一個寒冷的早晨，威廉準備出院，希薇早早來到醫院。她知道肯特和阿拉什都會來。丹比亞醫師很可能也會來道別。希薇感覺得出來，醫師很關心威廉，不只是對病人的照顧，而是對他這個人的喜愛，她應該會很想念威廉住院的時光。得知愛茉琳也曾經憂鬱之後，瑟西莉雅對威廉的不滿徹底消失，她會去威廉在西北大學的新宿舍和他們會合，研究牆壁是否需要來點繽紛色彩。希薇走出電梯，進入精神科病房樓層，她不由自主地左右張望尋找茱莉雅。姊姊已經走了，去了相隔八百英哩的紐約，但希薇依然忍不住相信茱莉雅會出現在這裡，咬緊牙關，準備將丈夫重新納入她的人生。

希薇走進病房時，威廉站在窗前。他沒有什麼行李。剛入院時，他沒有請茱莉雅把他的東西送來。他堅持不要，但他需要衣物，而且他又太高，醫院的愛心衣物沒有他能穿的尺寸。籃球隊的朋友得知這件事之後，紛紛送來自己的衣物。威廉穿著卡其褲、舊球鞋、西北大學運動衫。他在離婚與放棄親權文件上簽名，希薇寄給律師。茱莉雅離開芝加哥時，將他的物品放進倉儲等他領取。威廉出院的那天，不再是丈夫，也不再是父親。

「大日子呢。」她說。

「希薇。」他低頭看雙手。「妳為我做了那麼多，真不知道要怎麼感謝妳。」

「不必放在心上。」

「我很自私。我應該叫妳不要再來，但我喜歡有妳在的感覺。希望妳明白，我出院之後妳就不必再擔心我了。請妳一定要記住。我有藥——」他露出一絲笑容，「也有戒律。我會努力幫阿拉什。」他略微停頓。「大家都對我非常好。我不會浪費他們的善意。」

這番話以一種難以形容的方式打動希薇。感覺就好像威廉找出了所有針對她內心思緒的句子。她的頭腦知道，他說的都是好話，她全部認同。威廉的健康已經改善，他表明她可以放下他離開了，但她知道——如疼痛般尖銳的感受——她不想這麼做，很可能做不到。這才是她真正的秘密，絕不能讓人知道。希薇的眼睛刺痛，一瞬間她擔心自己會哭出來。她說：「你知道嗎？那天肯特和其他人去找你，我也去了，和他們一起找了一整夜。」

威廉瞇起眼睛，彷彿病房裡的光太亮，讓他眼睛不舒服。「我知道。」他說。「肯特告訴我了。」

為什麼我會想到這件事？為什麼我要提起？她說：「他們把你從湖裡抬出來的時候，我以為你死了。」她無法阻止自己回想當時的畫面：幾個高大疲憊的青年扛著威廉癱軟無力的身體。「我不知道該怎麼辦。我無法幫忙扛你，但我想幫忙。於是，當肯特與加斯送你上救護車的時候，我握著你的手。在救護車上也一樣。」

威廉沉默片刻，然後說：「我不知道這部分。那天發生的事我大多都毫無印象。希薇，真的很對不起，害妳得經歷那種事。妳一定很害怕吧？」

夜裡當希薇躺在床上，總會一次又一次回想。肯特喊她的名字，她衝過沙灘。她記得當時以為威廉死了，心中感到陣陣恐慌與哀傷，有如銳利的碎片。她記得自己伸出手握住威廉冰冷的手。即使威廉已經死了，她依然不希望他孤單。然而，在那一刻，她感到前所未有的孤寂。

她聽見自己說：「我可以再握一次你的手嗎？一下下就好？」

威廉從病房另一頭走來她面前。伸出手，掌心向上。他的皮膚柔軟溫暖，和那天如此不同。一波感觸蕩漾過希薇心中。收音機調頻鈕在她心中轉動，音量很大。我愛你，她想著，現在她再也無法否認，這句話同時帶來憂傷與深刻的喜悅。威廉是她的真命天子，是她的心。他改變了她內在的每個分子。希薇一直很清楚，當愛情來臨時，將如同海嘯一般威力驚人。從小她便夢想著真愛，而她的夢實現了。但她從來沒想過，她的真愛竟然無法企及、死路一條，甚至不能說出口，因為他已經娶了她姊姊。

她想著，我麻煩大了。這個念頭令她忍俊不禁。

「妳沒事吧？」威廉問。

她不希望他擔心，於是說：「我很好。」

她和威廉繼續握著手幾秒，直到外面走道傳來聲響，他們各自退開。

肯特來了，全身洋溢著活力與亢奮，彷彿即將上場打決賽，準備慶祝勝利。「你要出院了！」他說，給威廉一個熊抱。醫院通常一次只允許一位訪客，但今天威廉要出院了，因此解除限制。

阿拉什走進來，看一眼肯特的臉，然後說：「你永遠是個大傻瓜。」但他同樣滿臉笑容。

威廉張嘴想說話，但隨即又閉上。他輕輕搖頭。肯特知道好友想說謝謝，甚至我愛你們，但又怕一開口就會哭出來。他拍拍威廉的背，病房裡的四個人相視微笑。

一個鐘頭後，希薇和他們三個一起走出醫院，之前和威廉交握過的那隻手放在身側，感覺刺刺癢癢。十一月的天空灰暗，氣象預報說今晚可能會下初雪。他們走在光禿禿的樹下，往肯特的車子前進。希薇想起前一天夜裡坐在小書桌前寫下的那段記憶。她書寫家庭歷史時並沒有刻意按照順序，但回憶有如浪潮，一波波彼此重疊。昨夜她想起，小時候賽瓊內太太養了一隻狗，很凶、很愛叫，有一次愛茉琳被狗追，最後只能逃到樹上。即使狗狗離開了，八歲的三妹依然不肯下來。茱莉雅、希薇、瑟西莉雅在樹下站了一整個小時，想盡辦法哄她，拿出零食、承諾幫她編頭髮——她最喜歡別人玩她的頭髮——可惜都沒用。瑟西莉雅忍不住說：沒有妳，我會活不下去。茱莉雅斥責：胡說。我們四個少了任何一個，其他三個都會活不下去。有人去通知蘿絲，她對女兒怒吼，要她立刻從樹上下來。不要，謝謝。愛茉琳說，雙手死命抓住樹枝。這裡風景很好。我不要下去。附近的小朋友全都跑來樹下圍觀，想看到故事的結局。希薇記得當時她因為抬頭太久，脖子都痛了。瑟西莉雅哭了起來，愛茉琳也跟著哭，但現在她彷彿在樹上生了根，無法離開。太陽下山，夜色逐漸降臨，三姊妹開始覺得愛茉琳不會回來了。這時查理下班回家，還穿著短袖襯衫、打領帶，加入樹下的人群。他沒有說話。他抬頭看女兒，宛如傳送慈愛的牽引光束。愛茉琳同樣一言不發，但她爬下樹，投入他的懷抱。

希薇一直逃避，不願思考威廉出院之後她的人生會變成怎樣。她保持低調，出現在他的病房，知道自己屬於那裡。一開始她還期待他出院之後，她能找回過往的自己。但現在她覺得自己和小愛茉琳一起坐在樹上，不想下來。過去的人生有如樹下的地面。她看到爾尼，下巴有個小窩，神情開朗。她看到獨自從套房去圖書館上班的路程。她看到同事聊著古怪的常客、天氣、週末的計畫。但現在沒有了查理的牽引光束視線，因為爸爸不在了，茱莉雅也離開了。以後她會減少和威廉見面，甚至從此再也不見，因為危機已經解除了，繼續和他相處對她而言太危險。她可能會想牽他的手，甚至藏不住感情。希薇靠近愛茉琳嬌小的身軀，緊緊抓住樹枝。她說什麼也不願回到傷心寂寞的地面，曾經深信一旦分開就活不下去的四姊妹，現在真的分開了。

威廉

一九八三年十一月～一九八三年十二月

出院之後，威廉改變了生活方式，他猜想酗酒的人戒酒之後，應該也是這樣過日子：小心謹慎，過一天算一天。他感覺像重新入住這個身體，很清楚任何疏忽都可能導致整座建築崩塌。每天早上，他從單人床上起來，吞下每天必須服用的八顆藥的四顆，然後做伏地挺身，能做幾下是幾下——一開始只有五下——接著是膝蓋運動，這是多年前醫師指定的復健運動，只是他一直沒做。伸展時膝蓋會發出響亮的喀喀聲，彷彿因為被迫運作而大肆抱怨，每次都讓威廉差點笑出來。但他沒有停止，一天都不偷懶。他必須採取慎重的行動，邁向穩定與健康。一次通電話時，肯特說：「等我去找你的時候，我們一起去跑步，所以你一定要恢復體能。」

威廉獨自在房間中點頭。他運氣不錯，宿舍原本就有沙發和床鋪。這幾面牆壁多年來看過太多可疑的成年人來來去去：明明是大人了，生活卻如此簡單，能夠塞進一間小宿舍裡，願意在深夜處理緊急狀況，像是萬一失火時催促大學生逃離建築。「又來了一個離婚男，哈。」警衛將鑰匙交給威廉時這麼說，彷彿在統計成年男性淪落至此的理由。威廉大可以說其實是因為我進過精神病院，這樣一定會嚇死警衛。但他沒有，越少人知道他的來歷越好。

威廉對肯特說：「我願意去跑步，但是不要接近湖邊。」他知道其實不必說，肯特也自然會帶他遠離湖岸，但是當威廉知道自己不想要什麼的時候，他希望能清楚表明。入院之前，他一直在做自己不想做的事，他太擅長隱藏自己的好惡，以致於幾乎難以察覺。知道自己不想在湖濱小徑慢跑並且說出來，感覺是一種進步。

瑟西莉雅帶來一幅愛麗絲的畫像，想要掛在他的宿舍牆上，他極力阻止。她判定這間宿舍可以接受——臥房加上小小客廳，一面牆前裝設廚房設備。「至少有書架。」她說。「不過需要來點油漆。看來希薇從圖書館帶了一批書給你。」確實如此，書架上所有書籍都包著塑膠書套，書脊上印著羅薩諾圖書館的章。一天下午，希薇來到宿舍，帶來數量相同的小說、非虛構書籍、詩集；非虛構書籍全都是籃球相關主題——球員傳記、籃球歷史。

「小心點，伊莎。」瑟西莉雅說。十三個月大的幼童緩緩在整個家裡走了一圈，每個地方都不放過，凌亂鬈髮下的小臉神情專注。她似乎在評判這個空間：牆壁、家具。她察看床底，然後走進浴室檢查浴缸。威廉入院時，伊莎還是需要大家抱的小嬰兒。眼前這個研究他私人物品的獨立小小人類令他心驚，他總是忍不住反覆確認真的是同一個孩子。

「希薇說等書到期她會再換一批。」他說。「我跟她說過不必這麼麻煩，但……」他聳肩。在這裡的人是瑟西莉雅而不是希薇，他真切地感受到鬆了一口氣。和瑟西莉雅相處很自在。她對待他的態度始終如一，他對她的感受也沒有變化。但希薇不一樣。感覺就好像威廉原本只是從門縫看見希薇，但現在整扇門大開。和她在一起時，他的心思總是全部放在她身上，這令他感到困惑，只要兩個人在一起，威廉的手臂就會冒出雞皮疙瘩。每隔幾天，希薇就會出現在他的住處，每次看到她，他總是會嚇一跳，就像遭到電擊一樣。

理智上他知道，這樣的變化之所以發生，很可能是因為希薇陪伴他度過人生中最動盪的一段時間。她守在病床邊、與精神科醫師談話。她接納他的秘密。在醫院醒來看到希薇在身邊時，他感到困惑，但她的表情也很困惑，不知不覺間，他們從同一個昏沉的地方重新開始。即使當他因為湖水而全身腫脹，她依然毫不質疑地接納他。從那時到現在，這件事都令威廉感到意外。他的人生中沒有人願意接納真正的他，或許只有肯特例外。然而，當他分崩離析，幾乎難以稱之為人的時候，希薇卻接納他。

「廚房有點枯燥。」瑟西莉雅蹙眉看著洗碗槽、迷你冰箱、加熱板。「我不太確定有沒有辦法改善。」

「瑟西莉雅？」他說。

她看著他。四姊妹當中，她最常讓他想起茱莉雅。她像大姊一樣有著灼人的專注。差別在於，瑟西莉雅比茱莉雅更有好奇心，也更愛追根究底。有一次他聽到瑟西莉雅對三個姊妹說：「我才不在乎別人怎麼看我。」當時威廉大吃一驚，一方面是因為他相信她真的不在乎，另一方面則是因為他從沒想過還有這個選項。

「謝謝妳送來愛麗絲的畫像，但我不想掛在家裡。我——」他遲疑一下，「——我不想要。」

瑟西莉雅似乎並沒有生氣。她端詳威廉的臉，表情和正在研究浴室門把的伊莎一模一樣。「看到她會太痛苦？」

「我已經不是她的父親了。」

瑟西莉雅的眼眸閃耀光彩。威廉和她直接互動，這讓她很滿意。「你依然是她的父親。」她說。「你只是因為憂鬱症加上想要討好茱莉雅，所以才放棄她。這不代表你不愛愛麗絲，也不代表你沒資格看她。」

威廉由不快樂的父母撫養長大，從有記憶以來，他一直不快樂。威廉很清楚，父親這個角色，即使沒有缺席、沒有暴力，依然能夠毀掉孩子的人生。威廉雙親的哀傷塑造了他，有如冰河無聲穿鑿山谷。愛麗絲的宇宙應該充滿茱莉雅的光，沒有半點他的黑暗，這樣對她最好。他說：「我不想看。」

瑟西莉雅用眼神估量他。「我在你的生命中僅這麼長一段時間，能認識現在的你真的很有意思。」她說。「你做的這個決定很勇敢。我不確定對不對，但確實很勇敢。這也是茱莉雅會做的決定。」

威廉差點微笑，因為瑟西莉雅說得沒錯。他的前妻最擅長策畫大型計畫與足以改變人生的變動。真是諷刺，他竟然在離開茱莉雅之後做出這樣的決定。威廉差點告訴瑟西莉雅，他不介意在牆上掛茱莉雅的肖像，他不會覺得不舒服。他們的婚姻結束了。威廉在火車站向雙親道別，在客廳向妻子道別。他很慶幸茱莉雅離開了芝加哥。他揮別了過去的人生，她也一樣。但威廉逃避關於愛麗絲的所有念頭，自然也會逃避瑟西莉雅的畫。

「我幫你畫別的東西。」瑟西莉雅說。「你知道聖誕節要去希薇家慶祝吧？她說你想要一個人過，這樣不行。我們家的人已經少了很多。」她拿起靠在牆邊的愛麗絲肖像，接著背起包包。「寶貝，走囉。」她說。伊莎從打開的衣櫥走出來，朝他們走來。妳在清點我的球鞋嗎？威廉想著。他後退一步怕擋到她的路，但伊莎直直朝他走來。她走到他的腿前面，頭的高度剛好到他受傷的膝蓋，她用力抱住他的小腿。

「好棒喔，伊莎。」瑟西莉雅說，伊莎放開他，過去握住媽媽的手。她們離開之後，威廉站著不動，直到呼吸恢復正常。他很難接受別人的觸碰，而且剛才他完全沒有預料到。

威廉坐在體育館的看臺上看球隊訓練。他並非正式員工，只是暫時來盡一份心力。今年的球隊很強，球員全都很傑出。魔術強森與大鳥博德[57]的競爭使得NBA更加火熱，大學球員紛紛效法他們不看人傳球的招數。訓練很吵，經常有人互相嗆聲，球員炫技成功時也會大聲歡呼。

阿拉什給了威廉一份資料，裡面有暑假時威廉與球員對談的逐字稿；當時阿拉什要求威廉用小錄音機做紀錄。隊上垂直跳最高的球員，就是告訴威廉他曾經被刀刺傷的那個，威廉發現他打球時表情總是流露擔憂。前額碩大的球員有時會拍拍肩膀，威廉很想知道最近他是不是又脫臼了、肩膀是不是會痛。曾經腦震盪的幾個球員有時會避免衝撞，他很好奇，他們是不是擔心大腦又會撞上頭骨。威廉的視線在球場上來回掃動，觀察球員，思考他們的歷史。夜裡他在床上讀阿拉什給的資料，因為他準備得越周全，越有幫助。威廉感覺到各種資訊在內心盤旋。他相信自己能夠為球隊做出別人做不到的貢獻——儘管這個信念依然藏著擔憂。或許很微小，幾乎難以察覺，但一樣是貢獻。他只是必須弄清楚究竟是什麼。

重新閱讀之前訪談球員的逐字稿——讓他的眼睛很疲倦，視線重重落在每個字上——威廉想起自己的手稿，他的疑問也以打字的方式寫在上面。那份手稿在衣櫃裡一個沒有打開的箱子裡，和西北大學公寓裡的其他物品放在一起；威廉出院之後不久，在肯特的幫助下清空了那個小倉儲。茱莉雅的字跡在箱子外側寫上：威廉的物品。他還沒準備好看那份手稿，也無法思考是否該繼續寫籃球相關的東西。威廉努力回想註腳裡的那些問題，卻只能想起自我懷

57　Larry Joe Bird，美國職業籃球運動員，被公認為有史以來最偉大的籃球運動員之一。大鳥博德與魔術強森兩人是一九八〇年代的NBA領袖人物，被稱為黑白雙煞。

疑與焦慮，彷彿站在薄冰上。他也在訪談稿中讀出那些問題暗藏的憂慮。他似乎很關切球員腳下那塊冰的狀況。當時的威廉問：你之前有沒有受過傷？高中時或暑假期間？多嚴重？有沒有人在場幫助你？

聖誕節，他出現在希薇家，但只是因為他相信要是不出現，三姊妹中絕對會有人去找他，甚至全體出動。要是得在雪中等公車去西北大學，一定會破壞她們的佳節好心情，他不希望那樣。他原本想和肯特一起過節，但肯特去狄蒙市[58]見女友的父母了，這是他們第一次見面。威廉明白三姊妹想繼續做他的家人，他深深感謝她們的好意，但他也很清楚，不能繼續和她們來往了。

他明白自己的新人生應該是什麼樣子。獨自過著有如修道士的生活。畢竟如果不想傷害其他人，這是最好的辦法。他有籃球隊的工作、有肯特這個好友、有遮風避雨的宿舍。他的新人生多數時間都會待在球場邊，盡力幫助年輕球員，避免他們像他一樣受傷。那樣的人生很不錯，充滿使命感與友誼。他不需要家庭，也不需要姻親，更不需要他和希薇之間變形的關係。前往皮爾森區的公車上，他對自己承諾，這是最後一次和帕達瓦諾姊妹見面。今晚過後，他會遠離她們。沒有他，她們會過得更好。

他帶著包裝好的玩具消防車給伊莎，給三姊妹的禮物則是一模一樣的女用大學衫，他實在不知道該準備什麼，驚慌中在西北大學紀念品店匆匆亂買。希薇的套房很小，還被聖誕樹佔據了一個角落，於是威廉靠在敞開的窗邊。冷風吹拂他的背，感覺很舒服。伊莎在套房裡大步繞圈，偶爾腳步不穩，她因為下午太興奮而沒有睡覺。希薇準備了查理最愛的聖誕節餐點：火雞三明治。三姊妹在一起時感覺很開心，但不時會有人瞥一眼緊閉的公寓大門。威廉領悟到，她們希望消失的家人會奇蹟式地出現：茱莉雅與愛麗絲、蘿絲，甚至是她們的父親。帕達瓦諾一家總是團圓過節，從來沒有像這樣各分東西。還在芝加哥的三姊妹依然無法釋懷。

威廉沒有問，但他猜想茱莉雅應該不知道三個妹妹邀他一起過節。他很想道歉，他又害她們對姊姊撒謊，但他知道那樣只會讓大家不自在。他不該來。失落與幽魂如影隨形，他的黑暗瀰漫整間套房。

「你沒事吧？」愛茉琳過來站在他身邊。她穿著他送的紫白條紋大學衫；瑟西莉雅與希薇也一樣。她們看起來像冬季運動團隊，只是看不出哪種運動。

他點頭，喝了一口紅酒。「我等一下就要回去了。今晚市區公車會提早停駛。」

愛茉琳睜大眼睛看著他，然後一手按住他的手臂。威廉察覺她有點醉了。「你知道嗎？」她說。「我是同性戀。她們有沒有告訴你？我才剛開始用這個詞稱呼自己。」

58 Des Moines，美國愛荷華州的首府。

他不知道。他略微思索，然後判定這件事與他無關。「妳感覺很快樂。」他說，因為確實如此。她的表情毫無羞怯，他驚覺這是第一次看到這樣的愛茉琳。從她十四歲那年第一次在球場上見面，他始終覺得她內心有種遲疑猶豫。愛茉琳總是忙著觀察其他人，努力給予幫助，但她一直待在邊緣，彷彿還沒有輪到她享受人生。威廉原本以為這樣的猶豫是愛茉琳的一部分——她人格的一部分——但現在消失了。眼前的她感覺充滿生命力。

她靠近他的耳邊說：「我戀愛了。」

威廉腦中發生了奇怪的狀況；這句話讓他臉紅，一瞬間，他感受到如此強烈的渴望，他覺得自己快哭了。那句話——我戀愛了——導致有如飛箭的劇痛射穿他的過往。他知道自己從不曾以深刻、真實的方式愛茉莉雅，她對他也一樣。目前這段嶄新、安全的人生，他只能待在岸上，而愛情是大海。威廉選擇安穩，不要風險與失去。他唐突地對愛茉琳笑了一下，拿起放在沙發上的大衣，一邊說著再見、聖誕快樂、謝謝大家，一邊往套房唯一的門走去。他站在雪中，在城市昏黃的燈光下等公車，感覺如釋重負。這才是他的命運，獨自站在幽暗處。

威廉回到宿舍——大部分的人都回家過節了，只有少數國際生和特別熱血的運動員留在宿舍。半小時後，有人敲門。他嘆息，猜想八成是寂寞的學生，也可能是老警衛來跟威廉討酒喝。他不情不願地緩緩開門。

希薇站在門外，冬季大衣的肩膀上還留有尚未融化的雪。她走進宿舍，脫下大衣。她依然穿著那件條紋運動衫。

他困惑地呆望她。「妳怎麼會來？妳也是坐公車來的？」

她從他身邊經過，走向小宿舍的中央。「你以為我沒有看出你在做什麼？」

「哈？」

「你企圖脫離、消失。離開我、離開我們。就好像——」她咬一下下唇，「——茱莉雅離開了，所以你也要離開。」

角落的掛鐘滴答走著，聲音很大。這是宿舍附的用具，或許是想提醒住在這裡的人時光不斷流逝。威廉的後頸突然冒汗。剛開始和茱莉雅交往時，他很努力讓帕達瓦諾家接納他。他看書自學，幫忙修理他們家洗碗槽下面老舊生鏽的水管。他經常在午後去幫蘿絲的菜園除草。他去圖書館借詩集，設法理解查理談話中不時引用的詩句。現在他感到很歉咎，他不該那麼努力，那些事也不該有如此強大的效果。他已經和妻子分手了，儘管如此，他竟然依然是她家的一分子。一週前，瑟西莉雅家的浴室淹水，她打電話求救，威廉立刻帶著工具趕去。還在芝加哥的三個帕達瓦諾姊妹似乎非常任性地選擇忽視事實：茱莉雅被迫拋下的這個家，威廉沒有資格繼續享有。

拜託快點走，他想著。他的身體與大腦想要將他拉去那個幽暗隱密的地方，在那裡他感受不到情緒，一切都黯淡無光。但他已經不能躲在那裡了。

「妳不該來這裡。」他說。「宿舍只開放特定時段接受女客拜訪。」

「噢，別鬧了。」希薇說。

他默默贊同。這個藉口太弱。他太弱。事實上，在希薇面前，他感到清醒、侷促，想要那些不該想的東西。他沒有資格得到的東西，只會製造更多混亂的東西。他下定決心要和帕達瓦諾家切割，但其實他只是想逃避希薇。在醫院時，每次她走進病房，他的心跳就會加速。他知道必須遠離她。要不是出院那天希薇要求握他的手，或許他會比較容易做到。威廉一生都在努力硬撐。小時候他為了不讓父母難過，躲在衣櫥裡咳嗽。大學時他經常不知所措，面對同學的笑容或擊掌，回應總是慢半拍。身為籃球員的他，只有拿著球才能安心。年輕時，他因為被強勢女性看上而感到安心，全盤接受她給予的計畫、行程，甚至思想。他對她言聽計從，最後卻因此遠離自我，甚至無法稱之為人。

在醫院裡，威廉允許自己同情過去的他，那個寂寞的孩子、那個因為受傷被迫放棄籃球而失去希望的年輕人。在醫院裡，威廉找到了屬於自己的聲音，有了藥物的幫助，他不再早上一睜開眼就想著要如何撐過這一天。他的持續性目標——應該也是醫師的目標——是夠健康、夠好、夠快樂。然而，當希薇將手放在他的手中，威廉有一種奇特的感覺，他不知道原來有這種感覺存在。當他握著她的手，他感到完整。這件事帶來的震撼與愉悅在他心中不斷迴盪。此刻，他好希望希薇不在這裡、不會強迫他談這些，但他好想握她的手。他想要她的觸碰所帶來的那種感覺。極度渴望。

「今天晚上你幾乎不看我，也不跟我說話，幾天前我來找你，你好像假裝不在。」

他點頭。那天她來敲門時，他沒有開燈、沒有回應。「妳不該繼續來找我。」他說。「妳應該去約會、去玩樂。我已經壞掉了，妳應該好好過自己的人生。」

希薇安靜聽他說，如果是瑟西莉雅應該會一臉好奇，但希薇一臉沉思。「可是這樣違反了你的戒律。」她說。「既然要過沒有虛假、沒有秘密的生活，你就不可以假裝不在家。」

威廉消化這句話。她說得沒錯。他做錯了，正因為如此，他才需要她離開。他必須獨自過安靜、謹慎的生活。

「我寧願你打開門，說明想要我走的理由。」希薇艱難地吸一口氣，那聲音讓威廉聯想到用力打開窗戶的聲音。她說：「我不希望你隱藏自己，我也不想隱藏我自己。」

妳沒有隱藏自己，他想。我在妳身上看到太多，我從來沒有在其他認識的人身上看到這麼多。這一切的開端是並肩坐在長凳上的那個寒夜，現在他能清楚看見她內心的痛，也能清楚看出她同樣充滿渴望。威廉依然站在門邊。希薇站在小客廳的中央，就在紅沙發前面。威廉一瞬間忽然想到父母，不知道他們在做什麼。他想像他們靜靜坐在客廳裡，壁爐裡生了火，他們手中捧著酒。歲月與憂傷使得他們面目模糊。

「難道你想就這樣，什麼都不說？」希薇說。

他看著她，努力用表情傳達他很抱歉，因為他好像無法說話。各種感受與語言在內心形成巨大漩渦，他無法從中取得話語之後說出口。

她搖頭，顯然感到無力。「我想告訴你一件事。你讓我想通的事。小時候，我的夢想是找到偉大戀情，就像在勃朗特姊妹小說中讀到的那種。或是托爾斯泰。」

威廉腦中想像的畫面彷彿翻了頁：從憂傷父母變成希薇穿高領連身裙站在俄國火車站外面。

「以前還是少女的那段時間，我常常在圖書館和男生親熱，姊妹都催促我去找個男朋友，不要繼續那樣。但我對女朋友這個角色沒有興趣，我也不想成為人妻。我很清楚，如果找不到我的偉大戀情，我寧願永遠單身，也不要屈就平淡的男女交往。我無法假裝幸福，我受不了。」希薇甩甩手，彷彿想把溼溼的手甩乾。「不過我領悟到一件事：我一直以為會懷抱那樣的夢想是因為我生性浪漫，注定要過不凡人生，但事實並非如此。我創造出那個夢想，其實是因為真實人生令我害怕，而夢想又如此遙不可及。我從來不相信真的會發生。我從來沒有親眼見識過那樣的愛。我的父母彼此相愛，但用的方式很不對，因此兩個人都很悲慘。鄰居家的所有夫妻都是這樣。你在現實中看過那樣的愛嗎？」

威廉搖頭。他是因為恐懼而結婚，因為他自認無法帶領自己走向成年的人生。他需要茱莉雅，但不是作為伴侶，而是父母的角色。他以此為恥，但這是事實。

「我以為能懂我的男人只有爸爸一個，再也找不到另一個。那個人要能夠理解我看世界的方式，理解閱讀對我的意義，理解我是如何思考萬事萬物。他要能看見我最好的一面，讓我相信我能成為那樣的人。」希薇眨了幾次眼睛，好像在忍住淚水。她放在身側的雙手握起拳頭。「我以為那樣的愛是傳說。我以為那樣的人不存在。換言之，我可以因為擁有夢想而感到得意，但又可以和姊妹一起過安全的日子。」

希薇注視他許久，威廉知道自己麻煩大了。他沒有走開——他站在火前。「我看見全部的妳。」他說，但聲音很小。

「我知道。讀你寫的稿子時，我就知道或許你能看見。還有當我握住你的手時。」她停住。

他想起愛茉琳說我戀愛了的模樣。

「希薇，我們不可以這樣。」威廉堅定地說，從烈火的中心表明。我是妳姊姊的前夫，他想著。在學校中庭第一次遇到茱莉雅．帕達瓦諾的那天，他應該丟下她走開才對。即使在那時候，他就已經很清楚自己不正常；他只是不知道究竟是怎麼回事，也不知道該怎麼解決。十八歲的茱莉雅在他眼中有如燈塔，他利用她的光照亮他眼前的道路。「我可以離開芝加哥。」他說，然而，說出口的同時他也已經察覺到，倘若離開帕達瓦諾姊妹、大學校園、阿拉什、籃球隊，他將會徹底粉碎，再也無法拼湊回去。「聽我說，」威廉非常急切，「世上還有很多男人。妳一定會喜歡上別人。繼續找。」

「沒有別人了。」她說。「你是我的真命天子。」

「我不值得。」他是真心的。此時此刻，兩人的手交握，因為剛才她走過來，現在她握著他的手。暖意在他全身奔流。

「哦？我值得。」希薇說。她靠向前吻他。

希薇

一九八三年十二月～一九八四年八月

威廉出院的那天，希薇握著他的手，對自己承認愛他，她原本打算自己知道就好。她會盡量減少和他接觸。她會在圖書館多加班、培養新嗜好——雖然她還沒想到——讓自己忙碌，讓自己缺氧，這樣內心的情愫就會消失。但這套計畫失敗了。無論她做什麼都沒用。內心的情愫不減反增。在圖書館上架時，希薇的手發抖。她無法閱讀，因為一旦啟動想像力，她所進入的並非小說世界，而是有威廉在的空間。他們互相凝視，默默對彼此訴說最重要的事。她強迫自己下班後長時間散步，希望走到累了就能熟睡，但每天夜裡她上床之後，總是覺得身上隱形的縫線撐到快要爆開。

聖誕節當天，威廉研究套房的每一吋，卻刻意避開希薇站著的地方，他的視線精準切割掉她，讓她再次覺得自己變成幽靈了。她冒著大雪去追他。她很生氣。坐公車的時間太短，她無法仔細規畫，但她想好了該怎麼做：去到他的門前，強迫他看她。她只打算這樣。然而，真正去到他面前，注視他可愛又悲傷的臉龐，凝望那雙令她魂牽夢縈的藍眸，她想要更多。她想要平靜，想要躺在床上時不會覺得快爆炸。她想要說出囚禁在心中的話。她想要得到一切，因為她能夠感覺到雙方都豎起高牆抵抗欲望，她也能夠感覺到高牆另一邊藏著多豐碩的美好。

他們終於接吻了，在威廉的小客廳中央，外面下著雪，希薇內在的壓力解除。她的身體緊繃，感受到全新的歡喜與意義。希薇想著：這就是人活著的原因。她和威廉彼此擁抱、交談，希薇對著威廉的胸膛說話，而他對著她的頭髮。有時句子說到一半，甚至一個詞還沒說完，他們又吻了起來。希薇的雙手撫過他的肩膀、穿過他的頭髮。她一直好想摸他，盼望了好久、好久，那樣的愉悅幾乎使她全身疼痛，兩人的身體太靠近，害她無法專心說話。她同時想要一切。查理過世之後，她一直感到寂寞、撕裂。自從搬出茱莉雅與威廉的公寓之後，她一直對姊姊說謊。那天晚上在長凳上，威廉與希薇對彼此敞開心靈，她企圖逃離那種交流，但她越是努力逃跑，越是窒息。在他的懷中，她終於可以深呼吸，這是將近一年來的第一次。

他們兩個都不在乎斷句，也不擔心會惹對方不快。他們就這樣互訴衷腸，其實在某個程度上，他們早已知道對方的感情。希薇告訴威廉，那晚在長凳上，她感覺自己被看見，也在手稿的註腳裡看見他；他告訴她，和她在一起他感到輕鬆、完整，他的人生從來沒有這種感覺。「我們不能告訴別人。」她低語，他同意。希薇告訴自己這樣不算違反威廉的戒律，因為他們之間沒有秘密。他們的愛與真誠只能留在這間宿舍裡，但是當希薇擺脫身體的束縛之後，宿舍感覺無比廣大。

她和威廉閃避各種標籤，在陰暗處相擁，希薇想像爸爸贊同微笑。聖誕節隔天晚上，她再次來到他的宿舍，之後幾乎每晚都來。和威廉在一起，希薇感覺可以自由伸展。她給他看她寫的東西，記錄小時候家庭生活的文章。她告訴他那次在雜貨店後面查理對她說的話。她想到什麼都可以告訴威廉，不必擔心他會誤會或覺得她很怪，她好開心。一位戴著厚厚眼鏡的年長男性讀者，每天下午都會跟圖書館員說些很糟糕的笑話，她轉述給威廉聽，有些實在太荒謬，她和威廉笑得眼淚都流出來了。和他在一起時，希薇可以是任何模樣：傻氣、悲傷、睿智，全身每個細胞都很滿足。

「反正我們的戀情感覺也不像戀情。」一天傍晚她這麼說，他正在看小電視上的公牛隊球賽轉播。她坐在他身邊，斷斷續續讀一本小說。電視聲音調得很小，門上了兩道鎖，這樣萬一有人敲門，希薇才有時間躲進浴室。一週幾次，她會在威廉的宿舍過夜，但是她必須趁天亮之前悄悄離開，以免威廉惹上麻煩。

「那感覺像什麼？」他問，視線沒有離開螢幕。

「就好像所有牆壁都被拆除了。就好像我們不再需要屋頂或門。這些都無關緊要。」

「也就是說，我們在戶外。」他轉頭對她微笑。這是他的新笑容，他們第一次接吻之後才出現。以前威廉很少笑，即使笑了，感覺也只是在配合，就好像他知道這時候該微笑才對，於是他的臉啟動正確的機關，做出微笑。希薇想用一輩子的時間讓他露出這個新笑容。威廉的臉龐生氣勃勃，充滿感激，非常幸福。希薇知道威廉和她在一起很幸福，知道他有多感激；夜裡他對著她的肌膚呢喃訴說他有多幸福。

他也想要讓這段戀情永遠保密，對他而言所謂的永遠，就是等到希薇恢復理智和他分手。威廉認為這樣並沒有違反他的戒律：這個秘密其實只是拖延戰術，在他們找到力量離開彼此之前短暫偷歡。「我不值得。」他每天都這麼說，直到希薇拜託他不要再說了。但現在他又說了一次，因為他忍不住。

她說：「我值得幸福圓滿嗎？」

「當然。」

「那就為我繼續下去。」

「為了妳而愛妳？」威廉站起來關掉電視。電視機上方掛著瑟西莉雅最近送來的畫。威廉告訴希薇，瑟西莉雅給他看畫的時候有多不安。「我通常都畫肖像。」她說。「但我想挑戰一下。我不太確定這幅畫的主題到底是什麼，但感覺很對。」希薇認為那幅畫很美。要不是已經知道是小妹畫的，她絕對猜不到。那幅畫一部分是風景，一部分探索光和雨。希薇記得瑟西莉雅曾經對三個姊姊說過，她想以梵谷畫星空的手法畫雨。畫布上雨點與微弱光芒交織。是那種會吸引視線的光。

「無論如何我都會愛妳。」威廉說。「但我不想傷害別人，更無法忍受傷害妳，希薇。我理應孤獨。妳的家人會說什麼？茱莉雅呢？」說出她的名字時，他的神情流露痛苦。「妳寫下的那些回憶，大部分都關於妳和她。」

「當然啊。那是我們四姊妹的童年。」

威廉憂傷搖頭。她可以聽見他的想法：沒有虛假、沒有秘密。他說：「讀妳寫的故事，我看得出來妳有多想念姊姊。」

希薇感到非常惱怒，甚至闔上書、將睡衣和牙刷塞進包包，氣呼呼離開。她步行穿過校園走向公車站，發燙的臉頰因接觸冷空氣而降溫。她很氣自己，竟然因為威廉所說的話而做出如此誇張的反應。到家之後她會打電話給他。他當然沒錯。對她而言，重點是茱莉雅。威廉希望他們的戀情不要曝光，這樣當他們分手時，就不會將其他人牽扯進來，甚至沒有人知道他們曾經在一起。希薇希望戀情保密，則是為了姊姊。當她試著想像茱莉雅得知她和威廉相戀時的感受，總是必須搖頭甩開姊姊傷心欲絕的模樣。茱莉雅會恨她。希薇背叛了她。唯一的解決方法就是不讓任何人知道。

三月，茱莉雅與愛麗絲離開將近五個月了。庫柏教授的企畫案延長，茱莉雅沒有和家人商量，便自行決定留在紐約。「妳要留在那裡多久？」瑟西莉雅在電話上問她。「要看狀況。」茱莉雅說。「我很想念妳們，不過我和愛麗絲在這裡過得很好。」希薇聽到這個消息時，大大鬆了一口氣。她和姊姊一個月通兩次電話，時間會選在愛麗絲晚上睡覺之後，兩人輪流負擔高昂的長途電話費。她和茱莉雅都沒有再提起道別時緊繃的氣氛，她們雙方都假裝什麼都沒有發生。茱莉雅工作很辛苦，所以她總是感覺很累，但也情緒高昂。這座城市、聰明幹練的同事、紐約女人的穿著打扮，在在令她興奮。她的聲音感覺光芒四射，綻放喜悅，她已經很久沒有這麼活力滿滿了。「跟我說說妳的事。」茱莉雅講完自己的事之後，總會這樣對希薇說。「我很想妳。不分大小事我都想聽。」希薇會述說生活中無關緊要的事——工作、套房洗碗槽漏水、幫忙照顧伊莎的趣事——但隱瞞最重要的那件事。

有一次通話即將結束時，茱莉雅說：「妳感覺很快樂。」

「妳也是。」

「我為我們感到快樂。」姊姊說。

在校園枝葉茂密的樹下，希薇想像姊姊對她搖頭。妳不能永遠隱瞞下去，想像中的茱莉雅說：妳必須做出抉擇。姊姊是希薇的一部分，兩個妹妹和希薇也很親，但沒有到那種程度；帕達瓦諾家的長女和次女從小便緊密交織。或許正是因為這樣——也可能是因為希薇知道兩人之間沒有界線，如此一來，茱莉雅真正地成為她的一部分——即使姊姊離開了芝加哥，依然時時刻刻在她心中。茱莉雅與希薇並肩走在街道上，在餐廳裡與她對坐，和她一起望著浴室鏡子。希薇很慶幸有這個版本的姊姊陪伴。最近聊天時偶然出現與茱莉雅相關的話題，愛茉琳說：「妳一定很想她吧？」希薇說：「對，但不太多。」這是真的，但其他人很難理解，或許只有茱莉雅本人才懂。

第一個發現的人是肯特。四月初，他帶女友一起來探望威廉，妮可活潑動人，燦爛的笑容不輸肯特。肯特立刻察覺一定發生了什麼事。威廉努力轉移話題，問他們訂婚的事，欣賞妮可的戒指，這支戒指原本屬於肯特最愛的祖母。但肯特只是盯著他說：「快點告訴我到底發生了什麼事。你感覺完全不一樣。」

「我沒有哪裡不一樣。」威廉說。「或許體能稍微改善一點，現在我可以跑三英哩了。」

肯特搖頭。

「說不定是交女朋友了。」妮可猜測，把威廉當作診所的患者仔細觀察。

肯特正準備再次搖頭，因為完全不可能，但這句話讓威廉的表情變了，於是他停住。他注視好友。「女朋友？誰？」威廉的生活圈很小，他認識的人肯特也全都認識，西北大學籃球隊相關的人、在醫院認識的人。

威廉看著好友爬梳各種可能，最後他低聲承認：「希薇。」

肯特沉默了一下，將他所知道的所有片段組合在一起。湖邊救援、救護車去醫院的路程、希薇坐在威廉的病床邊。「當然！」他說，撲過去用力抱住威廉，逗得妮可開心大笑。

「肯特，小心點，別撞傷他。」她說，因為肯特比威廉重五十磅。

肯特打電話去圖書館找希薇，叫她立刻過來。他也同樣緊緊擁抱她，她從擁抱的動作感覺出他放心了。「太棒了。」他說。「我早該看出你們會在一起，我對自己有點失望。」他看著他們兩個。「不過，我感覺得到狀況也很複雜。」

妮可在場讓希薇覺得彆扭。妮可很美，而且這是她們第一次見面。她很想知道，妮可會不會覺得她是個爛人，竟然愛上姊姊的丈夫。這是希薇第一次擔心陌生人的想法，在妮可的視線下，希薇感到赤裸、欠缺。她看得出來，說出這件事讓威廉緊張到差點昏倒。他坐在紅沙發上，神情呆滯。希薇捏捏他的手，提醒她在這裡，以免他沉入內心的水中。

「為了希薇著想，我們不會交往太久，很快就會分手。」威廉說。

肯特看著希薇，她搖頭。

「不過我們必須保密。」她說。她計算過了，判斷肯特和妮可知道也不會有問題。他們和雙胞胎或茱莉雅都沒有聯絡。他們住在密爾瓦基。即使他們知道了，也只代表威廉與希薇藏身的小宿舍擴大了一點點。希薇認為這樣也不錯，說不定她和威廉可以和他們兩個一起出去喝一杯。像一般情侶那樣，和另一對情侶來場雙重約會。她和威廉在可以控制的範圍內，小小擴張他們的秘密生活。威廉可以跟好兄弟訴說心事。

肯特在他們面前來回踱步。「你們彼此相愛？」

他們一起點頭。威廉遲疑，而希薇毫不遲疑。

「太好了、太好了。不過你們不能繼續保密。立刻停止。威廉，這樣不健康，維持你的健康是最重要的事。你很清楚規定。」

希薇用雙手摀住眼睛。她感覺像三歲小孩，隨時會開始耍賴哭鬧，她的內心充滿憤慨與慚愧。肯特將注意力放在威廉身上，藉此提醒希薇他是最脆弱的桌腳。提醒她一旦威廉撐不住，桌上所有東西都會掉在地上。

「你有沒有告訴心理醫師？」肯特端詳好友的臉。「沒有？這樣不行。你們必須讓所有人知道。這是關鍵。」肯特的神情表明：威廉存活的關鍵。「你們不能把愛藏起來。」他說，希薇依然摀著臉，心裡想著：真的嗎？

他們的愛在哪裡？能藏得住嗎？當威廉看著她，希薇看見愛從威廉的臉龐湧出，有如從牆面裂縫透出的光。希薇對他的愛是她的一部分，就像她的雙手、她的臉。如果可以選擇，她絕不會愛上威廉，絕不會將姊夫擁入心中。這份愛並非她和威廉給予彼此的感情，他們就是這份愛。希薇感覺得出來，倘若離開威廉，她會隨之消逝。她將不再是希薇。過去的那個自己將只剩空殼，行屍走肉度過每個毫無意義的日子。

肯特說：「我建議說清楚。你們不然就分手，不然就必須告訴所有人。」他看著希薇。

「只有這兩個選擇。」

希薇內心的迷霧消散了。她很清楚，威廉要活下去，就必須以他自己的條件過日子。自欺欺人只會讓他立足不穩，希薇不允許自己那樣傷害他。威廉說得沒錯，從他們第一次接吻開始，他就堅持這種保密的做法不能持續太久；而從他們第一次接吻開始，希薇就一直很清楚，她無法回到沒有威廉的人生。他已經成為了她的氧氣。希薇只是無法將這些事實融合在一起，直到現在。

肯特繼續踱步。「威廉，你去告訴醫師。我去告訴阿拉什。別擔心，我不會鄭重其事。他一定會很開心——他很欣賞希薇。如此一來，你生活中最常出現的人就都知道了。而希薇——」肯特看著她，確認她有沒有想通。看出她已經趕上腳步了，他點點頭。「妳必須告訴其他所有人。」

希薇點頭說：「是，隊長。」

她同時告訴愛茉琳與瑟西莉雅。五月一個晴朗的午後，她打電話把她們叫來套房。窗戶開著，透進來的空氣有著春日氣息。

瑟西莉雅穿著作畫用的服裝——橄欖綠連身褲，口袋很多，可以放畫筆和抹布。她正在盧米斯街畫壁畫，幾乎整天都待在那裡。她整個白天都在那裡作畫，然後凌晨兩點再次出門

——伊莎有愛茉琳照顧——繼續忙到她想睡覺。這是第一次有人雇用她畫壁畫，委託人是地方藝術協會，沒有限制主題，她想畫什麼都可以。每天去圖書館上班的途中，希薇都會去探望妹妹。她知道瑟西莉雅不喜歡聊進行中的作品，所以她只是看。牆上一開始只有一個女人的臉部與肩膀的輪廓。過去一週，那個女人漸漸現形，希薇越來越覺得熟悉。那張臉傲氣、強悍。希薇很想知道瑟西莉雅畫的是誰，她自己？也可能是愛茉琳或茱莉雅。今天她有點擔心小妹畫的是她。瑟西莉雅很可能會在牆上揭露希薇真實的面貌。倘若牆上那個女人真的是希薇，那麼，她的愛與解放將會展現在世人面前。因為這個可能，希薇決定不再拖延，打電話請兩個妹妹來家裡。交由瑟西莉雅的畫筆來公開這個秘密，希薇實在無法接受。她必須親自坦白。

「我們知道一定發生了什麼事，」愛茉琳說，「因為最近妳很怪。」她直接從托兒所過來，一整天與果凍和黏土為伍，所以整個人感覺黏答答的。

「難道妳也是同性戀？」瑟西莉雅笑著說。她和三姊一起坐在希薇的餐桌邊。

希薇搖頭，心理想著：多希望我是要出櫃。「妳們想喝水嗎？還是——」她努力思考櫥櫃裡有什麼。「——蘇打餅乾？」

「快說吧。」瑟西莉雅說。「小愛晚上要上課，賽瓊內太太在幫忙照顧伊莎，所以我得快點回家。」

希薇深吸一口氣鎮定心情，彷彿即將潛入水中，然後說出她內心的秘密。她從在湖邊握住威廉的手開始說起，表明和威廉在一起，她感覺自己活著。和他在一起形成了完整的圓，和他在一起，她混亂的自己才感到完整。「當我們握著手……」她說，但當初她無法在威廉面前說完這句話，現在同樣不能。有時候，言語宛如擲向窗戶的小石頭，而她想表達的是窗戶本身。

她說完之後，兩個妹妹沉默。外面傳來輕微的交通噪音。一輛巴士煞車時發出刺耳聲響。

「噢，希薇。」瑟西莉雅感覺很累，因為睡眠不足，因為要獨自撐起她的世界。伊莎最近學會說「不要」，每天一早醒來躺在嬰兒床上，就開始大聲說不要。

愛茉琳轉開視線不看希薇。「世界上有這麼多男人，只要不是他，妳隨便選誰我都會為妳感到開心。」她說。「誰都好。」

「我知道。」希薇說。她知道兩個妹妹不會太高興，但她們的憂傷如此實質，有如沉重的毯子壓在她身上。「如果可以，我也想選別人。」

愛茉琳用眼神懇求。希薇想起當時她、茱莉雅、愛茉琳坐在蘿絲的餐桌邊，求媽媽不要搬走。現在輪到希薇說出她們不想聽的消息。現在，她成為妹妹想制止的人。

「茱莉雅已經承受太多打擊了。」愛茉琳說。「你們不能只做朋友嗎？」

「妳能和喬希只做朋友嗎?」

愛茱琳抿著嘴搖頭。希薇領悟到,她和愛茱琳所做的選擇有著類似的代價。希薇坐在這裡說出讓兩個妹妹心痛的話,因為沒有威廉她活不下去,而秘密會讓威廉活不下去。愛茱琳則一直隱藏她的性向——甚至不敢對自己承認——直到認識喬希。「我不得不說出我愛她。」愛茱琳說過。「即使會要我的命也一樣。我擔心真的會。」希薇感同身受:這一刻感覺既生亦死。她敞開秘密,但也持續崩裂。

「妳確定他不是因為思念茱莉雅,才和妳在一起?」瑟西莉雅注視著希薇說。她總是想要得到真相。「妳知道,妳長得很像她。希薇,這樣很不健康,妳不覺得嗎?就好像妳是他婚姻的替代品。」

希薇無言以對。一開始她確實擔心過,當她脫掉衣服時威廉會不會感到失望,因為她的胸部比茱莉雅小、臏部曲線也沒那麼性感。茱莉雅在床上更厲害嗎?希薇從來沒有問過威廉,因為她不想聽到答案。

她很驚訝,面對兩個妹妹的質疑,她竟然不覺得有必要防備;她也不想爭吵。她想到幾條街外那面三層樓高的牆,瑟西莉雅在上面畫的女人肖像,一開始只有線條,接著慢慢填上色彩與細節。希薇也在為自己作畫,發現自己的色彩並展現出來。她感覺到兩個妹妹散發出憂傷,一如從肌膚散發出體溫。希薇知道她們很難接受。她知道瑟西莉雅與愛茱琳把威廉當哥哥，她們九年級時就認識他了。但這個消息太難接受，她們想到的並非威廉。她們心中有一條閃亮的橋，各自版本不同，連通在芝加哥的三姊妹與在紐約的茱莉雅。希薇知道愛茉琳會剪下報紙上皮爾森區的公寓銷售廣告寄給茱莉雅。瑟西莉雅持續畫愛麗絲與伊莎在一起的作品，她會拍攝畫作寄給茱莉雅，問她喜歡哪一幅。茱莉雅還沒有選。

「妳繼續這樣下去，」愛茉琳說，接著停頓一下，彷彿也準備要潛入水中，「茱莉雅和愛麗絲永遠不會回家。」

太陽沉到雲或高樓後方，陰影落在三姊妹身上。那道閃亮的橋在她們腳下化作灰燼。希薇想起童年的夢想，茱莉雅總是抱怨說希薇當作偉大愛情範本的那些小說全是悲劇。希薇當時還太天真，堅持說悲劇的部分可以避免。浪漫之中不一定要有悲劇。她錯了。

「我知道。」她說。「對不起。」

愛茉琳與瑟西莉雅得知那件事之後，一直沒有聯絡希薇。她知道兩個妹妹的心依然瘀血刺痛，所以需要躲開她一段時間。她很擔心她們會永遠不再聯絡，但她努力推開這個可怕的想法。她自己的心也瘀血刺痛。希薇依舊每天去盧米斯街看瑟西莉雅的壁畫，但她小心避開妹妹會在的時間。牆上的女人每天都多顯露一點容貌。當瑟西莉雅畫完眼睛時，希薇終於知道那是誰了。並非帕達瓦諾四姊妹其中一個，而是亞西西的聖嘉勒——蘿絲強迫瑟西莉雅帶著走，作為懲罰的那位聖女。但瑟西莉雅一次又一次畫下她，將聖嘉勒變成她的幸運符。

牆上的女人感覺很強悍，一點也不像是警告別人不能行差踏錯的標誌。事實上，她在牆上綻放光彩，更像是反面例子。希薇端詳她，想起四姊妹小時候，蘿絲經常以那些聖女作為榜樣，教導女兒要出人頭地。她們四姊妹長大之後，性行為、婚姻、懷孕這些事再也無法避免，媽媽才用聖女作為警惕與懲罰。聖嘉勒佔據一棟建築側邊三層樓高的牆面。她違背了家族與社會的期待，拒絕成為少女新娘，拒絕在人生開始之前就放棄。她體現了勇氣的意義，將她畫在牆上的妹妹也很勇敢。說不定，帕達瓦諾四姊妹全都很勇敢，她在心中偷偷放膽這麼想。瑟西莉雅十七歲時做出等於逃家的行為，成為單親媽媽，現在她的藝術作品越來越搶手。愛茉琳和喬希熱戀中，而且完全沒有試圖隱瞞。愛茉琳與喬希在賽瓊內太太面前牽手，老人家差點心臟病發作，愛茉琳因為害她身體不舒服而道歉——在旁邊的瑟西莉雅則狂笑到喘不過氣——但不肯為她的愛情道歉。茱莉雅面對需要拯救的丈夫，打破了數百年來的厭女迷思，拒絕將丈夫看得比自己重要，決定先救自己。希薇認為或許她也很勇敢，允許自己實踐如此異常的夢想，她原本以為長大之後就會放棄。

希薇原本相信自己會孤獨終老，和姊妹一起待在安全的小圈子裡。畢竟她的心一直屬於她們。從小到大，四姊妹幾乎共享同一顆心的脈動。看著那幅壁畫，希薇很想知道，勇氣是否與失去緊密相連，做出驚世駭俗的事之後就得付出代價。茱莉雅還不知道希薇隱瞞的真相，但很快就會知道。瑟西莉雅說過，她和愛茱琳會轉達這個消息；她們其中一個會去紐約當面告訴茱莉雅。這讓希薇放下心中的擔憂。雙胞胎會以溫和的方式告訴茱莉雅，努力保護她，而希薇所能做的，只是造成傷痛。

希薇打電話給茱莉雅時，每次都想著這應該是她們最後一次通話。她不知道瑟西莉雅或愛茱琳什麼時候會去紐約，她不知道她們的計畫。她聽茱莉雅描述愛麗絲的托兒所，愛麗絲不久前說出第一個詞：媽媽。茱莉雅告訴希薇，庫柏教授在會議結束後詢問她的看法，並且重視她的意見。為了能講久一點，希薇問了很多問題。她盡可能記住姊姊的聲音，以及她充滿愛的語氣。小時候，希薇認定世上沒有任何事能讓姊姊脫離她的人生；而現在的她明知道斧頭即將落下，卻沒能設法阻止，這感覺是一種極致的折磨。我愛妳，她對著電話在心裡說。對不起。

學校規定住宿生輔導員必須每晚都在宿舍睡，因此總是希薇去西北大學，而不是威廉來皮爾森區。她覺得自己大部分的時間都在真實世界，承受雙胞胎的沉默，等候茱莉雅得知消息，威廉則待在大學的安全氣泡裡。她很慶幸他能躲在氣泡裡，她多希望自己也可以。一開始威廉嚇壞了，但隨著時間漸漸恢復正常，她終於放心了。肯特識破他們的戀情之後，整整兩週的時間，威廉動不動就清嗓子，好像擔心自己的聲音會亂說話。不過，幾天過去了，天並沒有塌下來。他告訴心理醫師他和希薇在交往，醫師判定這是件好事，他之前便一直督促威廉要與他人建立真正的互動。肯特告訴了阿拉什，果然像肯特預料的一樣，他非常開心。從肯特那裡得知這件事之後，再次見到威廉時，阿拉什猛拍他的背整整兩分鐘。瑟西莉雅與愛茉琳不再去探望威廉，但她們原本就沒有固定去，而且其實她們不出現，威廉反而自在。

反倒是希薇每天去圖書館的路上都必須反覆深呼吸，一天幾次站在人行道上守望聖嘉勒，獨自在套房吃炒蛋。她活在自己創造的寂靜中，她感覺自己越來越深陷其中。她不後悔。有時候和威廉在一起時，她會忽然發現臉頰好痛，然後才意識到是因為連續笑了好幾個小時。夜裡睡覺時，她緊貼他溫暖的肌膚。在凌晨四點驚醒時，她書寫童年回憶。

沉默持續三個月之後，八月的一個下午，希薇推著滿車的新書從倉庫出來，愛茉琳出現在她身邊。愛茉琳沒有說話，只是擁抱希薇。她的頭靠在希薇肩上，手臂環抱她的身體，希薇只能碰到愛茉琳的頭頂和一隻手，於是她緊緊握住。兩姊妹就這樣在圖書館後方的角落相擁幾分鐘。她們放開時，感覺有如重新開始。站在新起點的她們心痛、癡迷、自由。

茱莉雅

一九八四年十月～一九八八年九月

愛茱琳來訪時，愛麗絲十八個月大，母女兩人住在紐約已經一年了。搬來紐約對茱莉雅而言並不容易。去紐約不僅是茱莉雅人生中第一次坐飛機，而且還帶著一個嬰兒，從登機那一刻起，每一天都充滿挑戰與陌生。這不見得是壞事，陌生讓她安心。茱莉雅匆匆離開故鄉，正是因為她需要嶄新、不同的生活。她在曼哈頓找到了，而且質與量遠超過她的預期。這座城市噪音不絕於耳，大量人潮往四面八方趕路；茱莉雅走在人行道上不知不覺也加快腳步，努力不落人後，雖然她不太確定方向是否正確。

她在庫柏教授的團隊上班，所有人、所有工作都很陌生，她也努力和寶寶建立暫時的家。哄愛麗絲睡覺時，她唱著：「半年而已。我們一定可以撐過去。」蘿絲在佛州認識的紐約朋友房子暫時空出來，於是茱莉雅住了進去。萊芬太太不收房租，只要求茱莉雅幫忙照顧她養的大量植物。每天晚上，茱莉雅拿著澆花壺從公寓一頭走到另一頭，然後癱倒在床上熟睡。她從來沒有獨自生活的經驗，更別說還要面對這麼多難題。她的身邊一直有可以幫忙的人：三個妹妹、媽媽、威廉。現在，茱莉雅一手扛嬰兒車、另一手抱孩子，爬樓梯走出地下鐵車站。她覺得自己一直滿身大汗，同時還要維持光鮮亮麗的外表。她獨自承擔所有責任：愛麗絲在托兒所用的尿布、各種帳單、確保廚房裡有足夠的嬰兒食品與牛奶，還要洗衣服。愛麗絲製造出大量需要清洗的衣物。儘管如此，茱莉雅仍然非常感謝曼哈頓，這個地方要求她投注全部的心思，而且不會讓她想起以前的人生。

聖誕節時，蘿絲買機票讓茱莉雅帶愛麗絲去佛州找她，茱莉雅終於能夠稍事喘息。蘿絲的四個女兒當中，茱莉雅是第一個去邁阿密看她的人，蘿絲向朋友炫耀女兒和外孫女，看得出來非常自豪。茱莉雅拒絕挽救婚姻時，蘿絲表明她非常失望，然而，當茱莉雅展開新人生，她也同樣感到興奮。「我的女兒在非常有名的商業顧問公司上班，辦公室在曼哈頓市中心。我老公總是說茱莉雅既有頭腦也有膽識。她的寶寶很可愛吧？」茱莉雅很驚訝，媽媽竟然將長女和丈夫的故事全盤重寫：茱莉雅不再令人失望，查理的意見也值得尊重。儘管如此，能得到媽媽的認同還是很不錯，而且她很高興能在媽媽家的聖誕樹下為八個月大的愛麗絲拆禮物。下午，她和蘿絲打電話去希薇家，祝其他家人聖誕快樂。伊莎對著電話煞有介事地嗯嗯啊啊，逗得佛州與芝加哥兩邊的家人哈哈大笑。

春季，庫柏教授為通訊公司進行的企畫案延長，他問茱莉雅想不想回芝加哥。「和妳共事很愉快。」他說。「而且我準備在這裡開發新客戶，所以我會繼續留一段時間。不過我知道妳的家人都在芝加哥。如果妳想回去，我完全可以理解。」

茱莉雅深呼吸，消化這個消息。其實她並不意外，因為她知道顧客非常滿意庫柏教授帶來的成效，而且企畫也尚未結案。然而，自從來到紐約，她一直以半年的時間作為框架。在那些特別不順的日子，她會強烈想念三個妹妹，想念那個不需思考便能來去自如的城市。她也希望愛麗絲能有機會和表姊一起玩，接受三個阿姨的寵愛。「可以讓我考慮一個晚上嗎？」她問，庫柏教授說當然沒問題。

那天晚上，她從辦公室走過三十個路口去愛麗絲的托兒所，抵達終點時，她有了答案。在曼哈頓，茱莉雅覺得自己走在發揮潛能的路上——隨著女兒出生而降臨的那個眼光清晰、力量強大的自己，在這裡能夠完整存在。茱莉雅想像回到芝加哥之後的生活，看到被各種擔憂壓得抬不起頭的自己。在那裡她曾經是人妻；在那裡她看錯了自己的丈夫；在那裡她做了很多錯誤的決定。回到前夫所在的城市感覺很複雜。威廉在法律上放棄了愛麗絲的親權，茱莉雅與愛麗絲的身分文件上也不再使用華特斯這個姓氏，不過，萬一威廉跑去愛麗絲玩耍的地方看她呢？萬一茱莉雅和愛麗絲在街上碰巧遇到他呢？萬一他改變心意呢？

等愛麗絲長大能夠理解的時候，勢必要向她解釋，但茱莉雅還沒想出來要怎麼說。她知道還有很多時間可以慢慢想，於是她盡量避免認真思考這件事。畢竟她沒有多少選擇，她還能怎麼說？理論上妳確實有爸爸，但他不要妳了？妳爸爸不希望人生中有妳的存在？他生了重病所以無法負擔為人父親的責任？之所以這麼複雜，一部分是因為儘管茱莉雅很感謝威廉做出這樣的決定，但她無法理解。愛麗絲才一歲，眼睛明亮、笑容滿面、小臉胖嘟嘟。就連路人看到她也會不顧形象當起小丑——他們做怪臉、吐舌頭，做各種傻事逗她笑。茱莉雅相信她是全天下最可愛的寶寶，伊莎以些微差距名列第二。怎麼會有人不希望人生中有愛麗絲？這個問題令她困惑，威廉的決定更令她困惑，這樣的心情，讓茱莉雅想起婚姻最後那段時間的絕望泥淖。於是她下定決心，最重要的是，她喜歡在紐約的這個自己，她想繼續留下來。

當然，這個決定也有令她難過的部分，就是三個妹妹。茱莉雅經常會在路上看到希薇上計程車或過馬路，每天至少一次，茱莉雅住的公寓大樓裡有個女人的笑聲很像瑟西莉雅。每次打電話給妹妹，她都會邀她們來紐約。瑟西莉雅總會如此回答：「不要，妳快點回來。」只有她徹底抗拒。瑟西莉雅似乎在芝加哥扎了根，完全無法離開，這真的很奇怪，因為她在其他方面都很獨立。希薇似乎願意考慮，但始終無法給出一個確切的時間。愛茉琳則擔心太多細節：去紐約太花錢、害怕坐飛機、沒有合適的鞋子。「我去那裡會被笑。」她說。「曼哈頓的人都好時尚。」

自從下定決心要留在紐約，茱莉雅每天早上醒來都滿心歡喜。她和愛麗絲每天晚上在廚房開舞會；愛麗絲非常配合，熱情搖擺小屁屁。萊芬太太從邁阿密回到曼哈頓，茱莉雅這才知道，原來她是上東區那棟大樓管委會的會長，她幫茱莉雅在同一棟大樓找到很漂亮的兩房公寓。茱莉雅很高興能有自己的住處，也很喜歡這種沒有終止日期的新生活。她送愛麗絲去托兒所然後去上班，玻璃帷幕辦公大樓倒映出堂皇的中央車站。在俯瞰城市的高樓層辦公室裡，她和庫柏教授一起出席會議。

愛茉琳宣布她成功克服恐懼，決定在十月來訪，茱莉雅開心極了。愛茉琳來的日子越來越接近，她激動到睡不著。茱莉雅來紐約之後忙到沒時間交朋友，不過她也不知道該怎麼做。從小到大，三個妹妹就是她最好的朋友。在芝加哥，她的人生不需要其他人。她和希薇與雙胞胎瞭解彼此，熟悉姊妹每個版本、年齡、情緒的模樣；茱莉雅根本不懂如何和陌生人建立親密友誼。在愛麗絲的托兒所，她常見到另一個媽媽，茱莉雅很欣賞她的風格，而且她好像也有全職工作，就像茱莉雅一樣，她考慮過要不要去認識一下。但她和那個陌生人之間的距離有如鴻溝，茱莉雅不知道要如何跨越。一段友誼可以從問名字展開嗎？必須住在一起才能真正瞭解對方吧？這樣太不實際。

茱莉雅請了一星期的假，打算每分鐘都和愛茉琳在一起。兩姊妹一起去散步很長的時間，每次過馬路，茱莉雅都得牽著妹妹的手，因為愛茉琳忙著抬頭看四周的摩天大樓，根本沒注意來車。她們在大都會美術館逛了一整天——她們在書籍和電影裡看過很多次的地方——走過每個展覽室，假裝自己是電影中的人物。每天晚上她們都熬夜聊天。茱莉雅太缺乏這種親密，太缺乏這種輕鬆傻氣的對話。她一直很寂寞。她們聊蘿絲的事——彷彿媽媽依舊是她們繞行的太陽——她都已經搬去佛州了，卻還是對她們頤指氣使。不用說，愛茉琳很擅長與幼兒相處，花好幾個小時坐在地上陪愛麗絲玩耍。

「妳是全世界最可愛的愛麗絲。」愛茉琳對小外甥女說。她們在地板上玩積木，茱莉雅坐在單人沙發上看。

「愛姨姨。」愛麗絲集中精神認真地說。她想說愛茉琳阿姨。

「好棒喔！」愛茉琳拍手。

「她真的很像威廉。」愛茉琳說。「不過她的眼睛像爸爸，一樣閃耀光彩。她長大以後頭髮應該會變鬈。我看過小時候的照片，我像她這麼大的時候，頭髮比較直。托兒所裡也常有小朋友原本像雙親中的一個，但越大越像另一個。」

「真希望以後她多少有點像我。」茱莉雅說。兩姊妹一起以寵愛的眼神看愛麗絲。「不過，說真的，只要她沒有遺傳到他的黑暗，」茱莉雅說出心中隱藏的恐懼，「她長怎樣都無所謂。」

愛茉琳驚訝地愣了一下，但還是說：「當然。妳說得沒錯。」

早上茱莉雅幫愛茉琳夾頭髮，兩人一起看著鏡中相似的兩張臉。我需要妳，茱莉雅想著，她需要的不只是眼前的愛茉琳，但那份需求太強大，不容她挑三揀四。愛茉琳回家之前，茱莉雅一定要問清楚她什麼時候會再來、要怎麼做才能讓她再來。愛茉琳來到紐約的第一天晚上，茱莉雅已經開始大力遊說妹妹和喬希搬來紐約。妹妹也搬來這裡絕對是最完美的解決方案。憑愛茉琳與喬希的工作經驗，曼哈頓的托兒所一定會搶著要，這裡根本沒有人在乎性向。搬來紐約之後，茱莉雅才發現庫柏教授和男友同居三十年了。他的男友唐尼人很好，總是穿剪裁精緻的西裝，還幫忙茱莉雅挑公寓的地毯——她不知道這裡的地毯市場價格驚人，而且令人暈頭轉向。

當茱莉雅提起這件事，愛茉琳說：「我無法想像在不是芝加哥的地方生活。」但她非常欣賞這座城市，而且抱著愛麗絲的時候好開心，茱莉雅相信，只要花上幾個月的時間，她一定能說服愛茉琳。她打算拜託萊芬太太幫妹妹在同一棟大樓再找一間公寓。茱莉雅想像愛麗絲在兩間公寓跑來跑去，就像她有兩個家。能夠在下班後和愛茉琳喝一杯，述說她在辦公室精彩的一天，茱莉雅想到就開心。離開芝加哥後，她感覺就像用吸管小口呼吸，但現在她突然可以大口吸到氧氣。有愛茉琳在，再微不足道的小事也能讓茱莉雅開懷大笑，看到愛麗絲也跟著仰起小小腦袋大笑，更是令她欣喜。茱莉雅想著：和妹妹在一起的我才是最好的。

「希薇還好嗎？」她問。這是愛茉琳在紐約的最後一天。萊芬太太把愛麗絲抱去她家，讓兩姊妹相聚的最後幾個小時可以不受打擾。她們在廚房喝咖啡，愛茉琳說了很多瑟西莉雅的事，她的藝術作品、她交往的義大利爵士音樂家。愛茉琳描述兩歲大的伊莎在瑟西莉雅的工作室找到一條強力膠，把她在廚房找到的所有蔬菜和豆子罐頭全部黏在一起，蓋起一座摩天樓。但她幾乎沒有提到希薇。

「聽到我喜歡喬希的事，只有妳一個人不覺得難過。」愛茉琳說。「希薇和瑟西莉雅雖然極力掩飾，但第一次聽到時她們真的受到很大的打擊。唉，我能理解。我自己也很震撼。我知道媽媽一定會氣瘋，果然沒錯。可是妳好像為我感到高興。」

「我確實為妳感到高興。真希望妳帶喬希一起來，我好想認識她。」

「愛上喬希並非出自我的意願。」愛茉琳說。她低頭看著咖啡杯。「人無法選擇會愛上什麼人，我很難接受這個事實，因為愛上一個人會改變一切。」

愛茉琳在紐約的這段時間，她們聊了很多喬希的事，因為她們兩個決定要同居，蘿絲打長途電話大發脾氣。茱莉雅轉頭看妹妹，心中洋溢對她的愛。

愛茉琳說：「人無法選擇會愛上什麼人，妳同意嗎？」

「大概吧。怎麼了？」

「我希望妳知道，一開始我也很生氣，現在應該還是一樣。那個……」愛茉琳閉上眼睛。「希薇和威廉談戀愛了。」

茱莉雅搖頭，不敢相信也拒絕接受。她就近坐在椅子上，生怕愛茉琳說的那句話又再次帶來打擊。

「瑟西莉雅很氣希薇。我也是。妳搬走以後狀況好不容易平靜下來。大家都過得很好。

雖然妳去了很遠的地方，但遲早會回來。不過現在我懂了。我怎麼可能不懂？茱莉雅，他們別無選擇。」

震撼的感受在茱莉雅心中清出一片空間，她想起希薇莫名其妙知道需要有人去搜尋並拯救威廉。她想起和希薇道別時緊繃的氣氛。自從茱莉雅搬家之後，每次通話都只聊做了什麼事、過程如何，就好像在互相告知一週的行程。希薇完全沒有談到她的心情，她在好奇什麼、思考什麼，以前她們共用一個房間的時候，每天晚上她們各自躺在單人床上，聊的都是這些。茱莉雅早該發現有問題；或許她察覺了，但她轉開視線，不允許這些念頭浮上表面。她知道，威廉憂鬱症發作的時候，她也是這樣。告訴茱莉雅她丈夫企圖自殺的人是希薇，後來也是她轉達威廉的決定，不要再見到茱莉雅，不想繼續當丈夫和父親。現在茱莉雅才覺得不對勁，為什麼這些事會透過希薇傳達。威廉應該親自告訴她，即使是打電話也好。但他的聲音卻是透過希薇而來。每當茱莉雅照鏡子，心裡都會想：希薇在這裡也有雀斑，不過顏色比較淺。希薇的頭髮比我的聽話。茱莉雅自然而然會想到希薇，就像想到自己一樣：希薇是茱莉雅的一部分。威廉曾經與茱莉雅每夜同床共枕。只有他一個男人看過她的裸體。茱莉雅最親的兩個人選擇了彼此。

茱莉雅站起來走到洗碗槽前。她的胸口緊縮，這太過誇張的動作，彷彿要清理阻塞的水管。她吸進了太多空氣，發出很大的喘息聲。愛茉琳搓揉她的背。小時候，四姊妹當中有人身體不舒服，其他人都會這樣幫忙揉背。

茱莉雅終於能開口時，她說：「他們相愛？」愛這個字在喉嚨裡卡了一下才出去。

愛茉琳的臉頰貼在茱莉雅的肩胛上。她點頭，茱莉雅的肌膚感受到動作。茱莉雅眼前浮現希薇站在圖書館櫃檯後的模樣，心裡想著：妳怎麼可以這樣對我？我絕不會這樣對妳。

「對不起，茱莉雅。」愛茉琳低語。

「幸好我決定搬來這裡。」她說。「這是我人生中最明智的決定。」

茱莉雅雙手撐著廚房流理臺，領悟到愛茉琳來紐約就是為了告訴她這件事。過去幾個星期，茱莉雅打電話給希薇的時候，她都不在家，茱莉雅以為妹妹只是有事出門了。但希薇之所以沒接電話，是因為她知道愛茉琳要來紐約。愛茉琳絕不可能搬來紐約，從頭到尾只是茱莉雅的想像。她是個白癡，愛茉琳搭機回芝加哥前的那幾個小時，她幾乎無法正眼看妹妹。

接下來幾個星期，每天早上茱莉雅走進愛麗絲的房間，從嬰兒床抱起她的時候，愛麗絲都會用充滿盼望的語氣問：「愛姨姨？」但茱莉雅只能搖頭。她很討厭讓女兒失望，也很氣自己竟然再次變得這麼傻。她忘記了，獨立自主、充滿抱負的她才是最好的。愛茉琳在紐約的這段時間，茱莉雅又把自己的幸福交到別人手中，這是當初在芝加哥的老毛病，到現在還沒改掉。茱莉雅再也不想做回從前的自己。在芝加哥的時候，她是帕達瓦諾姊妹這條鎖鍊的一環；她們從來沒有獨立行動過，一個人的麻煩會變成全體的麻煩。希薇做出這種天理不容的事，然後派最溫柔的妹妹愛茉琳來轉達這個會讓茱莉雅受傷的消息，這個例子證明了茱莉雅不能繼續承受這樣的人生。就算只有她一個人也能給愛麗絲幸福，她絕對不會讓女兒失望。

夜裡，愛麗絲睡著之後，茱莉雅躺在床上呆望牆壁。她覺得整個人被掏空。她想起希薇以前在圖書館和男生偷偷接吻，卻不肯交男朋友，因為她在等候偉大的戀情。當時茱莉雅覺得這個夢想很可愛，但是太不切實際，希薇遲早會明白，男女關係的關鍵在於讓步。希薇的偉大戀情怎麼會是和姊夫在一起？這種事感覺既不宿命也不浪漫。這個選擇很殘忍。希薇選擇背叛姊姊，雙胞胎顯然認為可以接受。愛茉琳買機票來東岸傳達這個消息，彷彿那只是街頭巷尾的八卦而已。

一天深夜，心情惡劣的茱莉雅打電話給蘿絲。「這件事妳怎麼想？」她說。「希薇怎麼可以……」她說不出口。

「我真是不敢相信。」蘿絲說。「我的女兒一個是同性戀、一個離婚，至於希薇，我根本不知道怎麼形容。噢，我忘了，還有一個女兒十幾歲就未婚生子。」她苦笑一聲。「感謝老天，我早早離開了皮爾森區！我們家的八卦多得可怕，鄰居一定聊得不亦樂乎。」

「妳能接受嗎？任何方面？」茱莉雅問。其實她想說，希薇和威廉所做的事太傷人。我很痛苦。媽媽，救我。

「我當然無法接受，不過誰在乎我的想法？」蘿絲嘆息。「茱莉雅，我知道妳覺得自己很可憐，不過，老實說，是妳把妹妹推給威廉的，妳不肯去醫院，然後又離開芝加哥。現在希薇和威廉談戀愛，反過來把妳推出芝加哥。」她哼了一聲。「不用說，希薇愛上他這件事很胡鬧。就連在這裡最親的朋友我也說不出口——這根本是狗血劇的情節！我的兩個女兒喜歡上同一個人。而且威廉又不是甘迺迪家族[59]或……卡萊．葛倫[60]，真是的。」

我很可憐，茱莉雅想著。三個妹妹也拋棄了我、拋棄了愛麗絲。永遠。希薇與威廉的人生交織在一起，現在茱莉雅不只必須遠離前夫，也必須遠離最親的妹妹。夜裡好不容易入睡時，茱莉雅反覆做同一個惡夢，八、九歲的愛麗絲問她能不能和爸爸見面，然後他們竟然真的見面了。夢中，希薇站在威廉身邊，身後是一棟美輪美奐的房子，小愛麗絲奔向希薇敞開的懷抱。這一幕如此鮮明，感覺像是記憶，茱莉雅好想吐。這個畫面是她逃離的那個人生，只是扭曲變形，希薇取代了她的位子。夢中的愛麗絲說：拜託，我可以去和爸爸跟希薇阿姨住嗎？他們是正常的家庭，有媽媽、爸爸。我想和他們在一起。

茱莉雅聽見自己說：「我要告訴愛麗絲威廉死掉了。」

「什麼？」蘿絲差點嗆到。「妳在說什麼鬼話？」

59 對美國政治有重要影響的家族，多人擔任政府重要職務與國會議員，其中約翰．甘迺迪於一九六〇年當選總統。此外，甘迺迪家族的男性也以外型帥氣而聞名。

60 Cary Grant，英籍好萊塢男演員，活躍於一九三〇～六〇年代，以風流倜儻的形象著名。

「這是唯一合理的做法。他不想和愛麗絲有任何瓜葛，我不想告訴她這件事。她會以為是她不好，但其實根本不是這樣。她很完美。更何況，對我而言，他已經死了。我們永遠不會回去芝加哥。這樣才乾淨俐落。」茱莉雅之前也考慮過，但一直覺得這種做法太極端。現在不會了。很合理。她和愛麗絲在曼哈頓很安全，獨自經營屬於兩個人的小家庭。再也沒有人能夠傷害她們。

「威廉和希薇一定會分手。希薇跟妳爸一個樣，三分鐘熱度。妳先繼續留在紐約生活一陣子，看看狀況再決定。」

茱莉雅知道媽媽無法接受威廉放棄親權。她的頭腦無法理解父母放棄小寶寶這種事。「我從來沒聽過這種事。」當時蘿絲只說了這一句，之後她連想都不願意想。

「我當然不會現在就告訴愛麗絲。」茱莉雅說。「她還沒滿兩歲呢。」

「很好。」蘿絲似乎安心了。「過一段時間妳就會平靜下來。所有事情都會平靜下來。

我愛妳，茱莉雅。」

這句話讓茱莉雅明白媽媽為她感到難過。蘿絲很少將愛說出口。「我也愛妳。」她說，她們掛斷電話。

接下來幾週，茱莉雅改變了工作態度。之前她因為太感激庫柏教授允許她加入紐約團隊，因此甘心扮演輔助的角色。她整理他收集好的股東訪談資料，在探討新業務流程的大型會議上負責做紀錄；她也跑腿買咖啡，花很多時間影印資料。茱莉雅使命必達，絕不讓庫柏教授後悔雇用她。

現在不一樣了，茱莉雅找回從前對未來的夢想，她要當主管，穿細高跟鞋和昂貴套裝。她不知道這個夢想是否能夠成真，但說不定有機會。希薇和威廉談戀愛，這種匪夷所思的事都能發生了，看來人生的可塑性遠超過她的想像。

茱莉雅想要升職。她想賺更多錢，盡可能讓她們母女的人生更安穩——更無法撼動。愛茱琳回芝加哥之後過了一個月，庫柏教授要茱莉雅旁聽會議並且做紀錄。除了做交代的工作之外，茱莉雅也打斷會議提出自己的點子。這種會議總是全體都是男性，茱莉雅最愛看他們驚訝轉頭的樣子，因為她的點子非常聰明。六個月後，庫柏教授有個小型的新客戶，茱莉雅要求由她主持說明會，教授答應了。她花了好幾個星期準備——這家客戶是電子公司，準備與競爭對手合併，因此員工將會瞬間倍增。她徹底瞭解之後，做出合併後的重整計畫，她的規畫如此出色，客戶要求由她負責執行。得知客戶的要求之後，庫柏教授開香檳為茱莉雅慶祝。「我以妳為榮。」他說，茱莉雅不得不躲進廁所哭。這是快樂的淚水，雖然不知道爸爸在哪裡，但她感覺得到，他也以她為榮。我的火箭，他由衷讚嘆。

茱莉雅第一次察覺有很多男人對她示好，只是她一直沒有留意。一個很帥的鬍子男每天早上搭電梯時都站在她旁邊。她稱讚他的袖扣。他邀她出去喝一杯。茱莉雅精心打扮，噴香水、選擇比上班時深色的眼影、穿上秀出曲線的小禮服，她忍不住笑出來。自從愛麗絲出生之後，這好像是她第一次想起自己的肉體。她輕撫臆部，整個身體激動戰慄，為更好的未來感到興奮。

她告訴鬍子男，她不要男朋友也不要丈夫，更不會帶他回她家。她對所有交往的男人都說同樣的話。她只想要開心一下。她和鬍子男在玫瑰色調的暮光中坐在屋頂酒吧喝馬丁尼，然後在大街上靠著郵筒親熱。接下來那個週末，他們再次約會。他帶她去看洋基隊比賽，最後在他家廚房的地板上做愛，因為還來不及進臥房就已經乾柴烈火了。確實很開心，茱莉雅覺得自己將人生過得精彩無比：絕佳的工作、完美的女兒、由自己作主的性生活。愛茉琳來訪之後過了兩年，庫柏教授將商業顧問公司的紐約分公司交給茱莉雅打理。他和唐尼會在芝加哥與紐約之間來回，但紐約分公司由茱莉雅負責。

茱莉雅寄明信片告訴媽媽和雙胞胎這個好消息。她蒐集了很多紐約風景主題的明信片，用來與家人通訊。她不想打電話，明信片就夠了。書寫的空間有限，她可以只寫上她們母女生活中的一、兩個亮點，最後來個代表擁抱親吻的xoxoxo，就可以寄出去了。蘿絲討厭明信片，氣呼呼地說只有心理變態才會以這種方式和媽媽通訊。為了安撫蘿絲，除了明信片，茱莉雅每隔兩週就寄幾張愛麗絲的照片過去。瑟西莉雅與愛茉琳寄來芝加哥明信片，彷彿加入城市明信片對決，瑟西莉雅偶爾會寄伊莎的照片，茱莉雅也會寄愛麗絲的給她。但茱莉雅與希薇從不以任何方式通訊。

茱莉雅帶著女兒經過公寓大廳時，如果上鎖的信箱裡有繽紛的明信片，她絕不會讓愛麗絲看見。她會將明信片塞進皮包，看完之後扔進街邊的垃圾桶。伊莎的照片她也全部扔掉。多數時候，茱莉雅收到明信片都會站在路邊看完，公車與計程車在身後呼嘯而過。透過這種方式，她得知愛茉琳、喬希與瑟西莉雅一起搬進新房子。同樣透過這種方式，她得知希薇和威廉結婚了，在羅薩諾圖書館的書庫舉行小型婚禮。

威廉

一九八四年十月～一九八八年九月

愛茉琳從紐約市回來，精疲力竭、臉色蒼白，威廉不只謹慎對待自己，面對希薇與雙胞胎時也一樣謹慎。他生活在真實到無情的環境中，他感到慶幸。肯特說得沒錯：威廉無法以其他方式活下去。在徹底保密的那幾個月裡，他與希薇將戀情藏在小宿舍，威廉的內心越來越混亂，必須嚴格控制思緒才能度過一天。雖然說沒有婚姻最後那個月嚴重，因為希薇帶來的幸福讓他變得柔軟，而且在小小的宿舍裡，他們彼此分享一切。然而，小宿舍裡的生活與外界生活彼此摩擦，讓他感覺像一片黑膠唱片，被唱針刮過表面。

威廉的精神科醫師——一位禿頂的波多黎各人，他非常喜歡跟威廉解釋為什麼足球比籃球好——每次看診結束，他都會說：「你要多出門、多運動，不要忘記服藥，也要好好照顧其他人。」沒有虛假、沒有秘密這個鐵律不言自明。這是一切的前提，也是威廉人生的基礎。走路回家時，他經常納悶，正常人也會用戒律管理人生嗎？每當威廉感覺內在麻木，或是連續好幾個小時沒有說話，他就會拿出精神科醫師給的清單，做一件上面列出的事。

他在西北大學的操場慢跑數英哩，做膝蓋復健運動，按時服藥。現在他正式加入西北大學籃球隊的教練陣容，成為最資淺的助理教練，專責照顧受傷的球員。一位球員的腳踝反覆受傷，擔心會因此必須放棄籃球生涯，威廉開發出一套很有效的復健運動，讓他獲得很大的改善。球員的感謝帶給威廉前所未有的感受，他覺得自己很完整、很有用。助人帶來的影響似乎會不斷累積，幫助越多球員，他的胸口越感到實在。愛茉琳從紐約回來後，他主動聯絡雙胞胎。自從希薇向兩個妹妹坦白戀情，他一直不敢聯絡她們。兩個妹妹需要暫時遠離希薇一陣子，他明白她們應該也想遠離他。不過現在他知道，他、愛茉琳、瑟西莉雅三個人必須維持良好關係，否則希薇絕對無法承受失去茱莉雅的新人生。

他約雙胞胎見面吃早餐，愛茉琳說：「威廉，我們沒有生你的氣。」他沒有告訴希薇這件事。要是說了，她一定會想來保護大家的心情，他希望至少這次能換他照顧她。

他看著瑟西莉雅，她忙著幫坐在兒童高椅上的伊莎切鬆餅。「真的。」瑟西莉雅說。「你不是故意的。現在我懂了。而且——」她停頓一下。「我從來沒看過希薇像現在這樣。我一直畫她，想要捕捉那種感覺。」

「也不能用快樂形容，」愛茉琳說，「畢竟她因為茱莉雅的事很傷心。不過她真的很美。完全展現出希薇的本色。」

威廉以為必須承受雙胞胎一定程度的憎恨，無論有沒有說出口，但她們似乎完全不怪他。他困惑搖頭，但他想起之前有一天晚上，他走出臥房看到茱莉雅與希薇抱在一起睡在沙發上。瑟西莉雅被逐出家門時，儘管愛茉琳沒有懷孕也沒有闖禍，卻還是跟著妹妹一起去賽瓊內太太家打地鋪。雖然說不管怎麼看，威廉都是這場倫理大戲的主角——他結束婚姻、他入院治療、他和希薇談戀愛——但四姊妹的心總是由她們彼此照顧。他無關緊要，以前他會因此悲傷，但現在只感到解放。他可以自由自在，以真實又不完美的本來面目過他的人生，希薇與雙胞胎會接納這樣的他。威廉對前妻感到歉咎，他拋棄了茱莉雅與愛麗絲，但茱莉雅最愛的三個妹妹卻依然在他身邊。這樣似乎不太公平，但他盡量不去想。他會盡力遵守醫囑，照顧身邊的人。

「如果你覺得有必要補償我們，」瑟西莉雅說，「那你可以來免費幫我們做工。要做的事很多。」瑟西莉雅在皮爾森區買了一棟破破爛爛的房子，價格非常低，因為賣家是一位藝術品經銷商，非常欣賞她的作品。房子整理好可以住人之後，愛茉琳、喬希、伊莎會一起住進去。

「這是我的榮幸。」他說，盡可能保持語氣輕快，但他是認真的。他感覺自己幸運到難以置信，經歷過人生最不堪的風雨之後，現在他每天晚上與希薇同床共枕，愛茉琳和瑟西莉雅也沒有和他切割。威廉想起投湖的那一夜看到查理站在門口對他笑。他相信岳父會以雙胞胎為榮，她們願意敞開心門。他會很高興看見瑟西莉雅創作藝術、愛茉琳允許自己愛她真心所愛的人。威廉不知道查理會如何看待他與希薇的關係——因為他們的愛傷害了他的長女，他很可能會不高興——不過，查理希望四個女兒能徹底、深刻地品味人生，而現在的希薇做到了。

整整四個月，威廉週間晚上和週末都去瑟西莉雅的新房子幫忙，更換二樓的隔熱材料、重鋪廚房的磁磚、換新的浴缸與馬桶。這棟房子離帕達瓦諾四姊妹從小生長的家非常近，格局也與十八街的那棟房子大同小異。希薇每次都和他一起去瑟西莉雅的家，她和兩個妹妹一起刷油漆，不然就是幫忙照顧伊莎，讓妹妹去忙。威廉很喜歡聽她們聊天、低聲嘻笑的聲音，他邊聽邊鋪磁磚、從生鏽的水管上拆下老舊螺帽。無論威廉在哪個房間，伊莎總會突然冒出來遞上一件工具。最後他的腳邊堆積起各種工具：鉗子、起子、榔頭、破壞剪。等到伊莎又晃到其他地方去之後，他再一一放回工具箱。

晚上不必去瑟西莉雅家幫忙的日子，威廉會去圖書館接希薇一起吃晚餐。他們特別喜歡一家墨西哥餐館，兩人會點一杯瑪格麗特調酒一起喝，搭配塔可餅。以前保密的那段時間，他們說話都很小心。他們聊書籍、籃球，以及希薇書寫的回憶。其他安全話題還包括：今天做了什麼、和誰說了什麼話、聽到哪些有趣的事。他們小心迴避過去與未來，只聊今天。不過，去年秋天，他們在一起十一個月，茱莉雅得知真相，從那之後，他們便允許自己想像攜手共度未來。聊這些話題時他們會互相害羞微笑。威廉依然認為自己不配和希薇在一起，沒資格讓她愛全部的自己，包括他的所有情緒與思緒，但她隔著餐桌對他燦笑，他發現在她的光輝中，他的計畫變得更穩固、更清晰。

他承認自己想當物理治療師。他想更深入瞭解西北大學籃球隊運動員的生理與動機。為什麼有些球員的關節耐力比較強？如何預防受傷？威廉留意到當投籃不中時，球員會有不同的反應。有些會因此灰心，不敢再次投籃。有的會發脾氣，努力設法得分。少數球員——真的非常罕見——會像金魚一樣一下子就忘記，所有教練都希望球員能這樣：他們投進之後就拋在腦後，投不進也一樣。他們活在當下。威廉希望瞭解西北大學體育館中那些運動的人類，想知道所有經緯，這樣他才能給球員更多幫助，不只讓他們能繼續打球，更能發光發熱。

阿拉什幫助威廉申請西北大學運動生理學研究所課程。兩年期的碩士課程讓威廉可以繼續在球隊工作，晚上上課。他也獲准選修一些心理學研究所課程，因為威廉是大學的員工，學費幾乎全免。威廉不斷感謝阿拉什的幫助，最後阿拉什嫌煩，叫他不要再謝了。然而，之前的歷史研究所課程被他徹底搞砸，這次要再讀研究所讓威廉感到極度焦慮，他知道光靠自己不可能做到。一個週六早上，他們一起最後檢查申請文件，阿拉什說：「威廉，你以前過著錯誤的人生，不要再想那時候的事了。現在的人生才是你親手打造的。你有天分，能看出球員哪裡有問題。更何況，這是你喜歡的事，怎麼可能搞砸。」威廉沉默思索。「你不懂嗎？」阿拉什氣急敗壞地說。威廉正要回答，阿拉什搶先說：「其實你懂不懂都無所謂。因為這是真的。」

一天共進晚餐時，希薇說：「我希望能和你住在一起。」她偷偷摸摸進出威廉的宿舍已經快一年了，她設定鬧鐘五點起床，以免被學生發現她在宿舍過夜。

威廉點頭，第一次允許自己想像這種可能。那樣的喜悅，每晚回到希薇身邊，共用冰箱、衣櫃、床鋪。那樣的平靜，在自己的家裡享受極致舒適，有她在一起。他想不出更美好的生活。威廉通知大學他下學期無法繼續擔任宿舍輔導員，聖誕節前，他搬出宿舍，住進希薇的套房。

他拿出襯衫放進她的小衣櫥，他和希薇不斷互相微笑，彷彿身在雲端。威廉來到芝加哥之後，就一直住在西北大學校園裡，這是他第一次搬出來，他逐漸讓皮爾森成為屬於他的社區，並且樂在其中。他選了最喜歡的咖啡店、理髮店、每個月領取精神科處方的藥局。整夜睡在希薇身邊，不用設鬧鐘，不用躲躲藏藏，感覺很正派。威廉煮晚餐，他看書學烹飪，就像當初學水電和木工一樣。沒有課的晚上，他預習課業，希薇在他身邊看書。他不時會放下教科書看她，不在乎她有沒有發現，不在乎她有沒有抬起頭。有時他會將她攬進懷中，有時她會爬到他腿上，他們四肢交纏，脫掉對方的衣服，所有動作輕柔、溫和、虔敬。

肯特與妮可來芝加哥，兩對情侶一起出去吃飯，通常都是那家墨西哥餐館。妮可有六個兄弟姊妹，像希薇一樣生長在吵吵鬧鬧但充滿愛的家庭，她們有無數故事可以交流。肯特與妮可很喜歡說在醫院值班時遇到的恐怖案例來嚇圖書館員和助理教練：有個人單腳跳進急診室，手裡拎著一個水桶，裡面裝著斷腿；兩個大學生用強力膠把身體黏在一起；塑膠恐龍玩具卡在人體不該塞東西進去的地方。希薇背誦圖書館借閱排行榜，因為肯特想知道榜單有沒有隨時間變化。他們討論肯特與妮可不停改變的婚禮計畫。一次他們來芝加哥的時候，說要在遊河船上舉行，另一次則是底特律市肯特父母家的後院，還有一次，他們看上芝加哥一棟摩天高樓有全景落地窗的宴會廳。一天晚上，妮可說：「不然我們偷偷跑去巴黎結婚好了。」肯特吻一下她的臉頰。規畫婚禮讓他們兩個不亦樂乎，但現實中，他們為了存錢而遲遲無法結婚。他們兩個為了讀醫學院都背了滿身的債。

「你們兩個呢？」肯特說。「你們要結婚。」他的語氣不是疑問，而是直述句。

威廉和希薇沒有討論過結婚的事。威廉以為這個話題會令他恐懼，但他的內心毫無變化。他和希薇並肩坐在餐廳卡座上，大腿互相觸碰。

「其實我真的不在乎婚禮，而且我覺得我們跟已經結婚差不多。」希薇說。「甚至超過婚姻，如果有這種說法的話。另外——」她猶豫一下。「——這樣做感覺很不對。」

威廉點頭。他知道希薇想到了茱莉雅。她經常想到姊姊。她在深夜寫下姊姊的故事，無論她寫的內容是什麼，焦點永遠放在茱莉雅身上。希薇對姊姊的關懷從來沒有改變，只要能減輕茱莉雅的痛苦，她什麼都願意做。

肯特隔著餐桌端詳他們。晚餐前，他去西北大學體育館接威廉，兩個老朋友為了緬懷往昔而投了幾次籃。他們帶妮可去參觀半地下室的洗衣房，大學四年他們都在這裡打工。莎瑞卡已經下班回家了，妮可沒有見到她。天氣好的時候，威廉偶爾會在中庭長凳上和莎瑞卡一起吃午餐。她告訴他三個孩子的事，他述說他所經歷的一切。她仔細聆聽，頭歪向他。就像瑟西莉雅一樣，莎瑞卡很慶幸能在認識這麼久之後真正瞭解他。威廉再次為年輕時的自己感到遺憾，因為他錯過了像莎瑞卡這樣真心的朋友。他記得以前和莎瑞卡說話的時候，總是盡可能快點結束，因為他擔心莎瑞卡會看穿他就快撐不下去了。現在他對她說出自己所有的崩壞，她說出她的丈夫失業，二兒子擁有她聽過最美的歌聲。

「難道你們不肯正式結婚，是想繼續隱瞞戀情？」肯特問希薇。他依然自命為威廉精神健康的守衛。

她喝了一口瑪格麗特。「不是。我們只是不需要那個標籤，也不需要證書。我也不希望再做出傷害別人的事。」

「我沒有惡意，」妮可說，「不過，我覺得妳好像忘記了，妳和威廉在一起的時候，他早已和茱莉雅離婚了，所以，基本上妳沒有做錯任何事。妳選擇真誠，這樣非常勇敢。妳選擇幸福而不是心痛憂傷。」她停頓一下，用醫師的眼神看他們。「你們兩個點亮對方，這樣真的很可愛。我敢說你們從來不吵架。我和肯特就吵個不停。」她微笑說。「我們的個性比較好強，但你們兩個總是溫柔對待彼此。」

威廉從來沒有想過這件事，不過他和希薇確實沒有吵過架，連爭執都沒有。每天早上，他們一起吃早餐：吐司配希薇煮的蛋。然後他們各自去上班，下班回家因為見到對方而開心。丟垃圾的晚上，希薇帶威廉去看鄰居丟出來的寶物。有一次她找到一個全新的烤麵包機，另一次她找到一雙剛好合伊莎尺寸的運動鞋，他好愛她興奮的模樣。他們有什麼理由要吵架？誰去倒垃圾？誰在超市花了太多錢？

「你們應該要結婚。」肯特說。「你們經歷了那麼多才走到這一步……應該要有個紀念。」

「希薇想怎樣我都配合。」威廉說。

「不然這樣吧，」希薇笑著說，「你們結完之後我們就結。」

「小心喔。」威廉說。他瞥一眼肯特，好友已經露出了大大的笑容。「肯特很好勝。搞不好明天一大早他就跑去公證，因為他覺得這樣等於他贏了。」

大部分的週日，希薇閱讀，威廉預習課業。有時候他會和愛茉琳一起用功，她還剩一年才能畢業。「我真的很想拿到證書。」她說，但是她有全職工作，晚上還要上課，實在太累了。「托兒所很重視這件事，但就算只是為了媽媽我也會拿到，雖然說她已經不跟我講話了。」姊姊和妹妹緊緊擁抱她，因為她們完全懂，也知道說什麼都無法給她安慰。愛茉琳好不容易畢業時，她們烤了一個三層巧克力蛋糕——她最喜歡的口味——而且在她身上灑了一大堆紙花。

週日傍晚，威廉與希薇出門散步。無論他們選哪條路，一定都會經過瑟西莉雅的壁畫。從一九六〇年代，皮爾森區便以繽紛的壁畫而聞名，過去幾年，一個地方藝術團體請人清除老舊壁畫，然後雇用藝術家重新繪製。幾乎每個角落都有三層樓高的大幅壁畫，有的是金恩博士、有的是芙烈達．卡蘿[61]，也有的是將聖經裡的句子畫出來。每當瑟西莉雅完成一幅新壁畫，希薇與威廉都會去參加揭幕儀式。一般而言，所謂儀式就是一小群人站在人行道上，一塊白布從屋頂落到地上。當瑟西莉雅可以自由選擇主題時，她總是畫女性臉孔。畫中的女人——有些縮在牆角、有些佔據整整三層樓——每個都強悍而美麗。每次揭幕儀式希薇都笑得很開心，因為威廉總是說同樣的話：「好像妳們姊妹喔。」希薇仰起頭端詳畫中女人的臉。

「威廉，怎麼可能每個都像我們？這是個十五世紀的聖女，我們根本不像她。」威廉聳肩，因為他不同意。他在社區裡那些壁畫上看到帕達瓦諾四姊妹向下注視行人，讓他想起當年她們一起去大學看他比賽，集體轉頭注視他。

61　Frida Kahlo，墨西哥畫家，以自畫像著名，許多畫作受到墨西哥自然及文化和個人經歷的影響，表達了她對個人身分、痛苦以及生命意義的深刻探索。

威廉開始思考要怎麼做才能改進工作效率。現在他具備更專精的生理學知識，更能瞭解運動員的身體運作，對於外傷與弱點的診斷也更為準確。他開發出一套計畫，每個球季固定訪談球員三次，分別在開頭、中間、結尾。他設計了一份問卷，瞭解球員受傷的歷史、對自己的表現有信心還是沒把握。他想知道他們腳下的冰層哪裡最脆弱，這樣他才能設法不讓他們墜落。他將蒐集的資料與其他教練分享，同心協力照顧每位學生在人生這個特定階段的需求。他們強化球員身體上的弱點，也努力強化球員的心理素質。

計畫第一階段完成之後，阿拉什說：「我知道如何照顧畢業的球員，追蹤他們的近況，能幫忙的時候伸出援手。但你為我們打造了一套善意的基礎建設。」效果非常顯著，而且幾乎是立竿見影。西北大學連續墊底好幾年，現在爬上分區排行榜的中段，所有人都認為這是很大的進步。威廉夜裡躺在希薇身邊，心中充滿對人生的感恩。

「我想建立更多善意的基礎建設。」阿拉什對威廉說，幾週後，他在離羅薩諾圖書館不遠的賽如普公園舉辦每個月一次的免費籃球強化營。阿拉什找來威廉和西北大學球隊的另外兩位助理教練幫忙。芝加哥最欠缺資源的那幾個區，高中教練將最優秀、最勤奮、最聰明的球員送來，接受進階訓練。阿拉什蒐集了很多口號，經常要學員背誦給他聽，例如：要先建好門，機會才能來敲門。阿拉什與威廉找出可能導致球員受傷的惡習——投籃姿勢不良、落地動作不穩。他們教青少年球員強健腳踝的運動，要求他們睡前做十五分鐘瑜伽。

有時候，看著這些小朋友在球場上奔跑，渴望拿球、渴望獲得阿拉什的稱讚，威廉會想起這個年齡的自己。那時候的他瘦得可怕，個子很高，在天主教中學的運動場奔跑，不期待任何的稱讚。他不期待父母來觀賽、不期待有人傳球給他，然而，當球來到手中時，他會深深感到鬆一口氣。一天晚上，希薇用最溫和的語氣問他：「你要不要重新考慮愛麗絲的事？」威廉搖頭。看著這些處在最脆弱年齡的孩子，他的身體會感到疼痛，他很清楚，正因為他不是父親，所以才能忍受。他全身每個細胞都關愛希薇；想到要看著他所愛的人摸索掙扎從小孩成為大人，這樣的經歷太可怕。他自己都差點沒撐過長大成人的考驗。

茱莉雅離開將近五年了，肯特與妮可預定舉行婚禮的前幾天，會場淹水，愛茉琳與瑟西莉雅提議將場地改到她們家的大後院。他們實在拖了太久才結婚，大家都希望這個大日子能夠非常特別。帕達瓦諾姊妹、肯特與威廉的老隊友、肯特與妮可的親人，大家穿著牛仔褲與T恤來幫忙，在很短的時間內將後院布置得浪漫美觀。威廉、加斯、華盛頓參考一本從圖書館借來的書，按照步驟合力做出花架，伊莎與希薇在上面綁花。瑟西莉雅在摺疊椅上彩繪醫師包圖案，並且重新粉刷後院的牆壁。婚禮開始時，大家都累壞了，但是當肯特在花架下流下幸福的淚水，所有人也跟著感動落淚。

那天夜裡，在床上，希薇說：「婚禮的時候我想到一件事。我從來沒有告訴過你。」

威廉本來就看著她，他們才剛歡愛過，面對彼此側躺。時間已經過了午夜，兩人都有點微醺。希薇與威廉很難得這麼晚還沒睡，更難得喝到醉。他們謹慎生活，因為睡眠對威廉的健康很重要，過量酒精會讓他服用的藥物效果降低。現在他和希薇都覺得有點小叛逆，像不聽父母話的孩子。

「送你去急診室那天，我對救護車駕駛和一位護理師說我是你太太。事實上，你昏迷不醒的那段時間，醫院所有人都以為我們是夫妻。」

「在那十天裡，妳是我太太。」威廉想到就開心。

「這件事讓我很高興……因為符合我內心的真實。」希薇說。「我想成為你的妻子。我只是不敢對自己承認。我宣稱是你太太主要是為了方便，這樣醫師才會告訴我你的病情，但我真的很希望能成真。」

他們還沒接吻就曾經做過夫妻，而且是以一種看不見但非常深刻的方式，這讓他們兩個都覺得好有趣，威廉在黑暗中將她攬進懷中。

一個月後，在羅薩諾圖書館的書庫，他們正式成為夫妻。希薇想在那裡舉行婚禮，威廉二話不說就同意了。他知道她在圖書館裡覺得安全、完整。這個地方只屬於她一人，與姊妹無關。威廉為希薇買了一個銀戒指，為婚禮買了一套新西裝。希薇穿著簡潔的灰色小禮服，長髮垂落，因為她知道威廉最喜歡她這樣。年老體衰的依蓮館長坐著輪椅出席，其他賓客包括愛茉琳、喬希、伊莎、瑟西莉雅、肯特、妮可。阿拉什主持儀式。在短短的婚禮中，威廉清楚感覺到心跳，而且收不住笑容。

婚禮結束後，除了依蓮館長，所有人一起去了那家墨西哥餐館共進晚餐。他們抵達時，因為訂位資料錯誤，所以桌邊多了一張椅子，幾分鐘後才撤走。威廉知道帕達瓦諾三姊妹都想像茱莉雅坐在那個位子，心痛的表情掠過她們的臉。不過，服務生收走那張椅子之後，肯特說了一句逗趣的話，大家全都笑起來。晚餐即將結束時，瑟西莉雅站起來敬酒：「敬愛情。」餐桌上所有人不只重複這句話，也體會到愛情的美好，與代價。

愛麗絲

一九八八年十月～一九九五年三月

愛麗絲五歲的那年，茱莉雅說：「我覺得現在妳夠大了，可以知道真相。妳爸爸去年出車禍死掉了。」

愛麗絲一輩子都會記得這一刻，連最小的細節都清清楚楚。她們在東八十六街的家裡，坐在四方形廚房餐桌旁。愛麗絲的頭髮紮成兩條麻花辮，因為媽媽嫌她把頭髮放下時總是弄得很亂。她穿著心愛的芥末黃燈芯絨裙子，正在吃早餐穀片。茱莉雅總是買Cheerios燕麥圈，因為比較健康，但愛麗絲總是自己在碗裡加一匙糖。

愛麗絲放下湯匙說：「噢。」她的雙手刺刺麻麻，所以她把手塞在腿下面。她發現媽媽並不悲傷。

「外婆知道嗎？」

媽媽揚起眉毛。她穿著套裝——這套是淺紫色，胸前口袋裝飾小金鍊——臉上則是週一到週五的上班妝。愛麗絲的媽媽非常漂亮，大家都這麼說。外婆的朋友萊芬太太住在同一層樓，她每次都叫茱莉雅美女，好像那就是她的名字。愛麗絲知道媽媽不相信自己很美。茱莉雅的頭髮總是讓她自己很沮喪，每次經過鏡子前都會用手整理一下。「愛麗絲，妳真的很幸運，沒有遺傳到鬈髮。」這句話媽媽一週至少會說三次。愛麗絲的頭髮又長又直，顏色偏淺，介於金色與棕色之間。她覺得自己的頭髮很無趣，媽媽的有意思多了，自由奔放，彷彿有自己的想法。茱莉雅上班時總是把頭髮盤起來，生怕頭髮害自己丟臉。

「外婆當然知道。」茱莉雅喝了一口咖啡。她不吃早餐，但是會在午餐前喝三杯咖啡。「不過呢，和她通電話的時候別說喔。她不想談這件事，妳也知道她不高興的時候會怎樣。」

愛麗絲雖然困惑，但還是點頭。她印象中外婆從來不會不高興，至少不是會讓人害怕或想躲開的那種。外婆住在佛州的公寓大樓裡，每年媽媽都會帶愛麗絲去探望她一次。外婆比手畫腳、提高音量說著大人發生的事，那些人愛麗絲一個都不認識，但外婆似乎樂在其中。情緒激動是外婆日常生活的一部分，就像刷牙或坐在小陽臺一樣。外婆的嗆辣脾氣讓愛麗絲覺得很安心、很安全，因為她知道，要是有人膽敢欺負她，外婆絕對會狠狠教訓他們。

愛麗絲察覺媽媽正在仔細觀察她，於是在椅子上坐直。

「我知道妳從來沒有見過爸爸，」茱莉雅說，「但我不想瞞著妳。不過，這件事對我們毫無影響，對吧？這個家從來就只有我和妳，寶貝女兒。我們不需要其他人。」

愛麗絲再次點頭。每天晚上媽媽都會送她上床、幫她蓋被子，關燈之前，茱莉雅總是說：「我和妳會永遠在一起，寶貝。」

愛麗絲吃完早餐，然後和媽媽一起走路去上學，她的學校不遠，轉個彎就到了。愛麗絲進校門之後，媽媽繼續走路去上班。一整天愛麗絲都一直想著那件事。雖然她不清楚為什麼，但感覺很重要。可以說媽媽給了她爸爸，但又在同一句話中奪走了他。在此之前，愛麗絲隱約知道她應該有爸爸，但從來沒有人提起他。有一次媽媽跟愛麗絲說他不想要家庭，對於爸爸，她只知道這件事，直到今天。愛麗絲很可能一直在無意識中等待爸爸的消息，就好像她內心的一個疑問終於獲得解答。五歲的她心中沒有太多疑問，所以這一天更加重要。

在操場上，她告訴好友凱莉：「我爸爸死掉了。」

好友驚訝地張大嘴巴。凱莉常常做這種表情，因為她很容易驚訝。愛麗絲和凱莉長大的過程中，愛麗絲選擇記錄沒有讓好友驚訝的事，因為這樣清單會短很多。

「我不知道妳有爸爸。」凱莉說。

「他住在芝加哥。」

「芝加哥。」凱莉說出城市名稱的語氣也很驚訝，彷彿這個名字本身就令人驚訝。「我不知道這件事。妳從來沒有見過他？」

「只有還是嬰兒的時候見過。」

「要抱抱嗎？」

愛麗絲點頭，她和凱莉擁抱，直到上課鈴聲響才分開，和同學一起排隊進幼兒園教室。

從那之後，愛麗絲對爸爸特別感興趣。她很想知道爸爸和媽媽的差別究竟在哪裡，小孩是不是真的需要爸爸。來幼兒園接送小朋友的大多是媽媽或保母，偶爾出現爸爸時，愛麗絲總會仔細觀察。有幾個的打扮像電視上的爸爸，整潔西裝、拎公事包。有些爸爸會把孩子抱起來轉圈，愛麗絲從沒看過媽媽那麼做。愛麗絲真正認識的爸爸只有一個，就是凱莉的爸爸，雖然他記不住愛麗絲的名字。除了自己的女兒，他叫所有同學小朋友。他戴厚厚的眼鏡、穿法蘭絨襯衫，班上女同學去凱莉家玩的時候，他似乎從來不會注意，就好像她們太矮了，無法進入他的視野。他負責做早餐——給鬆餅翻面時，表情像做大事一樣認真——他也負責倒垃圾。根據愛麗絲的觀察，他的角色好像只有這樣。

愛麗絲不需要爸爸，她的生活平靜幸福。每天早上，茱莉雅都會走進愛麗絲的房間叫她起床，她輕聲說：「早安啊，寶貝女兒。」晚上她們一起準備晚餐，一邊用廚房的小電視看益智節目《危險邊緣》。愛麗絲負責做沙拉，她站在流理臺邊的小凳子上忙碌。茱莉雅脫掉高跟鞋與套裝外套、摘下耳環，然後才進廚房，拿掉所有鈕釦與尖刺之後，茱莉雅變得柔和，在這樣的媽媽面前，愛麗絲表現出自己最嬌憨的一面。益智節目的問題大多太難，愛麗絲根本聽不懂，但她會用自信滿滿的語氣胡亂作答，逗得茱莉雅笑到彎腰。星期五固定是「閨密」之夜，母女兩人會用一整個星期的時間，討論要從街角的百視達租哪部片。她們穿著毛茸茸的睡袍看錄影帶，一邊搽指甲油。星期六晚上，如果茱莉雅有約會，萊芬太太和愛麗絲會叫中國菜外送，然後一起玩桌遊，她們最喜歡玩蛇梯棋。多數的星期日，茱莉雅會帶愛麗絲去中央公園散步，在最喜歡的攤子買特大號蝴蝶餅，老闆是奈及利亞人，名字叫保烏，他記得茱莉雅喜歡多放黃芥末。一個星期的每一天都有固定的節奏與習慣，愛麗絲全都好喜歡。

愛麗絲三年級時的一個星期五，導師薩利伯里老師要求她放學留下來。薩利伯里老師年紀很大了，整天對班上同學皺眉頭，彷彿那是教學的一部分。薩利伯里老師走出教室，帶著愛麗絲的媽媽一起過來。茱莉雅穿著高雅的上班套裝和高跟鞋，在小小的課桌椅間感覺很突兀、很不自在。她和薩利伯里老師雖然都是成年人，但沒有任何相似之處。薩利伯里老師有一頭灰色大鬈髮，每週固定去美髮沙龍吹整一次。那頭鬈髮有如不會崩塌的波浪，可以從中間看過去，而且完全不會動。

老師說：「帕達瓦諾太太，妳應該很想知道我請妳來的原因。」

「麻煩稱呼我帕達瓦諾女士，」茱莉雅說，「不是太太。」

愛麗絲歪頭，不知道媽媽會不會進一步解釋。最近她聽到媽媽說自己離婚了，但那是因為有個好管閒事的同學媽媽逼得她無法迴避。媽媽顯然不喜歡說出這個詞。通常她都會說自己是單親媽媽。她告訴愛麗絲：「我那麼說，是因為我人生最重要的一部分就是當妳媽媽。」

「帕達瓦諾女士，妳知不知道今天愛麗絲在課堂上所做的報告內容？」

「不知道……作業我都盡量讓她獨力完成。」茱莉雅說。「需要幫忙她會來問我。」

愛麗絲坐在小小的位子上，腳磨蹭亞麻地板。「我沒有給媽媽看報告。我是放學之後在圖書館做的。」

「我想也是。」老師的語氣很無奈。「帕達瓦諾女士，我在這所學校任教三十二年了，從來沒看過學生做出這樣的報告。我讓學生自由挑選報告主題，因為這樣有助於讓他們更加投入，然後由他們進行非常基本的研究之後，上臺向全班報告。愛麗絲的報告主題是汽車交通事故。她列出所有死於車禍的名人，包括珍．曼絲菲[62]在車禍中斷頭——」

「噢，老天。」茱莉雅輕聲說。

「愛麗絲向全班展示每年死於車禍的人數。她說得好像只要踏進車子就會死。報告最後她還附上許多車子被撞爛的照片。」

茱莉雅看看女兒，她一臉天真。

62 Jayne Mansfield，美國女演員，曾活躍於百老匯與好萊塢，一九六七年死於車禍，年僅三十四歲。

「帕達瓦諾女士，班上好幾位同學都哭了。我敢保證，這個週末一定會有很多不滿的家長打電話給我。」

「對不起。」茱莉雅說。「我會和愛麗絲談談。」

「以後她上臺報告之前都要先跟我說明。」

「當然。我會小心監督，這種事絕不會再發生。」茱莉雅牽著愛麗絲的手走出教室。到了學校外面的人行道，她停下腳步。「搞什麼鬼？」茱莉雅臉色蒼白。「妳為什麼要做那種事？」

愛麗絲聳肩，雖然媽媽說過用聳肩回答問題很沒禮貌。「好好說給我聽。」從小茱莉雅就對她這樣說。

「等一下，」茱莉雅說，「妳從去年開始就不肯坐計程車，是因為這個？因為妳怕坐車？」

「對不起，害妳得放下工作來學校。」愛麗絲說。通常放學之後她都會留在學校，參加課後活動或是在學校圖書館看書。保母或茱莉雅會去接她，看當天的狀況而定。「對不起，我做錯了。」她不喜歡讓媽媽煩心。愛麗絲成績很好，校外教學需要家長簽同意書的時候，愛麗絲通常會自己簽，讓茱莉雅少做一件事。愛麗絲認為上學是她的工作，她竟然搞砸了，她對自己很失望。

茱莉雅突然想到一件事，表情整個變了。「難道是因為……妳爸爸？」

愛麗絲再次聳肩，但這次是為了表達無力感。「要是他沒有發生車禍，現在應該還活著。」

片刻之後，茱莉雅說：「這樣啊。」

「媽媽，我沒想到同學會哭。我以為他們會覺得很有趣，我希望他們知道車子非常危險。」

「看來妳成功了，寶貝女兒。」

那天晚上，她們沒有像平常一樣一起看電影，因為茱莉雅說她頭痛，要躺下休息。愛麗絲用大量奶油做爆米花，拿著遙控器亂轉臺。她自己上床睡覺，因為媽媽的房門關著，她猜茱莉雅應該已經睡了。

不過，半個小時之後，媽媽打開愛麗絲的房門。「妳睡了嗎？」她站在門口小聲說。茱莉雅穿著睡衣，頭髮放下。

「還沒。」愛麗絲說。「我至少要十九分鐘才能入睡。」她因為好奇所以做過紀錄。她必須把腦子裡的事情全部想一遍，然後身體才會准許她入睡。

「我想知道……妳沒事吧？」茱莉雅說。「妳因為車禍難過嗎？還是——」她停頓一下，「——因為其他事情難過？如果妳覺得難過，一定要告訴我。」

媽媽的語氣如此焦慮，愛麗絲不禁想著：我應該要難過嗎？於是她思考一下，清點過內心的感受之後說：「沒有。我沒有覺得難過。」

「太好了。」媽媽說，聲音恢復正常。「這樣就好。快睡吧。我愛妳，寶貝女兒。」然後門關上，茱莉雅離開。

讀國中時，愛麗絲開始瘋狂抽長。感覺好像她的身體原本朝一個方向走，但有一天突然全速大轉彎，愛麗絲只能納悶到底發生了什麼事。她總是肚子餓，茱莉雅囤了好幾箱穀麥棒，讓愛麗絲在兩餐之間不會太餓。愛麗絲的肚子在課堂上發出響亮聲音，附近的同學都笑她，害她覺得很丟臉。她的大腿和後腰都很痛，像被刀刺一樣，小兒科醫師說只是正常的成長痛，但愛麗絲感到難以置信，想著：這怎麼可能正常？只有躺在地上抬起雙腿靠著牆才能緩解不適，因此，愛麗絲放學回家後幾乎都保持這個姿勢。她驚恐地發現，後背和上臂出現鮮紅條紋，醫師說那是生長紋，會慢慢褪色，但不會消失。

六年級過了一半，愛麗絲的身高已經超過媽媽了：五呎四吋[63]。這件事讓愛麗絲感受到全新的憂傷。身體帶著她奔跑離開童年，離開媽媽。沒過多久，愛麗絲比媽媽高一吋，接著變成三吋。她低頭看著媽媽的頭頂，第一次明白媽媽也只是人。茱莉雅並沒有比其他人特別或強壯，此後愛麗絲需要救援的時候，媽媽已經救不了她了。萬一房子失火，必須由愛麗絲扛起媽媽逃跑，而不是媽媽打她。這樣的現實令愛麗絲恐慌，人生中第一次失眠。她不知道該怎麼辦。

愛麗絲看出媽媽也很難接受她突然長這麼高。愛麗絲從椅子上站起來或走進房間時，經常會發現茱莉雅一臉錯愕。她們有著同樣的表情：怎麼會這樣？母女之間的平衡被打亂了，現在讀國中的女兒講話時，茱莉雅得抬頭看她，愛麗絲低頭看著媽媽，心裡想：我能信任妳嗎？

在這個階段，原本向外探索的愛麗絲轉為在家中搜索。她最近意識到，既然所有人都有缺陷，那麼，茱莉雅一定也有，愛麗絲需要徹底瞭解茱莉雅的所有狀況，這樣才能在狀況發生時及時補救。她領悟到或許就是因為這樣，小孩才需要有雙親與手足。這是一種後援系統，而愛麗絲的家沒有。萬一茱莉雅有個三長兩短，愛麗絲就只剩下自己一人。她督促媽媽定期去做健康檢查，並且提議晚餐吃對心臟有益的食物，茱莉雅聽到時放聲大笑，然後才意識到女兒是認真的。

有一天茱莉雅去超市的時候，愛麗絲趁機翻媽媽的衣櫃和抽屜。對於這種行為，她毫無愧疚。她心中認定這是一次重要的搜尋，事關生死。萬一茱莉雅有什麼隱藏的問題，愛麗絲需要知道。她翻到的東西都沒什麼特別：衣服、珠寶、化妝品、保養品。愛麗絲翻茱莉雅的

63　大約一六三公分。

床頭櫃時，發現了一樣有意思的東西：一個信封，裡面裝著幾張照片。

照片至少有十五年的歷史了，裡面的人物全都是茱莉雅和三個妹妹。有一張是四姊妹互相勾肩搭背，茱莉雅和希薇的樣子應該才十八、九歲。愛麗絲能夠分辨四姊妹，因為每次去佛州的時候，她都會認真研究外婆的相簿，想要看出照片記錄的回憶。這張照片裡四姊妹緊密貼在一起，彷彿對其他人的身體很自在，就像自己的身體一樣。希薇的頭靠在茱莉雅肩上，愛茉琳與瑟西莉雅對相機露出一模一樣的笑容。四姊妹真的非常相像，彷彿同一個人的四種版本。愛麗絲從沒看過媽媽這麼開心的樣子。

另一張照片裡，稍微年長一點的希薇坐在沙發上，懷裡抱著一個嬰兒——愛麗絲很想知道那是不是自己。但或許希薇有自己的寶寶，愛麗絲不知道。最後一張應該是在派對上拍的——畫面裡有三十多個人一起看著鏡頭。這張照片裡有外公，他伸出手臂對四個女兒燦爛微笑。外婆應該在搖頭，因為她的臉有點糊掉。照片中年輕的茱莉雅穿著牛仔褲、放下頭髮。三個妹妹就在身邊，非常接近，她只要一伸手就能碰到。肯定有人說了好笑的話，因為照片裡的人全都面露驚訝，正要笑出來。愛麗絲搜尋照片，尋找長得像她的男人。她從沒看過爸爸的照片，但她知道她的髮色和藍眸都來自於他。但照片裡的每個人好像都是帕達瓦諾家的親戚。

她將照片放回信封、收進抽屜，然後坐在媽媽床邊的地上。發現那些照片證實了愛麗絲的想法，她必須找出一些東西，而這次的狀況則是回想起一些事情。她知道三個阿姨住在另一座城市，只是她很少想到這件事。外婆跟愛麗絲說過很多往事，四個女兒小時候的事、外公的事，以及十八街的那棟房子，但媽媽卻總是表現得好像帶愛麗絲搬來紐約之後，人生才開始。過去的照片已經這麼少了，為什麼媽媽沒有掛起來，反而要藏著？如果生活中有更多親人，愛麗絲會比較安心。那些照片證實了她們有親人，只是斷絕了聯絡，這讓愛麗絲心中浮現陣陣恐慌，她必須把腿用力往下壓以避免疼痛。

那天晚上和媽媽一起準備晚餐時，愛麗絲問：「為什麼妳都不說三個妹妹的事？」

晚餐的菜色是肉捲，茱莉雅已經將所有材料拿出來了，但還是打開冰箱一陣翻找。沉默幾秒之後，身材高大的愛麗絲第一次察覺到，媽媽是刻意不回答。她希望愛麗絲不要再問這種問題。愛麗絲回顧童年，發現這種沉重的靜默經常出現，每當她提出媽媽不想討論的話題，例如愛麗絲的父親和他過世的事、茱莉雅的童年和姊妹，媽媽就會用這招。

茱莉雅說：「我偶爾會聯絡愛茱琳和瑟西莉雅，但我們住在不同的城市。大家都很忙。兄弟姊妹就是這樣，小時候住在同一個屋簷下，所以很親密，但長大之後就各分東西。」

以前愛麗絲都會服從媽媽的暗示改變話題。但現在她必須知道她沉默的原因是什麼。因此她才會翻媽媽的東西，為了照顧自己，她必須盡可能摸清楚。「三個阿姨——希薇、愛茱琳、瑟西莉雅——她們還很親嗎？」

茱莉雅面無表情看著她。「不知道。她們住在同一座城市，所以，或許吧。」她停頓一拍，接著說：「愛麗絲，我是獨立自主的成年人。很少有女性能夠做到自給自足，而我做到了，我引以為榮。如果我養育妳的方式正確，那麼妳也不需要任何人。」

愛麗絲想像媽媽站在一座小小的荒島上，她自己則站在另一座，距離很近，能看到對方揮手。

茱莉雅說：「為什麼妳要問這些？」

愛麗絲很想說：因為我覺得很奇怪，家裡只有那幾張家人的照片，而且還藏在抽屜裡。我們只有外婆一個親戚，這也很奇怪，每次過節我們都去萊芬太太家和她的親戚一起慶祝。因為妳有三個妹妹，我好希望也有姊妹可以和我睡同一個房間，一起聊天到深夜。

「我們過得很好，」茱莉雅說，「不是嗎？」

「嗯。」愛麗絲說，因為她看出媽媽在等她回答，而且真的是這樣沒錯。現在很好，她想著，但萬一出事呢？

茱莉雅再次出門辦事的時候，愛麗絲打電話給外婆。她說：「我媽媽是不是和她妹妹吵架了？」

她知道這個問題會讓外婆很驚訝，但她認為外婆很可能會回答。外婆家到處可以看到媽媽來紐約之前的生活點滴：沙發後的牆上掛著四張外婆女兒的照片，從芝加哥舊家帶去的聖女像則掛在廚房餐桌旁的牆上——媽媽每次看到都翻白眼。蘿絲很愛說話，和她相處時不會出現靜默。

「茱莉雅當然和她們吵過架。所有姊妹都會吵架，妳知道。家人就是這麼回事。」

「我和媽媽就從來不吵架。」愛麗絲說。「我也沒有和妳吵過架。」

「呃。」蘿絲說。「對啦。看來真的是一代比一代好。不過妳媽媽和三個妹妹之間的事是她們的事——妳以為她們會告訴我？我是她們的媽媽呢。」

「我只是覺得很奇怪，從來沒有人跟我說過三個阿姨的事。我知道愛茉琳來過紐約，但那時我太小所以沒有印象。我的朋友凱莉經常和親戚見面。我覺得——」愛麗絲遲疑一下，「——好像少了什麼。我媽不想說的事就永遠不會說。」

「她就是這樣的人。」蘿絲說。「要是沒有得到她的准許就告訴妳那些事，她絕不會放過我。」

「我不知道爸爸姓什麼，可以告訴我嗎？」

「去問妳媽。」蘿絲說完之後就掛斷。

愛麗絲企圖從萊芬太太那裡打聽媽媽的事，卻換來一頓說教：「妳媽媽漂亮又聰明，她拚了命經營自己的事業。」萊芬太太說。「妳是全天下最好命的孩子，沒人比得過。」愛麗絲只能嘆口氣改變話題。她知道萊芬太太有個不學好的姪兒，茱莉雅有一年夏天讓他去公司當實習生；每年聖誕節，茱莉雅都會送名牌包給萊芬太太。這是最後一條管道，現在也行不通了。她考慮如果真的沒有其他辦法，說不定可以寫信給其中一位阿姨，但她不知道她們的地址，也不知道該說什麼。嗨，我是妳的外甥女，妳好嗎？她知道實情大概就像媽媽說的那樣，四姊妹長大之後各奔東西，不再住在同一個家裡，感情也就淡了。愛麗絲怎麼知道？說不定現在她們根本很少想到其他姊妹。

她不再問媽媽這些事。感覺毫無意義，而且問了只會讓茱莉雅心煩，愛麗絲認為風險太大。壓力會導致高血壓，高血壓會造成心肌梗塞和中風，她必須以茱莉雅的健康為優先考量。愛麗絲告訴自己：只要不問，我就不會繼續長高。自從開始抽高之後，她一直這樣和自己打賭。只要不啃指甲，我就不會繼續長高。只要不吃糖果。只要上課舉手回答老師的問題。可惜這些條件交換都沒用，這次也一樣。愛麗絲不再纏著媽媽問過去的事，但還是繼續長高。

一九八九年九月～二〇〇三年十二月

希薇

瑟西莉雅將威廉的戒律運用在育兒上：沒有虛假、沒有秘密。伊莎無論問什麼，瑟西莉雅都會誠實回答。一天傍晚，希薇與愛茉琳都在瑟西莉雅家的廚房，六歲的伊莎突然問寶寶是從哪裡來的。

一週有幾天，西北大學球隊有晚間練習，威廉無法回家吃飯，於是希薇就來妹妹家。她和威廉在一起六年了，去年結婚。不久前他們搬進一間兩房公寓，離雙胞胎家不遠。威廉即將換工作，雇主是芝加哥公牛隊。球隊為他設了新職位，他負責球員培訓與物理治療。公牛隊前景看好，積極擴展職員班底。他們還沒有贏過冠軍，但現在隊上有麥可．喬丹，冠軍獎盃指日可待。威廉開的條件是不隨球隊去外地，工作地點主要在芝加哥，並且運用他的專業方案鎖定年輕球員需要幫助的地方。雖然公牛隊主動挖角讓他感到受寵若驚，但他原本想繼續留在西北大學，報答阿拉什與大學的恩情，但阿拉什快退休了，總教練也即將離開學校去其他地方任職，於是希薇說服威廉，讓他明白他也該往前走了。「人必須持續成長，」她說，「否則會活不下去。」他對她微笑，因為她刻意迴避死這個字。他知道希薇非常用心，盡可能讓他完全不會想到死亡。

「男人和女人發生性行為之後就會有寶寶了。」瑟西莉雅說。

伊莎點頭，鬈髮彈跳、小臉專注。「什麼是性行為？」

瑟西莉雅拿出素描本畫出好幾種性愛姿勢，愛茉琳與希薇臉紅到快爆炸。伊莎非常認真聽，接著問：「那小愛阿姨和喬希阿姨怎麼做？」

瑟西莉雅繼續畫圖解說，愛茉琳說：「我的天。」然後匆匆離開廚房。希薇站在角落笑得停不下來。她突然好想念愛麗絲，這種心情好像一直躲在牆角，總是趁她最意想不到的時候跳出來。她覺得愛麗絲此刻理應也在這間廚房，一起加入這個荒謬的場面。她理應在這裡，和表姊坐在一起。茱莉雅一直都在希薇心裡，但跟隨媽媽離開家人的小寶寶令她心痛。

失去茱莉雅之後，她總是因為出乎意料的事而感傷，這也是其中之一。希薇心裡很清楚，姊姊在紐約發光發熱。茱莉雅搬去紐約的第一年，希薇打電話過去的時候，姊姊的語氣興奮又充滿活力，當時她正在打造新的自己、新的生活。爸爸常說茱莉雅是火箭，只要沒有人扯後腿，她就可以一飛沖天。但希薇只知道愛麗絲還是嬰兒時的模樣；她的處境很奇特，她愛外甥女，卻不知道她長什麼樣子。希薇總是有種揮之不去的感覺，愛麗絲應該在皮爾森區和大家在一起才對。希薇想像愛麗絲和伊莎一起在圖書館下棋，兩顆小腦袋湊在一起，一個金髮、一個棕髮。她腦中經常重複一個畫面，就像不斷反覆播放的影片：她牽著愛麗絲的手一起在街上走。畢竟那個孩子一半是威廉、一半是茱莉雅，因此她是希薇的心頭肉。

但希薇傷透了茱莉雅的心，再也沒有資格接近愛麗絲。而威廉不只在法律上拋棄了女兒，甚至做到徹底將她從心中剷除。這樣的割捨，本質上幾乎像手術一樣；希薇仔細觀察，卻看不出他有一絲一毫想起有個女兒這件事。瑟西莉雅家中有幾幅愛麗絲的肖像，希薇發現，威廉每次經過掛畫的走道都會刻意轉開視線，就像太習慣同一條障礙賽跑道，他根本沒察覺自己在閃避。他和希薇一起去雙胞胎家吃晚餐時，會和伊莎聊學校歷史課教的內容。然而，他似乎忘記了自己的歷史，忘記了伊莎出生之後不久，緊跟著來到人世的愛麗絲。他忘記了生活中曾經有兩個小女孩，而不是一個。希薇從不在威廉能聽見的範圍提起愛麗絲。距離丈夫自殺未遂那天時間越久，她越是慶幸現在的他很穩定，而且看得出來很滿足。她看著他在這段人生中扎根，看著他用愛與充滿意義的工作填補內在裂痕。威廉選擇遠離女兒，希薇接受他的決定。每一天她都接受全部的他，他對她也一樣。

一九九三年，伊莎十歲，愛茉琳與喬希買下了瑟西莉雅家隔壁的房子。棕紅髮色、性情溫暖的喬希主修商管，對錢非常有一套。她協商買下之前與愛茉琳共事的托兒所，之後沒過多久又買下另一家。雙胞胎決定共用兩個家，畢竟她們一輩子都住在一起。她們拆掉兩棟房子之間的圍籬，全家人花了一整個夏季翻修、清掃新房子。希薇過了幾年規律的生活，十分享受難得的插曲，全家人再一次同心協力，找出時間一起工作。

現在希薇已經是羅薩諾圖書館的館長了，所以可以自行決定工作時間。她有點驚訝地發現自己竟然很喜歡管理圖書館，這個職位必須負責做決策，帶來很大的滿足感，無論大小事都由她做最後裁決。她喜歡這種感覺。現在希薇不只認識常來的讀者，甚至也認識其中許多人的父母、子女。法蘭克．賽瓊內從小住在帕達瓦諾家附近，只隔兩棟房子，他每天都來看報紙，固定坐在窗邊的座位。他成年之後大部分的時間都受毒癮所苦，現在他們每天早上互相打招呼，她相信雙方都從中得到慰藉。伊莎喜歡圖書館的程度不亞於希薇，放學後常常會去，這讓希薇很開心。她最喜歡在櫃檯裡工作的時候，看著外甥女在座位下棋或閱讀。

夏季時，伊莎與希薇花了幾週的時間將一間臥房油漆成深藍色。「等我媽有男朋友的時候，我要來這裡睡。」她對希薇說。

「感覺不錯喔。」希薇說。「小時候我好想要有自己的房間，可以安靜看書。」

「告訴我那時候的事。」伊莎從會說話開始就經常說這句話。她很喜歡聽媽媽和阿姨小時候的故事。

因為瑟西莉雅不隱瞞的原則，大部分的事伊莎都已經知道了。但是在那些炎熱的夏季傍晚，當她們忙著將臥室漆成午夜天空的顏色，希薇按照年代述說往事。她站在梯子頂端，油漆靠近天花板的縫隙，盡可能回想所有細節。她從童年說起，其中一個故事不知為何特別讓伊莎開心。有一次，蘿絲的菜園裡遭受神秘動物持續破壞，但沒有人看到過。那隻動物大吃特吃，將番茄咬下一半，菜園裡所有植物的葉子和莖都被啃過。蘿絲狂怒，組織家人輪流看守，負責看守的人必須坐在蔬菜、水果、香草中間的戶外椅上，輪值期間絕不能有半點懈怠。蘿絲與查理輪流負責守夜，雖然最後都是蘿絲接手，因為查理太容易分心。他會隔著籬笆和鄰居聊天，或是坐在戶外椅上睡著。四姊妹早上下樓吃早餐時，都會透過後面的窗戶看到媽媽：頭髮蓬亂，手中握著球棒，怒目緊盯四周的土地。「抓到那隻動物之後，妳打算怎麼處置？」希薇問，蘿絲平靜地回答：「殺掉。」那隻動物很聰明，始終沒有現身——帕達瓦諾一家不知道那究竟是老鼠、鳥類還是鬼魂——但在他們的勤勉看守之下，破壞終於停止了。最終蘿絲自行宣布獲勝，回床上睡覺。

講了一段時間之後，希薇說到瑟西莉雅懷孕的事，然後茱莉雅懷孕，接著查理過世。蘿絲與伊莎母女斷絕關係，威廉姨丈住院，他先後和伊莎的兩個阿姨結婚。希薇告訴伊莎她有個同年的表妹，只是她們可能永遠見不到面。希薇講故事的時候愛茉琳進進出出，搬來檯燈或書籍，她一臉驚奇地搖頭。「老天。」她輕聲說。有幾次，她叫喬希進來一起聽。「這些事我跟妳說過一些，」她說，「但希薇是說故事高手。」

有一次，喬希聽了一段時間之後說：「真希望我有機會認識查理。他感覺好棒。」

希薇發現，口述出來的時候，那些故事與那些人確實感覺很特別。她和雙胞胎很少聊過去的事。畢竟她們親身體驗過，失去茱莉雅讓她們不願提起往事。但這些故事讓喬希著迷，伊莎也因為自己在這齣狗血劇中扮演一個小角色而開心不已，多少減輕了那段回憶的悲傷刺痛。當希薇將家人的故事說出來，她聽到滿滿的愛。

好幾次伊莎搖頭說：「大人好白癡喔。我的目標是長大之後不要變白癡。」

「很棒的目標。」希薇說，心裡想著，倘若伊莎可以一生沒有心痛，那就太美好了。真的可能嗎？這時她突然想到一件事，於是說：「伊莎，其實我在寫這些故事。很多年了。寫得很亂，不過，妳想看嗎？」

伊莎呆望著她。她也有帕達瓦諾家的鬈髮，但不太一樣，她的頭髮顏色更深、更鬈。她的圓圓臉蛋表情認真。雖然她經常問媽媽家的事，但對親生父親一點興趣也沒有。她們問過為什麼，伊莎說已經有太多大人管教她了，不需要再來一個。更何況，既然媽媽不希望那個男人出現在她的人生中，那她也不想。

「愛說笑。」伊莎說。「這根本是夢想成真！」

希薇大笑，孩子熱烈的反應讓她感到意外。她寫了大約三百頁，隔天下午她拿去影印店裝訂，然後將手稿交給外甥女。伊莎讀完之後交給瑟西莉雅與愛茉琳。

「妳寫得真的很好。簡直可以拿去出版，妳知道的。」瑟西莉雅說，但希薇說她只是為自己和家人寫，瑟西莉雅點頭。她經常畫一些不打算出售的作品，所以能夠理解。喬希讀過不只一次，她是獨生女，現在也像伊莎一樣熱衷於帕達瓦諾家的歷史。

那個夏季，她們整修那棟老舊的房子，往事充滿每個角落，三姊妹發現她們想起更多家人的故事。她們一邊忙——整理衣櫃、在廚房收納鍋碗瓢盆——一邊分享回憶。有時候，希薇、愛茉琳或瑟西莉雅也會在晚餐時重新說起一段軼事，伊莎或喬希則幫忙補充細節或對話，彷彿她們也親身經歷過。

一天晚上，她們坐在客廳地板上吃披薩，愛茉琳說：「聽了那麼多往事，讓我重新想起自己是誰。我知道大部分都發生在妳們兩個或茱莉雅身上——」她對兩個姊妹頷首，「——但我記得當時的感受。」

希薇與瑟西莉雅微笑鼓勵她說下去。愛茉琳很少談起自己的事，她的注意力都放在身邊的人身上。幾乎每天下午她都會帶小朋友回家，坐在她腿上等爸媽來接。她依然很戀家，晚上和喬希一起窩在沙發上最讓她開心。超級合體屋——這是伊莎為兩棟房子取的名字——合併之後，非常合愛茉琳的心意。現在家變得更大了，有更多房間、更多空間，也有她最愛的人。

「妳有什麼感受？」伊莎問愛茉琳。她和威廉坐在沙發上下棋，邊玩邊吃披薩。她最喜歡下棋，但家裡只有威廉一個大人會陪她玩。伊莎輸了會亂發脾氣，但她和姨丈玩的時候會努力克制。威廉喜歡下棋的挑戰性。雙方策畫謀略爭奪空間，他覺得很像籃球。

「我想起來以前有多想當媽媽。」愛茉琳說。「那是我唯一的心願。」

威廉遲疑一下之後，站起來準備離開客廳。希薇知道他認為談話的方向變得太私人。他總是很細心保留空間給四姊妹，如果她們選擇隱瞞什麼秘密，他也會尊重。

愛茉琳對他搖頭，於是他重新坐下。「我和喬西昨晚談了很多。」她的表情開朗。「我們打算申請成為寄養家庭，專收新生兒。現在需求很大，而且有很多寶寶需要愛。」

喬希捏捏愛茉琳的肩膀。「實務上，」她說，「我們會照顧毒癮媽媽或未成年媽媽生的寶寶兩到三個月，然後寄養機構會將寶寶歸還給生母，或是找長期安置的地方。研究顯示——」喬希臉龐發亮，因為她最愛研究，「——如果在出生之後三個月，新生兒每次哭都有人抱，而且經常有人對他們笑，那麼，未來他們身體健康、生活幸福的機率都會竄升五成左右。」

「真神奇。」希薇說。「小愛，這個想法太好了。」

「呃。」伊莎的表情有點陰霾。「聽說新生兒很會哭。」

「我保證絕不會要求妳幫忙顧。」愛茉琳說。「而且寶寶會和我們睡，晚上不會吵到妳。」

「那我同意了。」

寄養申請很快就通過了。愛茉琳與喬希原本還擔心會被拒絕——有時她們在超市會引來異樣眼光，也發生過家長因為她們是同性戀而讓孩子換托兒所——但寄養家庭的需求實在太大，加上愛茉琳與喬希有很厲害的推薦人，也有幼保背景，寄養機構很高興有她們加入。夏季結束時，愛茉琳已經用揹帶掛著一個男寶寶，在新裝修好的家裡走來走去。

後來當希薇回想那個夏季，她認為那是家人完整接納真正自我的開始。超級合體屋，兩家共用的房子，獨特的格局反映出帕達瓦諾家獨特的狀況，至少是留在芝加哥這些人的狀況。希薇、雙胞胎與威廉打造出最適合自己的人生，也符合自己真實的模樣。兩棟房子共用後院和一片空地，她們在那裡種菜也種花。瑟西莉雅將愛茉琳與喬希家的閣樓用作第二個畫室，因為她喜歡那裡的光線。愛茉琳在瑟西莉雅家做了一個乾燥櫃，兩家人採收來的香草與花朵都放在那裡晾乾。兩棟房子都有嬰兒搖椅和嬰兒床。威廉的工具箱放在愛茉琳家的洗衣間裡，他和希薇有兩棟房子的鑰匙。雙胞胎的廚具和碗盤混在一起，一起在戶外吃飯、輪流收拾善後。伊莎在兩棟房子都有臥房，她隨意來來去去。如果正在沉迷一本好看的書，她會留在愛茉琳家，因為她在那裡的臥房床頭燈比較亮。媽媽沒有男朋友的時候，她睡在瑟西莉雅家。

在威廉的幫助下，伊莎將一個空房間改造成工作室，打造了一套對講機裝置，讓兩棟相鄰的房子不用電話就可以溝通。一開始瑟西莉雅與愛茉琳都覺得很荒謬，但很快她們就每天使用這項發明。小愛，我最喜歡的畫筆妳放在哪裡？喬希，妳在家嗎？可以幫忙做三明治嗎？伊莎，妳在那邊做什麼？吵死了。

肯特完成住院醫師訓練之後，和妮可搬來芝加哥。他也在公牛隊工作，擔任運動醫師。兩對夫妻一個月至少會去那家墨西哥餐館一次，加斯與華盛頓偶爾也會帶著妻子加入。除了和雙胞胎見面，這是希薇和威廉唯一的社交活動。不過，肯特和妮可一直很想有寶寶，卻不太順利，妮可開始不想出門，晚餐之約也變少了。威廉與希薇為好友難過，但不介意多幾天晚上在家。他們兩個都不擅長與陌生人相處。當新認識的人問希薇或威廉當初是怎麼認識的，他們總是含糊回答，因為實情太聳動了。希薇在文章裡看過，故事述說的次數越多，準確度越低。人類喜歡誇大，容易捨棄無聊的部分，強調刺激的亮點。經過多年的重複述說，細節與時間順序都會改變。故事的真實性降低，越來越像神話。希薇想著她和威廉很少述說他們的故事，心中感到歡喜；因為沒有說出去，他們的愛情故事就能夠保持真實。

一天下午，姊妹一起出門辦事的時候，愛茉琳說：「妳和威廉對彼此好溫柔。我覺得我好像只會扔寶寶給喬希，不然就是叫她把襪子撿起來。」

希薇微笑。「呵，我們沒有寶寶，也不像妳們家裡那麼熱鬧。」

「也是啦。」愛茉琳嘆息，她們都很清楚，其實她最喜歡這樣的生活，家裡總是有哭鬧的嬰兒、爸媽還沒有接回家的托兒所幼童，以及一個絕對會拿著情趣按摩棒跑來問這是什麼的小學生。

希薇也知道妹妹說得沒錯——她和威廉比一般夫妻對彼此更溫柔。每天她看著威廉吃早餐與上床前服藥，當他感到壓力過大時，視線會不斷尋找她在哪裡。她伸手想握他的手時，經常發現他也剛好伸出手。每天早上，威廉都幫她準備帶去上班的午餐，她悉心保持生活平靜，因為在這樣的環境下，他的狀況最好。幾乎每天晚上一起躺在床上時，威廉都會低語：「我真幸運。」她知道確實如此，她也一樣。希薇差點錯失和這個男人共同創造這種人生的機會，因為曾經差點錯過，她更珍惜兩人在一起的時刻，即使已經累積了很多，而且越來越多。

愛麗絲

一九九七年九月～二〇〇二年二月

九年級開學時，愛麗絲的身高已經長到六呎一吋[64]，和她近距離接觸的人都會嚇一跳。私立中學的排球隊和籃球隊教練總在學校走廊追著她跑，企圖說服她加入他們的隊伍，她解釋說她的協調感太差，沒辦法成為運動員。她的身高也讓爸爸再次被提起。從萊芬太太到郵差、校長，每個人似乎忍不住以不同的方式說：哇，妳爸爸一定個子非常高吧？

茱莉雅與愛麗絲完全不相像了。愛麗絲小時候眼睛的形狀還多少有點像媽媽，但現在連這個也沒有了。她們的打扮差異很大，使得母女倆的相似處更少。茱莉雅上班日都穿套裝搭配絲質上衣，週末則穿黑色緊身褲和垂墜寬鬆上衣。愛麗絲蒐集了很多運動鞋，用來搭配不同色彩的運動褲。因為她太瘦又太高，很難買到合身的衣服和鞋子。球鞋不分性別，讓她有更多選擇。一天早上，媽媽困惑端詳她，然後說：「妳一點女人味也沒有。」愛麗絲大笑著說：「媽，現在已經一九九七年了。我不需要女人味。」

愛麗絲知道自己長得很像爸爸，她從中得到一些喜悅。這讓她覺得自己有雙親，即使其中一個已經不在了。無論她去哪裡，爸爸都和她在一起——至少他的基因永遠在，她因此更堅強。她需要堅強。國中時，她還可以靠彎腰駝背讓自己顯得「正常」，她很擅長這一招，但上高中後，再也藏不住她的驚人身高，無論她怎麼讓身體變形，都不會像學校的嬌小女生。凱莉長到五英呎[65]就停了，如此一來更突顯愛麗絲的身高，因為她們兩個形影不離。愛麗絲擁抱媽媽或凱莉時，都必須特別彎下膝蓋，讓她感覺很彆扭。她走路比所有人快，因為步伐太大。到了晚上她常常脖子痛，因為一整天一直低頭和人講話。一起長大的朋友經常叫她長頸鹿或綠巨人。一位女性數學老師說：「孩子，妳一定要穿平底鞋，這樣男生才不會有壓力。」愛麗絲知道她是出於好意。路上的男人經過愛麗絲時都會刻意拉長身體、抬頭挺胸，彷彿她的身高威脅到他們的雄風。

九年級開始時，愛麗絲決定不要浪費時間為自己的外表感到羞恥。無論她感到羞恥或自信，結果都一樣：她就是非常高，大家就是會來問她怎麼這麼高，甚至取笑她。她不可能融入，身高讓她在實質上鶴立雞群。愛麗絲很寂寞，但既然沒有辦法，她只能接受現實。她昂首闊步走在走廊上，當無聊的男生開玩笑說學校要加高天花板才行了，她強迫自己微笑。愛麗絲第一次參加高中舞會時穿上高跟鞋，不為其他理由，只為了證明她可以。她和凱莉一起走進學校體育館，凱莉說：「妳好勇敢。」但愛麗絲搖頭，「這不是勇敢。反正不管我穿什

64 大約一八五公分。
65 大約一五二公分。

麼鞋，大家一樣會盯著我看。」不過，當籃球隊長來邀她跳舞時，她還是吃了一驚。他很害羞，說話結巴，但他們跳舞時他直視她的雙眼，令人興奮。過了幾天，他約她出去，她再次震驚。不過，這樣的震撼在愛麗絲心中劃出一片空白，她聽見一個小小的聲音低語：不。可能是她的聲音，也可能是媽媽的。她將自己和同學分離，她想繼續保持分離。這樣感覺比較安全。

「謝謝，但是不了。」愛麗絲用最溫和的語氣說，然後轉身走開。她心中感覺鬆一口氣。那個男生問了一個她從不曾思考過的問題，而她說出最真實的答案。她想要像媽媽一樣：獨立自主。愛麗絲沒有告訴任何人，甚至沒有告訴凱莉，然而到那天放學的時候，整個學校竟然都知道她拒絕了十二年級最炙手可熱的男生。

真的很奇怪，接下來幾個星期，很多同學都仰慕地轉頭看她，有如向日葵轉向太陽。他們大部分都是害羞內向的人，或是在某些方面和別人不一樣的邊緣人。他們刻意安排和她同時間去置物櫃拿東西，在走廊上特別走在她旁邊。他們覺得愛麗絲很勇敢，這讓他們也勇敢起來。他們希望能自我感覺良好一點，和愛麗絲在一起，他們做到了。我不勇敢，愛麗絲很想告訴他們，因為這些同學像她一樣，經常受到言語羞辱——別人取笑他們肥、笨、醜——她不想誤導他們。但她想不出該如何解釋才不會害他們難過，於是她不說話，繼續讓他們跟。

「到底怎麼回事？」凱莉訝異地說。國中時，她每天都得凶巴巴制止同學取笑愛麗絲，上高中之後她準備好繼續下去。愛麗絲聳肩。她大概猜得出原因——她拒絕感到羞恥，因此同學覺得他們也可以——但她無法以言語表達。從此再也沒有男生約她出去，她覺得好輕鬆。

或許因為除了家之外，愛麗絲還有其他生活重心，現在她可以接受媽媽絕口不提往事，家裡牆上也沒有掛照片。她不再覺得兩人小家庭岌岌可危。愛麗絲與茱莉雅依然幾乎每天一起準備晚餐，星期五晚上，如果愛麗絲沒有去凱莉家過夜，母女倆依然會穿著毛茸茸睡袍看電影。她和媽媽會裝怪聲音逗對方笑、搶答《危險邊緣》的問題。但愛麗絲依然偷偷感到一絲自滿，她的身體證實媽媽拒絕提起的那段往事確實存在，包括她誇張彆扭的身高，以及稻草色直髮。愛麗絲依然不清楚媽媽在芝加哥那段人生的細節，甚至連概況都不知道，但她不再覺得有必要知道。她逐漸長大成為自己，現在她有自信，需要拯救自己的時候，她絕對能做到。

高中快畢業時，愛麗絲已經想清楚該如何打理人生。她走在學校走廊上，已經不會覺得自己是被參觀的動物。週末她大多都在凱莉家過夜，深夜裡，她們引用最喜歡的電影臺詞，跟著音樂唱歌，想到什麼聊什麼。愛麗絲每年會去佛州探望外婆一次，她一個人去，因為媽媽和外婆鬧翻了。現在愛麗絲清楚意識到，媽媽從人生中割捨掉三個妹妹、故鄉，以及大部分的外婆，因此，愛麗絲小心翼翼不觸及媽媽在生活中畫下的界線。愛麗絲愛媽媽，即使她相信不會失去媽媽，但媽媽已經割捨掉這麼多親人，說不定哪天可能也會割捨她。儘管如此，當愛麗絲走進房間或站直，依然會發現奇怪的表情從媽媽臉上掠過。在那樣的瞬間，媽媽會有些微動搖，出現一道可以窺見過去人生的縫隙，雖然媽媽不准她進去，但愛麗絲很高興能成為偶爾撼動那扇門的人。

大一開學時，茱莉雅開車送愛麗絲去波士頓大學。茱莉雅邊開車邊和女兒聊天。愛麗絲以為她很清楚媽媽的各種情緒，但今天茱莉雅噴射出火花，一部分看起來像興奮慶祝，一部分感覺像是引擎需要修理的警訊。

「我希望妳能開心享受大學生活。」她說。

「沒問題。」愛麗絲說。她的手在冒汗——緊張的時候她就會這樣，她在短褲上抹了抹。「妳的高中生活太無趣。我希望妳快樂。」茱莉雅瞥女兒一眼，確定女兒知道她是認真的。

「明明很有趣。」愛麗絲說。真的。在凱莉的房間熬夜聽音樂很開心，和媽媽一起看電影也很開心。她十一年級開始喝咖啡，每天早上雙手捧著溫暖的咖啡杯都讓她感到愉快——這些應該都可以算在有趣的範圍吧？上大學讓她煩惱的事很多，其中包括學校餐廳的咖啡可能沒有她在家自己弄的好喝。她也不喜歡和一堆同齡的人擠在宿舍裡。她這個年齡的人吵鬧又髒亂，愛麗絲永遠沒有獨處的機會。幸好凱莉就讀的愛默生學院也在波士頓，知道好友就在附近，讓她安心多了。

「噢，這些人怎麼開車的？」茱莉雅說。她們從紐約開車去波士頓，這條九十五號州際公路貫穿東部海岸，交通流量驚人。重機、龐然大物十六輪卡車與一般車輛見縫就鑽。她說：「妳應該要談戀愛、跑趴、整晚熬夜，這一類的玩樂。」

「妳讀大學的時候也那樣？」愛麗絲問。

茱莉雅略微沉吟。「我的狀況不一樣。因為沒錢，所以我得住家裡，幾乎沒有參與校園生活。不過妳想做什麼都可以，寶貝。甚至可以抽大麻。也可以……年輕人怎麼說來著？約炮。」

「天啊，媽。」

萊芬太太原本都叫愛麗絲我的小姑娘，但自從愛麗絲的身高超過她之後，她改口叫她我的老靈魂。愛麗絲不介意，這個暱稱甚至令她感到自豪，因為意味著她很成熟。就是因為如此，她才不想交男朋友。她與眾不同，內在老成，一個人的時候最自在。搭訕、親吻、上床，這些行為令她驚恐厭惡。愛麗絲之所以對未來四年的大學生活心懷畏懼，也是因為她的老靈魂。

她嘆息。她知道媽媽很怕女兒傷感憂鬱，因此拚了命將她推向快樂。愛麗絲教自己只要走進媽媽在的房間，一定要笑。她知道茱莉雅只要看到她的笑容就會立刻放鬆。但這樣真的很累，愛麗絲回答時的語氣有點泫然欲泣，她不喜歡這樣。「媽，我會盡力，可以了吧？」

茱莉雅的電力消耗殆盡，她點點頭。剩下的車程母女兩人都沒說話。抵達波士頓大學校園後，媽媽幫忙把行李搬上二樓宿舍。愛麗絲的室友來自路易斯安那州，名叫葛蘿莉雅，她還沒到，於是愛麗絲可以先選床鋪和桌子，她選了下鋪床位和靠窗的桌子。愛麗絲任由媽媽擁抱她道別，但她無法回抱，因為她覺得要是抱了媽媽，心中有個東西就可能崩潰，害她哭出來。愛麗絲從來不哭，她極力避免情緒失控，這也是其中一環，要是現在開始哭哭啼啼，等於全盤皆輸。

大學的第一個月她覺得最難熬。原本就擔心無法獨處會讓她很辛苦，結果也確實如此。室友人不錯，笑聲開朗悅耳，但葛蘿莉雅一開口就是聊八卦——「妳有沒有看到戴棒球帽的男生想把那個金髮妹？」或是「那兩個人恨透對方了。」愛麗絲不置可否，只是點頭，現在就開始八卦未免太早，好像去外地度假，結果第一天就買了房子。她心裡想：我們根本還不瞭解這些人，我也不瞭解妳。大家全都是陌生人。

因為身高的緣故，她無法融入環境。她穿過校園去上課時，感覺大家在看她。女生見到她都一臉錯愕，但什麼都不說。有些會一臉同情，表明她們的心聲：好可憐。她知道她們在偷偷感謝老天，慶幸自己身材嬌小、女人味十足，需要躲藏時輕易就能做到。男生問她是不是籃球或排球選手。她回答都不是，他們大為吃驚。有個男生問她：「妳是大鳥博德的女兒嗎？」她以為他只是開玩笑，後來才發現他是認真的。有些男生就是這樣，只有她是運動員或運動員的親戚，才能接受她的身高。若非如此，她的身高只會讓他們覺得不舒服，就好像無法歸類的郵件。儘管如此，還是有一些男生看到愛麗絲就滿臉笑容——他們就像高中時在走廊上跟隨她的那些人，只是長大了一點。

在迎新會上，有人介紹她認識一個叫榮恩的男生，那個男生劈頭就說：「哇噢，酷啦。」他的笑容實在太有感染力，她忍不住也對他笑。他和愛麗絲成為朋友，一天晚上他吸了大麻之後，努力解釋第一次看到她時的反應。「妳的身高像巨人，但是妳一點也不覺得有什麼不對。愛麗絲，妳是狠角色。」

「其實我沒有那麼神奇。」愛麗絲說。「大家看到我很高，就誤以為我很勇敢。一直都是這樣。」

榮恩似乎在琢磨這句話。「好吧。」他說。「有道理。說不定我是看出妳的潛能，妳絕對可以成為狠角色。」

愛麗絲微笑。「永遠不可能發生。」她說。「不過謝了。」

十月一個週六下午，凱莉來找她，逛完校園之後，她、愛麗絲、榮恩、葛蘿莉雅一起在宿舍聊天。門開著，可以看見外面的學生走來走去。同一棟樓有人在播放詹姆士・泰勒[66]的歌曲，憂傷的歌聲悠悠飄送。

聊著聊著，葛蘿莉雅對凱莉說：「我欣賞妳。真高興我的好姊妹有這麼酷的朋友。愛麗絲實在太害羞，連我都有點擔心。我一直幫她和學校裡高個子的男生牽線——她很美，常吸引愛慕的眼光。」

「噢，夠了。」愛麗絲翻白眼。

「我也欣賞妳。」凱莉盤腿坐在角落的懶人椅上，精靈風短髮下的臉龐滿是笑容。「愛麗絲只是大器晚成。她遲早會趕上進度，只是需要多一點時間。」凱莉用眼神向愛麗絲預告：我要說實話囉。「現在她和媽媽分開了，希望她能開始過自己的人生。」

「喂。」愛麗絲錯愕地說。

「原來是這樣啊？」葛蘿莉雅說。「我見識過很多控制狂媽媽，我懂。可憐的孩子。」

「愛麗絲現在很棒。」榮恩說。他天性擅長鼓勵人，學校田徑比賽他都會去幫跑最慢的人加油。「我們可以一起去釣男人。」他對她說。「不然我去釣，妳陪我。妳做自己就好，寶貝。」

榮恩的善意，加上新舊朋友的關懷，讓愛麗絲心中一個部分感到溫暖。但其他部分，卻覺得不自在。這個下午完全體現出大學令她害怕的原因。太多沒有規畫的時間，太多和同儕一起漫無目的虛度的光陰，明明生活過得很好，卻硬要強說愁。「我要澄清一下，」她說，

「我的生活方式和我媽毫無關係。我愛她。」

凱莉注視愛麗絲的藍眸片刻。「我可沒有說妳不愛她喔。」

愛麗絲蹙眉，表明她不想談這件事。凱莉知道只要一提到她媽媽，愛麗絲就會很敏感，因此凱莉通常不會把這方面的想法說出口。不過，高中時凱莉叮嚀過好友一次，叫她不要學茱莉雅。「我很喜歡妳媽媽，」凱莉說，「不過呢，像她那樣每天小心翼翼打理衣著、髮型的人，內心一定非常不快樂。她企圖隱藏所有的失序，而我希望妳以更好的方式過人生。」

二月中的一個星期二下午，愛麗絲下課回到宿舍房間，發現媽媽在裡面。茱莉雅站在愛麗絲的書桌前。她穿著套裝，頭髮梳成華麗的多層次髮髻。

愛麗絲在門口停下腳步。自從開學時送愛麗絲過來之後，這是媽媽第一次來學校，連假或長假愛麗絲都會回家，茱莉雅也從來不會沒有先說、先計畫就去任何地方。「媽？」她說。「妳來做什麼？」

茱莉雅沒有看女兒，而是彎腰靠近牆壁。「這些圖片從哪來的？」她的語氣緊繃。

愛麗絲感覺內心有個東西下沉。她走進房間、關上門，脫掉冬季大衣。她書桌上方的牆面貼滿了瑟西莉雅．帕達瓦諾的壁畫圖片。榮恩立志要成為藝術典藏專家，他幫愛麗絲從很

66 James Taylor，美國音樂人、吉他演奏家，多演唱感性柔和的歌曲。

多不同的藝術雜誌蒐集到這些圖片。其中有些還必須寫信索取，芝加哥有一本沒沒無聞的藝術期刊，瑟西莉雅的作品幾乎都有刊登，他們寄了一張兩元的支票購買。榮恩用藝術系的專業設備將一些比較小的圖放大。這個計畫持續進行；目前愛麗絲正在等一本雜誌，裡面刊登了瑟西莉雅為一所市立小學繪製的壁畫。

「這些全都是妳妹妹的作品。」愛麗絲說。她已經很多年沒有問起茱莉雅的家人了。愛麗絲讀高中時，她和媽媽都表現得好像沒有其他親人。愛麗絲去佛州探望外婆，但回來之後也很少和媽媽說起那裡的事。茱莉雅關上那扇門太多次，於是愛麗絲乾脆上鎖。

愛麗絲去探望外婆時，蘿絲提到過一次，她的女兒瑟西莉雅是藝術家。高中時期，愛麗絲想過要尋找瑟西莉雅的畫作，但不知道去哪裡找。瑟西莉雅的作品沒有收藏在美術館，也沒有寫進藝術書籍。愛麗絲也知道，還住在家裡的時候，就算找到資料也必須藏起來，不能讓媽媽看見。她決定等上大學再繼續找，那時候媽媽就管不到她的物品和時間。能夠尋找瑟西莉雅的作品並且展示出來，愛麗絲以這個期待為誘因，激勵自己嚮往大學生活，現在成真了。她最喜歡看書桌上方這面牆。葛蘿莉雅去跑趴的時候，愛麗絲待在房間裡看書，或只是注視前面這面牆。貼上越多圖片，她就感到越滿意。

「她進步了很多。」茱莉雅喃喃說。現在她整個上身俯在書桌上，盡可能靠近仔細看那些圖片。

「妳有沒有發現？」愛麗絲感覺到心臟在胸口怦怦跳。「壁畫裡有妳也有我。」

茱莉雅看女兒一眼，神情難以解讀——有驚奇也有恐懼，然後又回頭看圖片。

多數的壁畫都是女性肖像，因此愛麗絲的牆面上佈滿女人的臉。全都是近距離特寫，以明亮色彩畫在磚牆上。其中一張臉出現在好幾棟建築上，一座高架橋下也有。大部分的壁畫中，她的眼睛睜開；其中一幅閉著。那張臉有種古典味——彷彿屬於另一個時代。壁畫的主題不只是單人肖像，也有一張兒童群像，榮恩拿去放大過。下面的文字說明，這幅畫位在芝加哥的一座兒童遊戲場。畫裡的孩子都滿臉笑容，彷彿剛剛聽到好消息。後排有個白人女孩，金棕色頭髮，絕對是愛麗絲沒錯，年紀大約十歲。

「妳小的時候，我寄過妳的照片給瑟西莉雅。」茱莉雅說，音量很低，彷彿不是在對房間裡的人說話。

「這是妳。」愛麗絲指著一張圖片說。圖片裡的牆壁被漆成亮藍色，上面畫著一個女人的輪廓。狂野鬈髮蔓延，佔據四周的空間。她高高昂起下巴。這幅肖像特別不一樣，沒有太多細節。但毫無疑問是茱莉雅，只有瞭解她夠深的人才看得出來。

房間裡很安靜。葛蘿莉雅去上生物實驗課了，晚餐時間才會回來。茱莉雅臉色蒼白，愛麗絲知道如果去摸媽媽的手，一定全都是汗。「妳好像快昏倒了，坐下吧。」她說。

「我不會昏倒。」

「我喜歡她的藝術。」愛麗絲說。「我沒有聯絡她，沒有做其他事。妳不必擔心。」

茱莉雅看看牆壁又看看女兒。因為臉色蒼白，口紅的顏色顯得太過明亮。她好像要說話，最後卻沒開口，只是點點頭。

母女兩人在寒風中默默走路去附近的義大利餐廳。她們入座，餐廳很熱鬧，茱莉雅逐漸恢復正常。她似乎想起了來這裡的目的。「我多了一個在波士頓的新客戶。」她說。「我今天是來和他們見面。當然啦——」她對女兒微笑，「——我之所以決定接他們的工作，主要是因為如此一來，我就有藉口來波士頓看妳了。我一個人在紐約好無聊。」

愛麗絲也很想念媽媽。但即使此刻和媽媽同坐在一張餐桌旁，她依然感到寂寞。她知道媽媽接下來會問她什麼：有沒有想好要主修什麼？沒有。有沒有交到男朋友？沒有。有沒有開心玩樂？但她也知道她們兩人都有一部分依然站在那面貼滿圖片的牆前面，看著她們自己的臉，畫下她們的人住在另一座城市，屬於茱莉雅的另一段人生。

愛麗絲想起國中時，當她的身高超過媽媽，她領悟到茱莉雅並非完美的超級英雄，她只是平凡的人類。換言之，她有缺點、有過往。在茱莉雅心中，往事似乎與她狂野的鬈髮屬於同一類。愛麗絲從小看著媽媽努力駕馭頭髮與往事，盡可能收攏，每天都辛辛苦苦控制。她好希望能回宿舍房間，獨自站在那滿牆的圖片前，愛麗絲想著：她對待我的方式也一樣。

希薇

二〇〇八年九月

希薇提早離開圖書館。她告訴助理館員她頭很痛。她走平常的路線回家，經過幾幅瑟西莉雅的壁畫。九月的午後，皮爾森區顯得格外繽紛，希薇很高興身邊環繞著妹妹的畫作。每次去雙胞胎的家，希薇都會將所有走道巡一遍，看看肖像有沒有增加或減少。每次她都會看到生命中的所有女性：三個姊妹、兩個外甥女、媽媽、自己。希薇今天之所以想要提早回家，一部分是因為她想看掛在臥房床頭的那幅畫：威廉剛出院時，瑟西莉雅為他畫的風景。

希薇自己拿鑰匙開門進去。還要再過幾個小時威廉才會回家。她感覺肩膀放鬆。家裡很祥和，完全依照他們的喜好布置。她和威廉很難得在家裡招待客人，大型聚會都在超級合體屋舉行，肯特是美食家，每次都會提議在他想去的餐廳見面。在家裡，她和威廉可以盡情相愛，不必低調，也不必在意其他人。他們喜歡共處一室，於是威廉關掉聲音收看籃球轉播時，希薇會坐在他身邊閱讀。希薇煮飯時，會挑選丈夫喜歡的菜色：任何義大利麵、任何燉菜。威廉煮飯時，選的菜色大多有鷹嘴豆，因為那是希薇的最愛。

她靠在沙發椅背上，研究畫中的風、雨、光。她一直覺得這幅風景畫充滿希望，現在她很需要。上週她去就醫，因為反覆頭痛，而且感覺很奇怪。頭痛發生時，希薇的眼前會浮現色彩：深紫色，從右側太陽穴蕩漾出一圈圈同心圓。希薇畫在紙上給醫師看，他轉介她去看專科醫師。專科醫師做了幾項檢查。希薇躺在磁振造影機器中，因為可以長時間躺著不動而感到自豪，技師似乎很滿意。頭痛的事，希薇沒有告訴威廉和雙胞胎，也沒有說她去看醫生了。她認定會診斷出頭痛其實只是小毛病，也可能是即將進入更年期的症狀。畢竟她已經四十七歲了。

專科醫師講話非常快——大概是因為病人太多，所以時間有限，他告訴希薇她腦中有個腫瘤。希薇出於禮貌點頭回應。他描述腫瘤的位置與大小。他用了絕症這個詞。希薇再次點頭，繼續聽完，然後離開診間。醫院離西北大學很近，她決定走路回家。她沒有留意方向；她很清楚，她的身體就像鴿子一樣，會自行帶她回到皮爾森區。

希薇走著、走著，領悟到這個診斷並沒有讓她感到意外。她很快就接受了，這讓她明白，其實她早就隱約猜到會是這樣的結果。當專科醫師說出無法治療，她心裡想著：當然。很合理。小時候無論家裡發生什麼問題：停電、洗衣機漏水、冰箱罷工，媽媽的第一個反應絕對是：「這是上天的懲罰。」因為二十五年前所做的決定，希薇正在接受懲罰。雖然在爸爸的葬禮過後，她早已不再自認是天主教徒，但她依然從骨頭深處體認到天主教有罪必罰的道德觀。不過，當她驚覺自己竟然在下意識中依然保持信仰，確實令她意外。她以為自己早就掙脫了天主教信仰在童年灌輸的罪惡感，早已超脫了以眼還眼的概念。現在看來，她受那套罪與罰模式的影響實在太深，很可能是小時候在聖普羅科皮烏斯教堂埋下的種子。希薇背叛了姊姊，所以身體也背叛她。

說不定只是太震驚了，希薇現在想著。眼前的畫感覺不再那麼意義深遠，光線與畫布上的希望也變得黯淡。希薇知道是因為她盯著畫看了太久，因此失去了意義，就好像一個字重複五十次之後，意義也會變得模糊。她知道畫裡依然滿載希望，只是她再也看不出來。

希薇還沒有告訴威廉，今晚她就會說。她好希望丈夫不必知道，她好希望可以就這樣病死，不必讓他看見。希薇知道當威廉看著她，他看到的是當年愛上的那個二十出頭的女孩。在他的注視下，她保持完整，但同時也在逐漸凋零，這件事雖然感覺不可能，但原來是可能的。*我希望這樣？*希薇想著，但又急忙制止自己，因為希望是一條危險的路，不能輕易涉足。她必須留在現實中。

希薇並不擔心自己。現在她的處境很難得，她很清楚自己的故事將如何畫上句號——腦中一團作亂的細胞將會要她的命——但她深深為丈夫擔心。她走了以後，不知道他要如何活下去，甚至能不能活下去。比起年輕的時候，現在威廉的健康狀況改善很多，體力也更好了，但他們兩個都很清楚，他的堅固基礎建立在三個支柱上：抗憂鬱藥物、每天檢視自己的心理健康，以及他們的愛。平衡的三個點少了一個，他會不會就此崩潰？萬一發生了，希薇已經不在人世，再也無法拯救他。走出專科醫師的診間之後，她就開始反覆思索威廉的狀況，尋覓能讓他平安無事的竅門。與此同時，希薇的其他部分，她的心靈與身體，卻轉向一個令她意外的方向：茱莉雅。醫師的診斷讓她的身體深刻思念姊姊，甚至到了無法呼吸的程度。希薇思念姊姊做計畫時的語調。她思念兩人擁抱時的獨特貼合，思念姊姊的氣味。她懷念小時候在黑暗的臥房裡，聆聽茱莉雅規畫所有人的人生。現在當希薇努力尋找畫中的光，這種渴望包裹著她的全身。可能是上天以腫瘤來懲罰她傷害姊姊，也可能是因為兩人分離太久導致生出腫瘤。說不定希薇的身體終於再也無法承受芝加哥與紐約的距離。

那天晚上，在家中的廚房，希薇將醫師所說的話告訴威廉。她好想閉上眼睛，這樣就不用看到他可愛的疲憊臉龐因為這個消息而傷悲，但她強迫自己看。萬一他崩潰，她必須及時扶持。

「妳確定？」他說。

「嗯。」

幾分鐘後，他說：「妳需要什麼？我能做什麼？」

她沒有說話，但那份渴望依然存在，威廉總是能夠看清全部的她。愛全部的她。

他說：「妳需要茱莉雅。」從他口中說出她的名字感覺好怪。他們從來不會提到她。

希薇搖頭。「不可能。我絕不會要求她為我做任何事。」

威廉端詳妻子，因為震撼與悲傷而眼神迷離。因為自身的經歷，他不相信不可能。他相信努力助人，這就是他工作時所做的事——幫助年輕運動員保持健康、健全——他相信自己與希薇的婚姻。她看著他思索能夠以手上的材料做出什麼，太陽在他身後的天空西沉。

威廉

二〇〇八年九月

威廉抵達公牛隊的訓練中心，對保全領首打招呼，然後同樣也對櫃檯後面的年輕人打招呼。他清楚感受到自己的呼吸很喘。現在只有他的身體感受到那個消息，隨空氣進出他的肺。他需要先來這裡，才能讓自己完整吸收。威廉走向球場，籃球敲擊地面發出的砰砰聲響穿透空氣。威廉沿著挑高廣闊的空間邊緣走向診療室，他知道肯特一定在那裡。他果然在，正在幫一個新人的膝蓋貼運動膠布。

新人先看到威廉，表情流露畏縮，大部分的球員跛腳、瘀血、受傷時，只要看到他都會有這種表情。甚至很多受傷的球員一看到威廉就企圖匆匆溜走，像螃蟹一樣。

「威廉，只是小傷。」新人說。「肯特確定第一場比賽我可以上場。對吧，醫師？」

威廉揮揮手。「昨天我看到你的狀況好多了。沒問題。你的速度很好。」

新人倒回檢查臺上，看得出來鬆了一大口氣。

肯特一邊貼膠布一邊大笑，整頭黑人辮隨之抖動。

「你的眼力太神奇。」新人躺在檢查臺上說。「大家都知道。我們全都聽說過，你預言會受傷就真的發生了。大家都說你有不可思議的能力……」他停頓一下，思索正確的詞彙。

「大概可以說是千里眼。總之，就是男版的巫婆啦。」

威廉靠在另一張檢查臺上，他突然覺得累了。「巫師？」

「不是。」新人看著天花板說。「不是那個。總之你看得出來我們身體有問題。」

威廉已經沒有笑容了，如果還有，現在一定會用。新人說得沒錯，威廉的職責就是要看出球員身體有問題。

「威廉看出來的問題大多能解決。」肯特說。他將最後一條膠帶貼在球員膝蓋上，然後觀察成果。「你們這些膽小鬼應該求他看才對，而不是要幼稚躲著他。你可以走了。」

「我的速度很好。」新人說。「超開心啦。」他跳下檢查臺，用健康的腿支撐，穿好球鞋之後大步離開。

肯特站直。他早已失去了大前鋒的靈活矯健，現在他的體格比較像美式足球員。因為他熱衷舉重又愛美食，因此體型比大學時期粗壯許多。一年前他和妮可離婚了，肯特消沉了許久，最近才找回樂觀活力與開朗笑聲。他進出訓練場時經常跑到場上企圖搶球，完全不在乎自己已經年近五十，而且這些球員全都是正值顛峰的菁英運動員。球員看到威廉就跑，但他們喜歡和肯特在一起。

不過，當肯特從黑框眼鏡後面觀察好友，發現他的神情很嚴肅。他輕輕撇頭，示意威廉可以說話了。

「希薇有沒有給你看她的磁振造影圖？」

肯特頹然垂下肩膀。「她告訴你了。」

威廉閉上眼睛片刻。他可以想像希薇將病例交給肯特；發生緊急狀況時，他們兩人都會第一時間想到肯特。希薇說不定想著：或許肯特能救我。「我猜到的。」威廉說。「我知道她應該會先來找你，聽聽你的看法。」

「她看過西北大學醫院最厲害的專科醫師。我打聽了一下，那位醫師的風評很不錯。她也諮詢過另外一位醫師。診斷很正確。」

診療室的空氣感覺很沉重，也可能只是威廉的內心變得沉重。「她拒絕了大部分的治療。只剩下六個月左右。」

肯特很勉強地點了一下頭，彷彿必須力抗空氣才動得了。「我知道她可能會做這樣的選擇。」

「你有什麼看法？」

「如果是我，也會做同樣的選擇。這樣做很勇敢。治療造成的傷害幾乎不亞於疾病本身。」

威廉注意到肯特的手臂動了動。「我不要擁抱。」

「我知道。」

威廉看看錶，雖然其實他根本不在意時間。他問到了想要的答案，確認過狀況。希薇真的得了絕症，因為肯特說是真的。他走向診療室的門。「我有些事要處理。」他說。「下午應該會回來上班，但也可能不會。」

「我會陪你一起度過。」肯特小跑步追上威廉。「我不會丟下你一個人。你的藥物很可靠。我知道你一定很難過，但你能撐過去的。」

「我需要思考。」威廉說，但這時他已經推開球場的大門，獨自站在人行道上。他感覺到好友就在身後，雖然想追上來，但知道不可以。

威廉走向皮爾森區。他的皮膚疼痛。他的頭髮疼痛。受過傷的膝蓋已經很難得出問題了，但現在也很痛。他原本希望肯特會說希薇誤會了醫師的意思，也可能有辦法治療，只是她還不知道。他靠著肌肉記憶走向賽如普公園。阿拉什依然每週在這裡舉辦籃球營，威廉對這個戶外球場瞭如指掌。他在長凳下找到一顆舊籃球，開始運球。球敲打地面的聲音帶給他鎮定，解開他內心的糾結，讓思考更清晰。幾個月前，威廉就察覺希薇不太一樣——動作有些微遲疑，但他以為只是老化導致她的肌肉、關節、筋骨稍稍變遲鈍。當時威廉想著：畢竟我們已經步入中年了。要是沒有她，他絕對無法活到中年。

他讓球在水泥地上彈跳。昨夜妻子用真誠美麗的臉龐看著他。她是他的城市、他的天空。二十五年前，她給了他生命。他不配，剛開始交往的那幾年，他一直告訴自己：快點離開。快點和她分手。但他辦不到。他一直很清楚，是他害帕達瓦諾家分崩離析。是他害希薇與茱莉雅斷絕聯絡。是他害茱莉雅搬去紐約不回來。希薇不同意，但她太善良，因為她愛他，所以說服自己相信不是他的錯。威廉任由這個謊言持續這麼久，因為他愛與希薇共度的人生；他愛她，很慶幸能有機會愛她。他不希望有任何改變。他太懦弱。

以後不會了，他想著。威廉即將失去最重要的一切。但首先他要盡力讓希薇感受寵愛、圓滿。

昨夜他凝視妻子的臉龐，很清楚自己應該做什麼。答案只有一個。威廉不斷運球，直到流汗，全身暖起來，他從口袋拿出手機，打電話給前妻。

茱莉雅

二〇〇八年九月

茱莉雅坐在辦公桌後，等助理送募資簡報進來，心中想著愛麗絲。她理性上很清楚女兒已經長大，有自己的生活，畢竟她已經二十五歲，也搬出了茱莉雅的家。但茱莉雅頭腦的模式多年前便定型了，設定就是她必須每個小時至少煩惱女兒一次。或許煩惱不是正確的詞，茱莉雅習慣性在心中將女兒翻來覆去研究，彷彿她是解不開的俄羅斯方塊。她是最瞭解女兒的人，但愛麗絲將自己的一部分深鎖起來，茱莉雅擔心是自己的錯。女兒的生活太單純、太工整，二十多歲的人不該這樣。愛麗絲從不在外面玩到太晚，也不會喝醉。據茱莉雅所知，她沒有為男人哭過。茱莉雅最憂心的就是女兒從來沒交過男朋友。茱莉雅不敢直接問，但她猜想女兒很可能還是處女。女兒的人生缺少愛情、接觸、關係，這讓茱莉雅驚慌。女兒明明那麼美，為什麼要逃避親密關係？她知道愛麗絲的身高會讓一些男人卻步，但並非所有男人都是那樣。茱莉雅上床的對象一定要接受她的條件，雖然幾年前她已經放棄談感情了，但她從不缺願意配合的男人。看來女兒似乎是刻意讓人生中這一塊留白，茱莉雅想瞭解為什麼，但愛麗絲很擅長將話題引開，不願多談她的私生活。有一次茱莉雅不理會愛麗絲的抗拒一直逼問，最後女兒說：「為什麼我要照妳的意思生活？妳從不需要男人，我也不需要。」

上大學的時候，愛麗絲遲遲沒有選定主修科系，因為她覺得所有科目都一樣有趣。茱莉雅難以理解。女兒很聰明，無論走哪條路都有大好前程，她卻無法專注投入。「要不要念研究所？」茱莉雅建議。「妳擅長理科——可以讀醫學院啊，我很樂意付學費。」愛麗絲搖頭，表情心不在焉。「不要，謝謝。」大學畢業後，她成為自由編輯，接幾家出版社的工作，這份工作需要她一天花十個小時耙梳文句，但收入卻只能勉強餬口。愛麗絲小時候沒有很愛閱讀——她比較喜歡看電視——但現在的她讓茱莉雅想起希薇，注意力總是放在書本上。差別在於，希薇真心愛閱讀，愛麗絲的眼睛黏在書頁上卻不知是為了什麼。妳究竟真正打算做什麼？茱莉雅很想知道。妳究竟真正想成為什麼人？這個自制力極強，像不沾鍋的女兒，不可能是她最終的模樣吧？茱莉雅很擔心女兒有憂鬱症——她一直很擔心，但女兒感覺很沉穩、很理性，不太可能有那種病。當茱莉雅問女兒她好不好，愛麗絲總是說很好。

茱莉雅桌上的電話小燈閃動，她很高興能暫時放下思緒。她拿起話筒，以早已練就的自信專業語氣說：「您好，我是茱莉雅．帕達瓦諾。」

「嗨，茱莉雅。」對方停頓一下。「我是威廉。」

她聽見他的聲音，但伴隨而來的還有一種回音。茱莉雅封閉過去，就像鎖死一條水管，現在閥門開啟，發出很吵的喀喀聲響。她重複他的名字，因為她想不出能說什麼。「威廉？」

她從沒想到過他，為什麼要想？她該想的人是愛麗絲，這是她為母的責任，於是她在腦中描繪高大的女兒彎腰埋頭研究稿件，尋找錯誤。同時她腦中也浮現一段記憶：她站在西北大學那間公寓裡，胸部漲奶。茱莉雅感覺躁熱，彷彿那間客廳的高溫跨越時空而來。

她清清嗓子。「你有什麼事？」

「是希薇。」他說。

希薇，她想著。茱莉雅看看左右，沒有人在看她。公司裡沒有人察覺，茱莉雅的過往透過電話線找來，伸手將她的心從胸口挖出。

「茱莉雅，希薇來日無多了。現在她的狀況還不錯，但她只剩不到一年的時間了。」

茱莉雅輕輕掠過威廉剛才說的話。她不能太靠近，因為那番話有如燒紅的炭。她有股衝動，很想說：我愛我的工作，我是業界頂尖高手。我去年賺了三十萬。她想讓他知道，她是成功人士，非常忙碌、地位崇高，不要拿這種事來煩她。但她說不出口。她好想偷偷掛斷電話，就像小孩子拿起話筒卻發現有人在用分機說話。

「不。」她說。

「茱莉雅，她想要的只有妳。她需要妳。」

茱莉雅往下看。今天她穿著藍灰色套裝。她的絲襪有點脫線，她塗上透明指甲油以免變得更嚴重。她努力試圖理解，感覺好像威廉要她說一種很久沒用的語言。「希薇要你打給我？」

他猶豫一下，茱莉雅想起這是威廉說話時的毛病：總是遲疑猶豫，好像擔心會說錯話。茱莉雅認定威廉和希薇依然是夫妻，但只是因為假使他們離婚了，消息一定會傳來。茱莉雅完全沒有思考過芝加哥的生活，無論是過去或現在。

終於威廉說：「不是。希薇不知道我打給妳。」

「我的行程很滿。」茱莉雅說。「我經營自己的事業。我沒時間去別的地方。」她舉起手在半空中揮了揮。玻璃牆外的助理從座位上跳起來，拿著筆和筆記本朝她的辦公室走來。當然，茱莉雅沒有事要交代。她會叫她出去，也會叫威廉別來煩她。這兩個人都毫無用處、全然空白。但她一時慌張，導致助理跑來。

「茱莉雅？」威廉說。

她等候，這些年的光陰沿著電話線在兩人之間脈動。

「我從沒看過像妳和希薇那麼相愛的兩個人。」他清清嗓子。「我原本以為是因為我生長的環境，太少接觸這種親情，但並非如此。我沒有看過像妳們感情這麼好的姊妹。」

茱莉雅內心有個東西開始崩解，就像那些嚇人的影片裡冰山大塊崩落，墜落下方寒冷的大海。他剛才說希薇來日無多。她的妹妹，斷絕姊妹情二十多年的妹妹。茱莉雅咳了一聲，那聲咳嗽的內在其實是一種奇怪的聲音，好像她的內心在哭泣，但表面上卻沒有一滴淚。她的生態系統在皮膚下悄悄變化。

「拜託妳回來。」威廉說。

茱莉雅知道如何控制聲音。二十多年來，她最擅長以手段心計得到她想要的結果，無論是在董事會上，還是在約會的時候。她的專長是設定目標，並且往那個方向前進。當她聽見自己的聲音自信清晰，感到非常滿意。她說：「對不起，威廉，我不能回去。」

茱莉雅掛斷電話時發現手在抖。沒問題，她想著，我能應付。她站起來，集中精神以優雅的姿態走向洗手間。經過大辦公室時，她隨機對兩個員工微笑。進入洗手間，她用冷水洗了一把臉，心中叮嚀自己：帕達瓦諾，不要打亂行程。接下來要做什麼？不要想別的事。畢竟，希薇生病與她無關。那通電話對她現在的生活毫無影響。妹妹早就已經不是她世界的一部分。

茱莉雅走出洗手間，和手下最聰明的員工討論了一下進行中的企畫——他是麻省理工學院畢業的，茱莉雅很清楚自己其實沒資格當他的主管。然而，茱莉雅很難專心聽他說話。她的注意力時有時無——集中、集中、渙散——彷彿她的心跳。她隨便編個理由，說要打一通重要的電話，然後轉身離開。她回到辦公桌坐下，這才驚覺她沒穿鞋。她呆望著整齊放在桌子下的高跟鞋。她一定是在和威廉講話時脫掉的，雖然她毫無印象。那個麻省理工學院畢業生有沒有發現她在公司裡沒穿鞋？茱莉雅嚴格禁止自己在公司脫掉鞋子，即使加班到很晚也不行，但現在她打破了規定。

她打開辦公桌抽屜又關上，假裝找東西，因為她需要一點空白的時間讓自己重新開機。她的手機響了，她看一眼螢幕，是愛麗絲，她感覺恐懼湧上。難道女兒感應到爸爸打電話來？威廉與愛麗絲竟然接連打電話給她，這種事不該發生。威廉死了，芝加哥死了。希薇也——茱莉雅無法在心中說完這句話。「嗨，親愛的。」她說，用盡全力專注控制，讓聲音顯得正常。

「今天晚上還要約嗎？」愛麗絲說。「約不約我都無所謂。我拿到了新稿，我可以工作。」

母女倆每週一次會相聚看電影或電視節目。愛麗絲收工後去茱莉雅家，像小時候那樣盤腿坐在沙發上。茱莉雅知道她們兩個都覺得這樣的聚會很舒服，但茱莉雅心中同時也覺得很不舒服，因為女兒應該要在外面享受人生，而不是像十歲的時候那樣在這裡和媽媽作伴。

「我很忙，改天再約好了。」茱莉雅說。今天的行程離她越來越遠，就像盤子從桌面滑落。她還是沒穿鞋；一部份的她頑強抗拒穿上鞋子。接著，因為真正的茱莉雅——威廉打電話來之前的那個她——不會就這樣掛斷電話，於是她接著問：「新稿是什麼？」

「噢，我負責編輯一本小說。我跟納文說過我不喜歡小說，我比較喜歡非虛構作品，但他說小說對我有好處。」

「內容是什麼？」

「現代版的《小婦人》。妳小時候有沒有讀過？」

「《小婦人》？」茱莉雅感覺全身塞滿溼溼刺刺的沙。她勉強嗯了一聲表示看過。她記得在十八街那棟房子裡的小臥室，她和希薇一起躺在黑暗中。她聽著妹妹說話的聲音，不知不覺睡著了。躺在床上時，她們經常反覆討論一個話題：她們之中哪個比較像喬．馬區。

「我有喬的活力和決心。」茱莉雅說。「可是我以後要當作家。」希薇說。「只有我能寫下我們的故事。」

「喬在紐約經營一家女性主義出版社。」愛麗絲說。「梅格依然為愛結婚，艾美是惹禍精，羅利變成女性，四個人都愛她。」

茱莉雅問：「貝絲還是死了嗎？」

「貝絲死了。」愛麗絲說。「很催淚。」

就這樣，十八街那棟房子裡，躺在床上的兩個小女孩沉默了。茱莉雅心中的小孩在黑暗中睜大眼睛躺著，知道現在她確實是喬，但只是因為希薇是貝絲。

希薇

二〇〇八年十月

希薇拿起一本書換個地方放。她將三輛推車移動到牆邊，等明天工讀生來上架。她瞥一眼一輛推車的最上層——全都是新書。光鮮亮麗的新書總是讓希薇有點難過。作者與出版社滿懷希望，期待他們的作品能如暴風般轟動世界，但成功的案例實在太稀少。希薇從十三歲開始在這家圖書館工作，看過數十萬本書上架又下架。

看過這麼多書的無盡輪迴，或許正是因為如此，她才不想出版自己的書。她寫的東西對她而言太過珍貴，她不捨得送進商業市場。此外，要出版就必須有結局，但她還沒寫完。印出稿子給伊莎之後，這些年她持續書寫、修訂，加入雙胞胎告訴她的往事。不同的內容與時代需要不同的節奏，希薇覺得很有意思。寫到瑟西莉雅懷孕，接著茱莉雅也懷孕，以及蘿絲的狂怒，這段故事讓她覺得彷彿陷入龍捲風。但童年回憶卻完全不受影響，有如同一片天空中朵朵鬆軟的白雲，這些回憶彼此不會碰觸：那次希薇做彌撒時偷看小說，被柯爾神父當著全體信眾叫去祭壇前；那次瑟西莉雅為了完成一幅畫，將全家人鎖在屋外整整一個小時；那次他們租來的車在路邊拋錨，蘿絲教她們唱小時候學過的歌打發時間。然而，帕達瓦諾四姊妹剛成年那段時間，太多事件互相堆疊。寫下來之後，希薇才驚覺，她疼愛的伊莎降臨人世的同一天，查理走了。愛麗絲出生的同一天，蘿絲離開芝加哥。

希薇忍不住思考，她的死會帶來什麼？她會造成什麼悲喜交集的結果？現在家族裡沒有人懷孕；兩個妹妹年紀太大了，伊莎離當媽媽還很遠，雖然她有個很不錯的男朋友，他喜歡看她下棋，幫她的家教事業管帳。瑟西莉雅常逗伊莎，說他根本不是男朋友，是她的助理才對。「我可以接受。」伊莎聳肩說。「反正床上很讚。」說不定愛麗絲懷孕了，希薇想著，然後搖頭責備自己。她對愛麗絲的人生一無所知。她們之間毫無關聯，希薇的生死不可能造成任何影響。

自從診斷出來日無多，希薇重新閱讀《草葉集》。她希望吸收惠特曼思考死亡的樂觀，希望沾染詩人看待生命盡頭的豁達。每當希薇感受到恐懼騷動，就會重複背誦：*死亡非如人所認定，實為更加幸運*。她聽見查理的聲音朗誦這段詩句，讓她重回雜貨店後面的菜園。那天爸爸離死亡很近，現在輪到希薇。查理告訴女兒的那些話，或許是他自己需要相信的道理：萬物都很美。換言之，儘管他讓蘿絲一再失望，儘管他已經接近終點，但他的人生也很美。確實如此，他的人生很美，萬物皆美。自從診斷出來日無多，希薇在所有地方都看見美：排列整齊的書架、愛茉琳給懷中寶寶的微笑、威廉熟悉的臉龐。希薇會突然發現自己盯著映在圖書館地上的一條條陽光，讚嘆那樣的美好。

只有當那種奇特的頭痛發生時，她才會想到自己生病了，當初就是因為頭痛她才會去就醫。她持續畫出頭痛的顏色和同心圓，就像在寫日記。這樣的頭痛是如此個人、如此獨特，希薇想要記錄下來。如果她要求，威廉應該會願意看那些圖，並且聽她說明有時候會在疼痛中聽見音樂。但那樣太殘忍。希薇想要幫助威廉，不想增加他的痛苦。每天她都在思考，如何讓威廉在她走了以後繼續活下去——不只如此，他必須想要活下去。

她約肯特在一家餐館見面，這家店離皮爾森區和公牛隊訓練中心都很遠，她給他看病例和磁振造影圖。她對肯特說：「我走了以後，你可能必須再次拯救威廉。請你想想辦法。真的很對不起。」

肯特自從離婚之後，不只身體變沉重，性格也變穩重，他說：「別擔心，希薇。交給我吧。」

她好希望威廉還在繼續寫那份稿子，因為她認為寫作可能有助於讓他更有活下去的意志。不過他們開始交往之後六個月他就停筆了。「我不需要寫了。」他這麼對她說，希薇懂他的意思。那時威廉已經在西北大學籃球隊工作，因為愛情、友誼、藥物，以及球敲打球場地板的聲音，他內心的死寂已不復存在。畢竟威廉寫的從來不是一本書，而是他內心的掙扎。他書寫心愛的運動，每個句子都像點燃的火柴，對抗內在的黑暗。和希薇一起生活之後，他不再需要依賴這種方法。

一位同事叫她的名字，希薇轉頭。她丈夫從圖書館另一頭走來，踏過地毯來找她。威廉對妻子微笑，但感覺很刻意，是很多年前第一次見面時的那種笑容。他又回到必須機械性扯動臉部肌肉才能笑的狀態。她感覺到他在想：讓希薇相信你很平安，這樣她才能放心。

她知道現在她沒有餘力擔心。他來接她，他們要一起去見愛茉琳與瑟西莉雅，告訴她們診斷的結果。希薇跟威廉說過他不用來，但他堅持。自從兩週前她說出生病的事，丈夫的表情就一直很凝重。威廉內心有個東西轉往新方向，他集中精神要讓言行符合這條新路線。希薇知道這條路線一定與她有關，但她不清楚細節。最近她開始察覺內在深處有個排水口，就像浴缸裡的那種，她的精力迅速從那裡流失。她再也無法嘗試去理解所有事。她必須放下。她也好奇，死亡難道只是一種練習，讓她學會放下一件又一件的事。

她和威廉手牽手走過幾條街，前往超級合體屋。現在是十月中旬，樹葉正在變色。他們經過一棵老橡樹，希薇想著：真美的樹。她對坐在車頂上的北美紅雀點點頭。今天雲層很厚，但是天空左邊角落有一塊藍色三角形。威廉與希薇沒有說話，他們不需要說話。

瑟西莉雅與愛茉琳一起站在愛茉琳家門前迎接，她們的臉龐浮現擔憂。希薇請她們在家等他們過去，她有事要討論。他們四個站在廚房裡——喬希在上班，伊莎不在——希薇說出那件事。她不由得想起上一次聚集兩個妹妹，說出她們不想聽的消息，那次也是悲喜交集，她們三個必須放手讓茱莉雅遠去，就像飄走的氣球。希薇依然很感激愛茉琳與瑟西莉雅願意原諒她，想到又要害她們傷心，她感到非常歉咎。幸好伊莎不在，現在伊莎有自己的套房了，但她依然像小時候一樣在不同的臥房遊走，這裡睡睡、那裡睡睡。要是伊莎也在場，那就太沉重了。希薇需要慢慢來，以她能夠承受的速度進行。她知道也必須告訴蘿絲，但她還無法承受媽媽的反應。再過幾個月，等病況更嚴重的時候，她就會打電話給媽媽，或者請妹妹打。

希薇好不容易說出口之後，雙胞胎的反應與她意料中完全不同。瑟西莉雅哭了，愛茉琳大發脾氣。

「絕對不可能！」她大吼。「不可能。一定弄錯了！」

威廉看著愛茉琳。「這件事沒有任何對的地方。」他說。

瑟西莉雅說：「妳有沒有把資料拿去請肯特再看一次？」

希薇點頭。真的很不可思議，她們姊妹都如此信賴肯特。他是運動醫師——不是家醫，更不是腫瘤專科醫師——但每次只要有人發高燒，就一定會打電話給他，傷口需要縫合的時候也會先拍照傳給他，徵詢他的意見。醫師是無法擺脫的身分，希薇與家人以及肯特的眾多朋友，全都會給他看各種傷口與症狀，每個人的表情都在問：你能治好嗎？

愛茉琳在廚房來回踱步。瑟西莉雅抹去臉頰上的淚水，但立刻又有更多流下。

「應該是我才對。」愛茉琳氣沖沖地說。

希薇與瑟西莉雅一起呆望著她。「為什麼？」瑟西莉雅說。

「我們四個當中，我才應該是貝絲。不是妳。我一直很清楚我會先死。」她的語氣比較平靜了。「我和貝絲甚至連個性都一樣。」她說。「我是安靜又戀家的那個。」

希薇驚奇地看著妹妹。愛茉琳顯然為自己的人生寫了一段故事，而希薇剛才抹去了結局。愛茉琳一定從小就認定自己會先死。她一直呵護、保護姊妹，也就是說，她自身承受了所有痛苦。如果有子彈飛來，愛茉琳願意挺身為她們擋。她早就全部想好了，現在竟然出現不同的結局，因此很生氣。

「噢，小愛。」希薇說。「對不起。」

威廉吶吶地問：「貝絲不是小說裡的角色嗎？」

「太糟了。」瑟西莉雅說。

「我們受不了。」愛茉琳說。

希薇感到一股強烈的疲憊，彷彿血液變得沉重。她想著：茱莉雅搬走的時候我們也有同樣的感覺。但我們漸漸習慣她不在，同理可證，等我不在了以後，妳們也會習慣。

那天夜裡，希薇坐在床上，腿上放著一本翻開的書。她很睏，沒辦法閱讀，但手邊有書讓她安心。告訴兩個妹妹生病的事，耗盡了她所有的體力，終於結束了，她如釋重負。威廉躺在她身邊，他沒有帶書上床。如果無法專心閱讀或是不想讀書，他絕不會假裝。希薇總是很佩服丈夫這一點。她隨時帶著書——她確實會讀，但需要躲避其他人注意時，書是非常好的屏障。她會捧著一本書想心事，或者只是單純躲藏。威廉不一樣，只有想讀的時候，他才會拿起書。

「妳們姊妹有好多只屬於妳們的參照點，妳們的過去如此緊密交織。」威廉說。「我到現在還是無法習慣。」

希薇端詳他的臉。她看到新的東西，他似乎在思考自己久遠之前的歷史。他自己的參照點。她問：「你在想你姊姊嗎？」

威廉露出最淺的笑容。「妳怎麼看出來的？我好久沒想到她，至少有……」他停頓一下。「真的非常久了。」

希薇想著，我就是知道。她意識到最近她經常在心裡想，但沒有說出口，彷彿想和說是一樣的，能夠承載同樣的重量、跨越同樣的距離。

不過，威廉似乎聽得見她的思想。他點頭，「高中的時候摔斷腿，那是我成年之前唯一一次想起卡洛琳。我無法打籃球，所以希望像她一樣死掉。但我想……我想那時候我希望死掉，一部分是因為我想要和她在一起。我不喜歡失去她之後的那個家，不想住在那裡。我從來沒有這樣想過，但其實我很想念她。」他略微停頓。「雖然我沒有見過她，但我很想念她。這樣很怪嗎？」

希薇按住他的手。今天他們都看到了，當愛茉琳與瑟西莉雅被迫思考沒有希薇的人生，兩個妹妹都流露出毫無掩飾的痛。倘若帕達瓦諾四姊妹當中有人在襁褓中死去，另外三個一定也會終身思念——因為她們等同於失去了自己的一部分。

「我覺得很合理。」她握緊威廉的手。她想起二十多年前，在救護車上握住他冰冷的手。現在她好希望可以不要再放開，緊緊握住，任何事都無法讓他們分開。

威廉

二〇〇八年十月

威廉打電話給茱莉雅之後過了三個星期，然後第四週也過去了。現在已經到了十月底。難道她真的不來？茱莉雅是威廉認識的人當中最頑固、倔強的，前妻絕不可能只因為他求她來芝加哥，就真的來。儘管如此，每天早上威廉醒來時，還是會想著：說不定她今天會來。他沒有告訴任何人他打過電話給茱莉雅，就連肯特也不知道。希薇每天從圖書館下班回家後，威廉都會仔細觀察妻子的臉，想知道有沒有發生什麼事。希薇逼瑟西莉雅與愛茉琳承諾不會告訴茱莉雅和蘿絲她生病的事，她認為這樣便足以阻斷姊姊知道消息的可能。然而，每天傍晚希薇都一樣：有一點累，但很高興見到他。儘管威廉相信希薇需要茱莉雅，但心中有個部分還是鬆了一口氣。前妻來到他的城市、他的生活，這表示女兒也可能跟著來，他的心靈無法消化這件事，連想都沒辦法。他沒有試圖接受，但他一手造成的那個可能依舊存在於視野邊緣，就好像茱莉雅與愛麗絲站在地平線最遠的一端。

他之所以能撐到現在，是因為他幾乎從來不會想起愛麗絲。他成功封鎖那部分的歷史。他不允許自己有女兒，於是在心中就沒有了女兒。要做到這個程度並不容易。每次去瑟西莉雅家，他都小心躲開愛麗絲的肖像，伊莎大約十歲的時候，有一陣子經常追問他女兒的事。他一直很喜歡伊莎；她沒耐心話家常，而他不擅長閒聊。但她小時候有一段時間率直到簡直傷人的地步，她身邊所有大人都被她刺痛過。有一次她對喬希說：「妳每次都吃太多，超過需要的量。」喬希整張臉紅到髮際線，手裡的叉子還插著一口巧克力幕絲派。

「為什麼你不開車去紐約看愛麗絲？」伊莎問。「難道你不想知道她長什麼樣子？萬一因為你不在她的人生中，結果她過得很不好，那該怎麼辦？」

威廉強迫自己靜止不動回答問題。假使伊莎是成人，他就會直接離開。他說：「妳沒有爸爸也過得很好。」

伊莎似乎在考量這個答案。「對啦。可是我有你，還有很多家人。愛麗絲有什麼？」

「她有媽媽。」對於威廉而言，這永遠是安心的底線。

其他人——肯特、希薇、雙胞胎——都知道，談到茱莉雅或愛麗絲的時候不能讓威廉聽見。現在的新狀況有如守著一顆並非由威廉點燃的炸彈，等候爆炸的時刻來臨，讓他覺得精疲力盡。威廉照常過日子——看球員打球、和肯特一起吃午餐、和希薇一起吃晚餐——並且等候。他放棄尋求安適。他繼續投入長期的努力，消滅生活中的秘密與虛假，並且悉心照顧希薇，為她做所有他能想到的事。

一天早上，希薇出門去圖書館上班之後，威廉打開臥房衣櫥，取出一個中型紙箱，裡面只有一樣東西。他從箱子裡拿出裱框的卡洛琳照片，兩年前父母相繼過世之後，這張照片寄來他這裡，這是他第一次拿出來看。那天晚上，希薇告訴兩個妹妹她重病的消息，威廉的姊姊有如不速之客來到他的心中。自從希薇生病之後，生活中不時會出現出乎意料的狀況。愛茉琳怒吼說著童年讀過的小說人物。威廉打電話給前妻。姊姊佔據他心靈的一角。卡洛琳曾經消失過，這次卻賴著不走。來自遙遠過往的紅髮小女孩，現在陪伴他的每一天。他很想看看她的臉。

威廉的母親先過世，死於肝臟疾病。幾個月後，父親在辦公桌後發生嚴重心肌梗塞。他們將財產遺留給所屬的天主教會。律師打電話給威廉告訴他這個消息，並且詢問要如何處置私人物品。「什麼物品？」威廉問，他真的無法想像會是什麼東西。「相簿。」律師說。「瓷器？首飾？」威廉請一家專業公司去清理房子，該賣的賣、該送的送，唯一的例外是父母家客廳邊桌上，那張裱框的紅髮小女孩照片。照片被寄送給他，希薇非常開心，感覺好比見到威廉的姊姊本人，她希望將照片掛起來，但威廉收進臥房衣櫥裡。

他用拇指輕撫姊姊的臉。他記得住院的時候，曾經告訴希薇卡洛琳的事，但後來他又將她封印在內心深處。他一直很清楚，父母寧願死的是他而不是姊姊。小時候家裡的氣氛很明顯，失去幼小女兒是難以想像的劇痛。失去卡洛琳讓威廉的父母一蹶不振，與內心殘破的父母一起生活，讓威廉有點害怕姊姊。現在他手中拿著照片，心中領悟到，他之所以躲開姊姊和女兒，是因為他想保護自己，遠離那種獨特的哀痛。他想盡辦法讓自己不會失去小女孩。當然，最諷刺的是，為了達到這個目標，他將她們徹底從人生中割捨。

威廉的雙手汗溼，感覺心中拼湊出真相。他的父母因為無法承受喪女之痛而選擇封閉自我；他們選擇虛應故事走完人生，但這樣絕對不算真正活著。當年出院之後，要是沒有希薇，威廉很可能也會選擇這樣的人生。要不是希薇堅持要他愛她，他會像時鐘上的指針那樣走過每一天，並將所有事鎖在心裡。但沒有人拯救他的父母，他們只要看到兒子就會想起早逝的女兒。他們背棄威廉，現在他明白，自己也以同樣的方式對待卡洛琳與愛麗絲。其實他和父母一樣無情。他們一家三口都一樣，明明有值得付出愛與時間的人，他們卻錯過了。威廉想起自己小時候孤單地在公園運球，現在的他終於相信自己值得父母的關愛，這很可能是他人生中第一次。在這一刻，他原諒他們。

姊姊在相框裡對他燦爛微笑，完全不知道自己的影響力有多大。她的表情興奮，好像準備開心玩樂。假使她沒死，威廉會有怎樣的人生？如果他和姊姊一起長大，父母沒有因為喪女而沉默，那又會如何？

父母過世之後，這張照片是卡洛琳曾經存在的唯一證據，世上只剩他一個人知道她曾經活過。他左轉右轉經過好幾條街去到超級合體屋。這個搞笑的名字是伊莎小時候取的，每次以這個詞稱呼雙胞胎的家，他都忍不住帶著笑意搖頭。他敲敲瑟西莉雅家的大門，知道她很可能在隔壁，也可能在市區裡站在梯子上作畫。自從希薇說出生病的事之後，他一直沒有和她們見面。

瑟西莉雅來開門時，他鬆了一口氣。她穿著牛仔褲，用黃色頭巾包住頭髮，她作畫時總是這樣。她的臉色有點蒼白，但依然是瑟西莉雅平常的模樣。威廉這才意識到，那天看到平常溫和的愛茉琳大怒、平常強悍的瑟西莉雅大哭，從那之後，他一直擔心即將失去希薇這件事會讓她們從此改變，再也無法恢復從前的模樣。在那天之前，他從來沒聽過愛茉琳大聲說話。當然啦，或許瑟西莉雅只是表面正常，其實內在已經徹底改變——就像威廉一樣——但看到她熟悉的面孔，依然令他心安。威廉愛妻子的兩個妹妹；隨著多年的時間，他漸漸明白了這件事。威廉的行為害帕達瓦諾家分崩離析，儘管如此，雙胞胎依然重新接納他。瑟西莉雅與愛茉琳無法從中得到任何個人的好處，但她們展現出寬容的理解，威廉覺得她們非常地了不起。

「威廉，」瑟西莉雅語帶驚訝，「怎麼了？該不會是希薇……」

「她沒事。」他說。「我來不是為了她的事。」他拿出裱框的照片。「我想請妳畫她。她是卡洛琳。」他清清嗓子。他的呼吸又變得淺短，肺感覺很脹。「拜託了。」他說。

瑟西莉雅低頭看照片。「這是你姊姊。」她的語氣充滿驚奇，仔細觀察照片裡的孩子。「威廉，她好美。」

威廉擔心要是繼續站在瑟西莉雅面前，他會哭出來。他想將美麗的姊姊交給她，加以複製，或許畫在巨大的畫布上。如此一來，她可以繼續存在，而且不只是在他心中。這麼多年來，威廉一直虧待卡洛琳，只讓她封存於他心中。他擔心要是對她睜開眼睛、敞開心靈，她會害他受傷，就像他父母一樣。但那樣的想法太荒謬。照片裡的小女孩值得更好的對待。

「妳願意嗎？」他說。

「當然。」瑟西莉雅雙手捧著相框，好像擔心會不小心摔下去。

威廉點頭——他無法說話——然後轉身離開。

瑟西莉雅在他身後大喊：「謝謝你找我畫她。」

那天下午是阿拉什固定每週舉行籃球營的時間。知道希薇生病之後，威廉好幾週沒有去，但現在該回去了。隔著一個路口，他看到肯特、阿拉什和幾個小朋友在球場上。伊莎也在，她正在和一個年輕女球員聊天。她幫幾個小朋友上家教課，幫助他們完成高中學業。阿拉什退休之後更加投入幫助年輕球員，除了這裡的籃球營之外，他也直接去幾所高中幫忙。「只要幫助一個小朋友……」他剛開始辦籃球營時，用這套說法說服威廉和其他人加入。他們全部點頭，知道幫助一個小朋友可以達成很多意義。

「威廉！」阿拉什大聲打招呼。肯特站在球場中央揮手，顯然很高興見到他。籃球敲打水泥地面，威廉盡可能專注在那個聲音上。公園的籃球架沒有網子，但威廉可以想像進球時的呼咻聲響。

接近球場時，威廉才察覺今天來的人比平常多。平常會來的大人都在，當然小朋友也都來了，有的已經開始練習投球，有的還在球場另一邊暖身。但華盛頓也來了，加斯也是。他們兩個有現實世界的工作——他和肯特向來如此稱呼與籃球無關的工作。華盛頓是市政府的統計專家，加斯是高中英美文學老師。之前他們從來沒有參加過籃球營。

「嗨，大家好。」威廉戒備地說。

「真高興你來了，」阿拉什說，他身邊的幾個人——肯特、華盛頓、加斯——紛紛點頭，表示他們真的很高興。伊莎不理會威廉，繼續和球員聊天。威廉很感謝外甥女。她當然已經知道二阿姨的病情，但她不想在人這麼多的地方過來關心他。

他走去看臺坐下。知道今天自己沒辦法指導那些青少年球員。他只是來表達支持。他是幾個大人當中最嚴肅的一個，因此有他在，小朋友會比較乖。

華盛頓與加斯一左一右在他身邊坐下，「兄弟，真高興見到你。」華盛頓說。「今年公牛隊能奪冠嗎？」

「我很期待飆風玫瑰的表現喔。」加斯說。飆風玫瑰是選秀狀元德瑞克．羅斯[67]的綽號。「說不定他真能成為我們的下一個喬丹。」自從九年前麥可．喬丹離開公牛隊之後，這一直是芝加哥人心心念念的夢想。每個新加入公牛隊的球員，肩膀上都扛著難以想像的沉重期待。

威廉各看他們一眼。「你們會來，應該是因為肯特告訴你們希薇的事吧？」

他們收起笑容。現在他們不看他了，而是看著球場上來回奔跑的年輕球員。華盛頓說：「肯特很聰明。他知道你會好好對待我們，所以派我們來陪你。」

如果威廉還有力氣，一定會因為好友的心機笑出來。確實如此。

肯特早已深植在威廉的人生中，所以威廉不需要考慮他的感受。但是，威廉投湖那天，其他朋友奉獻出生命中的二十四小時，搜遍整座城市尋找他、拯救他，他一直覺得對他們有所虧欠。出院之後，他堅持要回報。他幫華盛頓搬過兩次家，每個球季都會去加斯任教的高中籃球隊演講。另外兩位西北大學的隊友在同一年之中先後深夜闌尾炎發作，他們兩個都打電話請威廉送他們去醫院。威廉對坐在左右側的兩位朋友只有感激，不會有其他情緒，這是他的內建模式。

「威廉，你什麼都不必說。」加斯說。「我們只想坐在這裡看年輕人打球。下個星期我們也會來。如果你想說話，就儘管說吧。」

67 Derrick Rose，美國籃球運動員。出生於美國芝加哥，專精的位置為控球後衛。在二〇〇八年NBA選秀正式成為芝加哥公牛隊史上第一位選秀狀元。

「可惡。」威廉說，視線繞著公園邊緣轉一圈，彷彿在尋找逃脫的路線，雖然他明知道沒有。

「沒錯。」華盛頓拍拍他的膝蓋。

希薇

告訴愛茉琳與瑟西莉雅她生病的消息之後過了十天，希薇在午休時間離開圖書館去買甜筒。這是她的新習慣。以前她很堅定地相信，甜筒和甜甜圈是小孩子的食物，但現在她完全拋開對食物的禁忌與罪惡感，這才察覺這兩樣其實是她最喜歡的食物。現在，她每天早上都會走進那家價格昂貴、香氣逼人的麵包店買一個甜甜圈，中午則買甜筒當午餐。從圖書館去冰淇淋店要走三個路口，這段路實在太熟悉，現在她走在路上看到的不是人行道、馬路、商店，而是回憶。得知瑟西莉雅懷了伊莎的時候，她和小妹一起坐在前面路邊。轉角那家自助洗衣店以前是肉鋪，老闆讓蘿絲以物易物，蘿絲用菜園裡種出來的希臘特殊品種冬南瓜換肉。希薇經過第一次獨居的套房，抬頭看窗戶。她好愛這間套房，在那裡，她第一次和男人裸裎相對。這段回憶令她莞爾，因為馬路對面的公車站上張貼著爾尼的水電工程公司廣告。海報上有他的照片，現在他胖了不少，留起小鬍子，對著相機微笑。她知道爾尼就住在附近，他結婚了，有四個兒子。時光荏苒，有些細節將特殊時刻變成難忘回憶，有些卻變得如空氣般單薄。當希薇走在這條路上，她的人生化做盤旋的氣流，過去的點點滴滴伴隨著她。

二〇〇八年十月

她走進圖書館，發現愛茉琳背對她站在櫃檯前，她心裡想著，噢，老天。希薇很累了，現在和妹妹說話只會讓她覺得更辛苦。自從告訴兩個妹妹她生病的事之後，她一直沒有和她們見面——只有互傳簡訊和通電話——她希望時間已經夠久，能夠讓愛茉琳恢復正常。但是希薇接近櫃檯時，一種奇怪的感覺漲滿心中。愛茉琳不會穿這種絲質上衣，髮型也不太對勁。

那個人轉過身，希薇整個身體充斥靜電。

茱莉雅。

兩姊妹對望許久。希薇感覺自己搖搖晃晃。長久以來她一直想像著姊姊，以致於現在感覺彷彿自己的倒影從鏡中走出來。

「真的是妳？」她說。

四十八歲的茱莉雅儀表堂堂，豐盈鬈髮盤起來露出臉龐。她的頭髮和希薇的很像，但茱莉雅的更鬈，所以感覺更蓬。她的衣著高雅；希薇則是一身適合圖書館的打扮，帆布鞋配毛線外套。她不確定眼前的姊姊是不是真的，她最後一次與茱莉雅共處一室，姊姊穿著牛仔褲配舊T恤。那時她們站在一堆搬家紙箱中間，腳下躺著一個嬰兒，茱莉雅告訴妹妹，她知道希薇有事瞞著她。茱莉雅將離婚文件交給她之後，希薇就再也沒有見過她。

「應該是真的。」茱莉雅說，彷彿她也不確定。

「我從來沒想過還能再見到妳。」希薇說。「雙胞胎告訴妳的？」她們承諾過不會告訴茱莉雅，但顯然改變主意了。一定是愛茉琳，希薇想著。

茱莉雅搖頭。「是威廉。」

「威廉？」希薇難以置信。但她的聲音太小聲，而且她也聽不見回答。她體內的靜電噪音變得更大聲。希薇還記得，小時候有些同學在學校很不順，或是被暗戀的男生忽視，憋到放學一看到媽媽就大哭起來，希薇每次看到都覺得很不可思議。媽媽是那些同學的安全港灣，因此，和媽媽在一起時，所有的委屈都變得更加難受。對希薇而言，茱莉雅才是這樣的角色。蘿絲的脾氣太火爆，而且她似乎總是對希薇不滿，即使當希薇還很小，不可能主動惹惱媽媽的時候也一樣。因此，希薇受委屈時不會找媽媽，而是衝進臥房撲到茱莉雅懷中。她哭到茱莉雅的制服都溼透，對她傾訴，讓姊姊緊緊擁抱，這樣的事發生過太多次，數都數不清。倘若她對自己的感受還有任何迷惑，在姊姊面前一切都變得清晰。

在此之前，希薇的心情一直都還可以，理性、鎮定。但現在她第一次真正明白她快死了，她即將失去心愛的所有東西、所有人。姊姊在這裡——這件事本身就太不可思議，令人難以置信——因此希薇清楚感受到一切。

她閉上眼睛，聽見一個男人的聲音說：「妳是茱莉雅．帕達瓦諾？」

「對？」茱莉雅的語氣表明她不知道對方是誰。

「我就知道。以前我住在離妳家不遠的地方。妳妹妹瑟西莉雅懷孕的時候我剛好進了勒戒所，那段時間她睡我的房間。」

「噢。」茱莉雅說。希薇睜開眼睛，看出姊姊想起青少年時期的法蘭克·賽瓊內，週六下午經常會看到他穿著棒球隊制服在社區裡走動，當時的他強壯帥氣，他退隊之後丟棄的護具，被蘿絲撿去整理菜園時穿。茱莉雅說：「真驚喜。」

「妳總是腳步匆忙，感覺好像很清楚自己在做什麼。」法蘭克說。「像是知道哪裡有花蜜的小蜜蜂。妳還交了一個很高的男朋友。」

噢，老天，希薇想著。很高的男朋友。她希望茱莉雅不會因為他說了那句話而離開，她才剛到而已。沒想到茱莉雅對蒼老的法蘭克露出笑容。希薇感覺自己的臉也跟著微笑。她第一次察覺姊姊好像很累。茱莉雅的眼睛下方有黑眼圈。

「什麼事這麼好笑？」法蘭克瞇起眼睛說。

「沒有。」希薇對他說。「真的沒有。」她壓低音量對茱莉雅說：「可以去別的地方嗎？這裡不方便說話。」

「爸爸最愛的酒吧。」茱莉雅說。

兩姊妹在人行道上走，沒有說話。雙方都無法相信，她們竟然真的在一起。希薇很想知道，離開二十多年後重回這個社區，姊姊心裡有什麼感受。她納悶威廉怎麼找到勇氣違反她的意願打電話給茱莉雅，他明明完全不想和茱莉雅聯絡。她們經過路易斯先生的花店，正面櫥窗擠滿玫瑰，老人家根本看不到外面，更不可能認出兩姊妹。空氣中飄散著濃濃花香。

希薇內心有一份地圖，標示出社區裡所有瑟西莉雅的壁畫，她的眼角看到一幅，在旁邊的小巷裡。走在她身邊的茱莉雅眼神迷離，似乎一下子發生太多事而難以消化，她沒有看到壁畫。那幅畫是亞西西的聖嘉勒。自從完工之後，希薇幾乎每天都會經過，因為太常看到，她總覺得聖女是真人。比身邊的姊姊更真實，她感覺像是憑空出現，從夢中現身。聖女感覺像老朋友，希薇有股衝動想要比比茱莉雅，悄悄對聖嘉勒說：妳看誰回來了！但她沒有那麼做，她只是繼續往前走，懷疑這一刻究竟是不是真的。牆上巨大的聖女垂眸看著兩姊妹，就像小時候掛在家裡餐廳牆壁上那樣。

茱莉雅

二〇〇八年十月

茱莉雅和妹妹並肩走在人行道上，心神不寧。她有種奇怪的感覺，好像她是眼前所有東西的一部分。在紐約，她走在人行道上；在這裡，她像花粉一樣散落水泥路面。五金行、寒酸的小超市，還有路易斯先生的花店。連建築物襯著天空的樣子都好熟悉。模樣很像她媽媽的老太太，推著購物車走在人行道上。她憶起當年住在皮爾森區的自己，小時候的她、二十出頭的她。那時候的她急著想成功，一心認定成功的定義是找個有事業心的丈夫、擁有一棟屬於自己的房子。她頭也不回奔向成年，因為她一直想要掌握人生。茱莉雅記得小時候好喜歡叫三個妹妹按照身高排好隊，跟著她在家裡繞圈。

茱莉雅的眼角餘光發現一幅瑟西莉雅的壁畫。那是瑟西莉雅的聖女，茱莉雅在愛麗絲的宿舍牆上看過這幅畫。巨大的聖女注視茱莉雅的方向，她加快腳步。她不希望任何人偷看她的靈魂。她不知道裡面有什麼；她各方面都感到好混亂。她帶著希薇走進那家愛爾蘭酒吧，除了酒保換人之外，什麼都沒有變。服務過查理的酒保可能已經退休或過世了。茱莉雅點了一杯蘇格蘭威士忌，希薇則點了健怡可樂，她們找了個卡座坐下。

「因為吃藥的關係，我不能喝酒。」希薇的語氣滿是歉意。她老了一點，但還是希薇的樣子。星羅棋布的雀斑，棕眸帶著微微的綠。茱莉雅感覺內心的大石塊移動了。看著希薇感覺就像照鏡子，但看到的人不是自己。這是她的另一個部分，隱藏二十五年的那個部分。

「我本來沒打算要來。」茱莉雅說。「我告訴威廉我不會來。」

「我以為妳恨我。」希薇說。「我絕不會打擾妳。威廉竟然打電話給妳，我好像應該道歉。」

「不。」茱莉雅說。「妳應該為了嫁給他而道歉。」

希薇僵住一下，然後：「沒錯。對不起。我別無選擇。」

茱莉雅喝了一大口酒，那是查理的最愛。她平常很少喝酒，偶爾喝的時候也會選白酒。蘇格蘭威士忌的滋味色彩繽紛：紅、橘、金、白。她的一生中做過很多選擇。如果一定要說她相信什麼，那麼，她相信選擇。立定目標，然後拚命努力達成。二十多年前，愛茉琳說希薇別無選擇的時候，茱莉雅不接受，現在也一樣。但她並沒有生氣。她搞不清楚自己的心情。

接到威廉的電話之後，茱莉雅一直睡不好。每天晚上只能勉強拼湊出兩小時的睡眠。有兩次她上班的時候還跟計程車司機說錯地址。而且從掛掉威廉電話的那一刻起，她一直有種奇怪的感覺，好像影子有了自己的意志。有幾次她發現影子企圖脫離她，彷彿想要逃跑。失眠一週之後，茱莉雅覺得自己像畢卡索的畫——眼睛不對稱、肩膀一高一低。她盡力表現得像自己，但她實在太累了，想不起來自己原本是什麼樣子。她忘記了該如何表現，於是打電話去公司說她身體不舒服。她和愛麗絲互傳簡訊，但沒有通電話，因為她不信任自己的聲音。

「今天早上我不想上班。」茱莉雅說。「於是我坐上計程車去了機場。我只帶了皮包。凌晨三點的時候我想著，假使我照威廉的要求來見妳，說不定就能恢復正常了。」

希薇點頭，似乎覺得很合理。

「搭飛機過來只要兩小時。」茱莉雅說。「拜託不要表現得好像我說的話很理性。我知道不是。」

「噢，拜託。」希薇說，一瞬間茱莉雅看到以前那個希薇，那個不怕和她說話、沒有被內疚籠罩的妹妹。「什麼叫合理？我快死了耶，真是的。」

茱莉雅猛然意識到，說不定是因為希薇很難受，所以她才覺得很難受。難道說，是因為在芝加哥的妹妹快死了，她在紐約才會崩潰？她們之間有隱形的絲線連結，她看不見，所以無法斬斷？茱莉雅感覺困惑、疲憊，靈魂好像離開了身體，當她問「妳還好嗎？」的時候，感覺像在問自己。

希薇攤開雙手注視著。「我原本覺得還不錯，見到妳之後變了。有時候我會頭痛。有時候我晚上七點就去睡覺。」她靠向前。「茱莉雅。妳真的在這裡？該不會是藥物害我產生幻覺吧？這麼多年來我一直想像妳和我在一起，但現在感覺好真實。」

酒吧裡有股低低的嗡鳴聲——現在是週間下午，這種時間出現的人都是專業酒鬼。沒有髒亂吵鬧的人。顧客大多是年長男性，其中很可能有人認識查理。每個人都感覺很累，活著讓他們累壞了。他們不知道，雖然已經中年但看起來比實際年輕的希薇，已經沒有機會為任何事疲憊了。

「我多希望只是妳的幻覺。」茱莉雅說。「我跑來這裡根本毫無道理。」

希薇看看四周，彷彿想確認什麼是真的、什麼是假的。「我好愛這個幻覺。好久沒有發生過這種好事了。」

茱莉雅嘆息。「等妳告訴威廉和雙胞胎見過我，就會變成真的了。」

「沒錯。」希薇似乎在思索。「但我通常不會說出我的夢和幻覺。今天的幻覺就讓我保留給自己吧，一陣子就好。妳會告訴愛麗絲妳來過嗎？」

「老天，不會。」希薇不知道茱莉雅對女兒撒過謊，茱莉雅也不想解釋。看著眼前的妹妹，她想起來，當初之所以賜死威廉，一部分是因為擔心愛麗絲會想離開茱莉雅來芝加哥生活，因為擔心愛麗絲會愛希薇超過自己的媽媽。現在茱莉雅知道，那樣的擔憂很荒謬。但年輕時的茱莉雅認真覺得有可能，因為她自己愛希薇超過任何人。現在，茱莉雅一樣愛木桌對面的妹妹。很久以前她將希薇關在門外，上了三道鎖，這招原本效果不錯，直到接到威廉的電話。現在和妹妹在同一個空間裡，茱莉雅意識到她有多思念希薇。

這不是幻覺，茱莉雅想，但她生活中的人都不知道她在芝加哥。這趟旅程不在她的行事曆上，換言之，這一刻可以徹底脫離她的現實生活。她在這裡，但也不在這裡，有如量子力學的測不準原理。「那個，」她說，「我很高興妳因為當年的事感到抱歉。不過或許妳去醫院探望威廉其實也幫了我一個大忙。我原本還不懂，為什麼醫生只要求和我通一次電話，竟然這麼簡單就放過我，後來才知道那是因為有妳在。要是妳聽我的話，把他一個人丟在醫院不聞不問，到最後我勢必得出面幫他。媽媽會逼我去。也可能會有人把我叫去簽署文件。但妳去了，這樣我才能夠離開。我很感激。」

希薇看著她，茱莉雅在她臉上看到分離這些年的歲月。茱莉雅無法像以前那樣精準看透希薇，她不知道妹妹此刻在想什麼。茱莉雅想起上一次見到希薇時，自己有多慌亂。她的丈夫拋家棄子，然後企圖自殺，接著又再次離開她，而茱莉雅接受了一份在遠方的工作，即將遠離三個妹妹與故鄉。那幾週接連發生的事讓她措手不及，生活一團亂。茱莉雅下定決心，再也不要陷入那種失控的狀況，她原本一直很成功，但最近又開始混亂了。

「告訴我紐約的事。」希薇說。「告訴我愛麗絲的事。」

「愛麗絲。」她說，然後又停住。

妹妹隔著桌子對她燦爛微笑。茱莉雅回憶起愛麗絲還是嬰兒的時候，希薇抱她的樣子。

茱莉雅的床頭櫃抽屜裡有一張她們兩個的照片。茱莉雅在希薇臉上看到她一直忽視的事實：希薇全心愛著愛麗絲。不知為何，茱莉雅從來沒想到過，她離開芝加哥之後，愛麗絲與希薇也從此別離。她曾經擔心愛麗絲會愛希薇，但那只是一種未來的風險，並非已經發生的事實。當愛麗絲還在襁褓中的時候，希薇每次看到她都會低語我愛妳，現在她也眼睛發亮，等不及想知道愛麗絲的近況。

「她很好。」茱莉雅說。「呃，其實沒有到很好，但還不錯。她大學畢業拿到優等成績，真的非常棒。她現在是編輯，工作也算體面。還有什麼呢？她喜歡跑步，每天早上都去展望公園慢跑。」茱莉雅感覺到希薇質疑的眼神，想起以前在共用的臥房裡躺在黑暗中，那時候她們只會說實話。她們或許會在別人面前矯飾言辭，但對彼此不會。茱莉雅說：「不過，我擔心她被我養壞了。」她告訴妹妹愛麗絲的笑容有多謹慎，她無憂無慮的模樣有多刻意，愛麗絲的生活有多枯燥。茱莉雅告訴妹妹最近媽媽說過的話：愛麗絲的生活方式簡直像窩在紙箱裡不肯出去的貓。

希薇不禁莞爾。「她還小。」她說。「妳記得嗎？我們二十五歲的時候多年輕？即使有問題，也還來得及挽救。」

挽救，茱莉雅想著。她能挽救嗎？和妹妹在一起，她有了足夠的勇氣可以思考這個可能。她大略知道需要付出什麼代價。茱莉雅必須跳下懸崖，不知道是否能存活。

「我們兩個一直沒有碰到對方。」希薇說。「妳和我。妳有沒有發現？我們沒有擁抱。如果這不是真的，那就很合理。幽靈不擁抱，因為會互相穿透。幽靈只單純享受彼此的陪伴。」

妹妹的奇思妙想令茱莉雅啞然失笑。希薇是她的一部分，分開的這段時間，茱莉雅很懷念這樣的念頭。希薇是她從小說走出來的那個部分，她會為了好玩而親吻男生九十秒，她隨口就能說起第三道門和幽靈，像茱莉雅列購物清單一樣輕鬆。或許她和妹妹真的是幽靈、幻想，或許是不是並不重要。茱莉雅察覺自己已經很久沒有感覺這麼好，這麼開心、這麼輕鬆了。她應該要在另一個城市才對。但她和希薇在一起，四分之一個世紀前被她逐出人生的妹妹。茱莉雅感覺一股欣喜湧出，宛如飲料氣泡衝上杯子表面。這幾個小時，她自由了，能夠暫時擺脫真正的自己、真正的人生。不久之後，茱莉雅出發去機場，雖然她和希薇都沒有說出來，但兩姊妹的心裡很清楚——茱莉雅會回來。她們找到了一個漏洞，讓她們可以在一起，不會有人知道。如此一來，這段時間毫無意義，而這正是最重要的意義。

愛麗絲

二〇〇八年十一月

愛麗絲在媽媽最喜歡的希臘餐廳等她。她不介意媽媽遲到。工作時，愛麗絲活在腦海與編輯的稿件中，質疑每一行的每個細節。因此，工作幾個小時之後，她很難一下子進入對話，尷尬停頓、提出疑問、改變話題，這些都讓她覺得難以應付。她喜歡這份工作，她喜歡安靜，也喜歡處理細節。她可以拿起一本書檢查、修改，確認資訊與時間線正確與否。當她完成編輯工作，稿子絕對是人力所能企及最正確的狀態，雇主都非常感激。

服務生一次次來幫愛麗絲加水，她喝了又喝，因為他都特地來加了，不喝好像沒禮貌。

服務生再次端著水壺過來時，他說：「不好意思打擾一下，請問妳是自由人隊[68]的球員嗎？」

「不是，我從事出版業。」愛麗絲說。

服務生臉紅了。「對不起。我只是以為……」

「沒關係。」心情好的時候，愛麗絲只會覺得好笑，她的身高常常讓人難以接受。很多

68 紐約自由人（New York Liberty）是一支位於美國紐約州紐約市的ＷＮＢＡ（國家女子籃球聯盟）籃球隊。

人（往往是男人）面對她的身高時，心中的不安全感會立刻無所遁形。如果男人對愛麗絲的身高做出惡劣的反應，那他就是個徹底的混蛋。這位服務生不見得是混蛋，但他無法想像高個子的女性從事運動之外的行業，依然反應出他的心思狹隘。而且他沒辦法閉嘴這件事也暴露出他的缺點。

愛麗絲感覺到媽媽的能量進入餐廳，同時聞到她的香水味。她看向門口。「嗨，媽。」她說。一股冷空氣撲上愛麗絲的後頸。已經十一月初，紐約市還在猶豫要不要正式入冬。愛麗絲幾個星期沒有見到媽媽了，這樣很奇怪，看來茱莉雅的工作很忙。「妳的香水太濃了。」愛麗絲皺起鼻子。

「是嗎？」茱莉雅在她對面坐下，立刻低頭看菜單，雖然她每次都點一樣的東西：希臘沙拉配一杯白酒。「我一定是忘記已經噴過，結果在準備離開辦公室的時候又噴了一次。」

愛麗絲端詳媽媽，發現她也補過口紅。通常茱莉雅和女兒見面時都會先褪去上班的妝容，今天她反而妝更濃了。茱莉雅像平常一樣盤起頭髮，但一束髮髮從側邊逃脫。愛麗絲看著那束不聽話的髮髮，媽媽說：「我有一系列的事要告訴妳。」

「一系列？」愛麗絲微笑。她猜想媽媽大概有了新客戶，雇用更多員工，也可能是茱莉雅最近買了新的藝術品。媽媽有時會說工作上的事給愛麗絲聽，因為她覺得這些都是令人振奮的好消息，她從來沒有察覺女兒根本沒興趣，她不關心媽媽又增加了多少財富與專業地位。愛麗絲第一次接到編輯工作時，蘿絲說：「妳一定是想逼瘋妳媽才故意選這種工作。絕對很有效。」蘿絲口中的「這種工作」，意思是低薪、無法攀上成功的高梯、沒有所謂的贏。愛麗絲大笑。「妳猜對了，外婆，確實有一點啦。」她說。但她真心喜歡編輯工作，因為不需要勾心鬥角。這年秋天股市崩盤，媽媽如此重視的財富地位天梯，在愛麗絲眼中根本是爛木梯。她的朋友雖然有大學文憑，但全都財務吃緊。凱莉在當酒保，她的六首詩登上文學期刊，正在努力準備出詩集。榮恩和三個兄弟擠在一房公寓裡，雖然他拿到碩士學位，但藝術圖書館實習生的收入只有最低工資。

「我妹妹希薇快死了。」茱莉雅說。

愛麗絲的注意力瞬間回到媽媽身上。「快死了？」她想起多年前在媽媽床頭櫃抽屜裡找到的照片。四個鬈髮的姊妹。「節哀。」她說。「希薇是和妳年紀最相近的那個，對吧？」

「我懷妳的時候，偶爾會和希薇一起睡在沙發上。小時候我們共用一個房間。以前我們非常親。」

愛麗絲努力想像媽媽小時候的模樣，和另一個小女孩共用臥房。愛麗絲從小到大，媽媽都不肯說她的童年往事，現在卻在短短九秒鐘之內說了這麼多。愛麗絲內心感到徬徨，彷彿被推進空房間的家具。她說：「妳要回芝加哥去看她嗎？」

茱莉雅的表情很怪，彷彿在強忍淚水，或微笑。「不。」她說。她輕輕撥了一下頭髮，然後說：「希薇和妳爸爸是夫妻。」

希薇和妳爸爸是夫妻。愛麗絲在腦中整理這句話，但實在太多錯誤，區區編輯無法修正。因為內容太過沉重，架構徹底崩潰。她嘗試改變時態：「我爸爸生前和她結過婚？」

茱莉雅搖頭。

愛麗絲的內在宛如洞穴，不斷迴盪那句話。「媽，我不懂妳在說什麼。」

「妳爸爸打電話告訴我希薇生病了。」

「我爸爸不是死了嗎？」

「我騙妳的，因為妳還在襁褓中他就放棄親權了。他有精神健康方面的問題，我認為他不適合當爸爸。但我不希望妳覺得爸爸討厭妳，也不希望妳覺得是妳不好，因為真的不是。」

「等一下。」

茱莉雅停下來等。

愛麗絲想要搞清楚，她想確定自己沒有誤解其中的因果關係。「意思是，因為爸爸放棄親權，所以妳告訴我他死了？」

茱莉雅的前額浮現青筋，非常明顯。「那樣說感覺比較簡單。其實也不算說謊。他的名字叫威廉·華特斯，住在芝加哥。」

愛麗絲搖頭。她聽見心跳聲敲打耳膜，彷彿器官在身體裡亂跑。她不確定媽媽接下來說了什麼，甚至不知道她有沒有說話。服務生經過，愛麗絲反射性地露出笑容，感覺一把長矛刺進身體。愛麗絲漏聽了一些內容。她嚴重漏聽了小時候想聽的所有事。媽媽不正常，說話瘋瘋癲癲、噴太多香水、妝化太濃。愛麗絲需要後援，她需要有個手足讓她可以偷翻白眼。她需要有人說，別聽她亂講。她瘋了。妳沒事。這些都不是真的。

「失陪一下。」愛麗絲說，但不是對著媽媽，而是對著桌布和服務生，雖然不知道他有沒有聽見。她推開椅子，邁著發軟的雙腿穿過餐廳、開門出去。她站在昏暗夜色中。百老匯就在前方，計程車與公車源源不絕地呼嘯而過。大樓窗戶亮起黃色燈光，與夜空形成對比。心跳聲依然霸佔愛麗絲的耳朵。

愛麗絲從背包拿出手機，匆匆滑過聯絡人清單，然後按下通話鍵。

電話響了三聲，接著傳出蘿絲的聲音：「喂？」

「外婆。」

「愛麗絲！」蘿絲感覺很高興。平常愛麗絲會盡量一個月打幾通電話給她，因為她知道外婆很寂寞。

「媽媽剛才說我爸爸還活著。」

電話另一頭震驚沉默。「老天爺。」蘿絲終於說。

「真的嗎？」愛麗絲說。

「呃，」蘿絲說，「這個嘛，我很久沒有和他聯絡了，不過沒錯。應該是真的。要是他死了，應該會有人通知我。」她停頓一下。「她怎麼會選在這時候告訴妳？」

「希薇病了。」愛麗絲說，彷彿將一封信交給另一個人。她好想回到和凱莉合住的公寓，那裡的一面牆上掛滿了瑟西莉雅的壁畫。她好希望能站在那些圖片前面，看著一個又一個強悍的女性，而不是站在路邊聽外婆對著電話發出奇怪的聲響，還在餐廳裡的媽媽化身拆房子用的破壞球，甩過來重擊愛麗絲。

為了媽媽著想，愛麗絲小時候就學會不要追問芝加哥的事和媽媽的過去。媽媽不願提起的那個地方、那些人永遠不會成為她人生的一部分，愛麗絲早已接受這件事。愛麗絲十八、九歲的時候，網路搜尋變得很容易，她考慮過搜尋媽媽的三個妹妹。然而，她幾乎立刻放棄了這個念頭，只搜尋了瑟西莉雅的作品。愛麗絲知道媽媽不希望她這麼做，加上愛麗絲已經不需要靠更多家人帶來安全感，於是便沒有去調查。

愛麗絲一直太傻。她早就知道媽媽有所隱瞞，中學時才會去翻茱莉雅的抽屜。不過，那時她以為那個秘密只牽涉到茱莉雅一個人，與她無關。愛麗絲以確認資料為生。她很清楚如何搜尋證據、確認來源。

然而，愛麗絲小時候，茱莉雅給的資訊太有限，更沒有可以查證來源的對象。現在愛麗絲才驚覺茱莉雅的說詞未經證實。她看出以前得到的資訊漏洞百出，也看出願意全盤接受的自己有多軟弱。

說不定其實有人可以幫她釐清——外婆、凱莉、榮恩——但年輕的愛麗絲長得太高，沒有人想到她需要幫忙，而且她也從不向他人求助，並且引以為榮。所有人，不分男女，都搶著要幫助凱莉，即使她並不需要幫助，因為她長得嬌小可愛，身高只有五英呎。畢竟架子再高愛麗絲都搆得到，也扛得動自己的行李。有人想要幫忙時，她都會懷疑對方動機不良。

「妳還在嗎？」外婆問。

「在。」街頭的噪音莫名音量陡增——有如噪音龍捲風。各種高分貝聲響同時來襲。兩輛救護車從愛麗絲身邊經過，匆匆趕往不同的方向。計程車司機猛按喇叭。空氣因為噪音而震動，愛麗絲與外婆必須等音量降低才能說話或聆聽。要是凱莉在這裡，她一定會說：城市在對我們訴說。

蘿絲說：「這些年，妳媽媽和三個阿姨真是搞得亂七八糟。完全沒必要否認。」

「外婆，為什麼妳一直沒有告訴我真相？」

蘿絲哼了一聲，「妳媽對妳撒那種瘋狂的謊，難道妳以為我沒有罵過她？因為這件事，她整整兩年不跟我說話，開始寄那些氣死人的明信片給我。」

「不。」愛麗絲說。高中有家政課，幾乎都在教縫紉。愛麗絲縫得非常差，滿身肉桂味的老師會在她的桌邊彎下腰，用小剪刀剪掉她縫的東西。現在，愛麗絲覺得彷彿有人剪掉她內心的微小針腳——很可能是媽媽。「我問的不是這個。假如以前是因為我和媽媽住在一起，所以妳不願意告訴我，這樣我應該可以理解。可是現在我已經二十五歲了。去年秋天我去看妳的時候，妳隨時可以告訴我。」

愛麗絲聽到外婆在廚房椅子上動了動，做好投入風暴的準備。「妳該氣的人不是我吧？」蘿絲說。「威廉大可以自己告訴妳，對吧？他是妳爸爸，假使他來找妳，那麼，無論妳媽跟妳說什麼都沒用。」

愛麗絲沉吟片刻。「沒錯。」她說。「我需要知道時間線。」

「時間線？那是什麼？」

愛麗絲搖頭。她聽見身後的餐廳門打開又關上，再次感覺到媽媽的能量接近。愛麗絲察覺自己縮起肩膀，彷彿想保護自己。

她不打算跟外婆解釋時間線是什麼，也不打算說明，要是故事裡的事件先後順序不清楚，就會讓人看不懂。愛麗絲差點尖叫，因為媽媽出現在她身邊。小小的剪刀在她心中剪個不停。

「這個家到底怎麼回事？」愛麗絲說。

「好問題。」蘿絲說。

茱莉雅緊抓著皮包，彷彿那是救生圈。她的臉上有種徬徨無措的感覺。愛麗絲看著她，心裡想：我可以對妳大發脾氣。我可以對妳大吼大叫。但我不會那麼做。從小妳就教我凡事都要靠自己，現在我就打算這麼做。

威廉

二〇〇八年十一月

瑟西莉雅傳簡訊給威廉一個地址，叫他去那裡。這只是第一個，簡訊寫著，以後會有更多她。但我希望你去看看。

他提早幾分鐘下班，走路穿過幾個社區。這是十一月的第一週，氣溫涼爽，他很高興能有機會全速行走。他抵達北勞恩代爾區，一百年來，市政府不但忽視這個地區，甚至刻意惡劣對待。威廉看看四周傾頹的房屋，想起他企圖自殺的那個晚上曾經過這裡。當時他不清楚自己身在何處——那些年，他只熟悉西北大學周遭的區域——而且看到查理。想起岳父出現在門口的那段回憶，威廉微笑。查理活著的時候大家都嫌他沒用，但他過世之後將近三十年，四個女兒依然如此深愛他，這樣的他可說是全天下最成功的人。這麼多年過去了，希薇在圖書館依然會遇到爸爸以前幫助過的人，他們會特地向她描述查理為他們做的善行。希薇、瑟西莉雅與愛茉琳都跟伊莎說過很多關於外公的故事，若是要比誰最瞭解這位和威廉差不多年紀便英年早逝的紙廠工人，伊莎肯定會奪冠。希薇寫下的家人回憶，主角往往是爸爸或姊姊，他們是她人生的基石。

那個地址原來是個遊戲場。裡面有個老舊的籃球場、一組鞦韆、狀況很糟的攀爬架。幾個青少年在球場上鬥牛。其中一個人看到威廉，大喊：「嗨，教練！你怎麼會來這裡？」

那孩子是阿拉什籃球營的學員，威廉揮手打招呼然後聳肩。因為現在天氣冷，加上時間比較晚了，四方形的遊戲場上沒什麼人，但還是有青少年三兩成群在遊蕩，幾個女生坐在攀爬架頂端，彷彿那是她們的巢。威廉走到中央，轉了一個圈，不知道要找什麼，但他看到了。後方的牆上有一幅巨大壁畫。威廉走過去，坐在能清楚看見壁畫的長凳上。他看到下方角落用草書寫著瑟帕，那是瑟西莉雅在作品上的署名。一群小男生繞著威廉的長凳跑一圈，開心嘻笑，然後快速往不同的方向散開。壁畫裡大約有二十個小朋友站在一起，彷彿學校團體照。所有小朋友都笑得很燦爛，彷彿拍照的人說了逗趣的話。威廉的視線沿著最上排的孩子移動。這是他的習慣，因為從小到大，拍團體照他一定會被安排在最後面。最上排尾端有個金棕色頭髮的白人女孩，笑容靦腆。威廉一下子無法呼吸。小女孩的長相和他十歲時一模一樣。那是他的女兒，不可能是別人。是愛麗絲。他繼續移動視線，有如不斷吐出字來的打字機，無法消化剛才看到的東西。威廉察看中間那一排，一個個燦笑的孩子並肩站在一起。阿拉什籃球營的青少年小時候應該就像這樣，說不定真的是他們，因為很多學員住在這一區。最底下那一排的盡頭有個紅髮小女孩——比其他小朋友顏色鮮豔，很可能是因為最近才畫上去。瑟西莉雅很仔細地將她融入畫面，並且將其他小朋友的部分線條補上顏色，以免卡洛琳顯得太突出。儘管如此，那頭紅髮加上興奮笑容，讓她感覺幾乎像是有生命，整群小朋友當中她最想衝出去，等不及要奔向鞦韆。

威廉坐在長凳上許久。瑟西莉雅竟然拐他來看女兒，怒火閃現，但來得快去得也快。他強迫自己看著愛麗絲與卡洛琳，不准自己閃躲，不准自己擔心她們眼中的光彩會因為他的視線而熄滅。這是他第一次全神貫注在女兒身上。他比任何人都清楚，孩子是父母塑造出來的，現在他領悟到，雖然他是為了拯救她才這麼做，但他的缺席與沉默，一定也對愛麗絲的人格塑造產生影響。他感覺彷彿挨了一拳，開口說出：「對不起。」他的前提假設錯誤，他很想知道他究竟還做錯了多少事。

威廉已經知道，他一定還會再來看這幅壁畫，很多很多次。他原本以為瑟西莉雅會把他姊姊單獨畫出來，因為她通常都畫單人肖像，但他很感謝她將他失去的姊姊和失去的女兒放在一起。在這個威廉人生最低潮時曾失魂落魄走過的社區，只要這面牆依然矗立，這兩個女孩便會一直存在。那時他在這個社區看到查理，感覺不像巧合。希薇寫過一個故事：愛茉琳小時候爬上樹不肯下來，直到爸爸出現，用慈愛牽引光束引導，她才願意下來。查理如果變成幽靈，一定會選擇留在芝加哥市的這個區域，方便他繼續以愛守護家人。他會在這片遊戲場上度過無盡的時光，欣賞女兒的畫作，讀詩給兩個小女孩聽，以慈愛照耀她們。

威廉搖搖頭，真不可思議，他竟然相信壁畫裡的小朋友會彼此作伴，死人會在市區跑來跑去。年輕時，他幾乎什麼都不相信，不知不覺中他也變了。以前威廉會擔心自己有沒有資格，但身邊的人似乎都不會以這種方式思考，他慢慢也拋開這種想法。他傳簡訊給小姨子：謝謝，她回覆<3。威廉蹙眉看著手機，困惑許久之後才明白，瑟西莉雅傳來的是愛心。

希薇

二〇〇八年十一月

希薇與茱莉雅在人行道上走著，經過一家破舊的餐館和一家塔可小店。茱莉雅嘆息說：「我做錯了一件事。」

希薇察覺姊姊依然感覺很累，但也鎮定多了，彷彿身體裡的死結終於解開。「真刺激。」她說。

「可不是？」茱莉雅冷冷地說。「刺激得要命。我騙了愛麗絲，我想解決這個問題。為了能解決，我必須先打亂所有事，結果現在她生我的氣了。她真的很生氣，說不定永遠不會原諒我。」

希薇說：「她知道妳愛她。」

「超過一切。」

「那八成沒問題。」

茱莉雅表情酸溜溜。「我最討厭八成這個詞了。」她往上看，好像在確認路標，然後說：「愛麗絲小時候一切都在我的掌握中。真的。一切都很順利。不過我還沒做好準備，愛麗絲就長大了。真不知道為什麼。」

希薇停下腳步。馬路對面的老電影院，她們小時候常去，她們在那裡看過《歡樂糖果屋》[69]、《星際大戰》，以及爸爸最喜歡的巴斯特．基頓[70]喜劇電影。「欸，我們去看電影好不好？」她說。

茱莉雅瞇眼看入口看板上的片名。「我已經好多年沒有在電影院看電影了。」她說。「我一直沒時間。」

最近一場的片子姊妹倆都沒聽說過，不過她們還是買了兩張票。她們買了奶油增量的超大桶爆米花，以及兩杯特大號汽水。在鬆軟的椅子上坐定之後，希薇低頭看著爆米花，很好奇會是什麼味道。最近食物和飲料在嘴裡的味道開始發生變化。滿是糖霜的甜甜圈可能是苦的。早上喝的咖啡沒有放糖，味道卻像楓糖漿。希薇小心翼翼將一顆爆米花放進口中，鹹鹹脆脆，就像她這輩子吃過的所有爆米花一樣。她安心了。一定是因為有茱莉雅在，這段時間她們脫離了正常生活。希薇的頭痛最近變得更頻繁、更嚴重，但是和茱莉雅在一起的時候卻從來沒發作過。因此，和姊姊在一起時，味覺暫時恢復正常也不奇怪。

69 《Willy Wonka & the Chocolate Factory》，英國作家羅爾德．達爾（Roald Dahl）一九六四年發表的小說《查理與巧克力工廠》（*Charlie and the Chocolate Factory*）曾兩度改編成電影，分別是一九七一年的《歡樂糖果屋》與二〇〇五年的《巧克力冒險工廠》，英文片名皆為《Willy Wonka & the Chocolate Factory》，但中文片名不同。

70 Buster Keaton，默劇時代的知名美國喜劇演員，以冷面笑匠風格走紅。

希薇知道應該告訴威廉她和茱莉雅重聚了，很快她就會告訴他。不過，茱莉雅來訪的感覺，很像希薇和威廉躲在宿舍偷偷相愛、被肯特識破之前的那段時光。那時候，希薇和威廉互相安慰，他們不是保密，只是在面對真實人生之前稍微拖延一點時間——偷來的寶貴片刻，暫時不受難解的複雜問題干擾。那幾週的私密時光中，她和威廉吸進的每一口空氣，都充滿濃濃的愛情與喜悅分子，他們因為找到彼此而感到幸福。現在和姊姊在一起，希薇再次感受到這所有的情感、這神奇的魔力。畢竟希薇一生中有過兩段偉大的愛，先是姊姊，然後是威廉。此刻，希薇感覺到體內發生了意義深遠的大事：她將前半生的自己與現在的人生繫在一起。她將生活與心緊密縫合，她想要將這一切都留在眼前：美好的圓滿。

下週，希薇想著，下週我就告訴他。她知道拖延的行為與理由，基本上既是虛假也是秘密，違反了丈夫的戒律，但她告訴自己只有活著的人才受戒律規範。她快死了，換言之，她可以現在坐在茱莉雅身邊，晚上睡在威廉懷中。

這部電影的主題原來是賽車，顯然是拍給青少年看的。每次要翻車的時候，其他觀眾緊張得要命，希薇卻大笑。她領悟到，無論面對怎樣的刺激，她想做出什麼反應都可以。發生了悲傷的事，她不一定要哭。最高潮的一幕中十輛車撞成一團，她伸手握住茱莉雅的手。這是她們重聚之後第一次觸碰。她們很小心避免，因為彼此都覺得這是重要的條件，只要不觸碰對方，她們就可以繼續躲在這個夾縫空間，雖然見到面但也不算。就好像她們在打保齡球，在這奇異的球道上，條件就是她們的防洗溝護欄。但希薇快沒有時間了，她不想理會條件與規則——就算是她自己訂的也一樣。

她感覺茱莉雅瞬間全身僵硬，然後放鬆。她沒有抽開手，在黑暗的電影院中，兩姊妹沒有年紀。她們十歲、十三歲、四十多歲。茱莉雅滿心相信可以開創自己的命運，希薇對書本和那些來圖書館的男生敞開自我。太多時刻堆積在一起，以及她們背棄彼此的那段漫長光陰，無論好壞。

希薇想著，*死而無憾*。

電影裡，一個下顎堅毅、藍眸醒目的駕駛為了避免撞車，而繞了個漂亮的8字形。青少年觀眾高聲歡呼，希薇微笑，茱莉雅沒有放開她的手。希薇想到剛開始讀的小說——她一直想讀卻拖延很多年的經典作品，但現在她沒有拖延的本錢了——主角在閱讀時睡著了，醒來時頭腦昏昏沉沉，以為他就是書中寫的東西：一匹馬、兩個敵對國王的鬥爭、一棟木屋。希薇喜歡這種概念，讀過那一段之後，她一直以不同的方式想像自己。她是茱莉雅狂野的鬈髮、她是丈夫被人扛出來的那座湖，無論接下來會發生什麼事，她是愛。

＊＊＊

自從得知重病之後，希薇開始加入瑟西莉雅與愛茉琳兩週一次的採購，她們固定去專賣大包裝商品的大賣場，買超級合體屋需要的東西，數量驚人的衛生紙、廚房紙巾、拉鍊袋、嬰兒奶粉、氣泡水。現在瑟西莉雅有自己的車，一輛檸檬黃的轎車，所以她們不需要跟鄰居借車了。當然，希薇不買那家店的東西，家裡只有她和威廉兩個人，不需要任何大包裝商品。但她喜歡和妹妹一起坐車出門，這讓她想起年輕的時候，她們三個去探望茱莉雅之後一起開車離開，在車上談心。她喜歡看著她的城市從車窗外匆匆掠過。雙胞胎去買東西的時候，她留在車上閱讀等候，回程的路上，她和家用紙品共用後座。她沒有告訴兩個妹妹她和茱莉雅見面的事，但她不覺得有罪惡感。希薇走了以後，她們還有很多時間可以和茱莉雅相處。她相信她們不會因為被排除而生氣——至少不會太生氣。她們會理解希薇需要什麼，並且為她感到高興，因為她很幸運，能夠與她的心和解。

從大賣場回家的路上，瑟西莉雅總是會開車經過畫著愛麗絲與卡洛琳的那座遊戲場。三姊妹沒有下車，只是放慢車速，她們從車窗看那幅壁畫。希薇非常喜歡那幅畫，很高興威廉請瑟西莉雅畫出他姊姊，讓卡洛琳能夠存在。一天傍晚，回皮爾森區路上，希薇覺得頭痛快發作了，所以想要早點回家，差點請瑟西莉雅不要走那條路。但她沒有開口，瑟西莉雅開車進入北勞恩代爾區，在固定的地點放慢車速。希薇轉頭看車窗，突然猛吸一口氣，因為威廉在遊戲場裡。她高大、金髮的丈夫坐在壁畫前的長凳上。她只看得到他的頭和肩膀後方，但絕對是他沒錯。

「那個人是……？」愛茉琳說。

希薇點頭，瑟西莉雅也認出來了，車子緩緩停下。三姊妹看著威廉注視卡洛琳與愛麗絲。他坐在長凳上一動也不動，肩膀柔和的線條，讓希薇看出他很平靜。

這些日子，當快樂到來的時候，總會佔據她的整個身體，此刻她全身漲滿欣喜，因為可以和兩個妹妹一起坐在車上看見這一幕。她不想被威廉看到，所以一、兩分鐘後就叫瑟西莉雅開車離去。自從知道自己重病之後便一直存在於希薇心中的擔憂糾結，第一次解除了。她即將離開威廉，但他有這座公園、這個長凳、這幅壁畫，他在這裡證明了他不再逃避那兩個被他拋棄的女孩。他凝望那兩個女孩，表示他內心長久封閉的那扇門很可能正在開啟，如此一來，即使失去妻子，威廉也不會有事。他即將失去立足之地，但也找到了新的。

愛麗絲

二〇〇八年十一月

工作日，愛麗絲的手機轉靜音放在口袋裡，每隔幾個小時就震動一次。全都是媽媽傳來的簡訊。自從那天晚上在希臘餐廳說出實情之後，茱莉雅至少傳了二十次簡訊。無論內容是什麼，這些簡訊都讓愛麗絲覺得很累。她喜歡看著簡訊在手機裡慢慢累積，有如見證媽媽失去理智的紀錄片。一開始，簡訊的內容全是慌亂的道歉或解釋。

對不起，可是我有苦衷。

可以見面聊嗎？幾分鐘就好。

我愛妳我愛妳我愛妳。我以為不告訴妳才是對我們母女最好的選擇。

我很擔心一旦知道爸爸還活著，妳會想去找他。我告訴自己，如果妳去芝加哥見他，最後一定會選擇留在那裡，住進他和希薇的家。他們能給妳父母雙全的正常家庭。我知道聽起來很不正常，但那時候我有點瘋了。

妳一定有很多問題吧？我會盡力回答。我想念妳的聲音。

愛麗絲確實有很多問題，但她不想從媽媽或外婆那裡得到答案。從小到大，媽媽用沉默作為操縱手段。斬斷談話、閃避問題。她什麼都不說，任由愛麗絲自己胡亂猜測、旁敲側擊。她們兩個都欺騙她──外婆或許可以說是隱瞞──所以也不是可靠的資訊來源。

那天晚上離開希臘餐廳和媽媽之後，愛麗絲走了很久，從上西區步行回到布魯克林和凱莉合租的公寓。這間公寓只有一間臥房，客廳有張拉出式沙發床。她們說好輪流用臥房，不過也可以視情況調整，例如凱莉在交往對象家過夜的時候，有時兩個人都太累，沒有力氣去拉沙發床，她們就會一起睡臥房的大床。愛麗絲進門時，凱莉已經換上睡衣，坐在沙發床上寫日記。這週輪到她睡客廳。愛麗絲從讀幼兒園就認識她，她一直沒怎麼變：嬌小、藍色大眼睛、棕髮剪成精靈風短髮。這些年愛麗絲抽高加成長，早已看不出幼兒園時的模樣。

凱莉從頭到腳打量愛麗絲，「看來出大事了。」她站起來，態度像準備燒水找毛巾接生，然後問：「妳需要什麼？」

愛麗絲站在門口將所有事告訴凱莉。接著她將背包和大衣丟在地上，扯掉短靴，躺在沙發上蜷成一團。她雙腿收在胸前抱住膝蓋，凱莉揉她的背。

「妳有爸爸。」凱莉的語氣驚奇。

「算是吧？他在法律上不是我爸爸。他不要我。」愛麗絲的頭髮散落遮住臉，她像是對著淺色簾幕說話。

「只有妳媽才能把這種秘密隱瞞二十五年。」就算是對第一次見面的人，聊幾分鐘之後，凱莉就會說出人生中的私密細節，她無法理解茱莉雅為什麼這麼愛端架子。讀中學的時候，凱莉有一次在愛麗絲家過夜，她問茱莉雅幾歲初嘗禁果。愛麗絲與凱莉看到茱莉雅內心天翻地覆，整張臉變成淺紫色，然後她說要打電話聯絡工作上的事，就這樣跑掉了——那時是星期五晚上九點。

「她應該一輩子保密才對。」愛麗絲看著凱莉。「我覺得她好像故意說出來傷害我。她的樣子……怎麼說？有點亢奮。」

「因為這個消息對妳造成打擊？」凱莉說。

愛麗絲點頭。她感覺眼淚即將奪眶而出。「我選擇的生活方式沒有傷害任何人，她卻一直很不滿意，我不懂為什麼。」

「噢，愛麗絲。」凱莉說。

「我喜歡簡單的生活。」愛麗絲感覺到內心散落的線，那把小剪刀無情剪斷每一根。「我不喜歡……有這麼多感覺。」

「我懂。」凱莉沉默片刻，然後說：「妳們母女的事，我從來不多說什麼，總是盡量不發表意見，一直都是這樣。妳很清楚。」

愛麗絲點頭，已經認命接受即將到來的碎念。「說吧。」她說。「想說什麼儘管說。」

凱莉表情嚴肅，認真看待愛麗絲給的許可與機會。「好，這是我的想法。從我的客觀角度來看，妳一直封閉自己，很可能從妳媽說出妳爸爸過世的時候就開始了。這個消息——現在我們知道全是謊言——讓妳無法再敞開內心，妳現在全心愛的那些人，全都是知道這件事之前就愛的人。我、妳媽、妳外婆。我覺得小時候妳偶爾還會差點敞開內心。中學時妳暗戀那個頭髮豎起來的男生，還記得嗎？但後來妳徹底封閉。妳明明有最好的心，卻不肯用。這全是妳媽的錯。就好像從妳小時候她就把妳當成海豹部隊[71]培訓，教妳一堆莫名其妙的技能。茱莉雅的錯遠超過我的想像，因為她竟然欺騙了妳一輩子。現在她肯定意識到自己做錯了，所以想要矯正錯誤。」

「我不需要矯正。」愛麗絲知道自己在耍倔強，感覺就像地毯上的疙瘩，但她不在乎。

71 美國海軍三棲特戰隊（United States Navy Sea, Air and Land Teams，SEAL），直屬美國海軍的一支特種部隊，亦是世界知名的特種三棲部隊。由於英文名稱縮寫與海豹（seal）相同，故通常稱之為海豹部隊。

「真希望她沒有告訴我。」

凱莉靠過去吻一下愛麗絲的臉頰。壓抑多年的心事終於可以說出口，她整個人感覺變得明亮了一些，有如擦乾淨的提燈。「不過茱莉雅已經告訴妳了，這也是好事，妳懂吧？妳爸沒死。妳可以去見他，問他為什麼要做那種決定。畢竟妳有他全部的基因。妳可以去見見高個子爸爸。」

「我必須先弄清楚時間順序，然後才能考慮要不要去。」愛麗絲說。「我必須查明當年在芝加哥發生過什麼事。凱莉，我什麼都不知道。」

凱莉看看她。她熟知愛麗絲運作的方式。兩個好友在很多方面截然相反，但她們都謹慎生活，絕不容忍爛人，永遠互相支持。「有我可以幫忙的地方嗎？」她說。

「我要上Google搜尋他，妳坐在這裡陪我。」愛麗絲說。「給我時間消化所有事。讓我慢慢來。」

她們兩個坐在沙發床上熬夜到凌晨四點。這次搜尋很辛苦，因為愛麗絲一直耳鳴，無法順利閱讀螢幕上的文字，圖片更是令她覺得太過沉重。她爸爸是芝加哥公牛隊的物理治療主任，因此網路上有很多照片。有幾張照片是他在和球員談話，可能在討論傷勢。員工照片裡也有他，和其他大約三十個人穿著同款polo衫。他早年的照片只有一張，來自西北大學。那是籃球校隊的照片，一排球員中他站在最後，穿著球衣配一般長褲，撐著兩支拐杖。

「這張照片裡他超帥耶。」凱莉說。近期的照片裡他不只比較老，感覺也很滄桑，像是海灘上被波浪侵襲無數次的石頭。她靠近螢幕看。「這是一九八二年拍的，那時候妳還沒出生。」

愛麗絲點頭。她感覺像喝醉了，雖然剛才在餐廳她根本沒喝酒，只喝了一大堆水。她和凱莉不知不覺睡著了，因為隔天是週六，所以沒有設鬧鐘，她們睡到快中午才起床。愛麗絲頭很痛，但心情很輕鬆，如釋重負。吃早餐時她才猛然想到，從小到大，為了尊重媽媽，她不敢發問也不敢找答案。現在她不需要這麼做了。她想問什麼都可以、想問誰都可以。她忍不住開懷微笑，感覺到臉頰拉扯，正在吃玉米片的凱莉抬起頭來對她微笑。

愛麗絲很好奇這代表什麼。她想問什麼？她想知道什麼？她想說什麼？以前她從沒想過可以這樣，感覺就好像她一直被蒙住眼睛，現在終於可以看見了。天地無限遼闊，四面八方任她探索。有人敲門，榮恩來了。

「凱莉跟我說了。」他在廚房餐桌邊坐下，有如加入進行中的會議。「愛麗絲——這樣一切就說得通了。我總覺得妳在等待什麼，就好像妳把耳朵貼在地上聽動靜，完全不敢動，生怕會錯過妳等的東西。我原本以為妳是為了某個男人等候，但現在這樣更酷。」

「沒錯。」凱莉說。

「看我大顯身手，發揮準博士的實力。要知道，我可是世界一流的研究專家。我們會幫妳挖出關於這些人的所有資料，再小也不放過。」

愛麗絲急忙婉拒，但榮恩揮揮一隻大手。「終於有機會可以幫妳，妳知道我有多高興嗎？妳從來不讓我們幫忙，每次都說妳可以。愛麗絲．帕達瓦諾，妳從來不會灑狗血，但這件事超狗血。」

愛麗絲雙手摀著臉大笑。現在她內心的線全部剪斷了，她再也忍不住。她感覺到好友的愛硬是擠進皮膚，進入她的身體，她又笑又哭。

「這張桌子，」她好像突然想起來，「是我小時候家裡用的餐桌。我五歲的時候，和媽媽坐在這張桌子旁邊，她說出我爸爸過世了。」

「哇噢。」凱莉說。

「到處都有歷史。」榮恩說。「我愛死了。」

他在研究圖書館工作，一週後，他交給她一個資料夾，裡面有威廉．華特斯與帕達瓦諾三姊妹的照片與生平資料。他找到她爸爸更好、更清晰的照片。愛麗絲和爸爸簡直是同一個模子印出來的。同樣的高瘦體型，同樣的淺色頭髮，同樣的眼睛。裡面有一張威廉和茱莉雅的結婚啟事。啟事中說茱莉雅將成為家庭主婦，威廉正在讀研究所，畢業後會成為歷史教授。照片是婚禮當天的特寫：茱莉雅穿著很美的白色禮服，布料隱隱反光。威廉穿著高級西裝，相較於茱莉雅活力四射的笑容，他顯得太過順從。愛麗絲端詳照片，照片中媽媽的模樣令她感到不可思議：完全看不出十六個月後將會發生大事，導致她黯然離婚並且離開芝加哥。

資料中也有威廉的大學文憑，就讀歷史研究所一年的證明，運動生理學碩士文憑，以及他的工作經歷。他有兩次住院紀錄，一次是大學期間膝蓋動手術，另一次則是一九八三年進入精神病院——當時愛麗絲還是嬰兒。她的父母離婚，威廉放棄親權，可能都是精神病造成的。威廉．華特斯入院的那段時間，她和媽媽來到紐約市。

她翻閱資料時，媽媽傳簡訊來：可不可以告訴我在文學中一個人失去影子是什麼意思？印象中，小飛俠彼德潘偷走過溫蒂的影子？[72]

她給凱莉看這則簡訊。凱莉說：「妳媽的頭腦裡肯定發生了很奇妙的事。妳要回嗎？」

「不要。看這裡：我有個表姊，比我大一歲。伊莎貝拉。瑟西莉雅有個女兒。她長得像帕達瓦諾家其他人一樣，除了我。」

她們坐在廚房餐桌旁。她們剛吃完義大利麵，這是愛麗絲會煮的料理中唯一好吃的。每次不知道要吃什麼時，她都會煮這道。凱莉的拿手菜是沙拉：把找到的食材全部放在一起，有時好吃、有時難吃。

72 彼德潘（Peter Pan）是蘇格蘭小說家及劇作家詹姆士．馬修．巴里（Sir James Matthew Barrie）筆下的虛構人物，他會飛，永遠不會長大。溫蒂．達林（Wendy Darling）是故事的女主角，彼德潘去她家偷聽她媽媽講故事時弄丟了影子（這裡茱莉雅記錯了）。一九五三年由迪士尼改編為動畫電影《小飛俠》。

「那本賺人熱淚的小說妳編輯完了嗎？」

「現代版《小婦人》？完工了。」

「那現在妳該去芝加哥了。」凱莉說。「暫時放下工作幾天。妳需要的資料全都在這裡了。」

「說不定還能找到更多。」愛麗絲說。她感覺身體沉重，彷彿在椅子上生了根。她尋找可以轉移話題的東西，但沒有找到。她只看到別人給的二手家具、滿是髒碗盤的洗碗槽。她說：「凱莉，他不想見我。他從來不想和我有任何瓜葛。」

凱莉的大眼睛注視她。

「別哭。」愛麗絲告誡。

「我沒有要哭。聽我說。那個決定是他很久以前做的，那時候他有嚴重的情緒問題。現在他可能徹底改變想法了。說不定過去二十五年，他一直在懊惱不該放棄妳。茱莉雅告訴妳的往事也可能有摻假。天曉得，說不定是茱莉雅給妳爸爸錢，叫他不准來找妳。榮恩在舊報紙上找不到這種答案。妳必須親自過去問他。」

親自過去，愛麗絲想著。她很少出遠門。她很熟悉去波士頓的四小時車程，也曾經去佛州探望外婆。但她拒絕出國留學，也不懂怎麼會有人想要離開紐約市。這裡是她的家，其他地方絕對比不上。

「妳長大成人了。」凱莉說。「妳已經二十五歲了。妳不需要爸爸。妳只是去見他，問清楚過去的事，這樣妳才能放下，好好過妳的人生。」

愛麗絲聽著好友說話，努力想聽進去，但是去芝加哥和好好過人生這兩件事互相矛盾。現在她過得很好。她從小打造出現在安全、謹慎、平靜的自己，光是坐上前往芝加哥的飛機，就會讓這個她爆炸毀滅。

威廉

二〇〇八年十一月

有些事不用說威廉也知道。他知道肯特打過電話給他的精神科醫師，確定威廉的藥物足以應付。威廉去看診時，精神科醫師非常仔細觀察他，展現出前所未有的高度關心。威廉也感覺到肯特的擔憂，從他們認識以來，肯特或多或少一直在擔心他。辦離婚手續時，妮可搬出她和肯特居住的連棟透天房屋，威廉去他家的客房住了幾天，以免肯特從有婦之夫直接變成形單影隻。他很感激能有機會報答好友。當肯特因為心情低落而道歉，威廉說肯特擔心他這麼多年，難得一次換他擔心肯特，讓他感覺心裡輕鬆多了。離婚之後，肯特雖然找回對生命的熱忱與愛，但高壯如巨人的醫師依然有些厭世，威廉感覺得出來。朋友自己也不好過，卻還要守護他、防止憂鬱症捲土重來，讓威廉心裡很過意不去。

威廉也很清楚，是因為他，茱莉雅才不肯回芝加哥。即使希薇理應得到姊姊的關愛，但只要他還在希薇的生命中，茱莉雅就絕不會妥協。還有，他知道希薇過去幾週瘦了很多。她沒有說什麼，但整個人縮小了，而且總是喊冷。

現在他每天煮晚餐，盡可能煮希薇愛吃的菜色，因為她越來越沒胃口。每一餐他都會烤鷹嘴豆多加鹽，因為他知道希薇會願意吃。他在冷凍庫存放大量薄荷巧克力脆片冰淇淋，每天一大早出門買剛出爐的甜甜圈。每當他送上穀麥棒，或將裝鷹嘴豆的碗推到她面前，希薇總是微笑。她看出他在做什麼，畢竟她一向最瞭解他。

一天晚餐時，她說：「對不起。我知道最近我太少說話。」

「沒關係。」他說。「妳很累。」

「不只是這樣……」她略微停頓，似乎在尋找詞彙。「現在我內心裡的感受全部太強烈……我的注意力都放在那裡，無法顧及外界。你知道，馬克．吐溫有一句名言說，時間之所以存在，是為了避免所有事同時發生？現在我覺得人生中經歷過的所有事，都在我內心同時發生。我再也不會覺得無聊。我思考所有人、所有事。此刻我和你在這裡，而你同時也在這裡。」她指指頭部。「我爸爸也在這裡。我和他坐在雜貨店後面聊天。」

威廉點頭，但只是為了表示他在聽，而不是他懂。他知道自己很可能無法理解。「這是好事嗎？」

她沉吟片刻，然後說：「是好事。」

威廉將餐具放進洗碗機之後，他們直接上床睡覺。希薇需要大量睡眠，以前他們晚上會窩在沙發上一、兩個小時，閱讀、看籃球比賽，但現在不再這麼做了。那天夜裡他們歡愛之後一起裸睡，年輕時他們也會這樣，但已經很久沒有了。他們拆除習慣與日常，感覺就好像拆掉木地板，結果在下面發現好東西。

入睡之前，希薇說：「噢，我想告訴你一件事。」她用一隻手肘撐起上半身。「我以自己為榮。」

她驚訝的語氣加上出乎意料的內容，使得威廉忍俊不禁。

她微笑。「我只是沒想到會有這種感覺。剛開始和你在一起的時候，我以為會永遠有點討厭自己。因為假使我是好人，就該遠離你，獨自度過悲慘的人生。不過，當我做了這個選擇……」希薇停頓一下，威廉察覺她最近越來越常這樣。取得詞彙似乎變得困難，有如長在樹頂的果子。

「很難解釋。不過我們的愛如此深刻廣闊，讓我不由自主愛上我看到的每個人、每個東西，也包括我自己。」她的笑容變得更開朗。「我知道聽起來很傻，但我以自己為榮。大概是因為我這一生都很勇敢。」

威廉點頭，一時說不出話來。「妳確實應該感到光榮。」他說。

她閉上眼睛，臉上依然掛著笑容。她很快就睡著了，威廉在黑暗的臥室中睜眼躺了很久。他聆聽妻子的呼吸。他以自己為榮嗎？威廉從來沒有想過這個問題。或許有幾次吧，但很短暫。當他真正幫助到有困難的球員；當他看出別人沒發現的問題並且提出解決方案。他察看內心，驚訝地發現他因為打電話給茱莉雅而感到自豪。

他記得第一次在宿舍吻希薇，也記得剛開始交往的那幾個月，他們的戀情只存在於那間宿舍。可以說威廉從來沒有放棄將這份愛收進掌心，這樣他比較安心。只要知道希薇的愛在哪裡，他就不會失去。妻子確實很勇敢——失去茱莉雅、害雙胞胎傷心，承受這一切的人都是她——威廉從來沒有賭上任何東西。從頭到尾他都是個懦夫，因為擔心會失去而畏畏縮縮。

但希薇生病之後，最糟的狀況已經發生了。為了保護她，他不能繼續封閉自己。威廉向前妻求助，分開四分之一世紀之後提出這個要求，不只使他被迫面對茱莉雅，也被迫面對和她在一起那段時間崩壞的自己。他一直認為解除封閉會有危險，要是不緊緊抓住，他建立的新人生就會隨風而逝。但當他撤下藩籬，卻發現人生變得更廣大。深藏的照片變成壁畫。愛麗絲與卡洛琳近距離站在一起。儘管相隔遙遠的時空，岳父依然找到辦法，投射他的慈愛。當威廉放開雙手，希薇的愛在自身的力量中迅速成長。她的愛擴張填滿他四周的所有空間，也就是他的一生。

二〇〇八年十一月

愛麗絲

前往芝加哥最便宜的班機清晨六點起飛，為此榮恩跟哥哥借了車，他和凱莉一大早送愛麗絲去機場。她知道要是他們沒有來，她一個人絕對不會去。她感覺很奇怪，四肢沉重，知道自己有爸爸之後，她已經兩週沒有和媽媽說話了。她需要好友的支持。凱莉說要陪她去芝加哥，但愛麗絲知道她必須一個人去。

道別時，她不肯讓他們擁抱。「我明天就回來了。」她說。

「妳隨時可以改票待久一點。」凱莉說。

「妳去那裡讓那些人看清楚他們錯過了什麼。」榮恩說。「他們可是妳的親人。必要的時候儘管嗆他們，不要怕。但是也不要怕微笑喔。」

愛麗絲背著灰色背包穿過機場。她依照空服員的指示登機，飛行全程閉上眼睛。任何人跟她說話她都受不了，就連問她要不要飲料也不行。愛麗絲死命抓著座位扶手，清晰感受到飛機的每次震動，以及她所佔據的空氣與空間裡的任何小變化。

芝加哥歐海爾機場是一座有如迷宮的巨大建築，圓拱玻璃屋頂感覺很像教堂。愛麗絲排隊等計程車，告訴司機芝加哥市區公牛隊訓練中心的地址。車子過河之後進入高樓林立的市區，她盡可能觀察市容。高架火車從計程車上方轟隆隆駛過。行人似乎沒有紐約那麼多。她希望能看到壁畫，甚至是瑟西莉雅的作品，但市區的這部分牆壁一片空白。

愛麗絲想著，這裡就是媽媽小時候住的地方。我會在這裡見到爸爸。她感覺好孤單，幾乎是一種身體的感受：她的皮膚刺刺麻麻，感覺像是好幾天沒有被人觸碰過。她發現自己幾乎想不起來媽媽的聲音，這令她心慌。來到這裡讓愛麗絲覺得自己拋下了茱莉雅，而且是很重大、很長久的那種。那晚在希臘餐廳見面之後，她第一次傳簡訊給媽媽：影子可能代表光被擋住，也可能代表一個人的另一半。書裡的角色失去影子，意思是他們失去了自己的一部分，必須找回來。

計程車停住。愛麗絲付完車資之後下車。她知道不能站著不動，也不能放任自己思考。她打開面前的玻璃門，走進寬廣大廳。她聽見遠方傳來運球的聲音，角落的沙發上坐著幾個身高驚人的男子，膝蓋離地面很遠。一位脖子上掛著哨子的年長男士從她身邊經過，他的身高將近七呎[73]。愛麗絲莫名領悟到，這裡的人不會覺得她的身高有什麼特別；這棟建築裡全都是巨人。

她走到櫃檯前。正在打電腦的年輕人抬頭看她。他看著她愣住一下，然後說：「請問有

73 大約二一三公分。

什麼……」他略微停頓。「小姐，妳長得好像我們的一位物理治療師。」

「威廉．華特斯？」愛麗絲說。

他點頭。「幾乎一模一樣。」

「請問我可以見他嗎？」

「他好像還沒來。不過應該很快就會到。請稍微坐一下。」

她點點頭，走到大廳另一頭的沙發坐下。她坐下之後才發現，這裡的家具特別高，是為了尺寸巨大的人類特製。愛麗絲努力表現出鎮定輕鬆的模樣，以避免每次有人開門就流露驚慌，畢竟開門的次數很多。過了十五分鐘，她傳簡訊給凱莉：我要等多久？

她回覆了：很久。

三十分鐘後，櫃檯的年輕人走過來說：「真不好意思，讓妳等這麼久。平常威廉都很準時。我在他的手機留言了，告訴他妳在這裡等他。他一定很快就會來。」

愛麗絲點頭道謝。他走開之後，她納悶他會在留言中如何形容她。一個很高、很像你的小姐來找你？還是你素未謀面的女兒出現了？

一個小時過去，她的肚子咕咕叫。快到午餐時間了，她天沒亮就起床，因為太緊張所以吃不下。她發現在這裡工作的人用憐憫的表情看她。她想著：我是白癡。他知道我在這裡，所以故意不來。他們全都在可憐我。

她傳簡訊給凱莉：再等十分鐘我就要走了。

好友立刻回覆：妳可以離開訓練中心，但不可以離開芝加哥。妳承諾會在那裡停留二十四小時。機票是明天出發。打電話給妳的阿姨。找個人見面。

愛麗絲考慮了一下。她真的好想回機場。回到安全舒適的生活。她鼓起勇氣來這裡，卻沒有得到想要的結果。不過她想起凱莉說過，她五歲那年知道爸爸過世之後便封閉自我，感覺確實如此。她就像被媽媽的鬈髮纏住，從小將媽媽對她的控管連同早餐的柳橙汁一起喝進肚子裡。她二十五歲了，沒有談過戀愛、沒有性經驗。大學時有一次參加派對，一個喝醉的男生吻了她，但她從沒有主動吻過男生。她喜歡安全的生活，但她看得出來，她需要打開幾扇窗，就算只是為了向自己證明她辦得到。

「抱歉，小姐。」櫃檯的年輕人再次來到她面前。「我也打過電話給他的同事肯特，他們兩個常常在一起，但肯特的手機也轉到語音信箱。我不忍心看妳繼續等下去。要不要留個手機號碼，然後先去其他地方？威廉來的時候我會打電話通知妳。」

年輕人送上紙筆，愛麗絲寫下她的手機號碼，然後向他道謝。她抬頭挺胸走出訓練中心，彷彿一點也不丟臉，彷彿她很清楚接下來要去哪裡。走到人行道上，一接觸到清新的空氣，她真的就知道了。她要打電話給瑟西莉雅阿姨，她的臥室與夢境滿是瑟西莉雅的畫作。榮恩查出了她的電話號碼——不只一個，而是每一個。

她聽著電話的嘟嘟聲，心裡想著：要是沒人接，我就去機場。這時一個女人接起電話說：「喂？」愛麗絲的心往下沉。

「請問是瑟西莉雅．帕達瓦諾嗎？」她說。

「不是——我是伊莎。妳是醫院的人嗎？可以留言給我嗎？我是她女兒。」

「什麼？」愛麗絲說。「我不是醫院的人。我……呃……我的名字是愛麗絲．帕達瓦諾。妳應該是我的表妹？」

對方聽到這句話之後陷入沉默。愛麗絲沉入寂靜中，彷彿潛到泳池水最深的地方，不知道何時才能觸底、能不能觸底。「我的老天。」伊莎終於說。「愛麗絲！妳在哪裡？在芝加哥嗎？」

愛麗絲點頭，然後才想到要用說的。「對。」

「馬上過來。」伊莎說。「我們需要妳。快回家。」

茱莉雅

二〇〇八年十一月

茱莉雅接到通知時，人在辦公室。時間已經過了六點，大部分的員工都下班了。過去幾個月，他們察覺茱莉雅不像以前那樣全神貫注在工作上。他們利用她的鬆懈偷懶，午休比較晚回來，下班時間也提早。我全都注意到了，茱莉雅很想告訴他們，但她不知道接下來要說什麼，於是乾脆不說了。她自己也開始蹺班，通常只是整天獨自待在家裡。她不再期待自己的行為與思想全然合理。每天她都忍不住回頭張望，擔心真正的茱莉雅會追上來，陰沉的臉上滿是失望。那個茱莉雅拚命追求這種特定的成功，這個茱莉雅懷疑究竟值不值得。

電話響的時候，她看到來電顯示是芝加哥區號。不是希薇的手機號碼，但妹妹可能從圖書館打來，甚至從家裡打。她從來沒有打過電話給茱莉雅；第二次見面之後去機場的路上，茱莉雅傳過簡訊給她，但她們不在一起時的聯絡只有這樣。茱莉雅接起電話，心情輕快，她感覺到即將成為最近唯一能接受的那個自己——和希薇在一起的茱莉雅，她很高興即將聽見妹妹的聲音。

「喂？」她說。

「我是瑟西莉雅。」那個聲音說，茱莉雅一時間迷糊了，因為瑟西莉雅的聲音很像希薇，她也確實是茱莉雅的妹妹沒錯，但她已經很久沒有和雙胞胎聯絡了。

「噢。」茱莉雅說，藏不住語氣中的驚訝。「嗨。妳好嗎——」

瑟西莉雅打斷她的話。「我要告訴妳一件事。」她說。「希薇生病了。她得了腦瘤。」

「我知道。」茱莉雅說出這句話時，感覺喉嚨緊繃。

「妳怎麼會知道？她告訴妳的？」

「妳為什麼要那樣說話？」茱莉雅不想說出好像希薇已經不在了。但她聽到瑟西莉雅說那天早上希薇突然過世，威廉出門二十分鐘而已，她走進廚房就倒下了。他回家時，發現她躺在地上。

「我問威廉她的臉上有什麼表情。」瑟西莉雅說。「我需要知道她害不害怕。他說希薇側躺，表情像是睡著了。」

茱莉雅專注拿著話筒放在耳邊。她必須集中精神才不會鬆手。之前威廉打電話來的時候，她也坐在這個位子上，那時的談話內容好像壓在這次的上面，擠到讓人喘不過氣。希薇生病了。希薇過世了。

「事情發生得太快。」瑟西莉雅說，彷彿聽見姊姊的心思。「她應該還有一段時間才對。我原本打算等她真的很嚴重的時候再打電話告訴妳，逼妳回家。媽那邊我也是同樣的打算。」她停頓一下。「打給妳之前，我已經先打給媽了。」

「媽。」茱莉雅說，彷彿為逼近的暴風命名。蘿絲一定會回芝加哥。希薇的死會讓她願意離開佛州；她們全都要離開原本熟悉的生活。

瑟西莉雅嘆息。「小愛說我必須打破砂鍋問到底才能面對這件事，她說得很對，我已經去醫院和醫師談過了，他說腫瘤壓到她腦子裡的一個東西——他有說那個東西的名字，但我記不住，她應該幾秒就走了。她不會知道發生了什麼事。」

茱莉雅強迫自己說：「很好。」

她想起最後一次見到希薇，不過是上週的事。她們牽手一起看電影。那是她們重逢之後第一次觸碰彼此，那次接觸能量強大，兩人之間相隔那麼多歲月、那麼多自我，那麼多愛，淚水湧上茱莉雅的眼眶。她握著妹妹的手，同時卻不和女兒說話，這個下午、這個地方，她不該出現在這裡，但又屬於這裡，這種感覺幾乎太過沉重。那時希薇知道她在人世的時間只剩短短幾天嗎？所以才握住茱莉雅的手？所以才在茱莉雅必須去機場時擁抱她？茱莉雅依然能夠感覺到那個擁抱，妹妹的身體與她貼合。

「感謝老天，幸好愛麗絲在這裡。」瑟西莉雅說。「這個時機實在太神奇了，不過她來得正是時候，簡直是上天的禮物。」

「愛麗絲？」茱莉雅懷疑自己聽錯了。「愛麗絲在芝加哥？」

「今天下午到的。茱莉雅，她和伊莎一見如故。實在很不可思議，就好像她們還記得小時候經常一起玩。」瑟西莉雅停住，然後說：「妳在聽嗎？」

「我在聽。」

「立刻回家，過來和我們一起。」

茱莉雅搭計程車回家，整理了幾件衣物裝進小行李袋中。最後她臨時塞進一件東西：上次回芝加哥，和妹妹道別時，希薇給她的一個包裹。茱莉雅原本打算看完電影就去歐海爾機場，但希薇要她先去圖書館一趟，有東西要給她。「下次再給我吧。」茱莉雅說。希薇似乎考慮了一下，但最後搖頭說：「還是現在給比較好。」茱莉雅將包裹塞進皮包，然後就去機場了。去拉瓜第亞機場的路程她很熟悉，上個月兩次去機場她都感覺好自由。茱莉雅擺脫了過去與身分，飛到妹妹身邊。兩次她都覺得有如飛向自己。從紐約飛往芝加哥的高空中，茱莉雅知道三個妹妹全都是她的一部分。她們一起長大，很長一段時間，她們攜手同心。與希薇重聚之後，茱莉雅感覺更有活力、更加完整。

在紐約的時候，她認為自己成為了爸爸的火箭，然而，當她和希薇面對面坐在酒吧裡，思考該如何幫助女兒時，她更加覺得自己確實是爸爸的火箭。在希薇的注視下，茱莉雅感覺自己有如剛到紐約的時候：潛力如氣泡湧出，將她組合在一起的板金因為興奮與害怕而顫抖。現在她終於看清了，她在紐約建造了火箭，加以裝飾打磨，卻一直沒有升空。要真正成為火箭，她必須和三個妹妹在一起，也必須放女兒自由。

茱莉雅接過空姐送來的飲料，努力想像愛麗絲在她故鄉的模樣。實在太令人迷惑，就好比已經組好的拼圖卻多了一片，無處安放。愛麗絲漂浮在茱莉雅內心的芝加哥地圖上方，並非因為女兒去了不對的地方，而是因為茱莉雅很久以前就將寶貝女兒從那個場景移除，並且封死了所有出入口。不過，當愛麗絲知道了爸爸的真相，茱莉雅其實大大鬆了一口氣。雖然已經太遲，但希薇一定會讚賞茱莉雅的誠實。想到妹妹的讚賞，茱莉雅的心彷彿被釣魚鉤刺穿，實在太痛了，她不得不閉上眼睛。以後她做的所有決定，希薇都不會知道了。

飛機降落在歐海爾機場時已經十一點多了，茱莉雅決定在機場飯店過夜。她知道雙胞胎在等她，但她有股非常強烈的感覺，不想進入那座城市，不想面對她的過去、希薇的死，再給她幾個小時就好。她傳簡訊告訴瑟西莉雅她明天早上會去她們家，然後就抱著身體睡著了。夢中，希薇在皮爾森區的街上奔跑，茱莉雅拚命想追上，但妹妹始終領先幾步。第二天早上，她坐計程車進入市區，在車上喝了特大杯咖啡。希薇跟她說過雙胞胎打通兩棟房子的事。茱莉雅感覺希薇似乎想幫她做好準備，遲早有一天她回家時不用瞞著大家。她幫助茱莉雅重新熟悉皮爾森區——帶她去看瑟西莉雅的壁畫、告訴她伊莎的近況，說明希薇、雙胞胎與伊莎實在太常出沒在彼此的生活中，因此必須拆除圍籬、共用兩棟房子。希薇為茱莉雅做好準備，因為會有那樣的一天，希薇不在了，但其他人都還在。

茱莉雅知道雙胞胎對她的感覺很複雜。茱莉雅嚴格限制溝通的方式，多年來她們一直很不滿。希薇與威廉剛開始相愛時，瑟西莉雅與愛茉琳非常同情茱莉雅。不過，她們顯然期待時間久了之後茱莉雅會放慢慢軟化態度，但始終沒有發生。有一次瑟西莉雅在明信片上寫：我和愛茉琳又沒有對不起妳。讓我們見愛麗絲。讓我們見妳。我們可以一起去別的地方度假，一起去旅行，做一些無關芝加哥和紐約的事。茱莉雅站在街角讀完內容，身旁的大道莫名安靜，這座城市平時總是喧鬧不休。她想起當時她考慮過，這或許是不錯的契機，但最後還是搖頭放棄。她無法承受任何妥協。她鎖死了通往過去的閥門——實際上是通往她的內心——而只有故障的閥門才會只開一半。

今天茱莉雅也會見到威廉，二十五年前，他交給她一張紙條和支票之後便離家，從那之後，這是他們第一次見面。感覺恍如隔世，現在的茱莉雅已經徹底改頭換面。現在，當她想到威廉，憶起的並非幾個月前的那通電話，也不是離婚前的那段日子。她想起籃球隊訓練之後他走出體育館的樣子，青春、健康、俊美。她想起在寒風中拉扯他的外套前襟索吻。她想起他們以前有多年輕，完全不知道自己是怎樣的人，也不知道自己想要什麼。

她敲敲愛茉琳家的門，雙手在發抖，因為她知道這扇門裡面沒有希薇。爸爸的守靈儀式上，一位年輕的紙廠工人說：很難想像他真的走了。那個人說得很對——確實很難想像他已經不在了。她也很難想像希薇不在了。但最難以想像的是將那個人拋在過去。當對一個人的愛如此深切，他會成為自己的一部分；那個人不在了以後，那樣的失去更將成為基因、骨骼、皮膚的一部分。查理與希薇的逝去，現在是茱莉雅內在地貌的一部分；有如一條河在她內心流動。以前的她實在太傻了，竟然這麼久沒有回來，放棄和希薇相處的時間。茱莉雅只參與到希薇生命的開頭與結尾，這樣不夠。

門開了，愛茉琳與瑟西莉雅一起站在門口。最小的兩個妹妹現在也四十多歲了，眼角生出細紋。看到她們，茱莉雅忘記呼吸。她一直非常努力，但過去二十五年只有她一個人獨自打拚，現在她明白那是絕對行不通的。當年告訴愛茉琳她要離開芝加哥時，妹妹說：妳需要我們陪伴，妳自己可能沒有意識到，但妳真的需要。現在是我們最需要姊妹的時候。

她聽見自己說：「對不起。」好像那是打招呼的用語。

「噢，小寶貝。」愛茉琳說。

茱莉雅同時擁抱兩個妹妹，臉埋在她們的髮間。三姊妹彼此相擁，吸進這只有三個人的結構，尋找新的穩定，即使只有一下子也好。

威廉

二〇〇八年十一月

肯特跟著他從醫院一起回家，威廉沒有拒絕。反正無論威廉說什麼，肯特都不可能放他一個人。在醫院裡，威廉坐在等候區的椅子上等醫師出來，不是為了知道希薇還有沒有希望，他知道沒有，而是想知道發生了什麼事。愛茉琳握著他的手。除了妻子之外，很久沒有別人這樣握過他的手，小姨子的這個動作讓他明白希薇真的走了。瑟西莉雅幾乎一整天都站著，任何醫師或護理師不小心朝她的方向看過來，都會被她抓著一直問。肯特也在等候室來回踱步。坐在威廉身邊的愛茉琳在哭，不誇張，但也不羞恥，在日光燈下，她臉頰上淚痕隱隱反光。她說：「我想強迫你吃東西，但我知道你不想。」

「我不想。」

那天晚上回家時，轉動鑰匙開門令他心痛。門打開，呈現出他幸福的光景。十一個小時前，威廉拿著一盒甜甜圈走進這扇門，他暗自微笑，因為雖然他出門不到半小時，卻已經等不及想見到希薇。現在肯特站在他身邊，威廉不肯靠近廚房，但也不想進臥房。他告訴肯特他想穿著身上的衣服睡沙發，好友點頭。肯特幫他倒了一杯水，給他一顆藥，肯特說：「這個可以幫助睡眠。」威廉順從地吞下去。

第二天早上醒來時，他的頭腦昏昏沉沉，雙腳離開沙發下地。他坐起來，這個動作需要用上他全部的力氣。他往瑟西莉雅的風景畫看過去，卻看不進去。他呼吸的空氣都有恐懼的氣味。沒有了希薇，他一天都不想繼續過下去，但他還在這裡。

肯特說：「你的藥在哪裡？」威廉告訴他。肯特將每天該吃的藥放在他的手掌心，他吞了下去。

「有很多葬禮相關的事要決定。」肯特說。「我們去雙胞胎的家。」他猶豫了一下。「昨天訓練中心的人在我的手機上留言了幾次。你有沒有在聽？」肯特的語氣很溫和。

威廉看著他。

「愛麗絲昨天去了訓練中心。去找你。」

「愛麗絲？」威廉說。

「她去的時候我們在醫院。昨晚她住在瑟西莉雅家。威廉，我不知道這是好事還是壞事。」

威廉點頭，因為肯特說的是他真實的想法。肯特很少說出內心的躊躇。「我根本不認識她。」威廉說，心中浮現壁畫上女兒的模樣。笑容靦腆的十歲小女孩。「我對她一無所知。」他覺得愛麗絲有如一場考試，他沒有準備，甚至連該讀的講義和課本都無法取得。

但他也想著：希薇一直想見愛麗絲。威廉知道愛麗絲小時候，希薇非常疼她。從二十多歲到現在，她一直殷切盼望能見到茱莉雅和外甥女。現在愛麗絲來了，但最想見她的人已經不在了。威廉冷顫。「無所謂。」他站起來。

「我覺得有所謂。」肯特說。他低頭看手機，帶著一絲幽默說：「愛茉琳說愛麗絲身高六呎一吋。她已經不是會被你摔壞或弄傷的小寶寶了，威廉。她是大人了。」

威廉眼前浮現一盞巨大的檯燈，光線太亮，他得瞇起眼睛。他站在霧茫茫的黑暗中，但他內心有個東西沒有閃避那道光。他不會再逃避。

去超級合體屋的路上，他們先去咖啡店，加斯和華盛頓在那裡等他們。他們拍拍威廉的背，但除了打招呼之外沒有多說什麼。快到雙胞胎家時，他們看到阿拉什從計程車下來。雖然已經十一月了，但天氣溫和，他們幾個雖然穿了厚外套但沒有拉上拉鍊。威廉感受不到氣溫，也感受不到頭頂晴朗的天空。他對幾位朋友點點頭。肯特找來這些人，顯然是為了讓他在失去妻子的第一天至少還有隊友。他們一群人一起大步走在人行道上，威廉想著，希薇一定會很感謝肯特。

肯特打開瑟西莉雅的家門，他們進去。只有瑟西莉雅一個人在，因為威廉現在非常敏感，能夠察覺所有為他而特地進行的安排，他看出這也是。這裡是休息站，讓他能先喘口氣。瑟西莉雅告訴他們，蘿絲正在回芝加哥的飛機上，今天下午就會抵達。愛麗絲與茱莉雅都在隔壁，愛茉琳、喬希、伊莎也都在那裡。

威廉點頭，因為他不能說不要，謝謝，然後走掉。希薇不會希望他那樣做。他跟隨朋友與瑟西莉雅從後門出去，穿過後院，從後門進入愛茉琳家。空氣中有咖啡和嬰兒爽身粉的氣味。走道上掛滿瑟西莉雅畫的肖像，他們一群人走進連著客廳的開放式廚房。剛好門鈴響了，屋裡所有女人都忙來忙去。一個寶寶在哭，門口有個青少年，他拎著一個大紙袋，側邊寫著貝果，愛茉琳翻錢包找現金。威廉一邊的視線邊緣撇見一個非常高的金髮女子，另一邊則是他的前妻。他不知不覺走向茱莉雅，或許是因為他很清楚該對她說什麼，也因為她是一小部分的壓力來源。他說：「可以談談嗎？」

她似乎吃了一驚，但還是點頭同意，他們走進廚房。和茱莉雅這麼靠近感覺很怪。他已經二十五年沒有見過她了，雖然外型很熟悉，但茱莉雅已經不是記憶中嫁給他的那個人了。難道是她的臉不一樣了？不是變得冷硬，而是定型了。他認識她的時候，她還有著青春的嬌柔。她的鬈髮依舊是四姊妹當中最驚人的，然而即使她放下頭髮，卻少了當年的狂野。威廉意識到，他之所以先來找前妻說話，是因為他還無法面對女兒。希薇離開了他人生的所有空間，而現在愛麗絲在這裡。走了一個、來了一個，這樣的交換幾乎令他無法承受。

他說：「妳怎麼沒有回來？我不是說了她需要妳？」

「我有。」茱莉雅說。「我和她見了兩次面。」

他努力消化這件事。希薇見過茱莉雅？他的胸口有股壓迫感，太強烈的安心造成衝擊。他在最近的椅子坐下。他的耳朵後方也有壓迫感。他沒有預料到會這樣，說真的，這一切他都沒有預料到。他知道妻子來日無多，但沒有預料到她會突然就不在了。

「要不要幫你倒點水？」茱莉雅說。

他發現手中多了一杯水。現在他察覺所有人都在看他。大家都在關心他們說了什麼。現場所有人都因為哀傷而淒淒慘慘、無法呼吸，或許只有愛麗絲例外。他們無法假裝聊天。他們只能聽，希望他會平安，因為如果他能平安度過，那麼一切都有可能。

「她希望我們見面的事不要讓別人知道。」茱莉雅說。「我相信她最後一定會告訴你，不過我們那樣偷偷見面，似乎讓她覺得很有趣。我們不久前才一起去看電影。每次都是我花幾個小時從紐約市飛過來再飛回去。愛茉琳與瑟西莉雅也不知情，今天早上我才告訴她們。」

很久以前，威廉曾經在手稿寫下：應該是我，不該是她。那時候他想的人是姊姊，但只要能換回希薇，他非常樂意替她死，無論是昨天或此刻。他心中漲滿令人窒息的祈求。要是他真的死了，說不定希薇還會在人世。或許他可以去加入她，無論她去了哪裡。威廉好想重新捧起雙手，緊密呵護他對妻子的愛，緊密呵護她對他的愛。

不過已經不可能了。太遲了。幾週前他就張開雙手釋放一切。現在妻子的三姊妹都在他身邊，每個人都因為憂心而皺起前額，鬈髮散亂不羈。威廉知道希薇見過茱莉雅。兩姊妹和解了。她們的愛不只存在於過去，也存在於希薇最後的那段時光。她們修復了破碎的關係，這表示妻子找回了圓滿。希薇得到了她最需要的東西，這讓他能夠再次呼吸。

愛麗絲

二〇〇八年十一月

在阿姨家裡，愛麗絲覺得自己像個太空人，必須穿上沉重的防護裝和頭盔，因為她無法呼吸當地的空氣，走路時也必須小心避免摔倒。她正常、安全的生活不復存在，現在她不知道該如何行動、思考、感受。兩個阿姨動不動就把她拉過去擁抱，愛茉琳與瑟西莉雅的樣子很像媽媽，但也很不像。愛茉琳吻愛麗絲臉頰的方式和媽媽相同，瑟西莉雅說話的聲音幾乎和媽媽一模一樣。因為愛麗絲終於來了，伊莎非常興奮，好像她一生都在等表妹回來。伊莎說個不停，愛麗絲很想知道，是不是因為阿姨過世讓伊莎太傷心，為了澆熄哀痛而比平常更多話。她告訴愛麗絲許多家族故事，聊起未來的語氣彷彿愛麗絲也是其中一部分。兩個阿姨也一樣，彷彿她來這裡是必然會發生的事，就好像她只是出門買個東西，結果路上耽擱太久，現在終於回家了。

愛麗絲晚上和伊莎睡同一個房間，兩個人各有一張單人床。伊莎對她說：「發生那種事之後，還是有人作伴比較好。」發生了什麼事？愛麗絲很想問，因為她很希望能像列清單一樣，以她能夠嘗試理解的方式一件接著一件聽。她來芝加哥是為了見爸爸，沒想到就在這天，他的妻子過世了。現在愛麗絲的媽媽和外婆都在趕來的路上，她身邊每個人都傷心欲絕，而且都是第一次見面。愛麗絲和表姊睡在兩張並排的單人床上，在這個世界，連房子都是兩棟並排的，住在裡面的人兩邊共用，而且幾乎全都和她有血緣關係。愛茉琳家裡有個嬌小的嬰兒——又一個謎，因為那個寶寶顯然只是暫時寄養。有時寶寶會突然大哭，愛麗絲好希望她也可以。只有在洗手間裡她才能獨處。每次她走進一個房間，裡面的人都會一臉開心，即使她們幾分鐘前才見過她。

那天早上愛麗絲很早就醒了，其他人都還在睡，她走出房間。這裡到處都有瑟西莉雅的作品，她想仔細欣賞。無論往哪個方向走，牆面上都掛滿了六吋長的女性肖像，從地板滿到天花板。其中有一幅是少女時代的茱莉雅，愛麗絲駐足幾分鐘。畫中的媽媽年輕又坦率，愛麗絲很難相信。還有那個感覺很古風的霸氣女子，愛麗絲印出的瑟西莉雅畫作圖片上也有她，她也存在於芝加哥樓房的外牆上。伊莎告訴愛麗絲那是亞西西的聖嘉勒，她在帕達瓦諾四姊妹的人生中有重大意義。「她感覺是個狠角色，對吧？」伊莎說。

瑟西莉雅也畫了年輕時美麗的蘿絲，黑色長髮紮起來露出臉龐。神情嚴厲的曾祖母，除了蘿絲之外沒有人見過，她也出現在牆上。蘿絲只有一張父母的照片，而瑟西莉雅畫出照片中的曾祖母。每一面牆上都展示出帕達瓦諾家的母系家族，加上那位聖女，她見證了這個家族的堅強與愚昧。有一幅畫的主角是個紅髮小女孩，伊莎告訴愛麗絲那是威廉的姊姊，很小就過世了。我不只有阿姨，還有姑姑，愛麗絲想著，因為對她而言，瘋狂的事已經太多，有個三歲就過世的姑姑也很合理。牆上只有一個男性：查理。廣受愛戴的外公，小時候蘿絲和茱莉雅分別告訴她家族故事，只有他兩邊都出現。肖像中，查理坐在單人沙發上，笑容照亮整張臉。有幾張愛麗絲和伊莎嬰兒時期在一起的肖像，也有她們兩個成長時期各階段的畫像。愛麗絲發現每面牆上都有不同年齡的自己，心中十分感動。即使在她還不知道有這兩棟房子存在的時候，她就已經在這裡了。或許就是因為這樣，表姊和兩個阿姨見到她時，才會表現出已經很熟的樣子，好像她是這個家的一分子，好像她們認識了連愛麗絲都不認識的自己。

茱莉雅到的時候，愛麗絲擁抱迎接，但接下來母女倆依然保持距離。愛麗絲還沒有做好心理準備，她很慶幸茱莉雅至少知道不能強迫她開口。反正這裡有這麼多人想要和她們說話，以致於兩人都沒有一分鐘的空閒，總是瞇起眼睛看著情緒激動的妹妹、阿姨、外甥女、表姊，在令人暈頭轉向的狀況中努力思考該說什麼。更何況，愛麗絲在心裡對媽媽說，我來這裡是為了找他，不是妳。妳給我疑問，而我需要答案。

愛麗絲的視線不停轉向大門，知道爸爸隨時會到。她想要做好準備，盡可能保持鎮定。她希望能展現出獨立自主的姿態，甚至是冷淡漠然，她希望身體表達出：我從來都不需要你，現在也不需要。但爸爸從後門進來的同時門鈴響了，喬希懷裡的寶寶開始哭鬧。整個空間的空氣彷彿瞬間蒸發，愛麗絲無法呼吸。她腦中有個沙沙作響的怪聲音。不要看我，她想著，很慶幸他沒有看過來，她利用機會觀察他。威廉．華特斯和幾個高大男子結伴而來，每個人都神情肅穆。她爸爸感覺沒有特別刻薄，也不像因為很討厭小孩，所以可以輕易拋棄親生骨肉的樣子。他的表情流露出毫無防備的悲傷。他的臉和眼睛都跟愛麗絲一模一樣。以前愛麗絲就一直懷疑，爸爸的長相應該和鏡中的她如出一轍，果然沒錯。

她看著爸爸走向媽媽。現在，威廉站在距離她十五英呎的地方和茱莉雅說話。那個男人拋棄了她，那個女人則是她從小到大唯一的親人，直到二十四小時前才改變。

前一天深夜，躺在並排的床上，愛麗絲忍不住問：「妳知道威廉為什麼不想當我爸爸嗎？」伊莎沉默一分鐘，接著說：「他好像擔心會害到妳，因為他有憂鬱症。」

現在伊莎出現在愛麗絲身邊。「妳沒事吧？」她低聲問。

愛麗絲對表姊做個無奈的表情，因為她不想說謊。她不知道自己有沒有事。她什麼都不知道。她早已封閉自己很多年了。她從來沒有跟男生告白過，沒有開過快車，沒有喝醉到無法控制嘴巴，但現在她出現在芝加哥的一幅壁畫上，也出現在這棟房子的牆壁上；站在客廳另一頭的那個男人，她在他身上看到自己。她存在於自己的身體之外——她分散在這片土地的各處——但她反而因此感到不那麼脆弱。她被畫進這個家族，倒映在爸爸的臉上。她原來如此豐富，遠超過她認為可能的程度。

威廉坐下，屋內所有人不分男女同時上前一步，彷彿他們是外部支持結構，讓愛麗絲的爸爸不至於潰散。同時愛麗絲後退。這裡的每個人都愛他，她驚奇地想。他們真的好愛他。她意識到自己一直期待爸爸的人生會比她更狹隘。畢竟他拋棄了她。這種行為感覺像是逃避，拒絕人生。但厭棄人際關係的人不會引起這樣的反應。她第一次在一個空間裡感受到這麼多愛與悲痛，這麼多情感。

愛麗絲一直後退，直到碰上牆壁，她轉頭望向窗外，看著皮爾森區的街道，爸爸的憂傷是他個人的問題，她不像那些人那麼瞭解他。她不想張口結舌旁觀，有如在高速公路上看到車禍現場。她也有一種奇怪的領悟，雖然他們外貌如此相似，但她是這個男人的剋星。他們兩個都色彩寡淡，又高又瘦，有種本質上的嚴肅。愛麗絲感覺只要她上前用眼神釘住他，威廉．華特斯就不可能從椅子上站起來。她會淹沒他，他們的能量融合，直到他變得太過沉重，無法動彈。她必須站在很遠的地方，在這座蹺蹺板屬於她這一側的遠端，這樣他才能動。不久之後，威廉站起來走出廚房。他依然穿著厚外套，從後門離開這棟房子。

愛麗絲只是靠牆站著，卻感覺用盡力氣。她意識到心臟在胸口劇烈跳動，彷彿剛剛衝刺上坡。我到底怎麼了？她自問。

一個綁黑人辮、戴眼鏡的男人走向她。他說：「我是妳爸爸最要好的朋友。我叫肯特。真高興能見到妳，愛麗絲。」

她和他握手。所有訊息都是新的。她爸爸有個死黨，屬於他的凱莉。

「妳還是嬰兒的時候我抱過妳。」他說完之後搖搖頭，彷彿想醒腦。「妳一定覺得像走進龍捲風吧？」

愛麗絲想像這個巨人懷中抱著嬰兒。她理解到還是嬰兒的自己曾經在這裡生活過，她還沒有記憶的時候，當時她是這個世界的一分子。雖然她對這些人毫無印象，但他們記得她。

「希薇真的很愛妳。」愛茉琳之前跟她說過。「妳終於回家了，她一定會很高興。」

「老人過世的時候，」肯特說，「即使人再好，大家也不會太傷心，至少當事人自己有心理準備，而愛他們的人也有準備。他們就像老樹，地下的根早就鬆了。他們會溫和地倒下。但是像妳希薇阿姨那樣英年早逝的人，他們的根會被硬扯出來，土壤也會翻開。附近的每個人都可能會被壓倒。」

愛麗絲思索著這段話。她的世界一直都很小，生活圈裡的人比在場的人數還少。愛麗絲和媽媽緊密相依，她們的根交織在一起，深入地底。然而，此刻當她看著站在旁邊的阿姨、保持距離的媽媽、深色頭髮的表姊——不知道為什麼，從她猛然開門打招呼的那一瞬間，愛麗絲就立刻好喜歡她——她發現自己的根發生了變化。腳下的土壤正在改變。

「妳爸爸需要多一點時間。」肯特說。「請不要丟下他。」

最後那句話令她驚訝。明明是威廉丟下她。她從來沒見過這個人，據說她還是嬰兒的時候，他就擺明了不願與她有任何瓜葛，到底有什麼丟不丟下可言？但愛麗絲面前的巨人，感覺好像他腳下的地面裂了。他的模樣疲憊又善良，於是她說：「我不會離開。」但她不知道這個承諾的效期有多長，也不確定不會離開究竟是什麼意思。

這一天非常漫長，感覺遠超出時鐘正常走一圈的長度。時間膨脹成氣泡，飄過擠滿人的屋子。一開始是從袋子取出的貝果，後來又有披薩和餅乾。偶爾有人提起葬禮規畫，但威廉還在外面，沒有人想打擾他，於是無法做出任何決定。「希薇不會想要天主教的守靈儀式和葬禮。」瑟西莉雅說，兩個姊姊點頭贊同。

下午過了一半，蘿絲來了，她穿著黑色連身裙，因為悲傷而過於誇張。前一天晚上，伊莎為愛麗絲細數二十五年前外婆選擇的戰爭。「我媽懷我的時候，外婆都裝作她不存在，也從不承認我的存在，愛茉琳阿姨是同性戀這件事也讓她很生氣。」伊莎掰著手指說。「希薇嫁給妳爸爸也讓她非常火大。妳媽媽離婚的時候她好像也不太高興，但後來她不計較了。」

蘿絲到達之前不久，瑟西莉雅才剛說過：「媽媽一定會假裝我們一直是個幸福美滿的家庭，我們好像得配合才行。」

瑟西莉雅說得沒錯，蘿絲一進門立刻擁抱每個女兒，彷彿上星期才和她們見過面。伊莎上前，祖孫二人以眼神對決，這一刻喚醒了她們血統中的每個霸氣女性。最後伊莎說：「這一趟來很遠。肚子餓了吧？」蘿絲微笑，顯然放心了。她接受伊莎送上的餅乾，並且說很多年沒吃到這麼美味的餅乾了。蘿絲稱讚喬希的髮色，對愛茉琳說寄養的寶寶五官很好看。她重新穿上大衣，去後院跟威廉講了幾分鐘的話，然後在廚房餐桌邊坐下，彷彿重回王座。蘿絲唉聲嘆氣說她竟然白髮人送黑髮人。

威廉繞著後院走了一圈又一圈，他那幾個朋友輪流去陪他。他們經過窗戶時，愛麗絲會瞥見他的肩膀、淺色頭髮。暮色逐漸降臨，一個巨型潛艇堡外送抵達，附上幾包洋芋片。伊莎和愛麗絲奉命去街角的雜貨店買紙盤。廚房裡，咖啡機啵啵作響，一張桌子上放著酒，想喝的人可以自取。

去雜貨店的路上，愛麗絲問伊莎：「妳媽已經不生外婆的氣了？」

「她十七歲那年一被趕出家門，就立刻原諒外婆了。」伊莎說。「我媽因為想繼續愛她，所以原諒她。小愛阿姨說，那是我媽做過最偉大的事。妳會原諒妳爸爸嗎？」

愛麗絲再次感到吃驚。她從沒想過要不要原諒威廉．華特斯；她只考慮過能不能原諒媽媽。對於爸爸，她的心情像是按下暫停鍵，就像看電影那樣，要等到有足夠的資訊，才能決定一個角色是不是壞人。她對伊莎聳肩，雖然這樣不算回答。

兩個表姊妹回到家正要進門，就聽見門後看不到的地方傳來蘿絲和茱莉雅交談的聲音。她們同時停下腳步聽。

蘿絲說：「這幾年我放手不管，妳們多少應該有點長進吧？我去了佛州，妳們好好長大成人，也打造了自己的人生。喬希是好孩子。我不懂她們借個嬰兒來養有什麼意思，不過這種嗜好無傷大雅。伊莎很像我——非常棒。」蘿絲幾乎沒有停下來換氣，彷彿沉默多年之後終於可以暢所欲言。「妳有沒有看到愛茉琳和瑟西莉雅的菜園？不算太差，不過她們根本不懂冬季蔬菜。太浪費空間了，馬鈴薯感覺好像不太健康，明天早上我再去確認一下。」

愛麗絲看不到媽媽的反應，但她想像茱莉雅翻白眼。儘管如此，媽媽也沒有說出刻薄傷人的話。瑟西莉雅定下了基調，今天，所有曾經失去的人，她們的本色都會得到接納——包括茱莉雅與愛麗絲。

「外婆實在很神奇。」伊莎笑嘻嘻小聲說。「這一切都好神奇。」

「是嗎？」愛麗絲說，語氣滿是質疑，逗得表姊哈哈大笑。

「妳開玩笑了耶。」伊莎開心地說。「妳熱絡起來了！從妳來到這裡，一直好像石化了一樣。」表姊妹進屋之後關上門。茱莉雅朝她們走過來，她做了一件事，自從茱莉雅來了以後，愛麗絲已經很多次看到她這樣。茱莉雅將伊莎拉過去擁抱，吻一下外甥女的臉頰。其他人想念愛麗絲小寶寶，但她想念的是這個小寶寶。在愛麗絲看來，媽媽之所以能夠忍受和女兒之間的距離，一部分是因為有另一個女孩可以讓她澆灌愛。

三姊妹都在附近——愛茉琳抱著寶寶；瑟西莉雅的黑眼圈很嚴重，手裡拿一包餐巾紙；

茱莉雅感覺很不自在，手裡沒有東西，只好垂在身體兩側。

「妳們真的不打算在聖普羅科皮烏斯教堂舉行葬禮？」蘿絲問。

愛茱琳柔聲說：「媽媽，那不是希薇要的。」

蘿絲看著女兒輕柔搖晃安撫寶寶。她們全都看得出來蘿絲很努力掩飾失望，盡量不開口。在這群女性的包圍下，愛麗絲再度覺得自己像太空人。阿姨、外婆、媽媽、表姊。她全身充滿靜電，呼吸困難。

蘿絲說：「至少希薇現在和查理在一起了。」

還在世的三個女兒一起看著她，希望真是如此。一時間她們彷彿又變回年輕的模樣，愛麗絲在她們臉上看見希望。她們想像希薇和爸爸在一起。這讓愛麗絲突然想到，她之所以離開家，是為了見她的爸爸，而希薇也離開了家——這個人世——所以有可能和爸爸團聚。兩人的狀況實在太相似，愛麗絲無法繼續思考，但她感覺到威廉就在後院，有如身體覺察他的存在。

「妳們都知道爸爸見到希薇會說什麼。」茱莉雅輕聲說。

愛茱琳與伊莎點頭，瑟西莉雅說：「嗨，美人兒。」

大家切開潛艇堡分食，搭配洋芋片和紅酒，晚餐過後，茱莉雅碰碰愛麗絲的手臂。愛麗絲已經不生媽媽的氣了，她內心已經沒有容納憤怒的空間。此外，因為在阿姨家讓她覺得自己像太空人，所以她看出媽媽也有同樣的感受。她們兩個在兩棟房子走動時都非常辛苦，因為多年前茱莉雅從愛麗絲人生中除去的那一切，也從她自己的人生中除去。母女兩人由同一個地方來到這裡，親情有如繩索將兩人牢牢綁在一起。對愛麗絲而言，芝加哥這群新親戚之所以奇怪，部分是因為她們展現愛的方式太過龐大喧譁；好像一定要互相搶話，一定要堆疊在一起生活，而且這股力量將所有人納入，無論在場與否，甚至不分生死。愛麗絲感到不可思議，兩個阿姨家牆上那些肖像裡的人，現在正在這兩棟房子裡走來走去。

「我最後一次見到希薇的那天，」茱莉雅說，「她交代等她走了之後，把一樣東西轉交給妳。那時候我以為她還有很多時間，所以原本不想拿，但……」她輕輕搖頭。「我們過去那邊吧，不要擋路。」

母女倆在人群中穿梭離開廚房。想不擋路真的很難。下午來了很多人。伊莎的男朋友來了，他是個身材矮壯、滿臉雀斑的年輕人，滿屋子跑來跑去，聽從兩個阿姨的所有指令。一個名叫法蘭克的頭髮花白男子說他是帕達瓦諾姊妹小時候的鄰居，他一直坐在角落的單人沙發上。與希薇共事多年的圖書館員聚集在廚房的咖啡桌旁。又來了更多高大男子，數量驚人，感覺好像四十八歲的威廉加入了好幾個籃球隊。這些巨人有些年輕健壯，有些則已屆中年，站姿彎腰駝背。肯特似乎認識所有人，每當有人抵達，他就會過去擁抱。這群人活力四射，新的食物上桌了，伊莎站在中央大聲宣布，好讓所有人都聽見。

茱莉雅看到女兒在研究人群，她說：「雖然真的很傻，但我以為我離開之後這裡的生活會凍結。有朝一日我回來時，會發現一切都像以前一樣。但當然不可能。現在比以前規模更大。」

「而且很吵。」愛麗絲說，因為確實如此。她察覺，隨著時間過去，希薇過世帶來的集體哀傷中多了一點釋懷。愛她的人很慶幸她沒有受太多苦，走的時候感覺不到疼痛，他們也不必看著她日漸病重衰弱。聚集在這裡的男男女女偶爾會大笑，很慶幸能夠愛過希薇，也很高興能夠相聚。只有威廉的哀痛太過強烈，無法緩解。他進來過一、兩次，但總是遠離女兒，幾分鐘之後又回到後院。他大概需要空曠的環境，愛麗絲想著。他的朋友繼續去外面陪他，有的站在菜園邊、有的靠在籬笆上。石造小噴水池旁邊有張長凳，威廉偶爾會坐下休息，頭埋在雙手中。

茱莉雅拿出一個用細繩綁住的紙包裹。長方形，感覺塞得很滿。「這是希薇寫的書，主題是我們一家人。我沒有看過，但她說內容是我們的童年、妳外公，還有他過世之後發生的所有事。她花了很多年一直在寫，毫無條理。」茱莉雅低頭看看手中的包裹。「希薇要我告訴妳，現在這份稿子屬於妳了，妳想怎麼處理都可以。想要刪改增添也可以，想要出版也行，想要乾脆丟掉也沒問題。她說無所謂，但她希望給妳。」

愛麗絲接過包裹，手稿熟悉的重量令她愉快。想到這份禮物的意義，她不禁有些暈眩。

「希薇知道我是編輯嗎？」

「我跟她說過。我告訴她所有關於妳的事，她什麼都想知道。」愛麗絲點頭。她想不出更完美的禮物，這份稿子將讓她知道所有曾經錯過的故事與人。她自己的歷史也在其中。除此之外還有另一個好處：希薇給了外甥女完美的藉口，可以逃離這個感情充沛的吵鬧世界，至少暫時喘息一下。愛麗絲決定在芝加哥停留久一點，她也不知道是什麼時候決定的，大概是在過去紛亂的二十四小時中。至於多久，她還不確定。愛茉琳與瑟西莉雅說希望她能永遠留下來，她可以選一個房間，兩棟房子任選。愛麗絲從不曾放下工作度長假，現在她要給自己一段假期。她要找個安靜的房間閱讀。

伊莎之前就開始告訴愛麗絲帕達瓦諾四姊妹的童年往事，她手中這份文稿裡的故事有種神話史詩的味道。一想到故事最後她自己也會出現，愛麗絲便感到莫名興奮。父母緣分的開始與結束；她自己的出生；還有那些尚未寫出的故事，愛麗絲會做什麼？會住在哪裡？會愛上什麼人、什麼事？

茱莉雅看看擁擠的人群，然後又回頭看女兒。「真不敢相信我會說這種話——」她停頓一下。「——不過，我覺得妳應該和妳爸談談。」

自從來到這裡，愛麗絲不斷感到驚訝，但媽媽說出這句話倒是一點也不意外。感覺好像她一直在等媽媽開口。愛麗絲總是盡可能維持小規模，這樣有必要時，她可以迅速拿好重要的東西奔向高處避難。但是在芝加哥得到的東西不可能收拾起來抱著跑——其實從希臘餐廳那個晚上就開始了。帕達瓦諾一家展現更宏大的一種愛。如此寬廣，感覺包羅萬象。之前有個神秘的感應告訴她爸爸需要距離，但現在那種感應也告訴她，後院那個不語的男子終於可以承受她了。威廉·華特斯準備好了，沒想到她也一樣。

她將手稿放在身邊的桌子上，然後擁抱媽媽。茱莉雅用力抱緊愛麗絲，小時候，茱莉雅想要讓愛麗絲知道她多愛女兒時，就會這樣抱緊她。愛麗絲微笑，將頭貼在茱莉雅的頭頂，直髮與媽媽的鬈髮交融。伊莎問過她能不能原諒，這一刻，愛麗絲感覺心中漲滿了原諒。她原諒長期封閉內心的自己，也原諒父母，他們當年所做的專橫決定都是為了保護她。她原諒將在這份手稿中看到的所有錯誤。那天下午稍早，愛茱琳發現愛麗絲看著誇張哭泣的蘿絲，她在外甥女耳邊低語：「哀傷是愛。」現在愛麗絲想著：原諒是愛。在這棟生命轟然喧鬧的房子裡，母女兩人在走道上靜靜相擁。

她們分開時，愛麗絲說：「我害怕。」

「我也是。」茱莉雅說，然後從最接近的椅子上拿起一件厚外套交給女兒。愛麗絲穿上之後慢慢走出後門。

二〇〇八年十一月

威廉

威廉在後院走了一圈又一圈。悲傷使他狂亂，在草地上踱步感覺是最好的解決方法，從毛孔排出，就像汗水一樣。哀慟不絕與憂鬱症是不同的體驗。憂鬱症代表斷聯、封閉，一種危險的死寂。現在威廉的感受在內心胡亂舞動，有如水壓過大而亂揮的水管。他需要盡快控制住這條水管，因為愛麗絲在這裡。她很勇敢，鼓起勇氣來找他，他必須振作起來，這樣才不會讓她覺得自己做錯了。任何錯誤、所有錯誤，都是他不好。

他的心跳重複說著：*愛麗絲在這裡。*

希薇乘風而去，那陣風也將愛麗絲帶來芝加哥。她當然會來。希薇有個悲喜交集理論，伊莎出生的那天查理過世，希薇顯然運用她的魔法，在威廉悲痛欲絕的這一天將他女兒帶來。妻子再次努力拯救他。

威廉終於感覺夠冷靜，也做好了準備，這時太陽已經西沉。他朝房子走去，但猛然停下腳步，因為愛麗絲開門出來。

「我正要進去找妳。」他說。

「噢。」她說。她的臉龐質疑、蒼白、焦慮。「是嗎？」

威廉點頭。他的掌心與後頸都感受到冷空氣。第一次見到帕達瓦諾四姊妹時，他察覺她們有許多相似之處：鬈髮、棕眸，連姿態都很相似。四姊妹有如同一個人的四種版本，她們是整體的四個部分。站在威廉面前的年輕女子和四姊妹沒有任何相似之處。她長得像他。和他幾乎一模一樣的眼睛回望著他。這是威廉第一次在別人臉上看見自己，就好像找到答案之後，才知道原來有疑問。

「你想說什麼？」愛麗絲問。

威廉差點微笑，因為答案太簡單。「嗨？」他說。「我想說嗨。」

她的表情放鬆了，他們之間的氣氛也放鬆了。雙方都沒有遭受攻擊的感覺——至少現在沒有。愛麗絲的外表比茱莉雅含蓄，整個人收斂在臉龐與眼眸之後。威廉想起她嬰兒時期的模樣，當她觀察四周的世界，神情友善，甚至樂觀。威廉看出他錯過了多少時間，看出過去與現在之間的鴻溝。生命的架構難道是由離去與到達所組成？他因為婚姻而進入帕達瓦諾家，然後走出婚姻、拋棄親權；而希薇走進威廉的病房與心靈，現在她走了。同一天，成年版的愛麗絲來到他的生命中。

她說：「我一直以為你死了，幾週前才得知實情。」

「妳媽媽跟妳說的？」威廉點頭，因為感覺很正確。對愛麗絲而言，他確實已經死了，或者該說像死掉一樣。現在他活著，承受痛苦。「有很多事需要跟妳說。」他說。「我應該解釋當年所做的決定。」

「不必。不急。」愛麗絲說。「很遺憾你痛失愛妻。那些事不用今天說。」

他們注視彼此，威廉說：「我們有時間。」他希望她知道他不會逃跑。坐在遊戲場的長凳上時，他已經接受了女兒，雖然說這其實代表他終於真正接受了自己。愛麗絲是他最怕會受到自己傷害的人。那時候她是個孩子，而他還是孩子的時候受到傷害，那樣的苦痛似乎長出了他無法控制的觸角。威廉願意不惜一切保護女兒。她剛出生的時候，他經常在夜裡彎腰接近嬰兒床仔細聽，確定她有呼吸；他簽字放棄親權；他投湖自殺。因為愛麗絲太過珍貴，他相信自己必須遠離。

現在，他們面對面站在這裡，那一切已成為過去，只剩下她很珍貴這件事。他可能說了：「我們去長凳坐下吧。」也可能沒有真的說出口。他感覺站不穩。他走在前面，他們在石造長凳坐下，長長的上身背對房子。威廉的整個人生在心中敲打，他知道希薇一定會說一切都離不開愛——他不敢愛，他認定自己不值得愛，然後他讓愛進入內心。他愕然領悟，他愛身邊這個年輕女子。從她出生那天起就一直愛著她。威廉感覺一股暖意流過全身。

「先別看，」他說，「猜猜有多少人在偷看我們？」

愛麗絲大笑，笑聲在晚風中蕩漾。她的笑聲不像他，也不像茱莉雅，不像任何人。「絕對有我媽。」她說。「她很可能整張臉都貼在窗戶上。」

「愛茉琳和瑟西莉雅都在看。伊莎、肯特一定也是。」威廉想像那些愛他們的人擠在能看見後院的窗前，有如裱在窗框中的肖像。他能夠感覺到他們的關懷與憂心，也能夠感覺到他們的希望。在悲傷當中，人生突然帶來大驚喜——有如海浪突然變大，將他們的小船推到驚險高處。威廉與愛麗絲並肩坐在向晚天空下，既然這種事都發生了，那麼，什麼都可以發生。茱莉雅可以重新和妹妹分享人生；蘿絲可以放下陳年怨恨，輕快前行；肯特可以找到新戀情。

「我剛上大學的時候，」愛麗絲說，「花了很長的時間才終於覺得不是和陌生人一起生活。」

她停頓，威廉等候。他發現他不介意等候，就這樣坐在冰冰的石凳上，繁星開始一一在天空中露臉，青草在他們腳下彎折，惠特曼稱之為「墳頭未剪美麗秀髮」。雖然不知道希薇站在哪扇窗前偷看，但他感覺到她的喜悅，以及查理的喜悅。我會讓你們引以為榮，他想著。我保證。

愛麗絲搖頭，長髮在臉龐周圍晃動。「昨天我來的時候，每個人都表現得好像認識我。」她看著他。「我明明沒見過你，卻覺得認識你。真的很怪……因為我也覺得其實不認識自己。」

愛茉琳的家中傳出笑聲。屋裡的人開喝，舉杯致詞，互相述說希薇有多美好。帕達瓦諾三姊妹輪流離開窗戶，過去分享童年故事；她們實在忍不住。她們說希薇高中時差點當掉好幾科，因為遇到她嫌無聊的科目，她就蹺課跑去公園閱讀。聽到羅薩諾圖書館的館長以前會偷偷躲在書架中間，隨機挑選男生親熱，賓客一起狂笑。一個姊妹描述希薇小時候常在家裡走來走去喃喃自語，她們稱之為下咒，但其實她是為了讓爸爸開心而背詩。

威廉很期待接下來幾天不斷重複聽到這些故事。他知道妻子不會被遺忘，也不會被擱置。帕達瓦諾姊妹說起查理時，彷彿他依然是她們生活的一部分，而正因為如此，他始終存在。距離圖書館不遠的一棟建築外牆上有希薇的肖像壁畫，她的肖像在雙胞胎家中也隨處可見，全部裱框掛起來。因為身高與姿勢，瑟西莉雅從遠處看很像希薇；愛茉琳有著像希薇一樣沉思的眼神；茱莉雅更是包含著希薇——帕達瓦諾家的長女和次女有如玫瑰藤蔓，從小便互相纏繞，難分彼此。

威廉說：「很長一段之間，希薇比我更瞭解我。我認為有時候——」現在輪到他停頓。

「——我們需要另一雙眼睛。我們需要身邊的人。」

愛麗絲抬起頭，彷彿在研究夜空，彷彿需要不同的視角才能釐清內心。很久以前，威廉在手稿的註腳中寫下許多疑問：我在做什麼？為什麼要這麼做？我是誰？現在，他感覺到女兒的內心深處也藏著這些問題。她沒有崩壞，不像當年的他。茱莉雅很用心預防。但愛麗絲正在小心翼翼試探新領域，擔心冰面是否能支撐她的重量。

「我知道妳自己也能辦到。」他說。「不過，如果妳允許，我很樂意幫忙。」

（全書完）

美好是你

Hello Beautiful

作者 安・納波利塔諾
Ann Napolitano
譯者 康學慧 Lucia Kang

企劃編輯 黃莀肴 Bess Huang
責任行銷 鄧雅云 Elsa Deng
封面裝幀 木木 Lin
封面插畫 Jessica Miller
誠品版封面裝幀 傅文豪 Anthony Fook
版面構成 譚思敏 Emma Tan
校對 葉怡慧 Carol Yeh

發行人 林隆奮 Frank Lin
社長 蘇國林 Green Su

總編輯 葉怡慧 Carol Yeh
主編 鄭世佳 Josephine Cheng
行銷經理 朱韻淑 Vina Ju
業務處長 吳宗庭 Tim Wu
業務專員 鍾依娟 Irina Chung
業務秘書 陳曉琪 Angel Chen
莊皓雯 Gia Chuang

發行公司 悅知文化 精誠資訊股份有限公司
105台北市松山區復興北路99號12樓
訂購專線 (02) 2719-8811
訂購傳真 (02) 2719-7980
專屬網址 http://www.delightpress.com.tw
悅知客服 cs@delightpress.com.tw
ISBN：978-626-7406-54-0
建議售價 新台幣490元
初版一刷 2024年05月
二刷 2024年06月

國家圖書館出版品預行編目資料

美好是你/ 安・納波利塔諾 (Ann Napolitano) 作；康學慧譯. -- 初版. -- 臺北市：悅知文化 精誠資訊股份有限公司, 2024.05
面； 公分
譯自：Hello beautiful.
ISBN 978-626-7406-54-0 (平裝)
874.57 113004060

建議分類｜文學小說・翻譯文學